E

Markus Lutteman ist Autor und Journalist, zuletzt erschien sein Krimi »Die Fährte des Wolfes«. Für die Recherchen zu seinem neuen Thriller bereiste er jene Gegenden Südafrikas, die am stärksten von der illegalen Jagd auf Nashörner betroffen sind. Er interviewte zahlreiche Experten und zeltete selbst in der Wildnis. Viele der Szenen im Buch basieren auf realen Begebenheiten.

Besuchen Sie uns auf www.penguin-verlag.de und Facebook.

MARKUS LUTTEMAN

DAS WEISSE NASHORN

THRILLER

Aus dem Schwedischen von
Kerstin Schöps

PENGUIN VERLAG

Die schwedische Originalausgabe erschien 2016 unter dem Titel
»Blodmåne« bei Bookmark Förlag, Stockholm.

Die Liedzeilen von Marilyn Manson auf S. 16 stammen aus dem Song
»Third Day Of A Seven Day Binge« vom Album *The Pale Emperor*.

MIX
Papier aus verantwortungsvollen Quellen
FSC® C014496
FSC www.fsc.org

Verlagsgruppe Random House FSC® N001967

PENGUIN VERLAG

1. Auflage 2018

Covergestaltung: www.buerosued.de
Covermotiv: Mauritius images/United Archives
Redaktion: Sabine Thiele
Satz: Fotosatz Amann, Memmingen
Druck und Bindung: GGP Media GmbH, Pößneck
Printed in Germany
ISBN 978-3-328-10233-5
www.penguin-verlag.de

Dieses Buch ist auch als E-Book erhältlich.

Für Hanna und Agnes

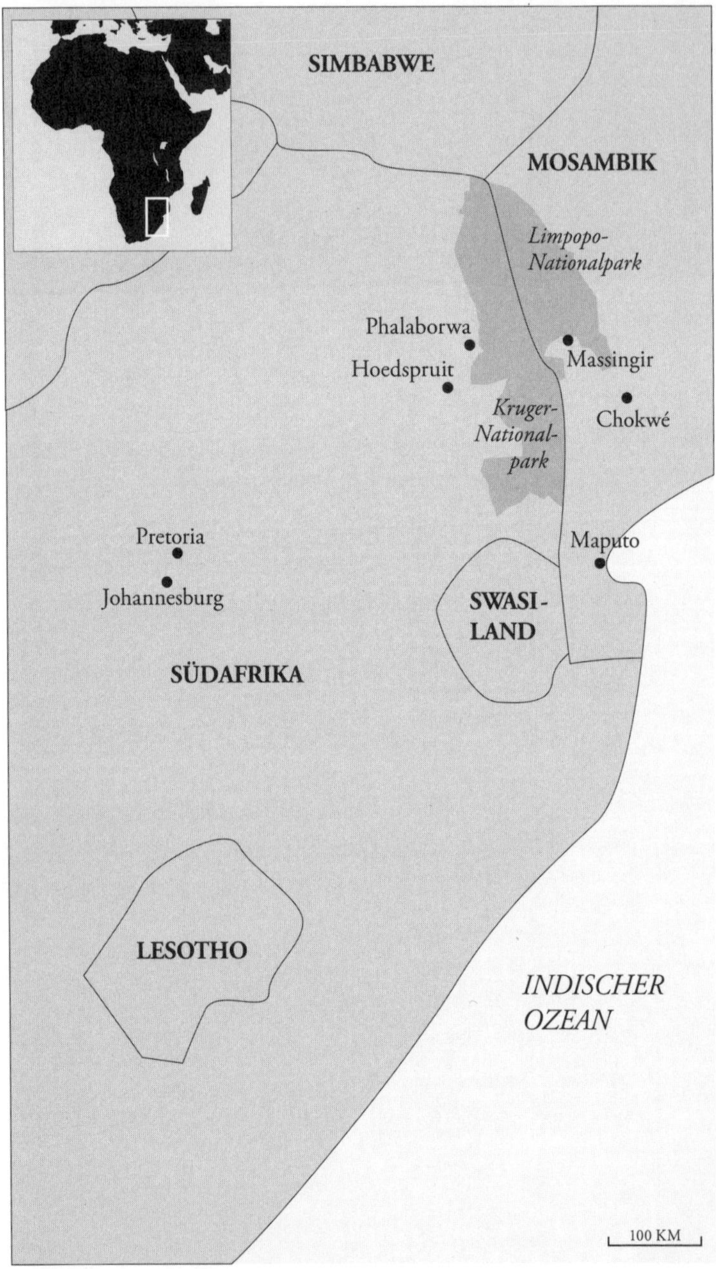
SIMBABWE
MOSAMBIK
Limpopo-
Nationalpark
Phalaborwa
Hoedspruit
Massingir
Chokwé
Kruger-
National-
park
Pretoria
Johannesburg
Maputo
SWASI-
LAND
SÜDAFRIKA
LESOTHO
INDISCHER
OZEAN
100 KM

Menschen, die lebenden Tieren aus rein finanziellem Interesse Körperteile abhacken, platzieren sich damit am untersten Ende der Gesellschaft.

Richard Peirce, Vorsitzender der
Shark Conservation Society

Das größte Unglück des Nashorns ist es, dass es ein Vermögen auf der Nase trägt.

Lee M. Talbot, renommierter Ökologe und
ehemaliger Generaldirektor der IUCN

Tierpark Kolmården, Schweden

Der kalte nächtliche Regen prasselt auf ihre Schirmmütze. Es dauert einen Augenblick, bis Alva Axelsson begreift, warum sie abrupt stehen geblieben ist. Dunkle, schlammige Rinnsale strömen an ihren Schuhen vorbei, spülen Halme und Kraftfutter den Hang hinunter. Und noch etwas.

Einen Zigarettenstummel.

Sie dreht dem grauen Stallgebäude den Rücken zu und folgt dem durchweichten Zigarettenrest mit dem Blick. Keiner der anderen Tierpfleger raucht, von wem stammt er dann? Vielleicht von einem der Journalisten, die am Abend durch den Tierpark geführt worden waren. Irgend so ein Idiot, der nicht fähig war, seine Zigarette in einen Mülleimer zu werfen.

Die Medien werden immer hysterischer, haben panische Angst, etwas zu verpassen. Dabei sind es noch zwei Monate. Alva und ihre Kollegen haben sich auf ihrem morgendlichen Meeting gestern unten im Kolosseum darüber unterhalten. Haben die Vorgehensweise besprochen, wie sie mit dem bevorstehenden Ansturm umgehen sollten.

In der Presseabteilung wehte bereits ein ganz anderer Wind. CNN rief praktisch jeden Tag an und nervte, die großen schwedischen Boulevardzeitungen ebenfalls. Bisher hatte man aber nur *National Geographic* und David Attenboroughs Filmteam von der BBC Zutritt gewährt.

Es ist schon Wahnsinn, dachte Alva, dass diese einzigartige Geburt ausgerechnet hier stattfinden wird.

Als der Tierpark Kolmården vor einem Jahr die Neuigkeit verkündete, dass Zoela trächtig ist, hatten die Medien das Gelände belagert. Alva hatte das Verhalten der gestressten Kamerateams weit mehr fasziniert als so manches, was sie bei den Tieren im Park beobachtet hatte. Aber natürlich verstand sie die Aufregung auch. Bei den düsteren Nachrichten über den weltweiten Bestand an Nashörnern war man froh um jeden Hoffnungsschimmer – und den gab es dank Zoela jetzt.

Die gute alte Zoela, eines der vier letzten noch lebenden Nördlichen Breitmaulnashörner. Dass sie in ihrem hohen Alter noch schwanger geworden war, war eine Weltsensation.

Die Versuche mit den beiden anderen Kühen im Reservat in Kenia waren gescheitert, und auch bei Zoela sah es zuerst sehr schlecht aus. Aber am Ende hatte die dreiundzwanzigjährige Nashornkuh auf die Behandlung angesprochen, und als die ersten Ultraschallbilder einen Embryo zeigten, hatte der Direktor des Tierparks die Champagnerkorken knallen lassen.

Ein lautes Scheppern aus dem Stall lässt Alva zusammenzucken.

War es eines der Nashörner, das gegen sein Gatter trat? Das passte gar nicht zu ihnen, schon gar nicht um halb drei in der Nacht.

Mit schnellen Schritten läuft sie hoch zum Stall. War es der Nachtwächter? Aber doch auch nicht um diese Uhrzeit, oder? Laut Plan hätte er seinen letzten Rundgang vor über zwei Stunden machen müssen.

Um diese Zeit übernimmt Alva die Aufsicht. Sie hat eingewilligt, ihre Schicht in den letzten Wochen vor der Geburt um ein paar Stunden vorzuverlegen und hat damit auch überhaupt keine Probleme. Das sind ihre Lieblingsstunden, wenn sie frühmorgens mit den drei Nashörnern allein ist. Wenn sie die Boxen ausmistet, frisches Heu verteilt, nach dem Rechten sieht und sich dann einfach zu ihnen setzt und den schwerfälligen und friedvollen Bewegungen dieser gewaltigen, urzeitlichen Tiere zusieht. Ihrem zufriedenen Schnauben lauscht, wenn sie mit ihren Hörnern im Stroh wühlen.

Sie legt die Hand auf die regennasse Türklinke und will sie herunterdrücken, als die Tür mit großer Wucht aufgestoßen wird und sie zurücktaumelt.

Sie fällt mit dem Rücken in eine Pfütze, prallt mit dem Hinterkopf hart auf dem Boden auf und spürt, wie das kalte Wasser durch ihre Kleidung dringt, während zwei Gestalten in dunklen Hosen und Turnschuhen über sie hinwegspringen und davonrennen.

Was zum …

Sie rappelt sich auf und stolpert hinterher, aber dann wird ihr schwarz vor Augen, und sie stürzt wieder. Verdammt. Sie hört, wie die Schritte sich den Hang hinunter entfernen und zwingt sich auf alle viere.

Wer war das? Was hatten die hier zu suchen?

Sie brüllt den Flüchtenden hinterher, sie sollen stehen bleiben, wird aber von einem Schrei aus dem Stall übertönt. Ein schriller, gellender Schrei. Als würde ein Ferkel zu Tode gequält werden.

Zoela?

Alva richtet sich mühsam auf und taumelt durch die offene Tür. In den vorderen Boxen stehen Imfolozi und Namakula und stampfen unruhig. Sie haben die gewaltigen Köpfe in den Nacken geworfen, starren Alva aus ängstlichen Augen an und weichen vor ihr zurück, als sei sie eine Fremde.

Alva stürzt zu Zoelas Box. Sieht ihren Rücken durch die Gitterstäbe. Das Nashorn liegt auf der Seite im Sand, und Alva hört, wie das Tier seinen Kopf hin- und herwirft, sieht, wie der ganze Körper dabei zittert.

Ist es etwa so weit? Setzt die Geburt ein?

»Wie geht es dir, Süße?«, fragt Alva und schiebt sich zwischen den dicken Metallstangen der Box hindurch.

Dann bleiben ihr die Worte im Hals stecken. Sie schlägt die Hände vor den Mund und bleibt wie erstarrt stehen.

Solche Bilder hat sie schon mal gesehen. In Zeitungen, im Fernsehen und bei Seminaren. Aber sie hätte nie gedacht, es einmal selbst erleben zu müssen.

Sie will die Augen schließen – und so das Bild ungeschehen machen –, aber sie kann den Blick nicht von der langen, blutigen Fleischwunde an der Stelle lösen, an der vorher Zoelas Hörner waren. Sie sieht furchtbar aus, als hätte jemand mit einem stumpfen Messer in das Fleisch gehackt und so versucht, die Hörner herauszuschneiden, das große, lange und auch das kleine dahinter.

Zoela schreit erneut, so schrill, dass es wehtut. Das Tier wirft seinen Kopf hin und her, schlägt gegen die Betonwand, ohne es zu merken. Das Blut läuft in die offen liegenden Nebenhöhlen, Zoelas Atem geht pfeifend und mühsam, als würde man einen erschöpften Läufer zwingen, durch einen Strohhalm zu atmen. Die Fleischwunde bewegt sich, wenn die mit Blut gefüllten Nebenhöhlen sich öffnen. Der süßliche, metallische Geruch steigt Alva in die Nase.

Sie legt eine Hand auf die raue, warme Haut des Tieres. Spürt, wie sich sein Körper mit jedem Atemzug hebt und senkt, spürt das neue Leben, das sich darin bewegt. Das Kalb, das so viel bedeutet.

Dann fällt Zoelas Kopf schwer auf den blutgetränkten Sand und bleibt reglos liegen. Das Tier blinzelt langsam mit seinen grauen Augenlidern, kann kaum seine freundlichen, braunen Augen offen halten.

»Nein, nein, nein«, flüstert Alva und streichelt Zoela über den Hals, während sie mit der anderen Hand verzweifelt versucht, ihr Handy aus der engen, nassen Hosentasche zu ziehen.

Sie tippt eine Nummer, hält das Telefon ans Ohr und wartet. Tränen tropfen auf Zoelas runzelige Haut und bilden dunkle, runde Punkte.

»Komm schon, Süße«, flüstert sie. »Du musst kämpfen. Alles hängt von dir ab.«

New York City, USA

Rob Chazey sitzt mit verbundenen Augen auf dem weißen Sofa in der Hotelsuite, mit der Hand einer unbekannten Frau auf seinem Oberschenkel und einer Flasche Bier im Arm. Aus den tragbaren Marshall-Lautsprechern dröhnt »Highway To Hell« von AC/DC, aber er kann trotzdem die aufgedrehte Stimmung hinter seinem Rücken hören. Seine Kollegen hantieren offensichtlich mit diversen Gegenständen, reißen Klebeband ab und albern herum.

»Bist du gar nicht neugierig?«, fragt die junge Frau neben ihm.

Sie duftet nach einem sommerlichen Parfüm und fährt vorsichtig mit ihren spitzen Nägeln über seinen tätowierten Arm. Er wäre auch gern so aufgekratzt und erwartungsvoll.

Eigentlich sollte er es sein.

In den vergangenen Monaten hatte er sich diese Szene immer wieder vorgestellt. Hatte sich auf dem Tisch in genau dieser Luxussuite in dieser Nacht stehen sehen, Champagnerflaschen schüttelnd und vor Glück, Erleichterung und befriedigten Rachegefühlen brüllend. Er hatte sich den Genuss vorgestellt, wie es sein würde, sein Ziel endlich erreicht zu haben. Diese Band weiter gebracht zu haben, als er es sich hätte vorstellen können. Und zwar in die oberste Liga, wo andere große Bands darum bettelten, die Vorband von ObstiNation sein zu dürfen statt andersherum.

Er will so gerne die Euphorie dieses Erfolgs spüren. Innerlich explodieren. Aber er fühlt sich nur leer. Müde. Genervt.

»Mann, halt fest!«, hört er Wakko hinter sich brüllen.

»Was für ein geiler Schwanz!«, sagt TT Bones beeindruckt.

Rob schließt die Augen hinter seiner Binde. Was hatten sich die beiden kranken Idioten da wieder ausgedacht?

Er nimmt ein paar Schlucke von seinem Bier. Die Silberkette, die zwischen Ohr und Nasenflügel hängt, stößt leise klirrend gegen den Flaschenhals. Am liebsten würde er das Bier hinunterstürzen und sich so schnell wie möglich besaufen, aber nach wenigen Schlucken ist Schluss, als würde das Bier weit oben in der Kehle hängen bleiben und dort herumschwappen.

Sie hatten mehrere Tage am Stück gefeiert. Oder vielmehr die Intensität einer Party verstärkt, die schon seit Monaten im Gange war. Und es war immer noch nicht vorbei. Morgen sollte ein großes Bankett mit allen an der Tour Beteiligten stattfinden. Übermorgen waren die Bandmitglieder Ehrengäste auf einer schicken Rockgala, und am Tag darauf fand irgendetwas auf Long Island statt.

Rob fühlt sich wie in einer angstgetränkten Liedzeile von Marilyn Manson.

We've only reached the third day
of a seven day binge

Erneut setzt er die Flasche an die Lippen. Zwingt sich zu weiteren Schlucken und hört dem Lärm hinter sich zu. Auf den Sofas neben ihm lungern Roadies und Tontechniker zusammen mit dem Starproduzenten Stef Wagner und dem Manager Gus Wilsbury herum, außerdem ein paar Aufschneider von der Plattenfirma in Anzug und vier Silikontussis, deren Namen er nicht weiß.

»Hier, Rob. Streck mal eine Hand aus«, hört er Gus sagen.

Rob hebt suchend seine Hand und spürt eine kalte Bierflasche in der Handfläche.

»Oder willst du lieber Schampus haben?«

»Nein, Bier ist okay.«

Gus stößt mit ihm an.

»Auf einen Triple, der sich gewaschen hat«, sagt er.

»Ohne dich wäre das nicht möglich gewesen, das weißt du, oder?«, antwortet Rob.

Gus klopft ihm auf die Schulter, und Rob sieht sein Lächeln und die warmen Augen geradezu vor sich. Wie er sich durch das dünne Haar streicht und seine schlecht sitzenden Chinos hochzieht, bevor er seine beeindruckende Leibesfülle wieder ins Sofa fallen lässt.

Gus Wilsbury, der unermüdliche Manager der Band ObstiNation, das Mädchen für alles. Alleskönner, Ersatzpapa, Therapeut, Finanzchef. Das Über-Ich der Band, der Kitt, der die vier dysfunktionalen Jungs zusammenhielt. Dreiundfünfzig, ursprünglich aus Birmingham. Hat fast die Hälfte seines Lebens auf Tour verbracht und erzählt oft und gerne davon, dass früher alles viel besser, verrückter und lustiger war, als man das auf Tour eingenommene Geld gleich wieder ausgab, statt seinen Lebensunterhalt damit zu finanzieren.

Das bringt die Jungs in der Band regelmäßig zur Weißglut. Vor allem Wakko und TT Bones, die sich die meiste Mühe geben, so wild wie möglich zu sein.

Das Mädchen neben Rob drückt die Lippen an seinen Hals. Reibt und kratzt mit ihren Nägeln fest an seiner Lederhose, wandert langsam zur Leiste hoch. Er befürchtet schon, dass sie seine Hose zerreißt. Zwölfhundert Dollar hat er dafür bezahlt. Sie ist sein Lieblingsstück, aus Chevreauleder, der fein gegerbten Haut einer jungen Ziege, ein Schneider auf dem Sunset Boulevard hat sie für ihn gemacht. Und sie sitzt wie eine zweite Haut.

Die Anlage wird ausgeschaltet, jemand nähert sich von hinten und legt seine knochigen Hände auf Robs Schultern.

»Jetzt darfst du dich umdrehen«, sagt Ahsanullah Sufyan Asif.

Rob nimmt die Augenbinde ab und dreht sich um. Mitten in der Suite steht ein schwankender Wischmopp auf dem Kopf, an dem jemand waagrecht mit Klebeband einen Besen befestigt hat. Das ganze Gebilde ist mit Rosen verziert und hängt an einer Schnur vom Kronleuchter an der Decke.

An den Enden des Besens baumelt je eine Klobrille.

Die drei anderen Bandmitglieder stehen stolz neben ihrem Kunstwerk und sehen Rob erwartungsvoll an.

»Jetzt kannst du dich endlich wie zu Hause fühlen«, sagt Wakko mit einem breiten Lächeln und schiebt sich seine dunkelbraunen Locken aus dem Gesicht.

Erst da begreift Rob, worum es geht und sinkt zurück aufs Sofa. Verzweifelt schüttelt er den Kopf. Nein, nein, nein. Nicht das jetzt.

Mehrere Hände packen ihn und wollen ihn hochziehen, wogegen er sich wehrt.

»Seit über zwei Jahren warten wir auf den schwedischen Pimmeltanz«, ruft Wakko aufgekratzt.

Jubel und Gelächter von der Runde auf den Sofas.

»Der heißt Froschtanz«, sagt Ahsanullah.

»Sie tanzen um einen Schwanz, das ist das Wichtigste. Das habe ich selbst auf YouTube gesehen. Kinder machen auch mit. Das ist total krank.«

»Darum seid ihr da oben auch alle so sexbesessen«, fügt TT Bones hinzu. »Das kommt davon, wenn man in seiner Kindheit schon einen knallharten Schwanz anbetet, der wie ein Gott tief in dem feuchten, fruchtbaren Boden steckt und dessen Eier mit Laub geschmückt sind und für alle sichtbar in der Luft herumbaumeln.«

Bilder von ihrer ersten Tour tauchen auf. Rob erinnert sich, wie er in einem kleinen Hotelzimmer in einem Holiday Inn, irgendwo in Iowa, plötzlich angefangen hatte, zu dem Mittsommerlied »Små grodorna« – »Kleine Frösche« – zu tanzen, um das Ende der Tour zu feiern, bei der sie in dreizehn US-Staaten aufgetreten waren.

Das Ende der zweiten Tour wurde ebenfalls so begangen, und seitdem hatte man diese Tradition beibehalten. Es war ihm tatsächlich gelungen zu verdrängen, dass es jetzt wieder so weit sein würde. Vielleicht weil dieses Mal alles viel größer war als sonst. Unfassbar viel größer. In dem vergangenen halben Jahr war der Band ObstiNation eine Stadt nach der anderen zu Füßen gelegen. Zuerst die europäischen Konzertstädte wie London, Berlin, Barcelona und Mailand. Dann war es weitergegangen in Asien und Lateinamerika, und am Ende waren sie wieder in die USA zurückgekehrt, um in ausverkauften Arenen in Los Angeles, Las Vegas, Miami und Chicago zu spielen. Und dann der Abschluss, das große Finale: drei ausverkaufte Abende im Madison Square Garden.

Das wollte ich immer erreichen, denkt Rob. Warum kann ich es dann nicht genießen?

Seine Bandkollegen klatschen rhythmisch.

»Tanzen! Tanzen! Tanzen!«

Jetzt lässt er sich doch vom Sofa ziehen, zwingt sich zu einem Grinsen und sagt:

»Okay, okay. Ich mache es. Aber keiner von euch filmt das. Verstanden?«

»Alles in Ordnung, Baby«, beruhigt ihn ein rothaariges Mädchen mit einem kerzengeraden Pony und steckt ihr iPhone in Glitzerhülle demonstrativ in ihre Handtasche. »Wir wollen doch alle mittanzen, beim Pimmeltanz.«

Wakko geht bei dem Lautsprecher in die Hocke und blättert durch die Playlist auf seinem Handy.

Erst ertönt ein Klavierintro, dann stimmt eine Kinderstimme nach zwei Takten ein:

»Små grodorna, små grodorna är lustiga att se …«

Kleine Frösche, kleine Frösche sind so lustig …

Alle in der Hotelsuite klatschen in die Hände, stampfen mit den Füßen und singen die für sie unverständlichen Worte mit. Rob geht zu den in Form geklebten Putzutensilien, die eine Mittsommerstange darstellen sollen, und würde am liebsten einfach das Zimmer verlassen. Aber stattdessen geht er in die Hocke, dreht sich zu den anderen und brüllt:

»Seid ihr bereit, Motherfucker?«

Die anderen grölen und reißen die Arme in die Luft. Rob springt vor und singt mit, während die anderen hinter ihm eine lange Polonaise bilden. Sie hüpfen mit geschlossenen Beinen, die Hände auf dem Rücken verschränkt und singen: »Qu-ack ack ack, qu-ack ack ack, qu-ack ack ack ack aaa …« Ab da entgleist alles, wie es zu so einem Abend vielleicht ja auch gehört. Die Stange kippt um, Wakko und TT Bones begießen sich mit Bier, dann stürzt TT Bones ins Badezimmer, kommt mit einer Flasche Haarspray zurück, hält das Feuerzeug vor den Sprühkopf und zielt mit einer großen Stichflamme auf den fliehenden Wakko.

Aber da hat Rob schon längst aufgehört zu tanzen. Er sitzt wieder auf dem Sofa, mit einem neuen Bier in der Hand und hat das Gefühl, er befände sich in seiner eigenen kleinen Blase und würde von dort aus ein surrealistisches Schauspiel beobachten, mit dem er nichts zu tun hat.

Die Lautstärke wird aufgedreht, die Leute tanzen überall, im Doppelbett, auf dem Balkon, auf dem Tisch. Wakko, der vor der Stichflamme in den Flur geflüchtet ist, kommt mit einem Feuerlöscher zurück. Überall sind Flammen und Wasser, es riecht verbrannt, und kurz darauf schalten sich sowohl der Feueralarm als auch die Sprinkleranlage ein. Alle schreien durcheinander, suchen ihre Jacken, Handtaschen und kleinen durchsichtigen Tütchen, und wenige Minuten später steigt Rob zusammen mit Gus Wilsbury, den anderen Bandmitgliedern und ein paar von den Mädchen in eine wartende Limousine.

TT Bones, der als Letzter das Hotel verlässt, springt wie beim Stagediving in die geöffnete Tür des Wagens und bekommt von Ahsanullah und Wakko sofort eine Bierdusche verpasst.

»Okay, wo soll es hingehen?«, brüllt er, während die weiße Limousine anfährt.

Rob sieht durch die regennassen Fenster und beobachtet die bunten Reflexe der Neonlichter auf dem nassen Asphalt.

Ja, wo soll es jetzt hingehen?

Massingir, Mosambik

Daniel Tamele kniet auf dem festgestampften Lehmboden, platziert die Ahle auf dem zerschlissenen Ledergürtel und schlägt mit dem Hammer zu. Der aufwirbelnde Staub tanzt im Licht der Morgensonne, die durch einen Spalt in der Hüttenwand scheint.

Er hebt den Hammer ein zweites Mal und schlägt zu. Die Spitze der Ahle dringt durch das Leder, er nimmt den Gürtel auf und bohrt und drückt die Nadel in das Loch, um es zu weiten.

»So. Probiere ihn jetzt nochmal an«, sagt er und gibt ihn seinem Sohn.

Der Achtjährige zieht den Gürtel durch die Schlaufen seiner Hose und zieht ihn fest zu. Dann hüpft er ein paarmal prüfend auf und ab, rennt schließlich zufrieden aus der Hütte und übt weiter Tricks mit seinem Ball.

Daniel ruft seine Tochter Maia, die hinter der Hütte ihrer Mutter beim Aufhängen der Wäsche hilft. Sie eilt sofort herbei, den Rucksack schon auf dem Rücken und das schöne dunkle Haar zu einem dicken Zopf geflochten.

»Hat Abel sein Arbeitsbuch eingepackt?«, fragt sie.

Daniel wirft einen Blick zur Kleiderstange, dort hängt

der Rucksack, und tatsächlich liegt auch das Buch darin. Aber nichts zu essen. Es gab nicht einmal etwas Obst.

Er steckt seinen Kopf durch die Tür und ruft:

»Abel. Es wird Zeit.«

Der Junge seufzt und läuft wortlos zur Hütte. Er legt den Ball neben die Tür und setzt den Rucksack auf, den sein Vater ihm hinhält.

»Wart ihr auf der Toilette?«, fragt Daniel.

Beide Kinder nicken.

Er nimmt sie an die Hand, und sie gehen los. Ein Toyota Land Cruiser kommt ihnen mit hoher Geschwindigkeit entgegen, und Daniel zieht Maia zu sich. Der Fahrer trägt eine große Sonnenbrille und hat den Ellbogen lässig auf den Fensterrahmen gelegt. Sein Kopf wippt im Takt zur lauten Rapmusik, die aus dem Wagen dröhnt, aber er verzieht keine Miene, als er in zwei Meter Abstand an ihnen vorbeibraust.

Als würde er mich nicht mehr kennen, denkt Daniel und sieht dem Wagen hinterher, während sie ihren Weg fortsetzen. Als wären wir nicht die besten Freunde gewesen, als hätten wir in unserer Kindheit nicht unendlich viele Abende zusammen am Damm gesessen und geangelt, als hätten wir nie selbst gebrautes Maisbier aus alten Plastikflaschen getrunken und über die Mädchen aus dem Nachbardorf geredet.

Es ist lange her, dass er das letzte Mal angeln war. Viel zu lange. Er vermisst es sehr, einfach nur am Wasser zu sitzen und dem hüpfenden Styroporköder zuzusehen und alle Sorgen zu vergessen. Er vermisst es, den Ruck in der selbst geschnitzten Angel zu spüren, wenn ein Fisch angebissen hat. Vielleicht ein Tigersalmler. Oder ein Karpfen.

»So ein Auto will ich auch haben, wenn ich groß bin«, sagt Abel.

Daniel schweigt. Sie gehen an ein paar Hütten vorbei, die so aussehen wie ihre, dann aber erhebt sich Ishaan Chirindzas zweistöckiges Haus wie ein riesiger Betonkoloss hinter der erst vor Kurzem errichteten Backsteinmauer. Die getönten Fensterscheiben sind mit einbruchssicheren Gittern versehen, und Daniel fragt sich die ganze Zeit, wie es wohl im Inneren des Hauses aussieht. Ein Nachbar behauptet, dass in jedem Stockwerk ein Fernseher steht und das Wohnzimmer mit Teppich ausgelegt ist. Es wird sogar gemunkelt, dass sich Ishaan eine Heizung hat installieren lassen, damit es in dem Haus auch in den kalten Wintermonaten warm ist.

Als sie am Tor vorbeigehen, sieht Daniel einen anthrazitgrauen Nissan Navara in der Einfahrt stehen. Das neueste Modell.

Wie schnell das gegangen ist. Mit den neuen Autos und dem Luxus.

Und der Kriminalität.

Vor vier oder fünf Jahren hätte er seine Kinder nicht zur Schule begleiten müssen. Damals gab es noch keine großen Autos, die rücksichtslos über die Wege rasten. Vor allem gab es noch keine Drogen. Mittlerweile kommt es vor, dass junge Männer vor der Schule stehen und versuchen, die Kinder als Kokaindealer anzuwerben. Das hatte es früher nur in Maputo und Beira gegeben.

Als sie die Schule erreichen, steht die Lehrerin schon da und ruft die Kinder zum Unterrichtsbeginn. Abel und Maia umarmen ihren Vater und rennen in das Schulgebäude aus rohem, unverputztem Beton.

Es ist leer und still auf dem Schulhof. Ein Fensterladen hängt nur noch an einer Angel und quietscht leise im Wind.

Da hört Daniel Hammerschläge und dreht den Kopf. Zu Gitos Haus, dem größten im Ort. Er war einer der ersten, der zu Geld kam und sich ein Haus mit zwei Etagen baute. Aber im Gegensatz zu vielen anderen spricht er nach wie vor mit Daniel.

Daniel erinnert sich an ihr Gespräch letzte Woche. Er war bei Gito stehen geblieben und hatte ihn gefragt, ob er gerade ein zweites Haus für seine Cousins bauen würde. Da hatte Gito gelacht und gesagt, dass es eine Garage für seine beiden Autos würde.

»Ich will die Garage nachts abschließen können. Hier in der Gegend gibt es mittlerweile so viele Diebe«, hatte er erklärt und Daniel dabei zugezwinkert.

Dann hatte er Daniel auf ein kaltes 2M eingeladen. Für Daniel war es das erste Bier seit fast einem Jahr, und es hatte fantastisch geschmeckt. Sie hatten im Schatten unter dem Marula-Baum gesessen, aus den braunen Glasflaschen getrunken und über Familie und Verwandte geredet, über die Dürre und die inkompetente Regierung. Dann hatte Gito Daniel mit ernster Miene angesehen und gesagt:

»Wird es nicht auch für dich langsam Zeit, Daniel, ein bisschen Geld zu verdienen? Die Kunden stehen Schlange. Die Nachfrage ist so groß wie nie zuvor.«

Daniel war auf seinem Stuhl unruhig hin- und hergerutscht.

»Ich habe doch die Zusage, dass ich bald als Touristenführer anfangen kann. In dem neuen, großen Reservat.«

Die Politiker hatten auf einer großen Jahresversammlung im Ort vor ein paar Jahren großes Aufhebens darum gemacht. Der Great Limpopo Transfrontier Park. Er sollte den Kruger Nationalpark in Südafrika mit dem Nationalpark Limpopo in Mosambik sowie dem Gonarezhou Nationalpark in Simbabwe vereinen und damit zum größten und vorbildlichsten Naturschutzgebiet der Welt werden.

Gito hatte Daniels Einwand mit einer Geste weggewischt.

»Das mit dem Tourismus ist doch alles Unsinn. Wie lange reden die schon davon? Seit zehn Jahren, fünfzehn? Hast du in letzter Zeit einen Touristen hier in der Gegend gesehen?«

Daniel hatte den Kopf geschüttelt.

»Siehst du. Außer der Tatsache, dass ein Haufen von Leuten ihr Zuhause verlassen musste, ist nichts passiert. Vollkommen sinnlos. Und wenn Touristen kommen sollten, was sollen die sich denn ansehen? Hier gibt es doch gar keine Tiere mehr. Das weißt du ja selbst. Du bist einer der besten Jäger in der Stadt. Wann hast du das letzte Mal etwas erlegt?«

»Ja, das ist lange her.«

Gito hatte sein Portemonnaie aus schwarzem Leder aus der Hosentasche geholt und einen lila Schein auf den Tisch gelegt. Zwanzig Meticais. Dann hatte er mit dem Zeigefinger auf das Nashorn getippt, das auf der einen Seite abgebildet war.

»Das ist im Moment von Interesse. Da liegt das Geld. Und es ist wie gemacht für einen so guten Fährtenleser wie dich.«

Gito hatte einen großen Schluck aus seiner Flasche genommen und sich vorgebeugt.

»Daniel, mein Freund, ich weiß doch, wie es dir und deiner Familie geht. Ein einziges Nashorn würde dein Leben für immer verändern.«

Daniel hatte den Geldschein lange angesehen. Er war glatt und sah edel aus, nicht wie die Scheine, die er zu Hause in der Blechbüchse aufbewahrte. Wenn er überhaupt mal welche hatte.

»Ich gebe dir zweihunderttausend für zwei Hörner«, hatte Gito gesagt. »Das ist deutlich mehr, als dieser Geizhals Ishaan deinem jungen Cousin zahlen wird, wenn er aus Südafrika zurückkommt.«

Gito hatte mit dem Geldschein vor Daniels Nase herumgewedelt.

»Überleg es dir, Daniel. Zehntausend von diesen hier. Deine Kinder müssen nie wieder ohne Essen in die Schule gehen.«

Es ist still. Vielleicht machen die Arbeiter eine Pause und bekommen von Gito ein Bier spendiert.

Daniel wendet sich um und geht nach Hause. Dabei denkt er an Gitos Angebot und daran, was er mit dem Geld alles machen könnte.

Und er denkt an seinen Cousin Jomo, der vor vier Tagen mit zwei anderen abenteuerlustigen jungen Männern aufgebrochen war. Er hatte schon vor seiner Abreise das Haus entworfen, das er sich von dem Geld bauen würde. Und eine Bar.

»Und du kannst dann dort arbeiten, wenn sie steht«, hatte Jomo ihm vor der Abfahrt versprochen.

Aber Daniel mag nicht so recht daran glauben. Jomo redet immer viel. Aber er wünscht es sich trotzdem. Ihm würde es gefallen, in einer Bar zu arbeiten und die Gäste zu bedienen. Mit ihnen zu reden, ihnen zuzuhören.

Es raschelt neben ihm, als ein Windstoß das trockene Laub auf dem Feld aufwirbelt. Daniel sieht hoch in den Himmel. Im Westen türmen sich die Wolken auf. Vielleicht wird es doch noch regnen. Vielleicht würde die Erde seiner Familie doch das geben, was sie brauchte.

Hanoi, Vietnam

Der Regen trommelt so laut auf das Dach des Lagerraums, dass Than Vu Schwierigkeiten beim Zählen der Gelbköpfigen Tempelschildkröten hat, die er in den Karton schüttelt.

24 ... 25 ... 26.

Ein weiteres Mal beugt er sich über die Holzkiste und füllt seinen Eimer. Er atmet durch den Mund, um den Gestank der Tiere nicht riechen zu müssen.

48 ... 49 ... 50.

Dann verschließt er den Karton, klebt ihn mit einem breiten Packband zu, sticht mit dem Messer ein paar Löcher hinein und befestigt den Zettel mit dem Namen und der Adresse des Restaurants darauf. Danach schiebt er den Karton zu den anderen, die ebenfalls heute noch ausgeliefert werden müssen. Die Schildkröten sind von der groben Behandlung munter geworden, und er hört, wie sie sich im Dunkel des Kartons bewegen.

Than Vu riecht an seinen Händen. Obwohl er keines der Tiere berührt hat, haftet ihnen ihr Geruch an.

An einigen Abenden, wenn er zwölf Stunden im Lager geschuftet hat, fühlt es sich an, als hätte sich der Gestank in seine Haut geätzt. Dann kann er sich dreimal hintereinander einschäumen, sich mit der Wurzelbürste abschrubben und riecht immer noch nach Sumpf und vergorenem Fisch. Wie in der Hütte eines armen Fischers.

Mitten im Raum bleibt er plötzlich stehen, neigt den Kopf, um besser hören zu können. Das Hämmern des Regens auf das Wellblechdach geht über in ein leichtes Prasseln.

Er hört die Stimme seines Vaters.

Hinter dunklen Wolken wartet immer die Sonne darauf, wieder scheinen zu dürfen.

Die Zeit ist gekommen, denkt er und lächelt. Die Sonne wird jetzt endlich auch für ihn scheinen. In drei Tagen darf er an einer wichtigen Geschäftsreise nach China teilnehmen. Er soll eine Lieferung überwachen, die mehrere Millionen wert ist. Er erinnert sich genau, was Lillen gesagt hat, als er ihm die sehnsüchtig erwartete Nachricht überbracht hat.

»Wenn alles gut klappt, dann wartet ein satter Bonus auf dich. Und neue Aufgaben.«

Lillen war sein alter Kumpel aus Kindheitstagen. Damals: ein dürrer Spätzünder, der seine Freizeit damit verbrachte, Schach und Backgammon zu spielen. Heute: ein hochgewachsener Mann, der sich mit Hemden aus ägyptischer Baumwolle schmückt, sich mit schönen Frauen umgibt, einen nagelneuen, glänzenden Audi fährt und eine hohe Position in einem der Syndikate innehat.

Der Typ von Mann, den Than Vu seinen Freunden vorspielt. Der Typ von Mann, der er heute Abend sein will.

Er reibt sich mit der einen Hand im Nacken, holt mit der anderen sein Samsung-Handy aus der Tasche und ruft Facebook auf. Das Display ist so zersprungen, dass er kaum etwas lesen kann. Aber immerhin kann er erkennen, dass ihm bisher dreiunddreißig Leute zu seinem siebenundzwanzigsten Geburtstag gratuliert haben. Er scrollt durch die Namen. Alle geladenen Gäste gehören zu den Gratulanten.

Außer Phuong.

Aber sie hatte gesagt, dass sie auch kommen würde. Das hatte zumindest Kim Ly ihm erzählt, ihre beste Freundin. Vielleicht hebt sie sich die Glückwünsche für später auf.

Die schöne, sich zierende Phuong. Vielleicht hat sie ja eine Überraschung für ihn? So, wie er eine für sie hat.

Der Regen ist mittlerweile nur noch ein leises, fast friedliches Picken, als würden Hühner auf dem Dach herumtrippeln und nach Körnern suchen.

Jetzt ist die Zeit gekommen. Seine Zeit.

Er sieht auf die Uhr und schiebt das Handy zurück in die Tasche. Er muss sich beeilen, damit er die Überraschung rechtzeitig besorgen kann. Die Überraschung, die seine Gäste beeindrucken und Phuong dahinschmelzen lassen wird. Er hat schon ein paar diffuse Andeutungen verbreitet, was sie erwartet. Hat dafür gesorgt, dass geredet wird.

Er beugt sich über den rissigen Holztisch und liest den nächsten Auftrag: zwei Kisten mit Schuppentieren für das Restaurant Rainbow Garden.

Er läuft an den Reihen gestapelter Kisten unterschiedlichster Größe vorbei, stößt mit der Schulter gegen einen Sack mit vakuumverpackten Eidechsen, der an einem Haken an der Decke hängt, und zerrt schließlich zwei große Plastikbehälter mit perforiertem Deckel aus der

Ecke. Wenn diese beiden verkauft sind, ist nur noch eine Kiste im Lager. Er darf nicht vergessen, Lillen Bescheid zu sagen.

Er öffnet eine der Kisten und zählt die blauen Säcke durch, in denen die Schuppentiere zusammengerollt liegen. Sonderbare Tiere. Vom Kopf bis zum Schwanzende mit harten Schuppen bedeckt. Sie sehen aus wie gigantische Artischocken. Aber sie bringen gutes Geld. Besonders diese hier, denn sie sind aus Tansania importiert. Er hat die Preise in den edlen Restaurants gesehen. Dreihundertfünfzig Dollar das Kilo. Dazu kommen noch Einnahmen von den Panzern, die Than wahrscheinlich säubern, trocknen und verpacken muss, damit sie nach China verkauft werden können, als eine Art Naturmedizin gegen alles Mögliche, von Entzündungen über Kreislaufschwäche bis hin zu eingewachsenen Wimpern.

Er schiebt die Kiste vor sich her zu den anderen Lieferungen und dehnt den Rücken. Dann liest er den nächsten Punkt auf der Liste.

Zwanzig Monokelkobras für das Restaurant des Hotel D'Or.

Verdammt. Er hasst Kobras. Eine ist ihm einmal runtergefallen, und er musste das halbe Lager ausräumen, bis er sie endlich gefunden hatte, und bei jedem Karton, den er bewegen musste, hatte er panische Angst gehabt, von ihr gebissen zu werden.

Er muss an die Anekdoten seines Vaters denken, wie dieser in seiner Kindheit im Mekongdelta mit einem Freund durch die Sümpfe gelaufen war und die Kobras mit bloßen Händen gefangen und in Stoffsäcken transportiert hatte.

»So habe ich mein erstes Geld verdient«, hatte sein Vater immer erzählt. »Ich habe die Kobras an die Restaurants an der Landstraße verkauft.«

Der Tourismus hatte zugenommen. Die Ausländer waren begierig auf exotisches Essen und bereit, viel dafür zu bezahlen. Sein Vater hatte das richtige Gespür und das richtige Timing gehabt. Auch ein paar Jahre später, als er in die brodelnde Millionenmetropole Ho-Chi-Minh-Stadt zog und als Immobilienmakler arbeitete. In einer Stadt, in der alles von guten Kontakten abhing, hatte es sein Vater aus eigener Kraft ganz nach oben geschafft. Er machte schnell Karriere, verdiente gut an den Provisionen, lernte eine junge Frau kennen, heiratete sie, zog mit ihr in eine Zweizimmerwohnung. Er sparte sich alles vom Mund ab, während ihr Bauch immer dicker wurde. Er sparte und sparte und sparte, um seiner kleinen Familie ein schönes Haus kaufen zu können.

Aber so weit kam es nicht. Als Than vier Jahre alt war, starb seine Mutter bei einem Verkehrsunfall, und sein Vater ließ alles hinter sich. Er nahm seinen Sohn und zog mit ihm in seine Lieblingsstadt Hanoi. Dort kaufte er eine große Wohnung mitten in der Stadt, in der er seinen Lebensabend verbringen wollte. Guten Reiswein trinken, lesen und das Leben genießen, wie er sagte.

Zwei Wochen vor seiner Pensionierung starb er an Leukämie.

Jetzt wohnt Than Vu in dieser Wohnung, die noch nicht ganz abbezahlt ist und deren monatliche Kosten auch nicht ganz ohne sind, doch er hat nicht vor, mit dem Genuss zu warten, bis seine Haut runzelig ist.

Er will jetzt leben.

Das heißt, wenn er in der Wohnung bleiben darf. Der Hausverwalter ist ständig hinter ihm her wegen unbezahlter Rechnungen.

Als würden haarige Spinnen in seinem Inneren herumkrabbeln. So fühlt es sich an, wenn er daran denkt, wie er das Erbe seines Vaters verprasst hat. Wie er das Geld verbraten hat, mit dem er sich ein Studium finanzieren sollte. Ein Semester BWL hat er geschafft. Dann hatte er keine Lust mehr und hat das Geld für etwas anderes ausgegeben. Teure Restaurants, Luxusgüter aus dem Westen. Er hat nur noch die Wohnung. Aber wie lange noch?

Eilig verdrängt er diese Gedanken. Es wird sich schon etwas ergeben. Nach seiner Chinareise wird er bei dem alten Sauertopf anklopfen, ihm ein dickes Bündel Dollarscheine für die unbezahlten Rechnungen hinwerfen und noch eines als Vorschusszahlung. Er wird ihm zeigen, dass man sich auf ihn verlassen kann.

So wie auf seinen Vater.

Er öffnet den Verschluss der Holzkiste und muss unweigerlich an eine Geschichte denken, die ihm ein Typ von einem Lager in Da Nang erzählt hat. Ein Kollege hatte eine Kiste mit Kobras geöffnet und zwischen den sich windenden Schlangen eine Leiche gefunden. Der Tote hatte offensichtlich Elfenbein gestohlen, um es auf eigene Rechnung zu verkaufen.

Aber das war bestimmt nur ein Gerücht.

Than Vu öffnet den Deckel mit einem Ruck. Etwa zehn Kobras heben ihren Oberkörper, zischen und spreizen ihren Nackenschild. Die anderen suchen Schutz am Boden der Kiste.

Er schiebt die Greifzange hinein. Die Kobras zischen den metallischen Eindringling an. Attackieren ihn.

Than Vu wartet ab. Dann stößt er schnell zu, packt die erste Kobra und steckt sie in den Sack. Er bemerkt nicht den Regen, der langsam wieder an Stärke zunimmt.

Tierpark Kolmården, Schweden

Alva Axelsson steht in der Tür zum Stall und starrt auf den regennassen Asphalt. Der Morgen ist dunkel und grau, die schweren Regenwolken hängen tief, die Luft ist drückend und erschwert das Atmen.

Noch immer ist keine Polizei in Sicht. Aber sie hat keine Kraft mehr, sich darüber zu ärgern.

Was macht es für einen Unterschied, ob sie jetzt noch kommen, drei Stunden später. Es ist zu spät. Viel zu spät.

Sie will gerade die Stalltür hinter sich schließen, als sie einen Motor hört und einen Streifenwagen sieht, der langsam den Weg entlangfährt.

Ein Mann, etwa kurz vor der Rente, und eine junge Frau Mitte dreißig steigen aus. Die Frau kommt sofort auf Alva zu und stellt sich als Cecilia Hermansson und ihren älteren Kollegen als Göran Danielsson vor. Dieser bewegt sich im Gegensatz zu ihr unglaublich langsam. Keuchend watschelt er wie eine Ente auf sie zu und antwortet auf Alvas Begrüßung mürrisch: »Was für ein Scheißwetter.«

Alva würde am liebsten antworten: »Wen interessiert das?«, aber stattdessen sagt sie nur: »Hier entlang.«

Göran Danielsson lässt sich alle Zeit der Welt. Zuerst schlägt er seine nasse Uniformmütze am Bein aus. Dann sucht er systematisch alle vier Jackentaschen ab, bis er ein Taschentuch findet, um seine Brille abzutrocknen. Unfähig, mehrere dieser Bewegungen gleichzeitig auszuführen.

Cecilia Hermansson sieht Alva mit einem entschuldigenden Blick an. »Verzeihen Sie bitte, dass Sie so lange warten mussten, aber das war eine irre Nacht. Wir hatten einen Mordversuch in Hageby und eine Massenkarambolage auf der E4. Wir konnten nicht schneller hier sein.«

»Wenn Sie zwischen einem Autounfall und einem Bankraub mit einem Schaden in Millionenhöhe wählen müssten, was hätten Sie getan?«

Cecilia sah sie überrascht an.

»Den Bankraub, aber warum …«

»Dann haben Sie sich heute für das Falsche entschieden«, sagt Alva und öffnet die Stalltür.

Der Eisengeruch hängt schwer in der Luft, und Imfolozi und Namakula sind noch immer sehr unruhig. Sie drücken sich in die hinterste Ecke ihrer Boxen und schnauben, als Alva und die beiden Polizisten in den Stall kommen.

Die hatten hier heute genug Fremde, denkt Alva.

Den ganzen Morgen schon sind Leute hinein- und hinausgerannt. Ein kleiner, lauter Traktor hatte Zoela in Bauchlage gedreht, damit sich ihre Lungen nicht mit Blut füllen.

Die Tierärzte hatten getan, was sie konnten. Zoela bekam schmerzstillende Mittel, eine Infusion, und sie konnten die Blutungen stoppen. Man holte sich telefonisch Rat bei Zoologen im Zoo Dvůr Králové in Tschechien und im San Diego Zoo in den USA.

Das Schlimmste war die Kugel. Sie hatte die Halswirbelsäule getroffen und das Nashorn gelähmt. Die Überlebenschancen waren mikroskopisch klein. Sollten sie versuchen, das Kalb jetzt schon zu holen?

Es wurde ein Noteinsatz vorbereitet, aber bevor sie irgendetwas unternehmen konnten, schlief Zoela für immer ein. Und im Inneren ihres mächtigen Körpers hörte auch das Herz des Nashornkalbes auf, zu schlagen.

»Oh Gott«, sagt Cecilia, als sie in die Box sieht.

Göran Danielsson watschelt heran und stellt sich neben sie.

Zoelas Kopf liegt auf ihren Vorderbeinen. Die Wunde an der Nase ist gereinigt worden und leuchtet in einem noch intensiveren Rot als vorher.

»Oh, verdammt«, flucht er. »Da wollte sich aber jemand eine echte Trophäe an die Wand hängen.«

Alva starrt ihn an.

»Hier ging es nicht um irgendeine Trophäe«, antwortet sie und spürt, wie die Wut wieder in ihr hochsteigt. »Hier wollte jemand Millionen verdienen.«

Göran Danielsson sieht sie belustigt an.

»Jetzt übertreiben Sie aber ein bisschen, junge Dame. Das ist doch nur ein Horn.«

Ohne ihn eines Blickes zu würdigen, wendet sich Alva an Cecilia.

»Ein Kilo Horn eines Nashorns ist in Vietnam im Moment mehr wert als ein Kilo Gold oder Kokain. Ich habe versucht, den Polizisten in der Zentrale deutlich zu machen, dass sie den Zoll und den Grenzschutz alarmieren müssen, bevor …«

Göran Danielsson hebt die Hand und gebietet ihrem Redestrom Einhalt.

»Eins nach dem anderen. Zuerst müssen wir den Tatort absperren und die Beweise sichern, und dann …«

»Aber können Sie die nicht als Erstes anrufen? Ehe Sie hier fertig sind, befindet sich das Horn schon längst auf dem Weg nach Asien.«

»Und was will man dort damit anstellen, wenn ich fragen darf? Will es irgendein Chinese kaufen, der keinen mehr hochbekommt? Das hört man ja immer wieder.«

Er gluckst vor sich hin und sieht Beifall heischend zu seiner Kollegin.

Aber Cecilia lacht nicht.

»Erzählen Sie mir bitte alles, was Sie wissen«, fordert sie Alva auf.

New York City, USA

In der VIP-Lounge des Nachtclubs klettert Wakko auf den Tisch, öffnet seinen breiten Nietengürtel und zieht sich seine knallenge Jeans bis zu den Waden herunter.

»Man wird doch bestimmt schneller voll, wenn man den Champagner direkt hinten reinbekommt, oder?«, brüllt er und erhält zustimmendes Geschrei und Gelächter als Antwort.

TT Bones schnappt sich eine ungeöffnete Flasche Moët & Chandon aus dem Eimer mit Eis, stellt sich hinter Wakko und fängt an, die Flasche zu schütteln.

Wakko bückt sich und zieht seine Pobacken auseinander.

»Okay, ich bin bereit!«

Rob fragt sich nicht zum ersten Mal, wie jemand, der so gestört ist, so unfassbar gut Gitarre spielen kann. Wie ein so verwirrtes, planloses und unstetes Wesen es schafft, die nötige Konzentration und Präzision aufzubringen, sobald man ihm eine Gibson um den Hals hängt und anzählt.

»Jetzt mach schon!«, schreit Wakko, den weißen Hintern hoch in die Luft gestreckt.

Wann hat er die Ruhe gefunden, um diese vielen Tonleitern zu lernen?, fragt sich Rob. Der Typ konnte keine fünf Minuten still sitzen.

Rob spürt, wie seine Rückenlehne nach vorne gedrückt wird, und ihm wird ein großes Handy vor die Nase gehalten.

»Sieh dir das an, Rob. Das ist von heute Abend!«, schreit ihm Ahsanullah ins Ohr. »Das Video wurde schon neuntausend Mal angeklickt.«

Rob schiebt das Handy ein Stück von sich weg, um den Film scharf sehen zu können.

Die Aufnahme ist unten im Publikum entstanden, vorne an der Bühne. Man sieht hüpfende Köpfe und in die Luft gestreckte Arme.

Auf der Bühne springt Rob hin und her und heizt den Leuten ein, verschwitzt und mit nacktem Oberkörper. Links im Bild rutscht Wakko auf Knien über den Boden und setzt zu einem hysterischen Gitarrensolo an. Rob wirft den Mikrofonständer zu Boden und rennt auf die Reihe von Scheinwerfern zu, die am niedrigsten hängt. Er springt hoch, klammert sich an eine der Metallstangen, schwingt ein Bein darüber und zieht sich hoch. Das ist seine Spezialität.

Das Publikum jubelt, und Rob muss bei dem Anblick von sich lächeln. Es sieht eigentlich ganz gut aus, wie er da mit baumelnden Beinen sitzt.

»Ich soll übrigens von meiner Mutter grüßen«, brüllt ihm Ahsanullah ins Ohr. »Ich habe sie gerade angerufen. Sie ist sehr stolz auf ihre neue Küche.«

»Grüße zurück«, sagt Rob.

»Komm, wir machen ein Selfie, dann schicke ich ihr das.«

Erneut hält er Rob das Handy vors Gesicht und legt ihm seinen Kopf auf die Schulter.

Rob sieht auf dem Display das jungenhafte Gesicht des vierundzwanzigjährigen Pakistani, sein langes schwarzes Haar und das breite Lächeln. Und muss daran denken, was alles in den letzten drei Jahren passiert ist. Seit dem Tag, als er zu Hause auf dem Sofa saß und diesen Jungen in einem selbst produzierten YouTube-Video hatte Bass spielen sehen.

Ahsanullah hatte in seiner schmutzigen Tunika und mit dem wilden Haarschnitt wie ein Schafhirte ausgesehen, aber er hatte Bass gespielt wie kein anderer. Ohne Brüche konnte er zwischen einem knallharten westlichen Riff und arabischen Rhythmen wechseln. Er schob einen wunderschönen Moll-Akkord in eine bleischwere Tonfolge und brachte diese auf eine unvergleichliche Art und Weise zum Schwingen. Rob wusste sofort, dass er es sich sein Leben lang vorwerfen würde, wenn er ihn nicht ausfindig machte.

Zwei Wochen später befand sich Rob in einer beengten, nach Kräutern duftenden Wohnung in Islamabad. Er hatte eine Tasse Tee in der Hand, und drei kleine Kinder kletterten auf ihm herum, während er versuchte, Ahsanullah Sufyan Asifs Mutter davon zu überzeugen, dass ihr Sohn nach New York zu einer Probe mitfahren solle.

Ahsanullah hatte am Anfang in Robs Gästezimmer geschlafen. Wohlerzogen und zurückhaltend und immer darauf bedacht, es allen recht zu machen. Aber er hatte auch Prinzipien, die unverrückbar waren. Zum Beispiel, als TT Bones und Wakko sich ins Zeug legten, um einen angemessenen Künstlernamen für ihn zu finden.

»Ich heiße Ahsanullah Sufyan Asif, und darauf bin ich

sehr stolz. Ich werde meine Familie nicht entehren, indem ich mir einen neuen Namen wähle.«

»Aber unsere Geburtsnamen sind doch auch anders, darum geht es nicht«, hatte TT Bones gesagt.

»Um was geht es denn dann?«, hatte Ahsanullah Sufyan Asif gefragt.

»Es muss irgendwie cool klingen. So wie TT Bones und Wakko. Knackig und einfach, eben. Damit sich die Fans den Namen merken können.«

»Ich finde Ahsanullah Sufyan Asif sehr cool. Und auch einfach zu merken«, hatte Ahsanullah Sufyan Asif unbeeindruckt geantwortet.

Und damit war diese Diskussion beendet, was sich für die Band als großes Glück herausstellen sollte.

Denn zwei Jahre später hatte es der eigensinnige Bassist mit dem komplizierten Namen auf das Cover aller einschlägigen Musikzeitschriften in den USA geschafft.

Der Champagner spritzt in alle Richtungen, als der Korken herausspringt und TT Bones mit dem Strahl zwischen Wakkos Pobacken zielt. Die anderen johlen vor Lachen, und als die beiden sich auf dem Boden wälzen und miteinander ringen, wird der Jubel noch größer. Ahsanullah verlässt seinen Platz am Sofa, um besser sehen zu können. Rob bleibt sitzen und starrt auf sein Bier.

Da spürt er eine Hand auf seiner Schulter.

»Na, wie geht es dir?«, fragt Gus Wilsbury.

Rob dreht sich zu ihm. Gus' Augen glänzen, haben aber nichts von ihrer Klarheit eingebüßt.

»Es ist ... ich weiß nicht«, antwortet Rob. »Ich bin total am Ende.«

»Na ja, ihr wart jetzt fast acht Monate auf Tour. Das ist anstrengend.«

»Du bist verdammt nochmal fünfzehn Jahre älter als ich. Und du siehst aus, als könntest du auch noch ein halbes Jahr länger machen. Mindestens.«

»Aber ich liebe das hier. Ich kann mir nichts anderes vorstellen.«

»Das gilt doch auch für mich.«

Gus lächelt ihn an. Ein warmes, väterliches Lächeln.

»Nein, das gilt überhaupt nicht für dich.«

Erneuter Jubel, Rob und Gus drehen sich um, wollen sehen, was passiert ist. TT Bones hat Wakko die Hosen ganz ausgezogen und jagt den nackten Gitarristen durch die VIP-Lounge.

Gus nimmt einen Schluck von seinem Gin Tonic.

»Und, was wirst du als Nächstes machen?«

Rob wird klar, dass er darüber noch nicht nachgedacht hat. Er hatte einen Tag nach dem anderen gelebt. War morgens aufgestanden, hatte seine Tasche gepackt, sich in den Flieger gesetzt, war zum Hotel gefahren, hatte Interviews gegeben, war zum Veranstaltungsort gefahren, hatte einen Soundcheck gemacht, was gegessen, hatte vorgeglüht, die Bühne zwei Stunden lang gerockt und danach noch weitergefeiert, bis er ins Bett gekippt war.

Und jetzt? Sie würden erst in zwei Monaten wieder zusammenkommen, um an neuen Songs zu schreiben. Das war noch eine Ewigkeit.

»Was machst du denn?«, fragt er Gus.

»Ich bleibe noch eine Weile in der Stadt. Werde ein paar alte Freunde treffen. Danach fahre ich bestimmt nach England und werde mich zu Hause ein bisschen ausruhen. Aber jetzt muss ich pinkeln.«

Rob sieht ihm hinterher.

Zu Hause? Wäre das in seinem Fall dann Schweden? Er ist schon seit Jahren nicht mehr in seiner Heimat gewesen. Seit der Beerdigung.

Es kribbelt im ganzen Körper, wenn er daran denkt. Verdammt, warum dachte er ausgerechnet jetzt daran?

»YEAAAAH!«

Plötzlich springen alle gleichzeitig auf und tanzen und brüllen wie Besessene.

Es dauert ein paar Sekunden, bis Rob begreift, was los ist. Dann hört er die Riffs, die aus den Lautsprechern dröhnen. Seine Riffs.

A funeral to die for.

TT Bones zerrt ihn vom Sofa.

»Jetzt komm schon, König. Das ist doch dein Song, Mann. Beweg dich!«

Rob kommt auf die Beine. Legt seinen Arm um TT Bones und tanzt und hüpft mit den anderen mit. Aber es fühlt sich nicht richtig an. Unnatürlich. Schwer und steif und einfach falsch.

Jemand legt ihm von hinten einen Arm um seine Schulter, zieht ihn an sich, lehnt den Kopf gegen seine Schulter und schiebt eine Selfiestange vor. Ein Blitz blendet ihn.

»Danke, Mann! Du bist echt cool!«

Sekunden später ist die Person wieder verschwunden. Einer der Wachleute hat sie entfernt.

Aber auf einmal stürmen sie in die Lounge. Fünfzig Leute oder vielleicht auch hundert. Tische und Stühle stürzen um, und Rob sieht, wie die beiden riesigen Wachmänner vergeblich versuchen, der Menschenmenge Herr zu werden. Aber es ist, als würde man eine Welle mit den Händen aufhalten wollen. Die Leute drängen rechts und links an Rob vorbei. Hunderte von Handys sind in der Luft. Stifte und Blöcke wedeln vor seiner Nase. An ihm wird gezerrt, er wird angeschrien. Zwei rote Lippen pressen sich auf seine. Eine warme, feuchte Zunge dringt in seinen Mund, und zwei riesige, weiche Brüste drücken sich gegen seinen Körper.

Er bekommt einen harten Schlag gegen den Kopf. Was soll das? Da sieht er Wakkos Bein in der Luft. Er muss vom Tisch in die Fanmenge gesprungen sein.

Idiot.

Die Musik hämmert. Rob wird ein Drink in die Hand gedrückt, doch direkt danach rempelt ihn jemand an, und er verschüttet die Flüssigkeit über seinen Pullover. Den Rest des Drinks gießt er dem Typen über den Kopf, der in ihn hineingestolpert ist. Rob versucht, abzuhauen. Aber es ist zu eng, zu verschwitzt, zu laut. Ein Handy taucht wenige Zentimeter vor seinem Gesicht auf und trifft ihn dabei am Auge.

Rob schlägt das Gerät mit der Hand weg, und es fliegt quer über die Menge.

»Hey, was soll das?«

Ein bärtiger Mann mit einem ObstiNation-T-Shirt und stinkendem Atem schreit ihm ins Ohr. Rüttelt an seinem Arm.

Ohne nachzudenken, schlägt Rob zu. Eine geballte Faust direkt ins Gesicht. Der Mann fällt nach hinten. Die Leute schreien, weichen zurück. Aber nicht alle. Ein hochgewachsener Mann mit Glatze rempelt ihn an.

Die Luft ist voller Schweiß und Adrenalin und nervtötenden elektronischen Beats. Er muss da weg, aber es geht nicht. Der Glatzköpfige grinst ihn an. Es ist schon zu spät, das weiß er genau. Jetzt kann er nicht mehr zurück. Sein Gesichtsfeld verengt sich. Alle Geräusche verstummen. Er sieht nur noch dieses dämliche Grinsen. Lippen, die abfällige Dinge sagen.

Rob ballt die Fäuste und stürzt sich auf den Typen.

Hanoi, Vietnam

Es gießt wie aus Eimern, während Than Vu im Zickzack um die immer größer werdenden Pfützen zurück zum Lieferwagen rennt. Eine letzte Kiste noch. Und die soll in ein Restaurant, das in dem Stadtteil liegt, wo er seine kleine Überraschung abholen wird. Aber bei diesem Verkehr wird es mindestens eine halbe Stunde dauern. Mindestens.

Ein kurzer Blick auf die Uhr. Am liebsten wäre er jetzt schon zu Hause. Um sich auszuruhen, bevor die Gäste kommen. Ein kaltes Tiger Beer, oder auch zwei. Duschen. Ein bisschen Musik hören.

Sein Telefon klingelt, als er gerade den Wagen starten will.

»Hallo?«

»Hallo, Kumpel. Wie läuft's?«

Diese schleppende Stimme mit dem kaum hörbaren, aber doch unverkennbaren herablassenden Ton, dem man vor allem bei Neureichen begegnet.

Lillen.

»Die Straßen sind voll, aber ich habe nur noch eine Lieferung.«

»Perfekt. Du machst deine Sache echt gut.«

Than schluckt angestrengt. Lillen hat vor, ihm noch mehr Arbeit aufzuhalsen. Sonst würde er nicht mit einem Lob anfangen.

»Danke«, erwidert er kurz angebunden.

»Du, ich muss dich um einen Gefallen bitten. Eine Lieferung von Souvenirs kommt in Noi Bai an, und die muss sofort ins Speziallager gebracht werden.«

Than Vu schließt die Augen. Das Speziallager, mit Sicherheitspersonal und Überwachungskameras, liegt auf der anderen Seite der Stadt. Wenn er erst zum Flughafen und dann dorthin fahren muss, wäre er erst zu Hause, wenn die Gäste kamen.

»Das wird schwierig«, versucht er es. »Ich habe heute Gäste eingeladen und ...«

»Ich würde dich nicht bitten, wenn es nicht wirklich wichtig wäre.«

Than Vu will noch etwas erwidern, aber Lillen hat bereits aufgelegt.

Eine Weile sitzt er reglos da, starrt auf sein Handy. Dann schreit er laut auf und schlägt mit der Faust auf das Lenkrad.

Massingir, Mosambik

Abel Tamele verschlingt den Maisbrei in Windeseile und fragt dann, ob er aufstehen darf.

»Bleib noch einen Augenblick sitzen«, befiehlt Halima.

Ein Fahrzeug nähert sich laut dröhnend, und die ganze Familie sieht durch die geöffnete Tür, wie der glänzende Toyota Prado an ihrer Hütte vorbeirollt. Der verchromte Grill glitzert wie ein breites Grinsen in der Sonne.

»War das nicht Thomas?«, fragt Halima.

»Weiß ich nicht«, sagt Daniel und starrt auf seinen leeren Teller.

Aber natürlich hat er ihn erkannt. Natürlich war es Thomas. Er also auch.

Halima sieht ihren Mann an und legt ihre Hand auf seine.

»Wir kommen schon klar, irgendwie wird es gehen. Ich kann Marcia nochmal um einen Sack Maismehl bitten.«

Daniel antwortet nicht. Die Worte seiner Frau legen sich wie zentnerschwere Felsen auf seine Schultern.

»Darf ich jetzt gehen?«, fragt Abel. »Die anderen warten doch schon.«

Halima nickt, und Abel rennt aus der Hütte zum Fußballspielen.

Daniel deckt den Tisch ab und stapelt die Teller zu einem kleinen Turm. Stellt ihn in die Plastikschüssel und will Wasser holen gehen, bleibt aber abrupt stehen.

Draußen auf der Straße sind Schreie zu hören. Und Weinen. Die Trauer einer verzweifelten Frau. Daniel geht nach draußen, um nachzusehen. Halima folgt ihm.

Ein mitgenommener Isuzu Pick-up rollt langsam den Weg entlang. Er zieht eine Staubwolke hinter sich her, und mehrere Menschen versuchen, einen Blick auf die Ladefläche zu werfen. Halima schlägt eine Hand vor den Mund, die andere legt sie Daniel auf den Rücken. Und dann begreift auch er, was sie da sehen.

Wen sie da sehen.

Er versucht zu atmen, aber sein Brustkorb hat sich zusammengezogen. Er rennt los, bleibt aber nach ein paar Metern wieder stehen. Will am liebsten umdrehen. Weglaufen. Sich die Ohren zuhalten und einfach immer weiterlaufen und nie wieder ein Wort über den Pick-up oder seine Last auf der Ladefläche hören. Aber er bleibt stehen, sein Mund ist ganz trocken, und er friert in der feuchten Wärme.

Er weiß ja schon, was passiert ist. Er hat es in Adeles Gesicht gesehen. Adele, die sich krampfhaft an der Ladefläche festhält, während sie am ganzen üppigen Körper zitternd neben dem Wagen herläuft und ihr buntes Kleid um ihre Waden flattert.

Und auf der anderen Seite des Wagens: Kinder. Die keine Mühe haben, zu laufen und ab und zu neugierig hochzuhüpfen, um einen Blick auf den Menschen zu erhaschen, der auf der Ladefläche hin- und herschaukelt.

Daniel stellt sich auf den Weg und hält die Hand hoch,

um den Pick-up zum Halten zu bringen. Er kennt den Fahrer. Ein wortkarger und fast zahnloser Mann um die fünfzig, der schon viele zuversichtliche junge Männer zur Grenze gebracht und wieder abgeholt hat. Auf dem Beifahrersitz kauern zwei durchtrainierte junge Männer mit weit aufgerissenen Augen und starren Daniel an, ohne ihn wirklich zu sehen. Freunde seines Cousins. Sie hatten die Grenze gemeinsam überquert.

Der Wagen hält. Daniel schreit die Kinder an, dass sie verschwinden sollen, und sie laufen tatsächlich weg und stellen sich in den Schatten eines alten Grenadill-Baums, lassen das Fahrzeug aber keine Sekunde aus den Augen.

Der Motor erstirbt. Die ganze Welt verstummt, sogar die Vögel. Daniel läuft um den Wagen herum zur Ladefläche.

Jomo ist in eine schmutzige graue Decke gewickelt, die auf der langen, unruhigen Fahrt zur Seite gerutscht ist und seinen Kopf, eine Schulter und ein Bein freigegeben hat.

Der Tod hat seine Gesichtszüge verändert. Sie sind kantiger, gerader. Er hat die ausgetrockneten Lippen eines alten Mannes, und das Haar ist grau vom Staub.

Daniel zieht die Decke beiseite. Jomos Hemd ist schmutzig, aber unversehrt, es ist kein Blut zu sehen. Neben dem Wagen steht Adele und weint herzzerreißend. Er kann sie nicht ansehen.

Die Beifahrertür öffnet sich. Jemand steigt aus und stellt sich neben ihn.

»Sie haben ihm in den Rücken geschossen«, sagt einer von Jomos Freunden.

Daniel nickt, ohne den Blick von dem toten Körper abzuwenden.

»Wir hatten noch keins erlegt. Aber sie haben uns entdeckt und ihre Hunde auf uns losgelassen. Ich wurde gebissen.«

Aus dem Augenwinkel sieht Daniel, wie der junge Mann sein Hemd hochkrempelt und ihm seinen Unterarm hinhält, aber auch das will er nicht sehen. Der Mann redet ununterbrochen weiter, doch Daniel hört nur vereinzelte Wörter. Dass sie einen der Hunde mit einer Machete getötet hatten, den anderen mit einem Gewehr erschossen. Dass sie geflohen waren, aber die Wachen sie gejagt hatten. Dass Jomo getroffen wurde, aber weiterlief, und dann hatten sie ihn die ganze Nacht hindurch geschleppt und getragen.

Halima hat Adele in den Arm genommen. Sie stehen eng umschlungen da und wiegen sich hin und her. Adeles mächtiger Körper zittert mit jedem Schluchzer. Daniel weiß nicht genau, ob sie im fünften oder sechsten Monat ist.

Jetzt hat er die Verantwortung, die beiden zu versorgen. Adele und ihr ungeborenes Kind. Wie soll er das schaffen, wenn er noch nicht einmal seine eigene Familie ernähren kann? Er sieht auf seine Hände und merkt, dass sie genauso krampfhaft die Kante der Ladefläche umklammern wie Adele zuvor.

New York City, USA

Als Rob Chazey aufwacht, liegt er bäuchlings auf einem Ledersofa, das nach Männerparfüm und Zigaretten riecht. Der Regen schlägt gegen die Fensterscheibe. Seine Wange klebt am Leder, und es brennt, als er vorsichtig den Kopf hebt.

Er richtet sich auf. Seine Hände zittern, seine Schultern auch. Sein ganzer Körper. Als würde er in einer Badewanne mit Eiswasser sitzen.

Er kennt dieses Gefühl aus früheren Zeiten, und er weiß, was er dagegen tun kann. Er muss etwas nehmen. Nur ein wenig, um die Panik zu dämpfen. Er legt die Handflächen aufs Sofa und erstarrt, fürchtet sich vor seinen eigenen Gedanken. Das Zimmer schwankt. Wie, ich muss etwas nehmen? Warum das denn? Habe ich gestern etwa auch schon was genommen?

Das Bild von einem winzigen Kellerloch taucht auf. Eine Hand greift nach den Pillen. Seine Hand.

Scheiße, Scheiße, Scheiße.

Instinktiv greift er sich in den Schritt und an die Innenseite der Oberschenkel. Wenigstens hat er sich im Schlaf nicht in die Hose gepisst. Das ist ihm oft passiert, wenn er sich mit Drogen vollgepumpt hatte.

Er stützt die Ellbogen auf seine Knie und legt den Kopf in die Hände, versucht sich an letzte Nacht zu erinnern. Aber er sieht nur Fragmente. Gesichter, die er nicht kennt. Leblose Augen. Ein Sofa mit rotem Bezug, wie in einem billigen Diner. Auf dem Tisch liegen ein runder Spiegel und ein verchromtes Röhrchen. Es sind noch Spuren von feinen Linien zu sehen.

Er muss aufstoßen, es schmeckt bitter. Tief durchatmen, Rob. Du musst die Übelkeit unterdrücken.

Es gelingt ihm, seinen Atem zu beruhigen, und er sieht sich in der Wohnküche um. An einem Tisch sitzt ein blasser Typ in schwarzen Klamotten und schläft, sein Oberkörper liegt auf der Tischplatte, er hat kaum Platz zwischen den unzähligen Flaschen und Dosen.

Rob blickt aus dem regennassen Fenster. Eine große Straße, direkt vor dem Haus. Gegenüber heruntergekommene Industriegebäude. Die Bronx? Oder vielleicht Queens? Wo sind Wakko und TT Bones? Wie konnten die mich hier einfach alleinlassen?

Oder bin ich abgehauen?

Eine Windböe schlägt den Regen gegen die Scheibe. Das Geräusch weckt andere Erinnerungen. An die Wohnung, in der er aufgewachsen ist, in der Munkgatan in Arboga. An graue Tage, an denen Rob in seinem Bett saß und durch das regennasse Fenster sah. Daran, wie er den Verkehr unten auf dem Gamla Örebrovägen beobachtete. Alle waren auf dem Weg irgendwohin. Alle außer ihm.

Rob reißt seinen Blick vom Fenster los und kratzt sich an der Brust. Der Stoff seines T-Shirts ist ungewohnt steif. Steif und gelbbraun von getrockneter Kotze.

Er reißt sich das T-Shirt vom Leib, als wäre es voller

Ameisen und wirft es auf den Boden. Es landet direkt neben seinem lila Samtjackett. Er hebt es hoch und begutachtet es. Keine Kotze. Sehr gut. Zieht es über seinen nackten Oberkörper. Überprüft dann, ob sein Handy noch hinten in seiner Hosentasche steckt.

Seine Hand tut weh, sein Handrücken ist voller Schürfwunden und getrocknetem Blut.

Fragmente von der Prügelei mit einem Fan letzte Nacht tauchen wieder auf. Die Angst legt sich wie eine stickige, feuchte und stinkende Decke um ihn, und er würde sich am liebsten in Luft auflösen. Er wollte das doch nie wieder tun. Nie wieder. Er muss sofort hier weg. Wo zum Teufel sind seine Schuhe?

Er sucht die Wohnung nach ihnen ab. Die Badezimmertür steht offen. Das Waschbecken ist voller Blutflecken, und neben der Seife liegt eine benutzte Spritze. Eiswasser strömt durch Robs Körper, er starrt auf seine Unterarme, sucht verzweifelt nach Einstichstellen, findet keine. Sein Atem beruhigt sich wieder, aber die Hände zittern.

Im Schlafzimmer liegt ein Dunkelhäutiger auf dem Bett und schläft. Er wiegt mindestens zweihundert Kilo. Auf dem Nachttisch liegen drei Rollen mit Dollarscheinen, die mit bunten Gummibändern zusammengehalten werden.

Im Flur findet Rob schließlich seine schwarzen Converse unter einer Kapuzenjacke, die jemand auf den Boden geworfen hat. Er zieht sie an und verlässt die Wohnung.

Die Straße ist leer. Der kühle Wind verstärkt das Zittern. Er erhöht sein Tempo, um warm zu werden.

An der nächsten großen Kreuzung winkt er sich ein gelbes Taxi heran, steigt hinten ein und bittet den Fahrer, ihn ins Hotel zu bringen.

Er lehnt sich zurück. Lauscht dem monotonen und beruhigenden Geräusch der Räder auf dem Asphalt. Seine Muskeln entspannen sich endlich, aber sein Kopf arbeitet auf Hochtouren, und er befürchtet, dass er gleich explodiert.

So ist es immer gewesen. Jeden Morgen ist er davon wach geworden, dass sein Kopf auf Hochtouren lief. Am Anfang hat er die Geschwindigkeit mit Alkohol gedämpft, später mit Tabletten. Vor allem mit Benzos. Am Ende alles, was es gab.

Aber das war vorbei. Seit zwei Jahren hat er nichts mehr genommen.

Bis auf heute Nacht.

Die stinkende Decke legt sich noch enger um ihn. Er hat Schwierigkeiten, zu atmen.

Um sich abzulenken, holt er sein Handy aus der Hosentasche. Checkt die Termine für den kommenden Tag.

14.00: Bierbrunch mit geladenen Journalisten auf der Dachterrasse des Hotels.

Nein, nein, nein. Warum hatte Gus ausgerechnet heute noch so eine Pressekonferenz angesetzt? Hätte der letzte Auftritt im Madison Square Garden nicht dieses eine Mal das Ende der Tour sein können? Und was, wenn jemand ihn beim Konsum von Drogen beobachtet hatte? Oder bei der Prügelei? Als es losging, waren haufenweise Handys um ihn herum. Darum wird es in jeder Frage gehen.

Langsam blättert er weiter im Kalender. Nach der Pressekonferenz steht ein Sponsorentreffen an. Auf dieser

Art von Veranstaltung wird von Rob und seinen Bandkollegen immer erwartet, dass sie einen Haufen Bums- und Drogengeschichten zum Besten geben, bis die Augen des PR-Chefs vor Begeisterung glänzen. Um diese Arschkriecherei auszuhalten, muss Rob sich aber vorher ordentlich volllaufen lassen. Und am Abend findet dann dieses bescheuerte Bankett statt, auf dem es noch mehr Alkohol geben wird und auf dem die Drogen auf Silbertabletts herumgetragen werden. Er weiß jetzt schon, dass ihn das fertigmachen wird, gleichzeitig sehnt er sich danach, obwohl er genau weiß, wohin es führt. Genauso war es bei seinem ersten Rückfall und dann …

Ihm dreht sich der Magen um. Er bittet den Taxifahrer anzuhalten, und ehe der Wagen noch vollständig zum Stehen gekommen ist, hat Rob schon die Tür aufgerissen und in eine ölige Wasserpfütze gekotzt.

Kalter Regen fällt ihm in den Nacken, aber er lässt den Kopf noch eine Weile hängen.

»Alles in Ordnung?«, fragt der Fahrer, ohne einen Anflug von Wut oder Verwunderung.

Rob richtet sich wieder auf und schließt die Tür.

»Ja.«

Aber es geht ihm überhaupt nicht gut. Alles geht den Bach runter. Er war damals von Los Angeles nach New York gegangen, weil er den ständigen Suff und die Panikattacken nach seinen Drogenexzessen hinter sich lassen wollte.

Nicht dass New York besonders puritanisch wäre, aber hier waren Drogen und Dekadenz eine Art Abfallprodukt der kreativen Prozesse, in L. A. waren sie Hauptlebensinhalt.

Das Taxi fährt weiter, und Rob vertieft sich wieder ins Handy, um die Panik in Schach zu halten. Er scrollt durch die Kommentare auf der Facebook-Seite der Band. Die Fans überschlagen sich vor Begeisterung über den letzten Gig. Aber das wäre auch noch schöner. Sie waren großartig gestern. Königlich.

Dann sieht er den Beitrag von Wakko, den er kurz nach ein Uhr nachts geschrieben hat.

»Kommt zu uns in den Bowery Ballroom. Wir feiern dort weiter.«

Darum war es also zu diesem Chaos gekommen.

Er schließt die App und öffnet seinen privaten Mailaccount. Zweiundzwanzig unbeantwortete Mails. Eine ist von seinem sogenannten Vater, er löscht sie, ohne sie gelesen zu haben. Er begann erst, Kontakt zu ihm aufzunehmen, nachdem Rob berühmt geworden war. Seitdem schrieb er seitenweise, dass er es bereute, nicht schon früher für ihn da gewesen zu sein und dass er sich wünscht, dass sie sich kennenlernen.

Fahr zur Hölle, du verdammtes Arschloch.

Er scrollt weiter. Die meisten Mails sind uninteressant. Eine aber ist von Tinus van Hoebeek. Bei jeder Mail von diesem Mann fühlt sich Rob für einen Moment lang wie ein guter Mensch. Genau das Richtige an so einem Morgen.

Er öffnet die Nachricht, aber die kleinen Buchstaben verschwimmen vor seinen Augen. Darum macht er einen Screenshot, speichert die Datei ab, öffnet sie als Bild und zoomt nah heran.

Langsam liest er die Nachricht. Danach gleich noch einmal, um den Inhalt wirklich zu verstehen.

Das ist doch unfassbar.

Er öffnet die Mail erneut, scrollt ans Ende bis zum angehängten Foto. Es ist schrecklich. Es ist so grotesk, dass er es kaum aushält.

Er legt das Handy mit dem Display nach unten auf den Sitz neben sich. Überlegt kurz, Tinus anzurufen, um Genaueres zu erfahren. Sie haben lange nicht mehr miteinander gesprochen. Aber er folgt diesem ersten Impuls nicht, sondern spürt, wie ein ganz anderer Gedanke in ihm geboren wird.

Sein Herz rast, der Geruch der Ledersitze kitzelt in seiner Nase, die Geräusche werden deutlicher, und das graue Licht der Morgenstunden hat auf einmal eine ganz andere Intensität.

Er lehnt sich vor zum Taxifahrer.

»Fahren Sie mich doch lieber zum JFK.«

»Klar.«

»Und vorher nach Brooklyn Heights bitte. Ich muss nur kurz nach Hause und ein paar Sachen holen.«

Rob lehnt sich zurück. Die Panik legt sich langsam.

»Und, was wirst du als Nächstes machen?«, hatte Gus ihn gefragt.

Rob weiß ganz genau, was er tun wird.

Hanoi, Vietnam

Der Regen strömt über die überfluteten Straßen und reißt Plastiktüten, Zigarettenschachteln, Kartons und Essensreste mit sich, die sämtliche Gullys verstopfen und das Wasser noch schneller ansteigen lassen.

Die Scheibenwischer des Lieferwagens führen einen aussichtslosen Kampf gegen die Wassermassen. Than Vu sitzt dicht übers Lenkrad gebeugt und kneift die Augen zusammen, um überhaupt etwas sehen zu können. Die Bremslichter des kleinen Mazdas vor ihm leuchten auf, und dann steht der Verkehr schon wieder still. Ein Motorroller mit einer ganzen Familie fährt links an ihm vorbei. Sie sind völlig durchnässt, aber wenigstens kommen sie vorwärts.

Than Vu denkt an seine Mutter. Auch sie hatte in strömendem Regen einen vollkommen überladenen Roller gefahren. In dem weißen Lack hatte die Polizei rote Spuren eines anderen Fahrzeugs gefunden. Aber sie hatten die Sache nicht näher untersucht, sondern gefolgert, dass sie wahrscheinlich zu schnell gefahren war und die Kontrolle verloren hatte.

Than hat sich oft gefragt, ob seine Mutter wohl Angst gehabt hatte. Ob sie Schmerzen gehabt hatte.

Seine wunderbare Mama, mit den weichen, sanften Bewegungen und dem langen, glänzenden Haar. Seine Mama, die ihm versichert hatte, dass er alles werden konnte, was er wollte, wenn er groß war.

Und das hat er auch vor. Für Huong Xuan zu arbeiten, ist ein erster Schritt in die richtige Richtung. Wenn er erst einmal genug verdient und sich ein Fundament geschaffen hat, dann kann er die Branche wechseln. In die USA ziehen. Nach Kalifornien. Eine erfolgreiche Kaffeehauskette gründen. Die amerikanischen Touristen lieben den vietnamesischen Kaffee; er hat oft gesehen, dass sie sich die vietnamesischen Kaffeekocher als Souvenir kaufen. Wahrscheinlich sind die kleinen Aluminiumbehälter, mit denen man direkt auf der Tasse den Kaffee aufbrüht, etwas Besonderes.

Das könnte eine Marktlücke sein, seine Marktlücke. Den Kunden in bester Lage vietnamesischen Kaffee servieren, immer mit Meerblick, auf Tischen aus alten Surfboards, mit weißen Stränden und schönen Menschen hinter den blitzblanken Fensterscheiben.

Langsam setzt sich die Autolawine wieder in Bewegung. Wie weit ist es noch zur Abfahrt? Einen Kilometer vielleicht noch. Dahinter müsste es eigentlich besser werden.

Er versucht, sich aufzumuntern. Es war leichter gewesen als erwartet, die Fracht vom Flughafengelände zu bekommen. In einer Viertelstunde würde er beim Speziallager sein können, und dann wäre endlich alles erledigt.

Er hofft sehr, dass noch jemand im Speziallager ist, der ihm beim Tragen der Holzkiste helfen kann. Die ist nämlich verdammt unhandlich. Sogar der bestochene Zollbeamte hatte sich beschwert, als sie die Kiste gemeinsam in den Lieferwagen gewuchtet hatten.

Souvenirs, hatte Lillen den Inhalt der Lieferung beschrieben. Was so viel heißt wie Hörner von Nashörnern. Die Kiste war nämlich nicht groß genug für Elfenbein. Und eigentlich werden nur diese beiden Waren direkt vom Flughafen ins Speziallager gebracht. Und Heroin natürlich.

Than Vu schaltet das Radio ein. Es ist ein amerikanischer Rocksong, er dreht die Lautstärke auf und singt lauthals den Refrain mit:

»Funelol ta dai fooo!«

Diesen Song würde er bei der Eröffnung seiner Kaffeehauskette in Kalifornien spielen. Er trommelt im Takt aufs Lenkrad und spürt, wie sich seine Laune merklich bessert, aber da klingelt sein Telefon, und die Sehnen in seiner linken Schulter sind auf einmal gespannt wie Drahtseile. Bitte nicht Lillen. Bitte nicht. Nicht noch einen Zusatzauftrag.

Er schaltet das Radio aus, schnappt sich sein Handy und sieht aufs Display. Der Hausverwalter. Nicht ganz so schlimm wie Lillen, aber nah dran. Er legt das Gerät zurück auf den Beifahrersitz und lässt es klingeln.

Than Vu sieht auf die Uhr. Vielleicht wird es doch nicht so stressig.

Da klingelt das Handy schon wieder.

Verdammt.

Er schielt aufs Display und entspannt sich. Es ist nicht der Hausverwalter, sondern Duc Ho, der Verkäufer der Überraschung. Wahrscheinlich fragt er sich, wo sein Kunde bleibt.

Than Vu antwortet:

»Hallo, gut, dass du anrufst. Ich wollte mich gerade bei dir melden«, sagt er. »Der Verkehr ist die Hölle bei dem Wetter, darum verspäte ich mich ein bisschen.«

»Dein Geld ist nicht gekommen.«

Sein Ton ist kurz angebunden. Ganz anders als sonst.

»Was meinst du damit? Ich habe es doch vorgestern auf dein Konto eingezahlt.«

»Es ist noch nicht da. Ich sitze gerade am Rechner und habe nachgesehen.«

Ein vollbepacktes Motorrad schneidet ihn so scharf, dass einer der hinten festgezurrten Reissäcke den Seitenspiegel von Thans Lieferwagen streift. Idiot.

»Mann, wie ätzend. Ich rufe morgen bei der Bank an.«

»Ich kann dir die Ware nicht geben, bevor du nicht bezahlt hast.«

»Aber ich habe doch bezahlt, das habe ich gerade gesagt. Der Fehler muss bei der Bank liegen. Du weißt doch, wie die sind.«

»Dann musst du das mit deiner Bank klären. Oder du bringst Bargeld mit. Ansonsten wird das heute nichts.«

Der Verkehr lichtet sich. Than Vu klemmt sich das Handy zwischen Kinn und Schulter und schaltet in den zweiten Gang.

»Wie, das wird heute nichts? Ich brauche das Ding heute Abend.«

»Und ich brauche mein Geld vorher.«

Verdammter Idiot.

»Ja, ja, ist gut, mir fällt schon was ein.«

»Du hast noch bis sechs Uhr Zeit. Dann muss ich los, zum Flughafen. Geschäftlich nach Laos.«

Das Gespräch ist beendet. Than Vu schleudert das Handy mit einer solchen Wucht auf den Beifahrersitz, dass es in den Fußraum fällt.

Was für ein verdammtes Arschloch. Was glaubt der eigentlich, wer er ist?

Ich muss geschäftlich nach Laos.

Von wegen. Er muss nach Laos, um billige Huren vom Kinderstrich zu vögeln, das meint er wohl, dieser schleimige Widerling.

Than Vu schlägt mit der Handfläche aufs Lenkrad.

Scheiße, Scheiße, Scheiße.

Wenn es jemand anderes gewesen wäre, hätte er ihn daran erinnern können, für wen er arbeitet. Aber nicht Duc Ho, der hat Kontakte bis ganz nach oben in die Partei.

Than Vu drückt auf die Hupe. Er hätte große Lust, das Gaspedal durchzudrücken und dem kleinen Mazda, der immer noch vor ihm hängt, hinten reinzufahren.

Was soll er denn jetzt machen? Er kann unmöglich in so kurzer Zeit so viel Geld beschaffen. Er hatte die Hoffnung gehabt, auch dieses Mal anschreiben lassen zu können. Nach der Chinareise wird er alle seine Schulden begleichen können.

Er fährt sich mit der Hand durch die regennassen Haare, öffnet das Handschuhfach und holt eine Packung Thang-Long-Zigaretten heraus.

Der Regen tropft auf seine Schulter, als er die Fensterscheibe herunterkurbelt. Er nimmt ein paar tiefe Züge und versucht, nachzudenken. Was soll er jetzt machen? Es muss einen Weg geben.

Seine Gedanken wandern zu der Holzkiste im Laderaum.

Nein, denk nicht einmal daran!

Der Verkehr ist weiterhin zäh, aber immerhin kann er endlich das Abfahrtsschild sehen.

Da hört plötzlich der Regen auf. Zwischen den Wolken tauchen blaue Streifen auf, und in der Ferne ist ein Regenbogen zu sehen. Than Vu wechselt die Spur und fährt ab. Der Verkehr lichtet sich sofort. Endlich.

Er muss daran denken, was Lillen über den Inhalt der Holzkiste gesagt hat. »Souvenirs«, also wohl Hörner. Sicher zehn bis fünfzehn. Unsortiert. Vielleicht noch gar nicht kontrolliert und gezählt?

Er könnte doch eins ausleihen. Die Kiste sollte erst nächste Woche geliefert werden. Bis dahin hatte er seinen Bonus erhalten. Dann konnte er seine Schulden bei dem Kinderficker bezahlen, ein neues Horn kaufen und es abstottern.

Aber war es klug, Huong Xuan zu bestehlen? Er würde ihn umbringen, sollte er es herausfinden. Ihn zu den Schlangen werfen, wie diesen Typen in Da Nang.

Er nimmt noch ein paar tiefe Züge und wirft dann den glühenden Zigarettenstummel aus dem Fenster. Aber das ist ja kein richtiger Diebstahl. Das ist ja nur eine Leihgabe. Und es wird auch niemand davon erfahren.

Im Lieferwagen liegt eine Brechstange und eine Schachtel mit Nägeln. Er kann die Kiste öffnen und wieder verschließen, ohne dass es jemand merkt. Mit ähnlichen Kisten hat er das schon hundertmal gemacht.

Er biegt erst in eine kleine Seitenstraße, dann nach rechts ab und fährt ein Stück auf einer holprigen Schotterpiste mit mehreren Pfützen undefinierbarer Tiefe weiter. Vor dem Zaun einer verlassenen Baustelle hält er an, steigt aus und öffnet die hintere Tür des Lieferwagens.

Seit über einem Jahr schuftet er wie ein Hund. Hat geschmuggelte Tiere verpackt und ausgeliefert, bis seine Hände geblutet haben. Es ist doch nur fair, dass er dafür ein bisschen belohnt wird.

Vielleicht hat er es deswegen noch nicht so weit gebracht, weil er einfach zu nett ist. Nette Jungs bekommen keine schönen Mädchen. Aber heute Abend wird Phuong ihm gehören.

Er zieht die splittrige Kiste zu sich, greift nach der Brechstange und öffnet vorsichtig den Deckel.

Massingir, Mosambik

Es ist schon längst dunkel, aber die Lampe an der Decke sorgt dafür, dass es trotzdem taghell im Raum ist. Daniel glättet seine zerschlissene Hose und setzt sich dann vorsichtig auf den schwarzen Sessel. Er ist viel weicher als erwartet, und wenn er sich nach hinten lehnt, geben Sitzkissen und Rückenlehne nach. Sofort setzt er sich wieder aufrecht hin, aus Angst, dass er ihn kaputt gemacht hat.

Gito lacht.

»Der soll hin- und herschaukeln. So«, erklärt er auf der anderen Seite des glänzend lackierten dunklen Holztisches und schaukelt auf seinem Stuhl gemütlich vor und zurück.

Daniel bleibt trotzdem lieber gerade sitzen. Der Luftzug des sanft brummenden Ventilators auf dem Tisch streift sein Gesicht, und er genießt die angenehme Kühle.

»Na gut«, sagt Gito und zupft einen kleinen Faden vom Ärmel seines weißen Hemdes. »Lass uns zur Sache kommen. Wann kannst du los?«

»Jederzeit.«

»Gut. Dann schlage ich vor, dass ihr morgen früh aufbrecht. Du gehst mit Samora und Gezani.«

Daniel erwidert nichts. Samora ist ein guter Mann, sie

waren schon zusammen auf der Jagd, und Samora hat auch schon Nashörner erlegt. Aber Gezani ist ein Idiot, der zu viel Phombe trinkt und wie ein Elefant klingt, wenn er sich draußen in der Natur bewegt.

»In Ordnung«, sagt er.

»Hervorragend. Wir haben nämlich einen guten Käufer, musst du wissen«, antwortet Gito und schiebt ihm eine Visitenkarte hin, die auf dem Tisch liegt.

Daniel nimmt sie und sieht sie sich an. Das Papier ist dick und cremefarben, die Buchstaben sind blau. Er dreht die Visitenkarte um. Der Text auf der Rückseite ist in zwei Sprachen geschrieben, aber Daniel beherrscht keine von ihnen.

Eine fröhliche Melodie durchbricht das Schweigen, und Gito greift nach dem goldenen Handy auf dem Tisch. Nach einem kurzen Blick aufs Display sagt er:

»Da muss ich rangehen.«

Er steht auf und stellt sich ans Fenster. Daniel lässt seinen Blick durchs Zimmer wandern. Es ist doppelt so groß wie seine Hütte. Mindestens. An der einen Seite steht ein schwarzes Ledersofa mit einem runden Glastisch davor. An der gegenüberliegenden Wand hängt ein Fernseher, der größer ist als alles, was Daniel je gesehen hat.

In einer Ecke stehen zwei Jagdgewehre gegen einen hohen Holzschrank gelehnt. Und an der Wand hinter dem Schreibtisch hängt ein gerahmtes Foto von Gito und einem lächelnden Mann im Anzug.

Wahrscheinlich ein Politiker, denkt Daniel. Er weiß, dass Gito gute Kontakte zu mächtigen Leuten hat. Im Hintergrund des Fotos kann man das Meer sehen. Türkis. Unendlich weit.

Daniel sehnt sich schon sein Leben lang nach dem Meer. Eines Tages wird er dorthin reisen und mit einem Boot rausfahren und fischen gehen. Mit einem richtigen Boot, nicht so einer kleinen Jolle, wie sie hier benutzt werden. Er hat gehört, was man im Salzwasser fangen kann. Barrakudas, Schwarze Marlins. Fische, die schwerer sind als man selbst.

Gito kommt zurück und setzt sich wieder an seinen Schreibtisch. Schüttelt den Kopf und seufzt übertrieben laut.

»Der Appetit der Schlitzaugen auf Horn ist offensichtlich unersättlich. Vor ein paar Wochen habe ich von einem Chinesen eine Bestellung für fünfzig Hörner bekommen, und jetzt will ein Geschäftsmann aus Laos fünfundzwanzig haben. Und es soll natürlich immer ganz schnell gehen. Als würden die Hörner bei uns auf den Bäumen wachsen, und wir müssten sie nur pflücken.«

Er legt das Handy auf den Tisch.

»Okay. Wo waren wir stehen geblieben? Ach ja, genau, ihr macht euch morgen auf den Weg. Ich sorge dafür, dass du bei Sonnenaufgang abgeholt wirst.«

Gito steht erneut auf, geht zum Holzschrank in der Ecke und nimmt eins der Jagdgewehre. Dann öffnet er den Schrank, holt eine Schachtel mit Munition heraus und legt beides vor Daniel auf den Tisch.

»Das hier ist für dich.«

Daniel betrachtet das Gewehr. Eine Musgrave Repetierbüchse, Kaliber .375. Der Schaft ist gesprungen, der Lauf verrostet. Aber der Schalldämpfer sieht relativ neu aus.

»Ist das deine?«

»Nein, die gehört Joaquim.«

Daniel sieht ihn überrascht an.

»Joaquim, der Polizist?«

Gito lacht über seine Naivität und setzt sich.

Daniel nimmt das Gewehr in die Hände, dreht und wendet es und sieht, dass die Seriennummer weggeschliffen wurde.

»Hast du jemals in deinem Leben ein Nashorn gesehen?«, fragt Gito.

»Nur auf einem Bild.«

»Okay. Das sind große Tiere, sie wiegen so viel wie ein Auto. Aber sie verhalten sich wie Kühe, laufen den ganzen Tag herum und grasen. Es ist ganz leicht, an sie heranzukommen. Samora kann dir alles erzählen, er war schon einmal dabei. Aber du hast mal einen Büffel erlegt, oder? Die sind viel gefährlicher.«

»Vor den Tieren habe ich keine Angst.«

Gito nickt.

»Das Risiko, auf Parkwächter zu stoßen, ist relativ gering, aber solltet ihr das …«

»Dann erschieße ich sie. Sie haben meinen Cousin getötet.«

Gito will etwas sagen, aber erstarrt mitten in der Bewegung mit halb geöffnetem Mund. Wortlos mustert er Daniel einen Augenblick lang.

»Es wird sicher nichts passieren. In einer Woche sitzt du mit deiner Familie zusammen vor eurem neuen Fernseher und genießt ein Festmahl.«

»Bestimmt«, erwidert Daniel und sieht aus dem Fenster.

Einige der Häuser in der Straße sind erleuchtet, und

ganz in der Nähe hört Daniel den lose hängenden Fensterladen im Schulgebäude im Wind quietschen.

Gito erhebt sich, um das Ende der Unterhaltung zu signalisieren.

»Bring so viele Hörner mit nach Hause wie möglich«, sagt er zum Abschied. »Und wenn ihr auf Wilderer aus Simbabwe trefft, dann darfst du die auch ruhig ausschalten. Die Konkurrenz dort draußen im Busch nimmt langsam überhand.«

Shanghai, China

Li Cheng kommt aus dem Fahrstuhl im siebenundfünfzigsten Stock und betritt mit ungewöhnlich schnellen Schritten sein großzügig geschnittenes Büro mit Wänden aus dunklem Granit. Er stellt die schwarze Sporttasche auf den Mahagonitisch, hängt seine Jacke auf, drückt einen Knopf auf der digitalen Steuerkonsole auf seinem Schreibtisch und teilt seiner Sekretärin mit, dass er in den nächsten zwanzig Minuten nicht gestört werden will.

Dann betätigt er einen anderen Knopf, und schwere, dunkle Vorhänge schieben sich vor das Panoramafenster, bis sie sich in der Mitte treffen und die Aussicht auf den Wald aus glänzenden Hochhäusern im Finanzdistrikt der Stadt und auf das historische Stadtviertel auf der anderen Seite des gräulichen Huangpu-Flusses versperren.

Ganz langsam, fast feierlich öffnet er den Reißverschluss der Sporttasche und nimmt Kleidungsstücke und Handtücher heraus, ehe er mit größter Vorsicht ein Paket hochhebt, das darunter verborgen war.

Etwa zwanzig Zentimeter lang ist es und nicht besonders schwer.

Er legt den Gegenstand auf seinen Schreibtisch und beginnt systematisch, das Gaffer-Tape abzuziehen, mit dem die Schutzfolie befestigt ist. Er genießt jeden Millimeter, als würde er eine wunderschöne junge Geliebte entkleiden.

Als er auch den letzten Streifen Klebeband abgezogen hat, wickelt er die Schutzfolie auf und hält den Gegenstand vor sich.

So klein und so rundlich im Vergleich zu den afrikanischen Hörnern. Und auch ganz anders aufgrund seiner fast dreieckigen Form.

Aber so großartig. So kraftvoll.

Er streichelt zärtlich über die Oberfläche, von der glatten Spitze hinunter bis zu der rauen Wurzel. Eine sanfte Welle größten Wohlbefindens durchströmt seinen Körper, wie immer, wenn er eine solche Rarität in den Händen hält.

Ein Java-Nashorn hat dieses Horn getragen. Von dieser Art gibt es nicht einmal mehr fünfzig Exemplare auf der Welt. Und wenn sie in fünf oder sechs Jahren ausgerottet ist, wird der Wert dieses Horns um ein Vielfaches steigen.

Das war die sicherste Kapitalanlage der Welt.

Vorsichtig legt er das Horn auf den Tisch, wickelt es in zwei Handtücher und verstaut es wieder in der Sporttasche. Dann wirft er einen kurzen Blick auf seine Rolex Sky-Dweller.

Es ist Zeit, seine Sekretärin zu bitten, den Wagen vorfahren zu lassen, damit er das Horn in den Tresor bringen kann, ohne in Stress zu geraten.

Zweihundertachtundsiebzig Hörner besitzt er mittlerweile. Viele von ihnen sind echte Raritäten. Und nächste Woche erwartet er zwei weitere Lieferungen. Zwei antike Hörner von einem chinesischen Geschäftsmann aus Dallas in den USA. Sie sind über hundert Jahre alt, und er hat sie auf einer Auktion ersteigert. Die zweite Lieferung sind fünfzig Hörner, die mit dem Schiff aus Mosambik kommen sollen, verborgen in einem Container mit Aluminiumstangen.

Fünfzig Hörner.

Das würde die bisher größte Lieferung sein. Es war Diebesgut aus einer Asservatenkammer einer regionalen Naturschutzbehörde in Südafrika. Ein Insiderjob.

Von dieser großen Lieferung würde er allerdings nur die Hälfte behalten. Um die andere Hälfte würde sich Meisterschnitzer Wang kümmern. Die Spekulanten standen Schlange, um seine reich verzierten Trinkbecher aus Horn zu erstehen. Diese wurden fast ausschließlich von Geschäftsleuten gekauft, die damit ihren Veranstaltungen einen exklusiven Rahmen verleihen wollten, oder die auf der Suche nach einem besonderen Geschenk waren, das den Beamten der Kommunistischen Partei bei der Entscheidungsfindung helfen konnte. Da genügte es schon lange nicht mehr, den Ehefrauen Hermès-Taschen mitzubringen. Heute mussten es Präsente einer anderen Preisklasse sein.

Li Cheng legt die Kleidungsstücke zurück in die Sporttasche und schließt gerade den Reißverschluss, als sein Telefon auf dem Schreibtisch klingelt. Irritiert betätigt er die Sprechanlage.

»Ich dachte, ich wäre deutlich genug gewesen, dass ich nicht gestört werden will.«

»Es ist Herr Huong aus Vietnam. Ich habe ihm gesagt, dass Sie sehr beschäftigt sind, aber er meinte, Sie würden es sehr bereuen, wenn Sie nicht mit ihm sprechen.«

Seine Wut wurde sofort von Neugier abgelöst. Huong

Xuan. Sie hatten schon miteinander Geschäfte gemacht. Li Cheng hatte von ihm sein exklusivstes Horn gekauft. Das Horn des letzten vietnamesischen Nashorns, das 2010 im Nationalpark Cát Tiên von Wilderern erschossen worden war.

Sowohl Vietnamesen als auch Chinesen hatten auf Knien darum gebettelt, dass er ihnen das Horn verkauft. Der Geschäftsführer eines großen Kohlebergwerks in Datong hatte ihm zehn Millionen Yen geboten. Aber Li Cheng hatte abgelehnt, denn er wusste, dass er das Horn in ein paar Jahren für das Doppelte verkaufen konnte.

Er setzt sich in seinen Bürostuhl aus Kalbsleder und richtet instinktiv seine Seidenkrawatte, ehe er seine Sekretärin anweist:

»Verbinden Sie mich, aber auf der sicheren Leitung.«

Die beiden Männer tauschen ein paar kurze Floskeln auf Englisch aus, dann kommt Huong Xuan gleich zur Sache.

»Ich hätte da eine Ware, die Sie interessieren könnte. Sprechen wir ungestört?«

»Ja.«

»Ich erwarte in den nächsten Tagen die Lieferung des exklusivsten Horns überhaupt.«

Jedes Härchen auf Li Chengs Körper stellt sich auf.

»Ein Nördliches Breitmaulnashorn?«

Der Vietnamese kichert.

»Na, Sie machen aber Ihre Hausaufgaben.«

»Wie sind Sie denn daran gekommen?«

»Haben Sie einen Rechner vor sich? Gehen Sie auf die Seite der *New York Times*. Es ist an dritter Stelle bei den Top News, linke Spalte.«

Li Cheng klemmt sich den Hörer zwischen Wange und Schulter, fährt den Computer hoch und ruft die Webseite der *New York Times* auf.

Dort liest er die Überschrift:

Einzigartiges Nashorn in schwedischem Zoo getötet – Art dem Aussterben geweiht

Das Herz schlägt ihm bis zum Hals, seine Wangen werden heiß. Seit Jahren versucht er, an das Horn eines Nördlichen Breitmaulnashorns zu kommen. Vor allem im Kongo war er aktiv, wo die letzten Exemplare bis vor ein paar Jahren noch in freier Wildbahn gelebt hatten. Aber das war Konys Gebiet gewesen. Joseph Kony, der Anführer der brutalen »Widerstandsarmee des Herrn«. Li Cheng hatte keine nützlichen Kontakte gehabt.

Und nach und nach verschwand ein Tier nach dem anderen. Wurde getötet, an ausländische Tierparks verkauft oder in militärisch bewachte Reservate verfrachtet.

Li Cheng hatte die Hoffnung schon fast aufgegeben.

Er räuspert sich und sagt im neutralen Tonfall eines Geschäftsmannes:

»Wenn Sie mir das vordere Horn unversehrt liefern, bezahle ich Ihnen zweihunderttausend Dollar.«

»Der Preis liegt bei siebenhunderttausend.«

»Drei.«

»Es gibt noch andere Käufer, die auch daran interessiert sind.«

Li Cheng kann geradezu hören, wie der Vietnamese am anderen Ende der Leitung höhnisch grinst. Er ist sich auch fast sicher, dass er blufft, aber eben nicht hundertprozentig. Yan Xin aus Peking wäre definitiv an diesem Horn interessiert. Und Zhao Feiyeu aus Tianjin vielleicht auch.

Wie hart durfte er verhandeln?

»Vier.«

»Fünf«, antwortet Huong Xuan.

»Einverstanden. Wann kann ich es bekommen?«

»Das kommt darauf an, wie es geliefert werden soll.«

Li Cheng sieht auf seine manikürten Finger. Bei ihrem letzten Deal hatte der Vietnamese dafür gesorgt, dass die Ware nach Hongkong gebracht wurde. Von dort hatte Li Cheng den Transport mithilfe seiner Kontakte bei Hongkong Airlines übernommen, die dafür gesorgt hatten, dass die Stücke sicher und unauffällig im Handgepäck des Piloten befördert wurden.

»Wie wäre es, wenn wir es wie beim letzten Mal machen?«

»Eine ausgezeichnete Idee. Ich lasse von mir hören, wenn ich weitere Details weiß.«

Hanoi, Vietnam

Die weitläufige Dreizimmerwohnung ist im westlichen Stil geschnitten, mit vielen offenen Flächen, und befindet sich im vierten Stock eines gepflegten Wohnhauses im Stadtviertel Hoan Kiem.

Die Wohnung hatte schon viel Geld gekostet, als Than Vus Vater sie in den Neunzigerjahren gekauft hat. Heute müsste man noch ein paar Nullen an die Kaufsumme hängen, um auch nur in die Nähe der aktuellen Preise auf dem derzeitigen Immobilienmarkt zu kommen.

Im Wohnzimmer stehen siebzehn Gäste, machen Small Talk oder bewundern die Aussicht auf das gepflegte Viertel. Einer lehnt sich so weit vor, dass seine Wange fast die Scheibe berührt, nur um etwas von dem legendären Luxushotel Metropole zu sehen, das weiter unten in der Straße steht.

Die Besucher haben sich schick gemacht und darauf geachtet, ihren ökonomischen Status diskret, aber sichtbar zu zeigen. Acht von ihnen sind Than Vus gute Freunde. Die anderen sind deren Partner oder mitgebrachte Freunde, die er aber nur oberflächlich kennt.

Sie wissen nicht viel über Than Vus Arbeit bei dem Großhändler Huong Trading, noch nicht einmal seine engen Freunde. In der Regel sagt er, dass er für einen Lieferanten arbeitet. Denn das klingt, als würde er in einem Büro sitzen.

Und bald würde das auch der Wahrheit entsprechen. Nach der Chinareise. Solange der große Bluff seines Lebens nicht vorher auffliegt. Was vor einer Stunde beinahe passiert wäre, als es an der Tür klingelte und er mit einem frisch gebügelten Hemd und einer Flasche Champagner in der Hand öffnete.

Der Hausverwalter hatte ihn angestarrt, faltig, fett und schlecht gelaunt, mit langen schwarzen Haaren, die auf den Warzen an seiner Wange wuchsen.

»Ich sehe, dass Sie genügend Mittel haben, um teure Hemden und Champagner zu kaufen. Dann gehe ich davon aus, dass Sie auch die ausstehenden Hausgelder bezahlen können«, sagte er.

Than Vu war es eiskalt den Rücken heruntergelaufen. Er hatte dem Verwalter über die Schulter gesehen, um zu überprüfen, ob die Gäste schon im Anmarsch waren. Was wäre, wenn Phuong ihn mit dem Hausverwalter über unbezahlte Rechnungen streiten sah? Wenn sie hörte, dass er aus seiner eigenen Wohnung fliegen könnte? Sie würde doch auf dem Absatz kehrtmachen.

»Wenn Sie mir noch ein paar Tage geben würden …«

»Sie klingen wie eine kaputte Schallplatte.«

Der Verwalter verschränkte die Arme vor der Brust.

»Ihr Vater war ein feiner Mann, und darum habe ich Ihnen viel mehr Chancen gegeben, als jeder andere Bewohner dieses Hauses bekommen hätte. Aber jetzt ist Schluss damit.«

Than Vu hatte erneut nervös über die Schulter des Verwalters gesehen. War zusammengezuckt, als der Aufzug sich in Bewegung setzte. Standen seine Freunde unten im Erdgeschoss und waren im Begriff, hochzufahren?

Dann hatte er dem Mann fest in die Augen gesehen.

»Sie haben ja recht. Ich war wirklich nachlässig, aber das hat mit der großen Investition zu tun, die ich getätigt habe. Eine Investition, die Ihre Monatseinnahmen für lange Zeit sichert. Kommen Sie kurz rein, dann zeige ich es Ihnen.«

Dann hatte er dem Hausverwalter gezeigt, was in dem Regal in seinem begehbaren Kleiderschrank in ein Handtuch eingewickelt lag. Er ließ es ihn sogar halten.

Und als Than Vu ihm dann versprach, ihm das Geld nächste Woche zu bringen, hatte er nur genickt und Than Vu mit einem ganz anderen Blick angesehen. Mit viel mehr Respekt als früher. Dann hatten sie sich voneinander verabschiedet. Der Verwalter war kaum die Treppe hinuntergegangen, als die Fahrstuhltüren sich öffneten und die ersten Gäste an seiner Tür klingelten.

Than Vu stellt eine weitere Flasche Wein auf die Bar und lässt den Blick über die Runde seiner Gäste schweifen. Die Stimmung ist etwas unterkühlt, abwartend. Sie stehen in kleinen Gruppen zusammen und unterhalten sich, aber es entstehen immer wieder unangenehme Pausen.

Sein Kumpel Bao ist der Einzige, der wie immer ununterbrochen redet, aber nicht einmal sein ansteckender Humor kann die Runde auflockern.

Die Gäste warten auf etwas. Es gibt Gerüchte, dass bald etwas ganz Besonderes aufgetischt wird, aber niemand mag daran glauben, ehe er es nicht mit eigenen

Augen gesehen hat. Than Vu spürt die gespannte Erwartung, und das erfüllt ihn mit einer tiefen Befriedigung.

Lautes Gelächter am Fenster erregt die Aufmerksamkeit aller Gäste. Than Vu sieht, wie Bao gespielt betrunken durch die Gegend taumelt, weil er eine Geschichte erzählt. Bao kann mit jedem reden und Spaß haben.

So wie Than Vus Vater. Er war auch schlagfertig und witzig. Ein soziales Chamäleon, das rasend schnell zwischen lustig und frech und vertrauenerweckend wechseln konnte.

Auf diese Fähigkeit ist Than Vu manchmal neidisch. Er könnte sie gut gebrauchen. Vor allem bei Phuong, die sich immer ein bisschen ziert.

Sie steht zusammen mit Kim Ly an dem großen Fenster und sieht hinunter auf den Verkehrsstrom auf der Ngo Quyen Straße. Die Bluse in Zartrosa liegt weich auf ihrem Rücken auf, und die hauteng sitzende schwarze Hose ist wie geschaffen dafür, ihren kleinen sexy Po zu betonen.

Than Vu nimmt noch eine Flasche Chardonnay aus dem Kühler; teurer Wein, den er aus einem der Restaurants gestohlen hat, die er letzte Woche beliefert hat. Hinter der Lieferantentür hatten mehrere Kisten gestanden, und als sich Than Vu sicher war, dass ihn niemand beobachtete, hatte er sich eine genommen und sie im Lieferwagen unter einer alten Decke versteckt.

Er schraubt den Korkenzieher ein bisschen tiefer in den Korken und geht zu den beiden jungen Frauen.

»Noch einen Schluck?«, fragt er und zieht den Korken scheinbar mühelos aus der Flasche.

Die beiden Frauen lächeln ihn an. Vor allem Kim Ly.

Sie hat einen sehr gewagten Ausschnitt und sieht fast amerikanisch aus mit ihren vollen Lippen und den operierten, runden Augen.

»Gerne«, sagt sie.

Than Vu erwidert ihr Lächeln. Er kennt den besten Weg, das Interesse einer Frau zu gewinnen. Indem man nämlich seine Aufmerksamkeit auf die beste Freundin richtet.

Er schenkt ihnen nach und fragt, ob es ihnen gut geht.

Phuong nickt nur ganz leicht, Kim Ly aber sagt:

»Du wohnst so schön hier. Die Aussicht von hier oben ist toll.«

»Vielen Dank. Ich mag sie auch sehr«, erwidert er und sieht aus dem fast quadratischen Fenster, das vom Boden bis zur Decke reicht.

Die Dämmerung hat sich auf die Stadt gelegt und verbirgt ihren Dreck. Die Schaufenster und Scheinwerfer der Autos unten auf der Straße glitzern.

Er sieht auf die Uhr.

Es ist Zeit.

Ein paar Kilometer südwestlich von der Innenstadt von Hanoi, vor einem streng bewachten Lager, das dem Großhändler Huong Trading gehört, steigen zwei Männer aus einem Wagen und begrüßen den bewaffneten Mann in dem Wachhäuschen. Sie klettern auf die Laderampe, tippen einen sechsstelligen Code ein und schieben eine schwere Stahltür auf.

Die Neonröhre an der Decke wirft ein kaltes Licht auf die Regale und den Betonboden. In einer Ecke brummt leise ein Luftbefeuchter. Die beiden Männer laufen an den Reihen von Kisten vorbei und überprüfen die Aufkleber.

»Hier ist es«, sagt der eine und hebt eine unhandliche Kiste herunter.

»Ich verstehe nicht, warum der Chef das Ding unbedingt haben will«, fügt er hinzu. »Das ist doch gerade erst vor ein paar Stunden hierhergebracht worden.«

Der andere nimmt eine Brechstange aus der Tasche und beginnt, den Deckel abzulösen.

»Ich glaube, dass er es bei sich haben will. Du weißt doch, wie er wird, wenn große Geschäfte anstehen. Da will er jedes kleine Detail kontrollieren. Ganz besonders bei diesem Horn. Die kleinste Schramme, und der Schuldige wird in Stücke gehackt.«

Sie nehmen den Deckel ab. In einem Bett aus Stroh liegen Souvenirs. Hässliche Körbe aus Birkenrinde und Tiere aus geschnitztem Holz mit langen Beinen und großen spitzen Hörnern.

Sie holen die Andenken und mehrere Handvoll Stroh aus der Kiste. Darunter liegt ein Haufen Plastikhelme mit Hörnern und daneben ein Stapel zusammengefalteter Wolldecken.

»Hier muss es sein.«

Zuerst räumen sie die Helme beiseite, dann gehen sie Decke für Decke vorsichtig durch. Drücken, schlagen sie auf, legen sie dann neben sich auf den Beton.

Aber nichts versteckt sich darin.

Zum Schluss wühlen sie in der dünnen Strohschicht, die am Boden der Kiste liegt.

»Hier ist kein Horn. Bist du sicher, dass es die richtige Kiste ist?«

»Hundert Prozent.«

Die Männer richten sich auf und sehen sich nervös an. Sie wissen, was das bedeutet.

Jemand hat sehr, sehr schlechte Karten.

»Ich wollte euch heute etwas Besonderes anbieten«, sagt Than Vu den beiden Frauen, und dieses Mal kann auch Phuong ihr Lächeln nicht mehr unterdrücken. »Kommt mal mit.«

Er geht zurück zur Bar und bittet sie, auf den hohen, lederbezogenen Hockern Platz zu nehmen. Aus dem Regal hinter der Bar nimmt er eine marineblaue Schale aus glasierter Keramik mit dem Umriss eines Nashorns auf der Seite.

Die Schale hat er in Bat Trang gekauft, einem Dorf am Ufer des Roten Flusses, das seit Jahrhunderten bekannt ist für seine Handwerkskunst aus Keramik und Porzellan.

Kim Ly atmet geräuschvoll durch die Nase ein und beginnt scheinbar unbewusst, ihre schlanken Finger zu kneten.

Than Vu greift nach dem verchromten Wasserkocher, füllt ein wenig Wasser ein, stellt ihn zurück und schaltet ihn ein. Das Gerät fängt sofort an zu zischen, und nach etwa dreißig Sekunden gießt Than Vu etwas Wasser in die Schale. Er steckt ein digitales Thermometer hinein, schüttet noch etwas kaltes Wasser nach, rührt um, misst die Temperatur erneut und nickt zufrieden.

»Genau richtig. Es darf nicht heißer als Körpertemperatur sein, stimmt's?«

Die Frauen nicken, aber er sieht ihnen an, dass sie keine Ahnung haben, wie warm das Wasser sein muss.

Dann beugt er sich nach unten und holt das Horn aus dem Regal. Als er es auf die Bar legt und vorsichtig aus dem Handtuch wickelt, werden auf einmal alle Gäste wie magisch angezogen.

Die meisten von ihnen haben in ihrem Leben schon einmal ein Horn von einem Nashorn gesehen, aber meistens nur als kleines Stück. Nie größer als eine Hand.

Doch das hier ist etwas vollkommen anderes. Es ist ein intaktes Horn. Fast einen Meter lang von der schmalen Spitze bis zur breiten Wurzel.

Hätte einer von Than Vus Gästen so einen luxuriösen Gegenstand ausgepackt, würden alle von behandeltem Büffelhorn ausgehen, einer dieser wirkungslosen Kopien, die in letzter Zeit auf den Märkten von Hanoi häufiger zu finden waren als das Original. Aber sie alle wissen, welche Kontakte Than Vu hat, und das genügt schon, um die Echtheit des Horns zu garantieren.

Und seinen Wert.

Das Horn wiegt vier Kilo und dreihundert Gramm. Das entspricht einem Wert von fast dreihunderttausend Dollar im Einzelhandel und ist mehr als das gesamte Jahreseinkommen aller Anwesenden.

Dazu kommt, dass er ihnen die Spitze des Horns anbietet. Jene Stelle, die über die höchste Konzentration der Stoffe verfügt, die eine reinigende und heilende Wirkung auf den menschlichen Körper haben. Die die negativen Auswirkungen von ausschweifenden Partys abmildern können.

Als Than Vu am Nachmittag den Deckel der Kiste geöffnet hatte, waren ihm Bedenken gekommen. Er hatte nur ein einziges Horn gefunden, versteckt unter ein paar

Souvenirs aus Edelhölzern. Zuerst war er davon ausgegangen, dass die anderen Hörner weiter unten in der Kiste waren, konnte aber keine weiteren entdecken.

Sollte er es dennoch wagen? Was wäre, wenn jemand die Kiste vor ihm öffnete? Aber warum sollte das jemand tun? Morgen würde er es ja wieder zurücklegen.

Er hatte das Horn in die Hand genommen und seine Kraft gespürt. Groß, schwer und mit ausreichend Schrammen und Kratzern versehen, dass ein paar zusätzliche gar nicht auffallen würden.

Es war perfekt. Er musste es einfach mitnehmen. Er hatte das Horn in seine Jacke gewickelt und hinter dem Fahrersitz verstaut. Danach hatte er den Deckel wieder verschlossen.

Es ist ja nur eine temporäre Leihgabe, redete er sich ein. Er würde sich auch die Uhr stellen, um es morgen früh wieder an seinen Platz zurückzubringen. Um sieben Uhr würde er aufstehen. Spätestens um acht.

Than Vu hebt das Horn hoch und führt seine Spitze in die Keramikschale. Alle Geräusche sind verstummt. Wie hypnotisiert sehen die Gäste zu, wie er mit kreisenden Bewegungen die Spitze des Horns über den rauen Boden der Schale schaben lässt.

»Dieses Horn ist eine Rarität«, sagt er so beiläufig wie möglich. »Es stammt von einem Nördlichen Breitmaulnashorn aus dem Kongo. An solche Hörner kommt man eigentlich gar nicht mehr heran, aber ich wollte meine Gäste so gerne verwöhnen.«

Bewunderndes Lachen. Er sieht den Glanz in den Augen seiner Gäste. Sie wissen, dass sie an etwas ganz Besonderem teilhaben, womit man später angeben kann.

Dass es sich bei diesem Horn nun ausgerechnet um ein Breitmaulnashorn aus Südafrika handelt, die am häufigsten auftretende Art, werden sie niemals erfahren. Denn der Unterschied zwischen diesen beiden Unterarten ist kaum zu erkennen.

Than Vu unterbricht seine Bewegung und untersucht die entstandene Flüssigkeit. Sie ist trüb geworden, aber noch nicht trüb genug. Darum fährt er damit fort, mit der Spitze des Horns über den Boden der Schale zu schaben.

»Dieses besondere Nashorn hat vor allem in Gebieten gegrast, in denen viele Heilkräuter wachsen, die unserer Fauna sehr ähnlich sind. Darum wird das Pulver des Horns auch eher dem *xiem la*, unserem einheimischen asiatischen Horn ähneln als dem *guang*, dem afrikanischen Horn.«

Er plappert einfach drauf los. Denkt sich Sachen aus. Er weiß genau, dass ihn niemand der Gäste hinterfragt, sondern jedes seiner Worte aufsaugt, das die Exklusivität des Horns noch betont.

Und es funktioniert. Das Lächeln der Anwesenden wird immer breiter. Ihre Augen leuchten und glänzen. Sogar Phuong lächelt und zeigt ihre gleichmäßigen, weißen Zähne zwischen den dunkelroten Lippen.

Sie hält seinem Blick stand. Sieht er Verlangen in ihrem?

Dann richtet er seine Aufmerksamkeit wieder auf die Schale. Die Flüssigkeit hat eine milchige Farbe angenommen. Er legt das Horn beiseite und wendet sich an Bao.

»Bist du so nett und holst noch eine Flasche Chardonnay aus dem Weinkühler? Und aus dem Schrank daneben ein paar Weingläser?«

»Nimmt man für *tuu giac* nicht Reiswein?«, fragt ein großer dünner Kerl mit einer irritierend femininen Stimme. Der Freund eines Freundes. Than Vu erinnert sich nicht an seinen Namen.

»Selbstverständlich kann man *tuu giac* mit Reiswein machen«, erwidert Than Vu und lächelt ihn nachsichtig an. »Aber wenn man die heilenden Kräfte eines Horns hervorheben will, dann geht das nur mit einem Jahrgangswein. Am besten aus Frankreich.«

Erneutes Gelächter. Die Stimmung ist aufgeheizt.

Bao reiht die Gläser auf den Tisch und gießt Wein ein. Than Vu nimmt die Keramikschale und füllt ein bisschen von der Flüssigkeit in das erste Glas. Mit einem langen Silberlöffel rührt er das Getränk um, hebt das Glas hoch, um die Mischung des Pulvers mit dem Wein zu prüfen und reicht es Kim Ly.

Wie zuvor: Fokus auf die Freundin.

Kim Ly kann kaum still stehen, als sie das Glas in die Hand nimmt. *Millionärsdrink* wird er im Volksmund genannt. Und jetzt hält sie so einen in ihrer Hand. Than Vu wiederholt die Prozedur mit den übrigen Weingläsern, und als alle Gäste eines in der Hand haben, stellt er die Keramikschale beiseite und hebt sein Glas.

»Auf Gesundheit und Wohlstand und einen nächsten Morgen ohne schweren Kopf.«

Die Gäste lachen und führen ihre Gläser an die Lippen. Sie lassen die Flüssigkeit in ihren Gaumen rinnen und spüren augenblicklich, wie viel leichter das Blut durch ihre Adern fließt. Wie das Pulver dieses mächtigen, archaischen Tieres sie belebt und heilt. Das ist ein Erlebnis, von dem sie den anderen später am Abend oben in der Cielo 13 Skybar mit Blick über Hanoi erzählen können.

Than Vu nimmt einen Schluck aus seinem Weinglas. Spürt auch die perlende Kraft, die vom Bauch bis in die letzten Fasern seiner Fingerspitzen strömt.

Die im Abendland behaupten, dass es überhaupt keine Wirkung hat. Aber was wissen die schon? Ihre Heilkunde hatte nie einen ganzheitlichen Ansatz. Sie messen nur einen Effekt nach dem anderen und behandeln die schmerzenden Körperteile, als würden diese nicht mit dem restlichen Körper und dem Geist zusammenhängen.

Oder ihre Körper können es einfach nicht so umsetzen wie wir Asiaten, denkt Than Vu. Vielleicht vertragen sie deswegen den Alkohol auch so viel besser als wir, weil sie vollkommen unempfänglich sind für bestimmte stimulierende Präparate.

Than Vu muss an den Minister denken, der sich dank der reinigenden Eigenschaften des Horns von seiner unheilbaren Krebserkrankung erholt hat. Wie kann noch jemand an der Wirkung zweifeln?

Bao schlägt ihm mit der Hand auf den Rücken.

»Zum Wohl, mein siebenundzwanzigjähriger Freund. Das ist eine ganz fantastische Veranstaltung.«

Than Vu legt den Arm um seinen Kumpel und nimmt einen großen Schluck. Die Stimmung steigt. Die Gespräche werden lauter. Die Gäste lachen ausgelassen. Einer von ihnen verbindet sein iPhone mit der Musikanlage, und alle fangen an, zu tanzen.

Eine Stunde später stehen Than Vu und Phuong nebeneinander in dem vollen Fahrstuhl auf dem Weg nach unten. Sie dreht sich zu ihm und nutzt die Enge, um sich mit ihren Brüsten an ihn zu schmiegen.

»Das war ein ganz tolles Fest«, sagt sie und sieht ihm tief in die Augen.

Es pocht in seinem Schritt, und er spürt, dass die Magie des Horns ihm das Glück in die Hände gespielt hat.

11 200 Meter über dem Meer im Luftraum über Westafrika

Rob Chazey kann kaum die Augen öffnen. Erst reibt er sich mit dem Zeigefinger über die vom Schlaf verkrusteten Lider, dann blinzelt er ein paarmal und versucht, vorsichtig seinen bleischweren Kopf zu bewegen.

Er liegt in einem riesigen Sessel, über ihm hängt ein kleiner Monitor an einem ausgeklappten Gestänge. Decke und Wände sind weiß und in futuristischem Design gehalten, die gedämpfte Beleuchtung bläulich, und der Blick aus dem kleinen Fenster führt ins Schwarze und Unendliche. Wie in einem Raumschiff aus *Star Wars*.

Auf der anderen Seite des schmalen Ganges sitzt ein übergewichtiger und grauhaariger Geschäftsmann mit Schlafbrille und schnarcht mit offenem Mund.

Von hinten nähern sich leichte Schritte.

»Guten Morgen, Mr. Chazey. Ist alles zu Ihrer Zufriedenheit?«

Er sieht in das lächelnde Gesicht der Stewardess.

Morgen?

»Entschuldigen Sie, ich bin um diese Uhrzeit immer ein wenig durcheinander. Wohin fliegen wir?«

Die Stewardess kichert, als wäre sie sich nicht ganz

sicher, ob er einen Witz macht oder nicht, aber dann antwortet sie freundlich, dass der Flieger in etwa fünf Stunden in Johannesburg landen wird.

»Ah, ja … klar«, erwidert er. »Könnte ich bitte einen Orangensaft haben?«

»Selbstverständlich, Sir.«

Er richtet seine Rückenlehne auf und reibt noch mehr Sand aus den Augen. Warum sitzt er in einem Flieger nach Südafrika? Und das allein?

Er holt sein Handy aus der viel zu engen Tasche seiner Lederhose und schaltet es ein. Vielleicht hat er eine SMS bekommen oder geschickt, die seiner Erinnerung auf die Sprünge hilft.

Bitte setzen Sie Ihre SIM-Karte ein.

Was soll das denn?

Und dann erinnert er sich wieder.

An das Chaos nach dem Auftritt, an die Wohnung, in der er aufgewacht ist. Und an die Mail, die er im Taxi gelesen hat. Die ihm einen Ausweg bot, einen Ausweg aus allem, das ihn wieder mit in den Sumpf zu ziehen drohte.

Er hatte kurz zu Hause angehalten, seinen Pass eingesteckt, sich ein neues T-Shirt angezogen und ein paar Sachen in den Seesack gestopft. Dann war er direkt zum Flughafen JFK gefahren und hatte für den erstbesten Flug nach Südafrika ein Ticket gebucht. Nur Hinflug.

Um das Risiko zu verringern, dass er erkannt wurde, hatte er sich im Tax-free-Shop eine Baseballkappe und eine dunkle Sonnenbrille gekauft, sich auf dem Klo die

Kette zwischen Ohr und Nase herausgenommen und seinen Bart abrasiert.

Da hatte sein Handy angefangen, ununterbrochen zu klingeln: neue SMS von Gus und der Band.

WO ZUM TEUFEL STECKST DU? RUF SOFORT AN,
WENN DU DAS ABHÖRST.

BIST DU VERRECKT ODER HAST DU
EIN AUSWÄRTSSPIEL?

ICH NEHME JETZT DEN LETZTEN SPECK
VOM FRÜHSTÜCKSBÜFETT!

Wäre er nüchtern gewesen, hätte er wahrscheinlich einfach nur das Telefon ausgeschaltet. Aber er hatte sich auch eine Flasche Jack Daniels gekauft und sich mit der Hälfte des Inhalts Mut angetrunken. Darum hatte er das Telefon nicht einfach nur ausgeschaltet, als es innerhalb von dreißig Minuten zehnmal klingelte, sondern gleich auch die SIM-Karte entfernt. Minutenlang hatte er an dem Verschluss herumgefummelt, bis er auf die Idee kam, die Spitze der Sicherheitsnadel aus seiner rechten Brustwarze dafür zu benutzen. Als er das geschafft hatte, war er eine Weile mit der SIM-Karte in der Hand sitzen geblieben und hatte sie schließlich zerbrochen.

Sehr clever, Rob.

Verdammt clever.

Er lehnt sich in den Flugzeugsitz, sieht aus dem Fenster und beobachtet, wie das Rot der Morgendämmerung die flauschigen Wolkenränder zum Glühen bringt.

Mama.

Dir zuliebe sitze ich hier.

Genau diese Worte hatte er auch im Krankenhaus gesagt. Er hatte sie ihr ins Gesicht geschrien, nachdem sie ihn nach einem weiteren, vollkommen unnötigen Streit aus ihren krebsmüden Augen angesehen und gefragt hatte, warum er eigentlich gekommen sei.

»Dir zuliebe sitze ich hier«, hatte er geantwortet. »Verdammt nochmal, dir zuliebe. Kapierst du das?«

Dann war er aufgesprungen, hatte den Stuhl umgestoßen und war gegangen.

Nicht einmal da, am Ende eines Lebens, hatten sie miteinander reden können.

Hatten sie das überhaupt jemals gekonnt?

Rob war normalerweise nicht derjenige, der »dir zuliebe« sagte. Seine Mutter Lena beendete meistens jede weitere Diskussion mit diesem Ausdruck.

»Ich tue das der Umwelt zuliebe und darum auch dir und deiner Zukunft zuliebe.«

Es war also nur aus Liebe zu ihm, dass er in alten Secondhand-Klamotten herumlief, während seine Klassenkameraden die neueste Mode trugen. Es war nur aus Liebe zu ihm, dass er, seit er zehn Jahre alt war, mehrmals die Woche Abendessen machen musste. Es war nur aus Liebe zu ihm, dass sie den langen Weg zur Badestelle am Fluss mit dem Fahrrad fahren mussten, während seine Kumpels mit dem Auto kamen.

Und ganz besonders war es nur aus Liebe zu ihm, dass er gezwungen wurde, seine Freunde ein ganzes Jahr lang nicht zu sehen, weil er ihr in ein abgelegenes Kaff irgendwo im Amazonasgebiet folgen musste.

»Aber ich will nicht. Wirklich nicht«, hatte er einen Monat vor der Abreise gesagt. »Kann ich nicht solange bei Papa wohnen?«

»Nein, das kannst du nicht.«

»Warum nicht?«

»Du weißt genau, warum.«

Ein Jahr zuvor war sein Vater nach Umeå gezogen. Bei ihm hatte es geklungen, als sei das ein Katzensprung.

»Wir können uns so oft sehen, wie du willst«, hatte er gesagt, als er Rob umarmt hatte, nachdem die letzten Möbel in den Umzugswagen geladen waren.

Doch die Reise nach Umeå war teuer. Sein Vater hatte kein Geld, um ihm ein Ticket dorthin zu kaufen. Noch nicht, hatte er gesagt, aber bald.

Aber bald hatte nie stattgefunden.

Auch nicht, nachdem er aufgehört hatte, zu trinken.

Manchmal kam er in den Sommerferien bei ihnen in Arboga vorbei. Ein kurzer Zwischenstopp mit seiner neuen Familie auf dem Weg an die Westküste. Dann brach der Kontakt ganz ab. Er meldete sich nicht einmal, als Rob Abitur machte.

Rob redete sich ein, dass es ihm nichts ausmachte. Sein Vater sollte doch zur Hölle fahren. Sie kamen prima ohne ihn zurecht, seine Mama und er.

Mama, die er öfter anschrie, als mit ihr zu sprechen.

Sie hatte sich wohl erhofft, dass die Reise nach Brasilien sie enger zusammenschweißen würde. Stattdessen war zwischen ihnen ein breiter und tiefer Graben entstanden.

Diese verdammte Scheißreise. Rob weiß nicht, wie er die Zeit ohne Christiano überstanden hätte. Er war der

Sohn eines Freiwilligen aus Portugal, der ein paar Monate nach Rob kam.

Christiano war ein Jahr älter als Rob, besaß einen CD-Spieler und hatte eine Menge Hardrock-CDs dabei. Alles von The Offspring bis Alice in Chains und Metallica. Für Rob eröffnete das eine ganz neue Welt, eine Welt voller Musiker, die in der Lage waren, seine Wut in Töne umzusetzen.

Als das Jahr in Brasilien vorbei war und er endlich wieder nach Arboga zurückdurfte, hatte Rob den Entschluss gefasst, Gitarre spielen zu lernen. Jeden Abend vor dem Zubettgehen hatte er Kataloge für Instrumente durchgeblättert. Es gab haufenweise coole Dinger, super lackiert, in allen Varianten, aber er hatte ein sehr billiges Standardmodell entdeckt, eine Squier Stratocaster für tausendfünfhundert Kronen. Er fand, dass seine Mutter ihn damit belohnen konnte, dass er ihr auf die andere Seite der Erde gefolgt war.

An einem Sonntagmorgen war er früh aufgestanden und hatte Frühstück gemacht. Als sie in der Küche mit ihrem Becher Tee saß, hatte er sie vorsichtig gefragt, ob sie ihm vielleicht diese Gitarre kaufen könnte.

»Sieh mal«, hatte er gesagt und den Katalog auf den Tisch gelegt. »Beim Kauf bekommt man ein Kabel, extra Saiten und drei Plektren dazu.«

Seine Mutter hatte sich die Seite im Katalog tatsächlich genau angesehen, sich zurückgelehnt und so lange geschwiegen, dass in Rob die Hoffnung immer größer wurde.

Dann hatte sie ihn angesehen und gesagt:

»Robert, ich werde dir keine Gitarre *schenken*, aber du darfst sie dir von deinem eigenen Geld kaufen.«

Rob hatte sich sehr anstrengen müssen, nicht laut zu schreien.

»Welches Geld denn?«

»Ich verspreche, dass ich dir dabei helfe, einen Job in den Sommerferien zu finden. Mit deinem ersten Lohn kannst du dir dann diese Gitarre kaufen.«

»Aber das dauert doch noch Monate!«

Er spuckte die Worte fast aus.

»Du kannst ja schon in den Winter- oder Osterferien damit anfangen.«

»Warum kannst du dir keine Gitarre leisten, aber Flugtickets nach Brasilien?«

»Mir geht es nicht darum, ob ich mir das leisten kann.«

»Aha, und worum geht es dann? Ist es, weil die Gitarre kein Öko-Label hat?«

Seine Mutter hatte ihn angelächelt, was ihn nur noch wütender gemacht hatte. Dann hatte sie tief Luft geholt und geantwortet:

»Ich bin folgender Ansicht: Wenn ich dir eine teure Sache einfach so kaufe, sobald du sie dir wünschst, wirst du darauf nicht aufpassen, und sie wird dich schnell langweilen. Wenn du dich aber danach sehnst, darauf warten und auch ein bisschen dafür schwitzen musst, wird deine Freude viel größer sein, wenn du sie endlich in der Hand hältst.«

Rob war wortlos in sein Zimmer gegangen, hatte die Tür hinter sich zugeschlagen und Bad Religion auf volle Lautstärke aufgedreht. Wie er die überhebliche Vernunft seiner Mutter gehasst hatte.

Aber es trat tatsächlich das ein, was sie vorhergesagt hatte. Den ganzen Sommer schuftete er und verteilte mit dem Fahrrad Reklame. Ihm war der Bezirk Brattberget zugeteilt worden, ein Stadtteil, der praktisch nur aus steilen Straßen bestand. Ein Scheißjob. Aber am Ende des Sommers hatte er nicht nur genug verdient, um sich eine Epiphone Les Paul, sondern auch einen Peavey-Verstärker und ein Verzerrerpedal kaufen zu können.

Ihre lauten Auseinandersetzungen nahmen danach ab, aber Rob würde später diese Jahre rückblickend als eine Art Waffenstillstand bezeichnen, eine trügerische Ruhe, unter deren Oberfläche es die ganze Zeit brodelte und die in einen regelrechten Krieg mündete, als Rob in die USA zog und ihm der Durchbruch als Musiker gelang.

Seine Mutter konnte nicht verkraften, dass sich ihr Sohn für einen so dekadenten Lebensstil entschieden hatte.

»Weißt du, was du bist?«, hatte sie ihm einmal mit glühender Verachtung in den Augen gesagt, als er mit seinen neuen hautengen Lederhosen und einem echten Leopardenfell nach Hause gekommen war. »Du bist so ein konsumgeiler, egozentrischer …«

»Shit, Mama, das klingt gar nicht schlecht!«, hatte er sie unterbrochen. »Vielleicht solltest du für meine nächste Platte ein paar Texte schreiben!«

Als sie ins Kreiskrankenhaus in Västerås eingeliefert worden war, hatten sie sich seit zwei Jahren nicht mehr gesehen. Als Rob sie dort besuchte, hatte er am Anfang gedacht, er hätte sich im Zimmer geirrt. Ihr Gesicht war vom Kortison ganz aufgequollen, und ihre Haare hingen in dünnen Strähnen vom Kopf.

Er hatte sich wirklich vorgenommen, sich mit ihr zu versöhnen, und wahrscheinlich bemühte auch sie sich. Aber es genügte einfach nicht.

Auf ihrer Beerdigung war er betrunken. Hatte sich auf der Behindertentoilette in der Kirche Jack Daniels reingeschüttet und später beim Leichenschmaus im Gemeindehaus den Teller mit der Torte fallen lassen. Er war unverschämt zu seiner Tante, die sich um alles gekümmert hatte, und noch viel unausstehlicher zu den beiden Vertretern des WWF, die eine freundliche Rede über Lenas Engagement in Brasilien in den Neunzigerjahren gehalten hatten. Einer von ihnen war ein Deutscher, und alle Anwesenden fanden es besonders nett und hochanständig, dass er für Lena Ogneryd diesen weiten Weg bis nach Arboga auf sich genommen hatte.

Alle außer Rob. Er hatte sich nach dessen Rede schwankend erhoben und ihn und seinen Kollegen verächtlich angestarrt.

»Ihr glaubt, ihr habt meine Mutter gekannt, aber ihr wisst einen Scheiß«, sagte er, wedelte mit der Hand und warf dabei eine Kaffeetasse um, die sich auf das weiße Tischtuch ergoss. »Wen verehrt ihr da eigentlich? Eine Frau, die sich nie wirklich für ihr Kind interessiert hat? Die mich auf diese Scheißreise mitgenommen hat, die unsere Beziehung für immer zerstört hat? Und wofür, frage ich mich? Um ein paar beschissene Frösche zu retten?«

Seine Tante legte ihm eine Hand auf den Unterarm, versuchte ihn zu beruhigen, ihn zum Hinsetzen zu bewegen. Aber er stieß ihre Hand weg.

»Das war doch Gehirnwäsche. Ihr Schweine. Ihr habt sie mir weggenommen, und jetzt ist sie nicht mehr da.«

Dabei legte er die Handflächen auf den Tisch, lehnte sich vor und starrte die beiden Männer wutentbrannt an. Der eine senkte den Kopf und bewegte sich nervös hin und her. Der andere wagte einen Erklärungsversuch.

»Aber wir …«

»Ich verachte euch«, sagte Rob langsam, und der Mann verstummte. »Euch und alles, wofür ihr steht.«

Dann hatte er das Gemeindehaus verlassen, sich ein Taxi gerufen und war zum Flughafen Arlanda gefahren.

Und war seitdem nie wieder zurückgekommen. Er wandte diesem Teil seines Lebens den Rücken zu und läutete eine Phase der vollkommenen Dekadenz ein. Er vögelte alles und jeden, nahm Drogen, als wäre er in den 80ern. Wachte oft nachts um vier Uhr auf, stand auf und fing wieder von vorne mit dem Saufen an. Oder schrieb Songs oder beides.

Manchmal erinnerte er sich am nächsten Tag nicht, was er nachts eingespielt hatte. Dann saß er am Rechner und hörte seine Sachen, als würde er das Demotape eines anderen Künstlers zum ersten Mal hören.

Das Meiste davon war Müll. Nicht mehr als ein unzensierter Strom aus Angst und Panik. Aber einige der Songs – oder Teile davon – hatten etwas Magisches. Mit bleischweren Riffs und Textzeilen, bei denen ihm die Haare zu Berge standen. In solchen Momenten nahm er sich das Versprechen ab, dass er am nächsten Tag nicht weitersaufen, sondern ins Studio gehen würde.

Aber dieser nächste Tag kam nie.

Stattdessen kamen TT Bones und Wakko – ausgerechnet diese beiden fertigen Gestalten – und schleppten ihn buchstäblich aus seiner Wohnung in Brooklyn, die Treppen hinunter, nahmen den ersten Flieger nach Los Angeles und fuhren ihn direkt vom Flughafen ins Betty-Ford-Center in Rancho Mirage.

Die Behandlung war wie ein Faustschlag ins Gesicht. Wochenlang musste er die Türen zu den dunkelsten Kammern in seinem Inneren öffnen und sich mit den Erinnerungen auseinandersetzen, die er mit dem Alkohol ertränkt hatte. Dort saß er dann, gefangen von seiner Angst und ging sie Bild für Bild durch. Erkannte, wie sehr sein Verhalten auch anderen geschadet hatte.

Es war eine schreckliche Zeit. Und eine sehr befreiende.

Danach hatte er seine Tante und ein paar andere Leute angerufen und sich bei ihnen entschuldigt. In dem noch zögerlichen Versuch, sich seiner Mutter anzunähern, hatte er sogar beschlossen, die beiden Vertreter des WWF von der Beerdigung aufzusuchen. Um sich bei ihnen zu entschuldigen und eine große Spende an die Organisation zu geben.

Er hatte Gus den Auftrag erteilt, die Verbindung herzustellen. Am Tag darauf rief Gus zurück.

»Rob, ich habe eine viel bessere Idee. Eine verdammt gute. Du gibst keine anonyme Spende an irgendeine Organisation. Du wirst ein Nashorn adoptieren. Das ist eine saugeile PR-Aktion.«

»Nashorn? Aber meine Mutter hat nie was mit irgendwelchen Nashörnern zu tun gehabt. Sie wollte Frösche und so einen Mist retten.«

»Aber Nashörner sind im Moment der heiße Scheiß. Sie werden wie wahnsinnig gejagt, ausgerottet, und sie passen hervorragend zu deinem Image. Ein großes, plumpes Tier, das sich von nichts aufhalten lässt. Ich habe da ein Reservat in Südafrika ausfindig gemacht, das total angesagt ist. Du darfst dem Tier sogar einen Namen geben, wenn deine Spende ausreichend groß ist.«

»Aber meine Mutter ist doch nie in Afrika gewesen. Zumindest nicht, soweit ich weiß, ihr ging es immer nur um Brasilien und Paraguay.«

Aber Gus hatte darauf bestanden, und Rob war in einem zu schlechten Zustand gewesen, um zu widersprechen.

Ein paar Wochen später kam eine Urkunde mit der Post, die bestätigte, dass er der symbolische Besitzer eines neugeborenen Schwarzen Nashorns war, das im Wildreservat Limpopo Rhino Reserve lebte, außerhalb von Hoedspruit im Nordosten von Südafrika.

»Es ehrt Sie sehr, dass Sie sich für die stärker bedrohte der beiden Nashornarten in Südafrika entschieden haben«, hatte ihm der Besitzer des Reservates Tinus van Hoebeek gesagt, als er anrief, um sich persönlich für die großzügige Spende zu bedanken.

Rob war kurz davor gewesen, mit einem Klischee zu antworten und etwas zu sagen wie: »Wir müssen alle unseren Beitrag leisten und tun, was wir können.« Aber die Stimme des Mannes hatte ihn dazu gebracht, die Wahrheit zu sagen.

»Der Name war entscheidend. Black Rhino klingt einfach cooler als White Rhino.«

Tinus van Hoebeek hatte laut aufgelacht und gesagt, dass da etwas dran sei.

»Sie wissen aber, dass beide Arten in Wirklichkeit grau sind, oder?«

»Und warum dann diese Bezeichnungen?«, hatte Rob gefragt.

»Die Engländer haben sich geirrt. Die Holländer hatten die Art als *wijd* bezeichnet, was ›breit‹ bedeutet und sich auf den breiten Mund dieser Nashornart bezieht, aber die Engländer haben *white* gehört. Und wenn die eine Art White heißt, muss die andere doch konsequenterweise Black heißen. Sie werden verstehen, dass wir in unserem Land unsere Schwierigkeiten damit haben, wenn Entscheidungen aus solchen Beweggründen gefällt werden.«

Sie hatten noch eine ganze Weile über alles Mögliche gesprochen. Rob mochte den Mann. Er war engagiert, kam gleich zur Sache, und Robs Bekanntheitsgrad war ihm vollkommen egal. Bevor sie auflegten, hatte Tinus ihn gefragt, wie das Nashorn denn heißen sollte. Das hatte sich viel bedeutender angefühlt als die Wahl der Art. Er hatte sich für Lena entschieden. Der Name seiner Mutter.

Sein Therapeut in der Betty-Ford-Klinik hatte zustimmend genickt und gesagt, dass es ein wichtiger Schritt in Richtung Versöhnung sei, aber dass ihm noch viel Arbeit bevorstand. Rob war da anderer Ansicht. Er fand, es reichte. Er verließ die Klinik vor Ende der Therapie, nahm ein Taxi zum Flughafen und flog zurück nach New York.

Gus wollte Rob Chazeys immense Sorge um die Nashörner dieser Erde ausschlachten und sich mit ihm treffen, um die Medienstrategie zu besprechen. Aber da hatte Rob schon seine Meinung geändert. So kaputt konnte er gar nicht sein, die Trauer um seine Mutter so auszuschlachten.

»Nein, ich will das nicht. Mach es wieder rückgängig.«

»Wie, und was ist mit dem Nashorn? Das hat doch ein Vermögen gekostet?«

»Das können wir ja behalten. Aber davon erfährt niemand.«

»Ist das nicht eine wahnsinnige Geldverschwendung?«

»Ist ja mein Geld.«

»Deine Ausgaben übersteigen langsam deine Einnahmen.«

»Dann müssen wir wohl die Ärmel hochkrempeln und in die Werkstatt gehen.«

Und das tat er. In den darauffolgenden Wochen verfügte er über eine schier unendliche Energie. Er hörte sich alle nächtlichen Demotapes an, nahm die besten Stellen, verfeinerte sie und trommelte dann alle Bandmitglieder zusammen und verkündete, dass es Zeit war, wieder ins Studio zu gehen.

Das Album *A Jolly Good Time In The Morgue* wurde ein Jahr später veröffentlicht und konnte drei Tracks in den Top 20 platzieren. »A Funeral To Die For« kletterte sogar bis auf Platz 2 der Billboard Charts – ein Lied über eine Beerdigung, die völlig aus dem Ruder läuft. Die Single ging durch die Decke.

Rob bestellt noch mehr Orangensaft bei der Stewardess. Trinkt ihn in einem Zug aus und entdeckt dann, dass sie ihre Handynummer mit Lippenstift auf den Becher geschrieben hat.

Er stellt ihn beiseite und sieht aus dem Fenster. Die Sonne ist schon über die Wolkendecke geklettert und weckt die Südafrikaner sechs Stunden vor den New Yorkern.

Er würde gerne die Mail von Tinus van Hoebeek nochmal lesen, aber ohne SIM-Karte kommt er nicht an sie ran.

Oder doch? Stimmt, er hatte doch einen Screenshot davon gemacht.

Er öffnet die Galerie.

Lieber Rob,
es tut mir furchtbar leid, Ihnen mitteilen zu müssen, dass Lena tot ist.
Ein Wilderer hat ihr gestern in den Hals geschossen. Wir konnten sie nicht retten.

Beim Lesen der Zeilen kann er Tinus' Akzent förmlich hören. Er freut sich sehr darauf, diesen Mann kennenzulernen.

Nach seinem Klinikaufenthalt hatte Rob Tinus mehrmals angerufen, um sich nach Lena zu erkundigen, wie er vorgab. In Wirklichkeit wollte er sich jedoch mit dem Südafrikaner unterhalten.

Von Anfang an hatte es sich angefühlt, als würde er mit einem Freund sprechen. Mit jemandem aus der richtigen Welt, der vollkommen desinteressiert war an dieser synthetischen, künstlichen Unterhaltungsbranche, von der Rob ein Teil war.

Er lehnt die Stirn an die Fensterscheibe. Ahnt das Land dort unter ihm, den afrikanischen Kontinent, der auf der Weltkarte der Band noch ein weißer Fleck war. In Südafrika würde er als freier Mann herumlaufen können, ohne dass ihn jemand mit Terminen und Pflichten belästigte.

Niemand wusste, wo er sich gerade aufhielt. Nicht einmal Gus.

Die Stewardess kommt wieder an seiner Sitzreihe vorbei.

»Entschuldigen Sie, kann ich hier an Bord das WiFi benutzen?«, fragt Rob.

»Selbstverständlich.«

»Hätten Sie eventuell ein iPad, das ich kurz ausleihen dürfte?«

Sie lächelt breit.

»Eigentlich nicht, aber Sie können meines nehmen. Einen Moment, ich hole es.«

Rob eröffnet auf Skype ein neues Konto unter einem falschen Namen, geht auf die Toilette und ruft Gus an.

Sein Manager klingt heiser und schlaftrunken, als er sich meldet.

»Hallo?«

»Hallo, Kumpel. Rob hier. Ich …«

Gus schaltet die Videofunktion ein. Zuerst sieht Rob nur Schwarz. Dann macht Gus die Nachttischlampe an, und Rob erkennt sein rotes aufgewühltes Gesicht auf dem Display.

»Rob, wo zum Teufel steckst du? Ich habe dich heute Nacht mindestens hundertmal angerufen.«

»Das werde ich dir nicht sagen.«

»Hör auf mit dem Scheiß. Es sind schon haufenweise Gerüchte im Umlauf. Es gibt ein Handyfoto von dir, im Tax-Free-Shop am Flughafen JFK mit einer Flasche in der Hand. Und Wakko, dieser verdammte Idiot, weißt du, was der gemacht hat? Er hat den Journalisten in den Kopf gesetzt, dass du nach Schweden geflogen bist, um mit

Björn und Benny neue ABBA-Songs aufzunehmen. Ein paar Zeitungen haben es schon veröffentlicht.«

Rob lacht.

»Nein, das ist nicht lustig. Jetzt sag schon, wo du bist. Es sieht aus, als würdest du auf einem Flugzeugklo sitzen.«

»Korrekt.«

»Das kann doch wohl nicht wahr sein? Ich meine, dass du wirklich nach Schweden fliegst?«

Rob lacht erneut.

»Nein, aber ich bin einfach mal eine Zeit lang weg.«

»Ja, und wie lange, bitte schön? Und was soll ich den anderen sagen?«

Rob betrachtet sein Spiegelbild. Das Silberpentagramm, das an einem Lederband um seinen Hals hängt, glitzert im Licht der Flugzeugtoilette. Sein Eyeliner ist verschmiert, und er sieht aus wie eine billige Alice-Cooper-Kopie.

»Was soll ich denen sagen?«

»Die Wahrheit. Dass du nicht weißt, wo ich bin.«

»Die Medien werden durchdrehen. Ganz zu schweigen von euren Fans.«

»Prima. Dann verkaufen wir noch ein paar Platten mehr.«

Gus verstummt. Sitzt im Bett und starrt Rob an, um herauszufinden, ob er das alles wirklich ernst meint.

Jemand rüttelt an der Toilettentür.

»Immer mit der Ruhe. Ich hole mir gerade einen runter«, brüllt Rob.

Gus muss grinsen, setzt aber gleich wieder seinen besorgten Gesichtsausdruck auf.

»Komm, ehrlich jetzt, wohin willst du?«

»Du sagst immer, dass du es hasst, zu lügen. Wenn ich es dir nicht sage, musst du es auch nicht tun.«

»Und wann kommst du zurück?«

»Ehrlich gesagt weiß ich das noch nicht.«

»Jetzt halt mal die Luft an. Du haust aber nicht für immer ab, oder? Du meldest dich?«

Rob sieht in das besorgte Gesicht seines Managers, und ein angenehmes Gefühl der Wärme durchströmt ihn.

»Mach dir keine Sorgen, Gus.«

Hanoi, Vietnam

Er stürzt. Wild mit den Armen fuchtelnd, fällt er mit einem dumpfen Aufschlag auf den Teppichboden. Jemand hält seinen rechten Arm fest, verdreht ihn. Es tut irre weh.

Than Vu schreit. Er versteht die Welt nicht. Was ist passiert?

Er versucht, etwas zu sehen, aber jemand hat die Deckenlampe eingeschaltet, und er muss die bunten Punkte wegblinzeln, die auf seiner Netzhaut tanzen, bis seine Augen sich an das grelle Licht gewöhnt haben.

Er sieht zwei Beine. Nein, vier. Dunkle Jeans, Turnschuhe. Einbrecher?

»Was soll das? Wer seid ihr?«

Er will entschlossen klingen, aber er bringt nur ein schwaches Piepsen zustande. Sein Hals ist so trocken. Wo ist Phuong? Liegt sie noch im Bett? Er blickt in dem Moment auf, als eine Faust im Lederhandschuh ihm einen Schlag auf den Mund verpasst. Es knackt, und plötzlich schmeckt er Blut.

»Dieb«, zischt eine Stimme. »Wo ist es?«

»Was denn?«

Er kann nicht klar denken, der Schmerz im Arm ist zu groß.

»Dieses Mal hast du das Falsche gestohlen«, sagt die heisere Stimme. »Und vom Falschen.«

Ein Tritt in die Seite, dann wird er auf den Bauch gedreht, und eine Schuhsohle drückt von hinten sein Gesicht in den Teppich. Man zieht seine Arme auf den Rücken und fesselt die Handgelenke mit einem Plastikgurt. Dann packen ihn zwei Hände in den Achselhöhlen, heben ihn hoch und zerren ihn aus der Wohnung und in den Fahrstuhl.

Unten auf der Straße angekommen, wird er auf den Rücksitz eines schwarzen Audis gestoßen. Als sich der Beifahrer lächelnd zu ihm umdreht, braucht er seine ganze Kraft, um sich vor Angst nicht in die Hosen zu scheißen.

Limpopo Nationalpark, Mosambik

Der verrostete Isuzu-Pick-up folgt einige Kilometer lang dem Zaun auf einer staubigen Schotterpiste, biegt dann auf die trockene Steppe und hält abrupt an.

»Da sind wir«, sagt der Fahrer und zeigt mit dem Finger auf etwas.

Daniel lehnt sich vor und sieht ein Loch im Zaun. Gezani neben ihm reißt Augen und Mund auf. Ein scheußlicher Geruch nach ungepflegten Zähnen und selbst gebranntem Maisbier steigt Daniel in die Nase.

»Wie lange gibt es das Loch da schon?«, fragt Samora auf dem Beifahrersitz. »Das kenne ich noch nicht.«

»Erst seit ein paar Wochen, glaube ich. Das haben wir hineingeschnitten, als die Grenzpolizei das andere geschlossen hat.«

Sie steigen aus. Der Fahrer sieht sich nervös um und treibt sie an, sich zu beeilen. Samora gibt Daniel das Jagdgewehr und Gezani den Rucksack. Er selbst nimmt die Panga, die große Machete.

Gezani setzt sich stöhnend den Rucksack auf. Daniel kann das gut verstehen. Die Gurte sind sehr schmal, und durch das dünne Segeltuch drücken die zwei vollen Wasserflaschen schmerzhaft in den Rücken.

Er hatte erwartet, dass sie ordentlich ausgerüstet werden, wenn sie für Gito auf Jagd gehen. Jeder mit vernünftigen Stiefeln, einem Schlafsack, vielleicht sogar einer Daunenjacke gegen die nächtliche Kälte.

Andere Einheiten hatten das bekommen, Daniel hat es mit eigenen Augen gesehen. Aber es waren die des Konkurrenten Ishaan. Denen hatte man sogar Nachtsichtgeräte gegeben.

Daniel sieht auf Gezanis staubige Stiefel, die hundertmal repariert wurden und große Risse im Leder haben. Und trotzdem sind sie viel besser als das, was er an den Füßen trägt. Offene Sandalen, die seine Frau aus alten Autoreifen hergestellt hat.

Ansonsten sind Gezani und er fast identisch angezogen. T-Shirt und eine zerschlissene Hose, eine Baseballkappe auf dem Kopf und um die Taille einen Fleecepullover. Samora hingegen trägt ordentliche Stiefel mit hohem Schaft, und seine Jacke ist gefüttert. Aber diese Ausstattung hat er sich selbst gekauft.

Das einzig Wertvolle, das ihnen Gito mitgegeben hat, ist ein Handy.

»Aber das ist nur geliehen, vergesst das nicht«, hatte er gesagt, als er es Samora vor ihrer Abfahrt in die Hand drückte.

Samora, der Spieler. Er hätte längst ein gutes Leben führen, sich ein großes Haus bauen und ein paar Kühe kaufen können. Stattdessen war er regelmäßig nach Chókwè gefahren und hatte sein ganzes Geld verspielt. Manchmal hatte er sogar das Spielcasino in Maputo besucht.

Als würden die Scheine in seiner Hand verbrennen,

denkt Daniel. Darum ist Samora auch gezwungen, auf seine vierte Nashornjagd zu gehen.

Der Pick-up wendet und fährt zurück nach Massingir. Daniel sieht ihm hinterher, wie er die Piste entlangholpert. Als er sich wieder umdreht, sind Samora und Gezani bereits durch den Zaun geklettert und warten auf der anderen Seite auf ihn.

Daniel starrt das Loch im Maschendrahtzaun an. Wenige Meter entfernt erhebt sich ein Termitenbau wie ein spitzer Haufen aus erstarrtem Sand.

Es ist noch nicht zu spät, sagt er sich. Jetzt kannst du noch umdrehen und nach Hause gehen. Auf Regen hoffen. Und auf Touristen. Oder auf ein anderes Wunder.

Dann denkt er an seine Familie. Sieht die Teller, die schon seit Jahren nicht richtig voll sind. Denkt an das neue Leben, das im Bauch der frisch verwitweten Adele heranwächst und für das er auch wird sorgen müssen.

»Kommst du?«, ruft Samora.

Daniel geht auf das Loch im Zaun zu, bückt sich und betritt Südafrika.

Hoedspruit, Südafrika

Der Flugplatz besteht aus ein paar Backsteinhäusern und sieht eher aus wie ein Busbahnhof in einer gepflegten Kleinstadt. Es gibt einen Souvenirshop und ein Café. Rob kauft sich ein Sandwich und einen Kaffee, ehe er zu den Touristen auf den Parkplatz geht, die ihr Gepäck in Minibusse oder Safarijeeps mit den Logos der verschiedenen Nationalparks und Reiseveranstalter wuchten. Timbavati Private Nature Reserve. Safari Tours. Olifants West Game Reserve.

Das sieht alles ganz normal aus, und trotzdem fühlt es sich irgendwie falsch an. Es dauert eine ganze Weile, bis Rob begreift, woran das liegt. Die Leute starren ihn an. Aber das ist gar nicht das Problem, denn das passiert ihm immer. Es ist die *Art und Weise*, wie sie ihn anstarren.

Auf dem Flugplatz in Johannesburg war er nur einer von vielen gewesen, in der Menge von sonderbar gekleideten Menschen aus der ganzen Welt. Aber hier scheinen alle Anwesenden Khakihosen, kurzärmelige karierte Hemden und eine lächerliche Safariweste zu tragen. Alle außer einem. Der trägt enge schwarze Lederhosen, ein weit ausgeschnittenes T-Shirt mit einem Totenkopf darauf, ein lila Samtjackett und hat den Körper voller Tattoos, die am Hals und an den Handgelenken aus der Kleidung ragen.

Rob spürt ihre Blicke, wie sie hoffen, dass er nicht in ihren Bus einsteigen möge. Und er begreift, dass er niemals dieser Mensch sein wird, der er sein wollte, als er den Flieger nach Johannesburg bestieg. Einer in der Menge.

Er schiebt seine Sonnenbrille von der Stirn auf die Nase und streckt einer Frau, die ihn besonders lange angestarrt hat, den Mittelfinger hin. Nie im Leben würde er sich mit diesen Touristen in einen Bus quetschen und ihnen zuhören, wie sie darüber labern, wie viele Giraffen sie schon gesehen haben.

Darum geht er auf einen Taxifahrer zu, einen Schwarzen mittleren Alters in einem hellgelben Hemd, und bittet ihn, ins Limpopo Rhino Reserve gefahren zu werden.

»Springen Sie rein«, sagt der Mann.

Sie passieren den Stadtrand von Hoedspruit, einer Kleinstadt, die viel wohlhabender und westlicher aussieht, als Rob es erwartet hatte. Dahinter folgt nur noch Land.

Die schmale Straße führt durch eine Landschaft, die aus Büschen und niedrigen Bäumen besteht. Weit hinten am Horizont türmen sich wie neblige Schatten Berge auf. Rob hält Ausschau nach Tieren, aber sieht nur Kühe, die am Wegesrand grasen.

»Wann sind wir denn in der Savanne?«, fragt er den Fahrer.

Der sieht ihn fragend an.

»Was meinen Sie?«

»Na ja, also, wann kommen die Graslandschaft und die weiten Felder und so?«

Der Taxifahrer lacht so herzhaft, dass seine Schultern beben.

»Da sind Sie im falschen Land. Wenn Sie so etwas sehen wollen, dann müssen Sie nach Tansania oder Kenia fahren. Dort entstehen auch alle Filmaufnahmen, die man im Fernsehen zu sehen bekommt.«

Das Taxi fährt an einer Gruppe von Kindern in schmutziger Kleidung vorbei, die Wasserkanister schleppen.

»Aber wo sind denn die wilden Tiere? Die Elefanten, Zebras, Giraffen und so etwas?«

»Hinter Zäunen«, antwortet der Fahrer.

»Wie bitte? Die sind alle in Tierparks?«

»Nein, aber in privaten Reservaten. Und sie sind im Besitz von Weißen, die Geld von anderen Weißen nehmen, weil die sich die gekauften Tiere ansehen wollen. Oder sie zum Spaß erschießen. Sind Sie auch deswegen hier?«

Rob erinnert sich an eine Party, auf der James Hetfield, der Frontmann der Band Metallica, mit seiner Bärenjagd in Russland geprahlt hatte. Viele Zuhörer waren beeindruckt, aber Rob hatte es nur peinlich gefunden. Nicht weil ihm die Tiere so am Herzen lagen, er fand es nur unsinnig, in der Welt herumzufahren und sie abzuknallen.

Vielleicht hat Mama ja doch Einfluss auf mich gehabt, denkt er sich und antwortet:

»Nein, mir genügt es, sie anzusehen.«

Der Fahrer nickt.

»Meinen ersten Elefanten habe ich mit achtundzwanzig gesehen, da sollte ich Touristen in einem privaten Reservat abholen.«

»Aber diese Nationalparks, wie dieser … wie heißt denn dieser eine nochmal?«

»Sie meinen den Kruger Nationalpark? Der ist auch eingezäunt. Und kostet Eintritt. Die einzigen Schwarzen, die man da sieht, arbeiten dort.«

Schweigend fahren sie weiter. Rob denkt über die Worte des Taxifahrers nach. Habe ich das etwa mit meinem Geld unterstützt? Einen riesigen Wildpark für Reiche und Weiße?

Ich hätte mich vorher besser informieren sollen. Aber damit hatte ich ja nichts zu tun. Das hat alles Gus gemacht.

Rob wird klar, dass er nichts über das Land weiß, nur das Wenige, was ihm Tinus erzählt hatte.

Er muss schlucken. Sein Hals brennt, und er hat Lust auf ein Bier. Ein schlechtes Zeichen. So hat er in den letzten Monaten seinen Kater vom Vortag behandelt. Indem er wieder von vorne anfing.

Er rutscht auf dem Sitz hin und her. Die maßgeschneiderten Lederhosen scheuern. Und das tun sie sonst nie. Er schiebt den Sitz so weit zurück wie möglich und versucht, seine ein Meter sechsundneunzig auszustrecken. Aber das ist unmöglich.

Dann greift er nach seinem Handy, um ein bisschen zu surfen, aber auch das geht nicht. Ohne SIM-Karte.

Verdammter Mist.

Ohne Vorwarnung steigt die Wut in ihm auf. Am liebsten würde er laut aufschreien. Er kurbelt das Fenster herunter, um das Handy hinauszuwerfen, überlegt es sich aber anders.

Vielleicht würde er die Mail doch nochmal lesen wollen. Und die Rezensionen von ihrem letzten Auftritt.

Er wollte …

… die Kontrolle behalten.

Darum ging es in Wirklichkeit.

Er sitzt in einem Auto am Ende der Welt und ist völlig hilflos. Und das passiert ausgerechnet ihm, der sonst immer alles unter Kontrolle hat. Der zusammen mit Gus Wilsbury Pläne für die kommenden Tage und Wochen macht, manchmal sogar Monate und Jahre im Voraus, während die anderen Bandmitglieder von ObstiNation schlafen oder feiern.

Wahrscheinlich sitzen TT Bones und Wakko in diesem Augenblick in einer extra einberufenen Pressekonferenz und reden irgendetwas davon, wann die Band sich für die neuen Aufnahmen im Studio treffen wird. Als ob die das wüssten. Oder sich daran erinnern könnten.

Aber Gus ist ja dabei. Er wird das Schiff auf dem rechten Kurs halten, bis Rob zurück ist.

Ich könnte Gus anrufen, wenn ich vor Ort bin, nimmt er sich vor. Wenn es da draußen im Busch so etwas wie ein Telefon gibt.

Ob das so ein Ort sein wird? Ohne Elektrizität und alles?

Plötzlich breitet sich ein stechendes Prickeln von seinem Rücken bis in die Arme aus. Er sieht sich in einem dunklen, ekligen Plumpsklo sitzen, und über seine Füße krabbeln Insekten.

Wie in Brasilien.

Mehrmals hatte seine Mutter ihn nachts im Basislager allein gelassen, wenn sie in den Dschungel zog, um nachtaktive Tiere zu studieren.

»Christiano und seine Eltern wohnen doch ein paar Häuser weiter, wenn etwas sein sollte«, hatte sie gesagt.

Bei jedem Geräusch war er zusammengezuckt, hatte

die Eidechsen gehasst, die an den Wänden entlangkrochen, und ihm grauste vor dem Moment, wenn der Dieselgenerator ausgeschaltet wurde und die Stadt in der Dunkelheit versank.

Aber mit in den Dschungel zu kommen, wäre noch schlimmer gewesen. Dann hätte er das schwere Kamerastativ schleppen und stundenlang still sitzen und darauf warten müssen, bis irgendein beschissener seltener Frosch auftauchte. Ein einziges Warten, bis er sich irgendwann dringend erleichtern musste.

Sein Körper schüttelte sich bei der Erinnerung daran, wie er sich ins feuchte Gebüsch gehockt hatte und ihm dann ein Tausendfüßler über die Pobacke gekrochen war. Und er hatte nicht fliehen können. Oder als er sich einmal mit giftigen Blättern den Hintern abgewischt hatte und alles voller Blasen war, die brannten, eiterten und aufplatzten, sobald er sich bewegte.

Nie wieder, hatte er sich damals gesagt, daran erinnerte er sich noch, als er über die lehmigen Pfade lief und seine Hose an den Wunden festklebte. Nie wieder.

Und so kam es auch.

Seine Mutter hatte das nie verwinden können. Sie hatte sich gewünscht, dass er von demselben Fieber gepackt werden würde wie sie. Und dass sie später zusammen in den Fotoalben blätterten und über die wunderbaren Erinnerungen an Südamerika lachten. Sie hatte gehofft, dass er eines Tages wieder zu einem ähnlichen Abenteuer aufbrechen würde.

Aber das Gegenteil war eingetreten. Er wurde immun. Vollkommen unempfänglich für all das, wofür sie sich begeisterte.

Er war genauso sparsam wie seine Mutter, aber nur, um sein Ziel erreichen zu können und um später umso mehr auszugeben, als seine Musikkarriere Fahrt aufnahm.

Denn das tat sie schließlich, nach jahrelangem Darben in unterschiedlichsten Bandkonstellationen. Nach dem großen Erfolg des Debütalbums von ObstiNation zog er nach Los Angeles. Kaufte sich einen Ferrari, noch bevor er Möbel für die Wohnung aussuchte.

Dieses unbeschreibliche Gefühl, wenn er damit durch die Gegend fuhr und den Wind in den Haaren spürte.

Überwältigend.

Ein paar Wochen später machte er ein Foto von dem leuchtend roten Sportwagen und schickte es seiner Mutter.

Auf die Rückseite schrieb er:

Verdammt, was der an Benzin schluckt! Aber trotzdem fahre ich damit, einfach nur zum Spaß.

PS: Alles okay. Grüße, Robert

Das Taxi fährt an einer Tankstelle und einem heruntergekommenen Spirituosenladen vorbei. Rob bittet den Fahrer, umzudrehen und zurückzufahren, damit er sich ein paar Bier kaufen kann.

Im Laden ist es dunkel und herrlich versifft. Rob lässt sich beraten, weil er ein gutes südafrikanisches Bier trinken will, und verlässt mit einem Zwölferpack Castle-Dosen und einem Sixpack Hansa in Glasflaschen das Geschäft.

Eine der Dosen öffnet er sofort, als er wieder im Wagen sitzt. Trinkt sie in weniger als einer Minute aus, lehnt sich in den Sitz zurück und betrachtet die Landschaft, die draußen an ihm vorbeizieht. Sie haben die befestigte Straße verlassen und fahren jetzt über eine schmale Schotterpiste, die wie ein orangefarbener Strich zwischen hohen Elektrozäunen hindurchführt.

»So etwas meinte ich vorhin«, sagt der Fahrer. »Hinter diesen Zäunen finden Sie die Tiere.«

Rob sieht sich um, aber außer Büschen und Bäumen entdeckt er nichts.

Der Weg führt wie ein schmaler Pfad zwischen den hohen Zäunen hindurch. Ab und zu tauchen große Tore auf, die mit aufwendigen Schildern versehen sind, auf denen die Besucher in dem jeweiligen Tier- und Naturreservat willkommen geheißen werden.

Bei den meisten wurden auch Warnschilder aufgestellt, auf denen die Silhouette eines Mannes zu sehen ist, der mit einem Gewehr erschossen wird. Unter dem Bild steht in großen Buchstaben:

Keine Gnade für Wilderer.

Woanders hängen Schilder mit der Silhouette eines hornlosen Nashorns und dem Text: *Unseren Nashörnern wurden die Hörner entfernt.*

Als sie sich einem weiteren Tor nähern, wird der Fahrer langsamer und hält schließlich an einem schönen, geschnitzten Holzschild an, das auf zwei Holzpfählen befestigt ist.

Willkommen im Limpopo Rhino Reserve.

»So, da sind wir«, sagt der Fahrer und öffnet die Tür.

Ein paar Meter hinter dem Tor befindet sich ein Wachhäuschen, aus dem ein Wachmann tritt. Er ist schwarz und trägt eine Camouflagehose, einen grünen Strickpullover und ein Maschinengewehr, das ihm an einem Ledergurt über der Brust hängt.

Rob wirft sich seinen Seesack über die Schulter, nimmt seinen Biervorrat und geht auf das Tor zu.

Der Wachmann mustert Rob von oben bis unten, bleibt zunächst an der Lederhose und dem Alkohol hängen, wird aber dann wieder professionell und sieht dem Besucher in die Augen.

»Kann ich Ihnen helfen, Sir?«

»Ich bin gekommen, um mich mit Tinus van Hoebeek zu treffen.«

»Haben Sie einen Termin?«

»Sagen Sie ihm, Rob Chazey ist da.«

»Schön und gut, aber haben Sie einen Termin?«

»Er wird mich sehen wollen.«

Der Wachmann runzelt die Stirn.

»Dürfte ich bitte Ihren Pass sehen?«

Rob stellt das Bier auf den Boden, holt seinen Pass aus der Tasche und streckt ihm den Ausweis entgegen.

Der Wachmann vergleicht das Passfoto mit dem Mann vor ihm, gibt ihm das Ausweisdokument zurück und holt ein Handy aus der Seitentasche seiner Hose. Ein älteres Modell, ohne Touchscreen. Er tippt ein paar Zahlen ein und hält es sich ans Ohr.

Rob streckt sich und dehnt sich nach rechts und nach links, um seine Muskeln zu lockern.

»*Oom* Tinus«, sagt der Wachmann. »Ein Mann namens Rob Chessie ist hier. Er sagt, er kennt Sie.«

Die Person am anderen Ende der Leitung fragt etwas.

»Ja, er steht hier vor mir. Vor dem Tor«, antwortet der Wachmann.

Erneut lauscht er und beendet dann das Telefonat.

»Sie werden gleich abgeholt. Sie können solange reinkommen und warten.«

Der Wachmann geht zurück in sein Häuschen und drückt auf einen Knopf. Langsam öffnet sich das Tor.

Der Taxifahrer hupt und fährt davon. Rob starrt durch das geöffnete Tor, ohne sich zu rühren.

Mein ganzes Leben lang habe ich das Neonlicht und den Asphalt gewollt, denkt er. Um jeden Preis wollte ich solche Orte wie diesen vermeiden. Also, was mache ich hier?

Dann nimmt er seinen Biervorrat unter den Arm und betritt das Reservat.

Hinter ihm schließt sich langsam das Tor wieder.

Hanoi, Vietnam

Than Vu ist zurück im Speziallager. Seine Arme sind über seinen Kopf gefesselt und hängen an einem großen Haken an der Decke.

Sein Körper schwingt nach dem letzten Tritt in den Schritt hin und her, während er vergeblich versucht, den nassen Boden mit den ebenfalls gefesselten Füßen zu erreichen. Aber nur die großen Zehen streifen den Untergrund. Nicht ausreichend, um den Schultern und Armen Linderung zu verschaffen. Der Beton ist voller Blut, und er fragt sich, ob das alles seins ist.

Das laute Geräusch einer Getränkedose, die geöffnet wird, lässt ihn zusammenzucken. Er hebt den Kopf und sieht, wie der gigantische Godzilla an einem Tisch sitzt und in wenigen Zügen eine Dose Coca-Cola austrinkt.

Godzilla, bürgerlich Nguyen Van Hoan, ist der Sicherheitschef des Syndikats. Oder, wenn man so will, auch dessen Foltermeister und Henker. Er ist außerdem der größte und muskulöseste Vietnamese, den Than Vu je gesehen hat.

Als sich Godzilla im Wagen zu ihm umdrehte, wusste er, dass alles vorbei ist. Er konnte nur nicht begreifen, wie sie so schnell auf ihn gekommen waren. Die Kiste mit dem Horn sollte doch erst nächste Woche geliefert werden. Warum hatten sie sie jetzt schon geöffnet?

Die Tür zum Lager wird aufgeschoben und lässt für einen kurzen Moment ein paar scharfe Sonnenstrahlen auf den Boden fallen, als ein Mann im Anzug die Halle betritt.

Huong Xuan, der Geschäftsführer der Huong Trading Inc., einem Großhandel, hinter dessen glänzender Fassade ein Handel mit bedrohten Tierarten und Pflanzen im großen Stil stattfindet.

Godzilla springt auf und begrüßt ihn.

»Hat er bisher etwas von Bedeutung gesagt?«, fragt Huong Xuan mit gedämpfter Stimme.

»Nein, er weigert sich, zu verraten, von wem er den Tipp bekommen hat, um was für ein Horn es sich handelt.«

Huong Xuan nimmt sich einen Holzstuhl und setzt sich direkt vor Than Vu. Dann holt er eine zerknitterte Packung 555 aus der Jackentasche, schnippt eine Zigarette heraus und bietet Godzilla eine an. Die Flamme des goldenen Zippos flackert im Luftzug, der durch die undichten Lagerwände dringt. Huong Xuan nimmt einen tiefen Zug und bläst den Rauch aus einem Mundwinkel.

»Und, bist du jetzt bereit, uns etwas zu erzählen?«

Than Vu hebt den Kopf, achtet aber darauf, dem Chef nicht in die Augen zu sehen.

»Es ist, wie ich es gesagt habe. Meine Tante hat Krebs, und ich wollte ihr helfen.«

Das war eine Lüge, aber wenigstens mit einem gewissen Wahrheitsgehalt. Than Vus Tante hatte in der Tat Krebs, aber das wusste er schon seit Langem, und außerdem fand er, dass es dem alten Drachen recht geschah. Sie hörte nicht auf, ihm Vorwürfe zu machen, er hätte den Namen der Familie beschmutzt.

»Und du dachtest allen Ernstes, dass niemand den Diebstahl bemerken würde?«, fragt Huong Xuan aufrichtig erstaunt. »Dass ich meine Lieferungen nicht überprüfe?«

Er nimmt einen weiteren tiefen und genüsslichen Zug.

»Unterschätze niemals deinen Feind«, sagt er und wedelt väterlich mit dem Zeigefinger, als wäre er der Mentor, der seinem Eleven einen guten Rat erteilen wollte.

»Ich würde es eher als Leihgabe bezeichnen«, erwidert Than Vu. Er versucht, seine Worte mit Handbewegungen zu unterstreichen, aber dadurch schneiden die Fesseln nur noch tiefer in die Haut.

»Mir wurde gesagt, dass die Hörner erst nächste Woche geliefert werden sollen, und ich wollte nur von einem ein bisschen heilendes Pulver abschaben.«

Huong Xuan bläst erneut den Rauch aus einem Mundwinkel, wendet sich an Godzilla und nickt ihm zu.

Dieser steht auf und tritt Than Vu mit voller Kraft in die Achsel. Es fühlt sich an, als hätte ihn ein glühendes Holzscheit getroffen, und er schreit laut auf.

Sein Körper schaukelt hin und her, er lässt sein Kinn zur Brust sinken und versucht, den Schmerz zu ignorieren. Soll er ihm erzählen, dass er eigentlich ein Horn auf Pump von jemand anderem kaufen wollte, einem Konkurrenten des Syndikats? Dass er es abstottern wollte? Nein, dann würden sie ihn nur noch mehr foltern.

Godzilla macht sich bereit für den nächsten Tritt, aber Huong Xuan gibt ihm ein Zeichen, zu warten. Mit der anderen Hand holt er sein Handy aus der Tasche und scrollt durch die gespeicherten Bilder. Dann hält er Than Vu das Display hin.

»Sieh dir das mal an.«

Than Vu hebt den Kopf.

Und sieht einen kleinen Film. Lillen sitzt an einem Tisch, wie üblich mit einem seiner schicken Hemden bekleidet. Aber er ist sichtlich nervös, er blinzelt ununterbrochen.

Er lässt die Schultern hängen, wie geduckt sitzt er da. Als hätte er sich von einem Alphamännchen in einen Hund verwandelt, der Angst vor Schlägen hat.

Vor ihm auf dem Tisch liegt eine Pistole. Lillen nimmt sie in die Hand, betrachtet sie erstaunt, als könnte er es selbst nicht fassen, dass er eine Waffe in der Hand hält.

Dann fängt er an, zu weinen. Er schluchzt. Sein Gesicht ist zu einer Grimasse verzerrt, der ganze Körper wird geschüttelt.

Aus dem Hintergrund ist eine aggressive Stimme zu hören. Sie drängt ihn. Setzt ihn unter Druck.

Lillen murmelt etwas Unhörbares, dann setzt er sich die Pistole an die Schläfe, kneift die Augen zusammen und drückt ab.

Sein Körper fällt zur Seite, verschwindet aus dem Bild.

»Er durfte selbst entscheiden«, sagt Huong Xuan und zieht das Handy aus Than Vus Blickfeld. »Entweder der Angelegenheit selbst ein schnelles und sanftes Ende zu setzen oder uns die Arbeit machen lassen. Das hätte allerdings bedeutend länger gedauert.«

Than Vu starrt Huong Xuan in die Augen. Vergisst vollkommen, dass er den Chef niemals so provozieren darf.

»Aber warum?«, flüstert er. »Was hat er denn getan?«

Huong Xuan lächelt ihn herablassend an, als wäre das die dümmste Frage, die er je gehört hat. Aber dann wird sein Blick wieder milder, und er betrachtet Than Vu mit einer fast amüsierten Neugierde.

»Was er getan hat? Abgesehen von dem Diebstahl eines der exklusivsten Hörner der Welt? Und das mit deiner Hilfe? Ein Horn, für das der Käufer bereit war, fünf Millionen Dollar zu zahlen?«

In Than Vus Kopf dreht sich alles im Kreis. Er versteht kein Wort. Was denn für ein exklusives Horn? Und was hat Lillen damit zu tun?

»Ich wusste nicht ...«, stottert er. »Ich habe nur ein Horn aus der Kiste genommen.«

Godzilla lacht kalt und spuckt aus. Und trifft Than Vus Fuß.

Huong Xuan betrachtet Than Vu lange.

»Versuch bitte, dich in meine Situation zu versetzen«, sagt er schließlich. »Ich bin Geschäftsmann, nicht wahr? Und immer auf der Suche nach guten Objekten für meine Kunden.«

Than Vu nickt zaghaft, bei der kleinsten Bewegung brennt es wie Feuer in Schultern und Armen.

»Und vor Kurzem bin ich an ein Horn gekommen, das einer Nashornart gehört, die fast ausgestorben ist. Ich musste dieses Horn bestellen, es kommt aus einem Tierpark in Nordeuropa. Eine ziemlich heikle Operation. Großes Risiko, aber erfolgreich. Das Horn ist gestern mit dem Flieger eingetroffen, und weil es so wertvoll ist, habe ich Lillen gebeten, es sofort ins Speziallager zu fahren, bis der Käufer und ich uns über die Kaufsumme geeinigt haben. Und was ist dann passiert? Nun ja, Lillen, auf den ich große Stücke gehalten habe, überlässt diese Aufgabe einem Neuling, einem Lagerarbeiter. Und was tut dieser Lagerarbeiter? Bringt er das Horn wie verabredet ins Speziallager? Nein, er stiehlt es und tut so, als gehörte es ihm.«

Than Vu starrt zu Boden. Sieht die klebrige Flüssigkeit an seinen Zehen heruntertropfen.

Er muss daran denken, wie er gestern in seiner Bar gestanden und von der Exklusivität des Horns gefaselt hat. Dabei war es sogar noch exklusiver gewesen.

Und deshalb hängt er jetzt hier. Deshalb ist Lillen tot. Und obwohl er weiß, dass es keine Rolle spielt und Huong Xuan ihm nicht glauben wird, wiederholt er seine Ausrede.

»Ich wusste nichts davon.«

Godzilla hebt seine gigantische Hand und bohrt seine Wurstfinger in Than Vus Wangen.

»Du lügst«, faucht er und verpasst ihm mit dem Handrücken eine Ohrfeige.

Huong Xuan holt eine neue Zigarette aus der Packung, zündet sie aber nicht an.

»Vielleicht lügt er. Vielleicht auch nicht«, meint er leise. »Das ist nicht so wichtig. Viel wichtiger ist, dass wir die Antwort auf eine äußerst relevante Frage bekommen, nicht wahr?«

Er tritt nahe an Than Vu heran und sagt ruhig:

»Ich stelle diese Frage nur ein einziges Mal. Wo ist das Horn?«

Erneut hebt Than Vu den Kopf und sieht ihm direkt ins Gesicht. Sie müssen es doch gefunden haben. Es liegt oben auf dem Bartresen. Oder habe ich es doch woanders hingelegt? Es wieder in das Handtuch gewickelt und zurück ins Regal gelegt? Vielleicht. Aber sie werden doch die ganze Wohnung durchsucht haben?

Huong Xuan sieht ihn unbeirrt und mit einem fast freundlichen Gesichtsausdruck an. Und da fällt es Than Vu wie Schuppen von den Augen.

Phuong.

Das Horn hat ihr Verhalten ihm gegenüber komplett verändert. Sie fing an, zu flirten. Blieb sie nur deshalb über Nacht? Damit sie das Horn stehlen konnte, während er schlief?

Sie hat ihn hereingelegt. Ihn ausgenutzt.

Oder nicht? Wie konnte er sich da so sicher sein? Der Hausverwalter kam auch infrage oder einer der Gäste. Aber hätten die Leute von Huong Xuan dann nicht bemerken müssen, dass seine Tür schon aufgebrochen war, als sie heute früh in seine Wohnung stürmten?

Huong Xuan räuspert sich und sieht auf die Uhr.

Than Vu versucht fieberhaft, nachzudenken. Soll er ihren Namen verraten? Was würde dann mit ihr passieren? Würden sie Phuong umbringen? Oder etwas noch viel Schlimmeres mit ihr machen?

»Ich habe das Horn in ein Handtuch gewickelt und es in das Regal unter den Tresen in der Küche gelegt.«

Huong Xuan dreht sich zu Godzilla. Der Sicherheitschef schüttelt den Kopf.

»Wir haben die ganze Wohnung durchsucht. Kein Horn.«

Huong Xuan nickt und zündet sich seine Zigarette an.

»Also gut«, sagt er. »Schafft ihn in die Kiste.«

»Nein!«, schreit Than Vu außer sich. »Bitte nicht.«

Godzilla geht zu den Kisten, in denen die Kobras aufbewahrt werden. Er zieht eine hervor, öffnet den Deckel und kommt zu Than Vu zurück.

»Nein«, schreit dieser. »Nein, bitte. Ich weiß doch nicht, wo das Horn ist. Jemand muss es mir gestohlen haben.«

Er dreht sich und tritt um sich, aber Godzilla packt ihn von hinten und hebt ihn vom Haken herunter. Von dem unfassbaren Schmerz wird ihm schwarz vor Augen, als seine Arme nach unten fallen.

Godzilla umschlingt ihn von hinten mit seinen riesigen Armen und schleppt ihn zu der Kiste.

»Nein«, schreit Than Vu. »Ich will nicht.«

Er wird hochgehoben, strampelt mit Armen und Beinen, beugt sich nach vorne und will Godzilla in den Arm beißen, aber erreicht ihn nicht. Und die Kiste kommt immer näher.

»Okay, okay. Ich erzähle es euch. Ich erzähle alles.«

Godzilla bleibt stehen, ohne ihn loszulassen. Er dreht sich nur um, sodass Than Vu in Huong Xuans Richtung sprechen kann.

»Es war Phuong. Sie hat das Horn genommen.«

Huong Xuan holt ein weiteres Handy aus seiner Jackentasche. Ein Samsung mit zersprungenem Display.

Das ist meins, denkt Than Vu. Die haben mein Handy.

Huong Xuan geht auf seinen Facebook-Account, blättert durch seine Freundesliste und hält ihm am Ende ein Bild vors Gesicht.

»Ist sie das?«

Than Vu nickt.

Huong Xuan klickt auf Phuongs Profil und gibt Godzilla Anweisungen.

»Hier steht alles, was wir brauchen. Ab mit ihm in die Kiste.«

»Nein!«, schreit Than Vu. »Nein, nein, nein.«

Aber Godzilla steht bereits an der Kiste.

Und lässt ihn fallen.

Than Vu schlägt mit dem Rücken auf und schreit so laut, bis er Blut schmeckt.

Erst als der Deckel verschlossen wird und er in absoluter Dunkelheit liegt, bemerkt er, dass er ganz allein ist.

Limpopo Rhino Reserve, Südafrika

Thabisa Madonsela bremst mit dem Land Rover, als eine Gruppe von Rappenantilopen aus dem Gebüsch bricht, und setzt dann ihre Fahrt über die gewundene Schotterpiste fort, die zum Haupttor führt.

Sie wird langsamer, lehnt sich aus dem Fenster, um ein paar Spuren zu sichten, dann gibt sie wieder Gas. Dabei vermeidet sie routiniert alle größeren Schlaglöcher und Steine.

Thabisa arbeitet seit vier Jahren als Rangerin und Fährtenleserin im Limpopo Rhino Reserve. Ihr gefällt es, trotz der mageren Bezahlung. Sie ist dankbar, dass sie hier arbeiten darf und sehnt sich jedes Mal danach zurück, wenn sie ihre Mutter in Johannesburg besucht.

Aber auf bestimmte Aufgaben könnte sie sehr gerne verzichten. Wie diese hier. Sie war gerade dabei, den Generator eines der Safarijeeps auszutauschen, als Tinus van Hoebeek sie anrief und sie bat, am Tor »einen wichtigen Sponsor« abzuholen, wie er es formulierte. Also einen weißen Mann mit einem Portemonnaie, dicker als der Arsch eines Nilpferdes. Wahrscheinlich ausgestattet mit einer lächerlichen Safariuniform, die er völlig überteuert in einem protzigen Jagdgeschäft gekauft hatte.

Einen Mann also, über den sie abfällig lächeln würde, aber den sie bei Laune halten musste, damit seine Zahlungen an die armen Afrikaner nicht versiegen.

Thabisa wird vor der scharfen Kurve langsamer, die auf die freie Fläche führt, die bis hinunter zum Tor reicht.

Auf einem Stein neben dem Wachhäuschen sitzt ein tätowierter, langhaariger Mann und trinkt Bier. Das kann doch unmöglich der Sponsor sein? Er sieht eher aus wie ein Sänger von so einer peinlichen Coverband, der sich auf dem Weg zum Hard Rock Café Johannesburg verlaufen hat.

Als der Mann den Land Rover entdeckt, steht er auf. Er ist so groß wie ein Basketballspieler, aber viel dünner. Außerdem trägt er Lederhosen und schwarzen Nagellack. Solche Typen trifft man hier oben im Lowveld äußerst selten an.

Der Mann zieht sein lila Samtjackett an und hebt einen ansehnlichen Biervorrat vom Boden auf.

Das kann ja interessant werden, denkt Thabisa und steigt aus, um den Gast zu begrüßen.

Rob Chazey sitzt seit etwa einer Viertelstunde auf dem warmen Stein und hat gerade sein zweites Bier geöffnet. Oder sein drittes, wenn man das im Taxi mitrechnet. Da sieht er einen Land Rover aus dem Dickicht auftauchen.

Aber nicht Tinus van Hoebeek sitzt am Steuer, sondern eine dunkelhäutige Frau mit Baseballkappe, Sonnenbrille und einem Pferdeschwanz.

Der Wagen hält wenige Meter vor ihm, die Frau steigt aus und kommt mit großen Schritten auf ihn zu. Sie ist Anfang dreißig, vielleicht ein bisschen älter. Ihr Gesicht ist klein und schmal, die Augen groß, und unter dem weiten, olivfarbenen Hemd mit dem Logo des Reservats auf der linken Brusttasche kann Rob einen wohlgeformten Körper erkennen.

Sie streckt ihm eine mit Öl verschmierte Hand entgegen, während er mit dem Bier unter seinem Arm kämpft. Ihr Händedruck ist fest.

»Ich heiße Thabisa. Es freut mich, Sie kennenzulernen.«

Sie wirkt gestresst und ihre Freundlichkeit aufgesetzt. Als wäre die Formulierung »Es freut mich« gleichbedeutend mit »Sie kommen äußerst ungelegen«.

Rob wirft Seesack und Bier auf den Rücksitz. Der Wagen ist innen komplett mit Staub bedeckt, und aus einigen der Sitze quillt die Füllung heraus.

»Sie haben mehr Bier als Gepäck dabei. Reisen Sie immer so?«, fragt Thabisa, als sie im Wagen sitzen.

»Meine Abreise war etwas überstürzt«, antwortet er. »Und das Bier habe ich in einem Spirituosenladen auf dem Weg gekauft. Wollen Sie eins? Ich glaube, sie sind noch kalt genug.«

»Ja, ich könnte tatsächlich eins vertragen. Hier herrscht Chaos.«

Rob lehnt sich nach hinten.

»Hansa oder Castle?«

»Hansa bitte.«

Rob löst zwei Flaschen aus der Halterung und reicht ihr eine davon. Sie dreht den Kronkorken ab und nimmt ein paar große Schlucke, während sie gleichzeitig den Motor startet.

Rob gefällt die Ausstattung des Land Rovers. Keine Stereoanlage, kein digitales Display, kein unnötiger

Schnickschnack. Nur analoge Anzeigen und aufrichtige Mechanik. Als säße man in einem Safarifahrzeug aus den Vierzigern.

»Ihr Besuch kam so unerwartet«, sagt Thabisa. »Haben wir eine Mail von Ihnen übersehen?«

Rob schüttelt den Kopf.

»Ich war der Sponsor eines Nashorns, von Lena. Gestern schrieb mir Tinus, dass sie erschossen wurde, oder war das vorgestern? Auf jeden Fall bin ich dann in den erstbesten Flieger gestiegen.«

»Wir haben nicht nur Lena verloren. Sie haben drei Nashörner in zwei Tagen getötet. Zwei Schwarze und ein Weißes. Wir haben das noch nicht so richtig verarbeitet.«

Thabisas englischer Akzent klingt schön mit dem rollenden R. Ganz anders als Tinus' Akzent, der sich eher wie eine kantige Variante des australischen Englisch anhört.

»Ist Tinus denn da?«, fragt er.

»Ja. Wir sind auf dem Weg ins Büro.«

Die Piste wird immer holpriger und kurviger und zieht sich durch eine Landschaft, die hauptsächlich aus Büschen und niedrigen Bäumen besteht. Äste hängen über die Fahrbahn und kratzen an der Wagenseite entlang. Thabisa hält gelegentlich an, um Spuren auf dem Boden zu überprüfen.

»Wow, sehen Sie, da!«, ruft Rob, als drei Zebras in etwa zwanzig Metern Entfernung über den Weg springen.

Thabisa lächelt ihn an.

»Sie sind zum ersten Mal in Afrika?«

Rob kann seinen Blick kaum von den gestreiften Tieren abwenden.

»Ja. Wenn man meinen Besuch eines widerwärtigen ägyptischen Badeortes vor ein paar Jahren nicht dazuzählt.«

Thabisa hält neben einem breiten, dunklen Haufen Dung. Sie steigt aus und legt die Hand darauf, nimmt schließlich etwas davon zwischen ihre Finger.

»Was machen Sie da?«, fragt Rob.

»Hier ist vor nicht allzu langer Zeit ein Schwarzes Nashorn vorbeigekommen. Der Kot ist noch warm.«

Rob sieht sich unsicher um, steigt dann aber auch aus. Thabisa streckt ihm die Hand mit dem Kot hin, damit er es fühlen kann, aber er hebt abwehrend die Hände und macht einen Schritt zurück.

»Woran können Sie denn erkennen, dass es ein Schwarzes Nashorn war und kein Weißes?«

»Sehen Sie die kleinen Zweige? Schwarze Nashörner ernähren sich auch von Ästen und Zweigen. Die Weißen Nashörner nur von Gras. Außerdem ist deren Verdauungssystem besser ausgebildet, ihr Kot ist viel feiner.«

Thabisa untersucht andere Spuren am Boden.

»Das ist ein Bulle.«

Wieder sieht Rob sich nervös um.

»Ist das gut oder schlecht?«

Thabisa richtet sich wieder auf und wischt sich die Hände an der Hose ab.

»Wir haben einen Schwarzen Nashornbullen im Reservat, den wir aber schon seit Wochen nicht mehr gesehen haben. Die Losung könnte also von ihm stammen. In diesem Fall wären es besonders gute Nachrichten. Wir hatten schon befürchtet, dass auch er erschossen wurde und irgendwo dort draußen liegt.«

Sie steigen wieder ein und fahren weiter. Rob trinkt sein Bier aus.

»Wie war das bei Lena?«, fragt er.

»Sie war schon tot, als sie gefunden wurde. Beide Hörner abgehackt. Sie wurde mit drei Schüssen getötet, zwei in die Seite, einer in den Hals. Im selben Teil des Reservates haben wir noch eine zweite Kuh gefunden, die auf identische Weise verstümmelt wurde.«

»Auf dem Weg hierher habe ich ein Schild gesehen, auf dem stand, dass man den Tieren die Hörner absägt. Ich vermute, um sie so vor Wilderern zu schützen. Machen Sie das nicht?«

»Nein, und zwar aus mehreren Gründen. Zum einen waren zwei der getöteten Tiere Schwarze Nashörner, darunter Lena. Diese Art benutzt ihr Horn nicht nur, um zu kämpfen, sondern auch, um im Dickicht nach Zweigen zu wühlen. Deshalb können wir ihnen nicht einfach die Hörner abschneiden. Zum anderen wurde diese Methode in dem besagten Reservat getestet, aber ohne Erfolg. Im vergangenen Jahr haben sie vier Nashörner verloren, obwohl sie ihnen die Hörner abgesägt hatten.«

»Wie ist das möglich?«

»Man muss mindestens zehn Zentimeter stehen lassen, um dem Tier keinen Schaden zuzufügen. Aber selbst dieser Stumpen wiegt circa ein Kilo, für das man auf dem Schwarzmarkt in Vietnam und China etwa sechzig- bis siebzigtausend Dollar bekommt. Und das reicht, damit ein Wilderer sich die Mühe macht, das Nashorn zu töten. Und selbst wenn der Wilderer findet, dass es den Aufwand nicht wert ist, erschießt er das Tier trotzdem, damit er beim nächsten Mal nicht dem falschen folgt. Aufpassen!«

Ein langer Zweig schlägt durch das offene Fenster, und Rob duckt sich.

»Außerdem darf man nicht unterschätzen, wie teuer das Absägen der Hörner im Reservat ist«, fährt Thabisa fort. »Zuerst muss man die Tiere finden, dann müssen sie betäubt werden, um ihnen das Horn abzusägen. Dafür benötigt man einen Helikopter und von außen bestellte Tierärzte, um das so kosteneffektiv wie möglich zu gestalten. Und man muss es bei allen Tieren gleichzeitig machen, weil sie sonst womöglich einen Konkurrenten in einem Revierkampf entwaffnen. Und zu guter Letzt: Nach vier Jahren ist das Horn wieder nachgewachsen, und die ganze Prozedur beginnt von vorne. Am besten häufiger, weil wie gesagt auch kürzere Hörner Wilderer anlocken. Das wird verdammt teuer. Geld, das man bereits in die bewaffneten Sicherheitskräfte investiert hat, um die Tiere zu beschützen.«

»Und wodurch nehmen Sie Geld ein?«

»Hauptsächlich durch den Tourismus. Aber das genügt nicht. Viele private Landbesitzer haben angefangen, ihren Nashornbestand zu verkaufen. Die Tiere werden auf dem Markt für schlappe zweihundert- bis dreihunderttausend Rand verramscht. Begreifen Sie das? Sie bekommen ein ganzes Nashorn für fünfundzwanzigtausend Dollar, und das Horn ist auf dem Schwarzmarkt bis zu vierhundertfünfzigtausend Dollar wert. Diese Tiere sind tot viel profitabler als lebendig.«

Thabisas Handy klingelt. Ohne den Blick von der Straße zu nehmen, zieht sie es aus ihrer Brusttasche.

»Hallo?«

Rob sieht, wie sich ihr Gesicht vor Wut verzerrt.

Sie drückt unbeabsichtigt aufs Gaspedal und zischt in den Hörer.

»Hör mal gut zu, du verdammter Idiot. Ich bin nicht interessiert. Nein, habe ich gesagt. Sag das deinen Kumpels. Und ruf mich nie wieder an.«

Aufgebracht steckt sie das Handy zurück in die Brusttasche.

»Das war nicht Ihr bester Freund, was?«

Zuerst antwortet Thabisa nicht. Ihr Gesicht ist angespannt, dann aber drosselt sie das Tempo des Wagens und holt ein paar Mal tief Luft, um sich zu beruhigen. Rob stellt fest, dass ihre großen braunen Augen dieselbe Farbe haben wie ihre Haut.

»Wilderer«, sagt sie. »Sie rufen mich immer wieder an, damit ich mit ihnen zusammenarbeite.«

Rob sieht sie überrascht an.

»Sollen Sie für die ein Nashorn erschießen?«

»Nein, aber ich soll ihnen sagen, wo sie sich aufhalten, damit sie diese Information an ihre Leute weiterschicken können, die hier irgendwo im Gebüsch lauern und darauf warten.«

»Hätten Sie denn nicht mitspielen und sie dann reinlegen können?«

»Sowohl ich als auch andere haben diese Taktik schon ausprobiert, aber es funktioniert nicht. Sie rufen nur von Prepaidhandys an und nennen auch nie ihre Namen. Und wenn der Auftrag ausgeführt wurde, hinterlegen sie das Geld an einem Ort, den sie einem erst danach mitteilen. Das bedeutet, dass niemand weiß, mit wem sie zusammenarbeiten, auch die nicht, die sich bestechen lassen.«

»Aber warum benötigen sie Ihre Hilfe? Ich dachte immer, dass sie die Nashörner selbst aufspüren.«

»Dieses Reservat erstreckt sich auf einer Fläche von fünfundvierzigtausend Quadratkilometern. Da kann man nicht einfach loslaufen und ein Nashorn finden. Vor allem kein Schwarzes. Die sind ziemlich scheu.«

»Und wie viel Geld haben die Ihnen angeboten?«

»Ganz unterschiedlich. Da waren Summen bis zu zehntausend Rand dabei, was mehr als der zweifache Monatslohn eines einfachen Rangers ist. Irgendwie verstehe ich die Versuchung. Man hat einen Job, in dem man jeden Tag Gefahr läuft, erschossen zu werden, und bekommt einen Lohn, der kaum zum Leben reicht. Gleichzeitig aber ist es mir vollkommen unverständlich. Wie kann man sich Ranger nennen, wenn man sich von den kriminellen Banden bestechen lässt, die unsere Tiere ausrotten wollen?«

Rob mustert sie von der Seite. Ihr Aussehen scheint ihr vollkommen unwichtig zu sein. Soweit er es erkennen kann, trägt sie keine Schminke. Nur hässliche Klamotten und Nashornscheiße an den Händen. Und dennoch ist sie unfassbar attraktiv.

Er lässt den Blick von ihrem Gesicht über den schlanken Hals hinunter bis zu ihren Brüsten wandern.

»Ich würde gerne mehr darüber erfahren«, sagt er. »Sie hätten nicht zufällig Lust, mit mir heute Abend essen zu gehen?«

Sie sieht ihn an und lacht.

»Sorry, aber ich date keine Touristen.«

Touristen? Ich bin verdammt nochmal ein Rockstar, denkt Rob.

Beinahe fragt er sie, ob sie nicht wüsste, wer er ist. Aber er ist zu verblüfft und starrt stattdessen stumm durch die Windschutzscheibe.

In peinlichem Schweigen fahren sie weiter. In der Zeit sehen sie noch drei Zebras und ein einsames Gnu im Gestrüpp. Dann taucht vor ihnen ein weißes Hotel mit grünen Fensterläden und Solarzellen auf dem Dach auf.

Thabisa parkt den Jeep auf der Kiesauffahrt vor dem Eingang.

»Da sind wir.«

Der Tonfall hat sich geändert. Ihr Blick ist starr nach vorne gerichtet. Als würde sie den Abstand zu diesem flirtenden *Touristen* betonen wollen.

Rob steigt aus und holt den Seesack und das Bier vom Rücksitz. Thabisa deutet auf ein längliches Gebäude auf der anderen Seite des frisch gemähten Rasens.

»Nehmen Sie die zweite Tür links, dort werden Sie ihn im ersten Zimmer auf der rechten Seite finden. Ich muss weiterarbeiten.«

»Vielen Dank für die Mitfahrgelegenheit.«

Thabisa drückt aufs Gaspedal und hinterlässt eine große Staubwolke. Rob sieht ihr hinterher. Es ist lange her, dass ihm eine Frau so einen Korb gegeben hat.

Er sieht sich um, die Sonne steht schon tief, und die Bäume werfen lange Schatten auf den Rasen.

Es ist viel kühler, als er erwartet hatte. Hier unten ist es Herbst. Und zu Hause Frühling.

Er macht sich auf den Weg zum Bürogebäude, als er plötzlich hinter sich eine Stimme hört.

»Hey, Rob!«

Ein Mann um die sechzig kommt auf einem geharkten

Kiesweg auf ihn zu, der zu einem weißen Haus führt, das mit dem Schild »Rezeption« gekennzeichnet ist. Tinus van Hoebeek sieht aus wie ein Kolonialherr, der in Afrika überwintert hat. Er trägt ein weißes Hemd mit hochgekrempelten Ärmeln, hat rötlich blasse, britische Haut und weißes, nach hinten gekämmtes Haar.

Er streckt Rob eine schwielige Hand entgegen und begrüßt ihn mit einem festen Händedruck.

»Willkommen in Südafrika. Schön, dass wir uns endlich persönlich kennenlernen. Sie sehen genauso aus wie auf dem Plakat.«

»Plakat?«

»Mein Sohn hat zu Hause ein großes Poster von Ihnen und der Band.«

»Oh je. Und ich hatte gedacht, hier kennt uns niemand.«

»Na ja, Sie wissen ja, wie das mit dem Internet ist. Die jungen Leute hören sich heutzutage ja jeden Quatsch an.«

Tinus lacht laut über seinen eigenen Witz und legt Rob eine Hand auf die Schulter. Gemeinsam gehen sie zum Büro. Tinus bedauert mit ernster Miene den Tod des Nashorns Lena.

»Ich habe gehört, dass Sie insgesamt drei Nashörner in sehr kurzer Zeit verloren haben«, sagt Rob.

»Ja, das stimmt leider. Ich befürchte, dass wir eine Ratte in unseren Reihen haben.«

»Eine Ratte?«

»Ja, einen Maulwurf, ein Leck. Einen, von dem die Wilderer Insiderinformationen bekommen.«

Rob muss sofort an das Telefonat von Thabisa denken. Arbeiten diese Leute mit mehreren Insidern oder wollte eine andere Bande sie rekrutieren?

Im Büro bietet Tinus ihm einen stabilen Stuhl mit Armlehnen und weichem Sitzkissen an, er selbst nimmt hinter dem Schreibtisch auf seinem schwarzen Bürostuhl Platz.

An der Wand hinter dem Schreibtisch hängen gerahmte Fotos von wilden Tieren und glücklichen Touristen, die sich die wilden Tiere ansehen. Die Wand zur Rechten ist praktisch komplett von einer Landkarte des Reservats bedeckt. Das in der Tat riesige Ausmaße hat.

»Möchten Sie einen Whisky?«

»Da sage ich nicht Nein.«

Tinus öffnet die Tür eines kleinen Holzschranks und holt eine Flasche Johnnie Walker Red Label sowie zwei kleine Gläser heraus.

Er füllt beide großzügig und hebt dann sein Glas für einen Toast.

»Auf die gute Zusammenarbeit der letzten zwei Jahre.«

Sie stoßen an, und Rob fragt sich, worin ihre Zusammenarbeit eigentlich genau bestanden hat und vor allem, welche Summe er gespendet hat. Zehntausend im Jahr? Hunderttausend? Gus hat das bestimmt bei einem seiner Besuche in der Entzugsklinik erwähnt, aber da war Rob mit ganz anderen Dingen beschäftigt gewesen.

Tinus lehnt sich über den Schreibtisch und verschränkt seine kräftigen Unterarme auf der Platte.

»Also, raus mit der Sprache. Warum sind Sie hier?«

Rob öffnet den Mund, um zu sagen, dass ihn der Tod von Lena so tief berührt hat, dass er unbedingt kommen und alle Details erfahren musste. Aber er überlegt es sich anders.

»Ich brauchte einen Vorwand, um abzuhauen. Und Ihre Mail war perfekt.«

Tinus denkt lange über Robs Antwort nach.

»Ich hoffe, dass wir beide uns später noch ausführlicher unterhalten können. Aber das Praktische zuerst. Ich habe für Sie unseren schönsten Bungalow reserviert. Sie dürfen so lange bleiben, wie Sie wollen, und ich werde dafür sorgen, dass Sie auch an den schönsten Touren durchs Reservat teilnehmen können.«

Er richtet sich wieder auf. Sein Gesichtsausdruck hat sich verändert, er ist viel ernster geworden.

»Was Lena betrifft, kann ich Ihnen leider noch nicht so viel Neues sagen. Wir haben sie untersucht, die Kugeln, zwei der Patronenhülsen und ein paar Fußabdrücke sichergestellt. Mehr können wir zurzeit nicht tun, wenn es uns nicht gelingt, einen Schützen ausfindig zu machen, den wir mit dieser Tat in Verbindung bringen können. Noch besser wäre es, wenn wir das Horn finden. Wir arbeiten eng mit einem forensischen Labor in Pretoria zusammen, das die DNA des Hornes mit der DNA des erlegten Tieres abgleichen kann. Auf diese Weise ist es uns in den letzten Jahren tatsächlich gelungen, einige der Schmuggler dingfest zu machen.«

Er nimmt einen Schluck aus seinem Glas, und Rob hebt schnell das seine an die Lippen.

»Aber ich will ehrlich sein, Rob«, fährt Tinus fort, nachdem er das Glas abgestellt hat. »Es macht keinen Unterschied, wie viele Wilderer wir schnappen, es kommen laufend neue nach. In diesem Land wird alle acht Stunden ein Nashorn getötet. Und je härter wir sie verfolgen, desto brutaler reagieren sie darauf. Dort draußen herrscht Krieg, und der Feind ist bedeutend besser ausgerüstet als wir. Es kommt durchaus vor, dass unsere Leute auf ein Trio von Wilderern stoßen, das sowohl mit Maschinengewehren als auch mit Nachtsichtgeräten ausgestattet ist.«

»Und wie könnt ihr diesen Krieg gewinnen?«

Tinus lehnt sich zurück und mustert sein Gegenüber eindringlich.

»Verkauft ihr auch Platten in China und Vietnam?«

»China nicht so viele, aber in Vietnam fängt es so langsam an.«

»Wenn Sie das nächste Mal auf Tour dort sind, erzählen Sie den Vietnamesen, dass sie lieber Nägel kauen sollen anstatt Hörner von Nashörnern zu kaufen.«

»Nägel kauen?«

Tinus hält seine Hand mit den erdigen, eingerissenen Nägeln hoch.

»Das Horn eines Nashorns besteht aus Keratin. Dasselbe Protein, das Sie auch in Ihren Fingernägeln und Ihren Haaren finden. Trotzdem werden die Hörner in der traditionellen chinesischen Medizin als Heilmittel gegen alle möglichen Krankheiten aufgeführt.«

»Gibt es denn noch Leute, die an diesen Scheiß glauben?«

»Viel zu viele. Man müsste …«

Das beige Tastentelefon auf dem Schreibtisch fängt schrill an, zu klingeln. Tinus entschuldigt sich und hebt den Hörer ab. Dann dreht er Rob den Rücken zu. Er unterhält sich mit jemandem, den er offensichtlich sehr gut kennt.

Rob rutscht auf seinem Stuhl hin und her. Der Whisky hat sich auf angenehmste Weise mit den Bieren in seinem Magen vermischt. Er fühlt sich wunderbar entspannt. Er muss an die finnische Band Hanoi Rocks denken, deren Debütalbum *Bangkok Shocks, Saigon Shakes, Hanoi Rocks* hieß. Seiner Ansicht nach war es der beste Albumtitel aller Zeiten, und er hatte seitdem vorgehabt, in allen diesen Städten aufzutreten. Seit der letzten Tour stand nur noch Hanoi auf der Liste. Er hätte tierische Lust, in Hanoi auf der Bühne zu stehen und ins Publikum zu brüllen: *Guten Abend, Hanoi! Are you ready to rock?*

»*Fok!*«, sagt Tinus in diesem Moment. »Spuren von wie vielen? Und wie lange ist das her?«

Mit finsterem Gesichtsausdruck stellt er sich vor die Landkarte, wobei er das spiralförmige Telefonkabel stramm und das Telefon über den Tisch zieht. Rob kann in letzter Sekunde verhindern, dass es über die Kante rutscht.

»Aber wo genau? Ach so, da. Genau an der Grenze zum Nationalpark.«

Tinus fährt mit dem Finger an einer Art Flusslauf entlang, der sich die meiste Zeit von Norden nach Süden windet. Es scheint, als würde der Fluss zum Großteil die Grenze zwischen dem Kruger Nationalpark und dem Limpopo Rhino Reserve bilden.

Tinus sieht auf die Uhr.

»Setz alle ein, die du bekommen kannst«, sagt er. »Ich weiß, dass das wegen der Überstunden teuer wird, aber haben wir eine Wahl?«

Er legt auf und setzt sich wieder hin. Auf einmal sieht er aus wie ein sehr alter Mann.

»Was ist passiert?«, fragt Rob.

»Das war mein Sicherheitschef. Ein paar Touristen haben heute im Kruger Nationalpark offenbar drei Männer gesehen, die über die Straße gerannt sind. Einer von ihnen hatte ein Gewehr bei sich. Die Ranger sind ihnen gefolgt, und offensichtlich sind sie in unser Reservat eingedrungen.«

»Gibt es da keinen Zaun dazwischen?«

Tinus van Hoebeek schüttelt den Kopf.

»Damit locken wir doch die Touristen an. Wir bieten ihnen exklusive Unterkünfte, aber dieselben Tiere wie im Nationalpark.«

Wieder dreht er den Stuhl, öffnet einen Holzschrank hinter sich an der Wand und holt zwei schwarze Funkgeräte mit dicken Antennen heraus.

»Offensichtlich spinnt die Technik bei einigen der Geräte im Busch«, sagt er, während er sie einschaltet und ihren Ladezustand überprüft. »Ich muss dafür sorgen, dass jemand die hier rausfährt, bevor es dunkel wird.«

Da fällt ihm etwas ein.

»Wollen Sie sie sehen?«, fragt er Rob.

»Wen?«

»Lena. Es ist kein schöner Anblick, aber ich hatte den Eindruck, dass sie Ihnen wichtig ist. Der Ranger, der die Funkgeräte fährt, kommt auch an dem Ort vorbei, wo sie erschossen wurde. Sie liegt nur ein paar Hundert Meter von der Straße entfernt. Ich könnte dafür sorgen, dass Sie mitfahren können.«

Robs Eingeweide rebellieren bei dem bloßen Gedanken, in der Nähe eines verwesenden Nashorns zu sein, das wahrscheinlich schon zur Hälfte von Hyänen und Larven zersetzt worden war.

»Ach, das ist nicht nötig.«

»Okay. Dann bleiben Sie bitte kurz sitzen, bis ich den

Transport organisiert habe, danach bringe ich Sie in Ihren Bungalow.«

Erneut greift er nach dem Hörer und tippt auf eine Kurzwahltaste. Rob hört eine Frauenstimme am anderen Ende der Leitung.

»Hallo, Thabisa. Tinus hier. Wo bist du gerade? Sehr gut. Du, ich hätte da noch eine Transportaufgabe für dich. Mashudu und seine Jungs brauchen zwei Funkgeräte.«

Thabisa?

Rob gibt Tinus mit der Hand ein Zeichen.

»Bleib mal kurz dran, Thabisa«, sagt Tinus und drückt den Hörer an die Brust.

»Ja?«

»Ich habe es mir anders überlegt«, erklärt Rob. »Ich würde Lena doch gerne sehen, bevor es zu spät ist.«

Tinus hebt den Hörer zurück ans Ohr.

»Du hast auch noch einen Mitfahrer.«

Kruger Nationalpark, Südafrika

Sie gehen dicht hintereinander und schreiten eilig voran. Samora an der Spitze, mit Fernglas und Panga ausgestattet, Daniel mit dem Gewehr in der Mitte und der Wasserträger Gezani als Letzter.

Sie reden nicht viel. Wollen vor Einbruch der Dunkelheit so weit in den Kruger Nationalpark gelangen wie möglich.

Das Gelände ist eben und offen, sie sollten ohne Weiteres dreißig Kilometer schaffen können, bevor es dunkel wird, schätzt Daniel. Vielleicht haben sie dann auch schon das Nashorn gesichtet und erledigt und sind wieder auf dem Weg nach Hause, mit zwei Hörnern im Gepäck.

Er wird es erschießen müssen. Obwohl er noch nie in seinem Leben ein Nashorn gesehen hat. Obwohl er weder weiß, wie sie klingen, riechen oder er ihre Spuren kennt. Er weiß nicht einmal, wie ihr Kot aussieht, weil es in Mosambik keine Nashörner mehr gibt.

»Mach dir darüber keine Sorgen«, hat ihm Gito gestern gesagt. »Unsere südafrikanischen Freunde werden dir den Weg zeigen.«

Damit meinte er die Ranger. Die seinen Cousin erschossen haben und so viele seiner Landsleute davor.

Aber nicht alle Parkwächter sind auf der Seite der Weißen. Da gibt es jene, die von Leuten wie Gito oder Ishaan dafür bezahlt werden, dass sie verraten, wo die Nashörner sich aufhalten.

Auf der Fahrt zur Grenze hatte ihm Samora erzählt, wie es läuft.

»Wenn die Parkwächter ein oder mehrere Nashörner entdecken, melden sie das direkt an Gito. Und Gito leitet diese Informationen dann an mich weiter. Mein Handy hat eine Funktion, mit der ich auf einer Karte genau sehen kann, wo die Nashörner sind und wie weit es dorthin ist. Clever, oder?«

Daniel hatte genickt. Seine Kinder Abel und Maria waren einmal zu Besuch bei einem Freund, dessen Vater einen Computer besitzt. Da hatten sie Massingir aus der Luft anschauen können, hatten sie erzählt. Sie hatten sogar ihre Hütte sehen können.

Eine Stunde sind sie schon unterwegs. Sie haben gerade eine kleine Anhöhe erreicht, nachdem sie mehrere Kilometer durch ein dicht mit Mopane-Bäumen bewachsenes Gebiet gelaufen sind, die Schatten gespendet haben. Die Anzahl der Pfade nimmt zu, und Daniel hat einige Losungen entdeckt, von Zebras, Gnus, Elefanten und mindestens vier verschiedenen Antilopenarten. Eine davon war so frisch, dass sie noch ganz warm war.

Sie wandern weiter. Die Sonne steht noch hoch am Himmel, das kniehohe Gras raschelt sanft im Wind. Aber Gezanis Schnaufen ist nicht mehr zu hören. Daniel dreht sich zu ihm um. Er ist schon wieder zurückgefallen, sie müssen anhalten und auf ihn warten.

Gezanis Schritte sind schwer geworden, er schwitzt gewaltig. An seinem Gürtel hängt ein Lederbeutel mit *muti*. Die traditionelle Medizin soll ihm Schutz vor den Parkwächtern bieten, so heißt es.

Daniel hat schon einige Geschichten darüber gehört. Manche behaupten, dass sie mithilfe von Muti unsichtbar geworden sind oder sich in einen Termitenbau verwandelt haben, wenn sich ein Ranger näherte. Andere haben sich mit einer Creme aus Kräutern eingeschmiert, die ihre Haut vor dem Eindringen von Gewehrkugeln schützen soll.

Daniels Cousin hatte sich auch diese Creme für viel Geld bei einer *sangoma*, einer Geistheilerin, aus dem Nachbarort gekauft. Und was hat es ihm genützt?

Sie gehen einen steinigen Abhang hinunter, der mit stacheligem Gestrüpp bewachsen ist, und kommen auf eine weite Ebene. Nicht weit von ihnen entfernt steht eine Herde goldbrauner Impala-Antilopen.

Wie auf Kommando hören die Tiere auf, zu grasen und starren die drei Menschen mit gereckten Hälsen an. Es sind an die Hundert Tiere, schätzt Daniel. Er hebt das Gewehr und zielt auf das größte, einen stattlichen Bock mit langen, gebogenen Hörnern.

Wenn er den doch nur erlegen, ihn ausnehmen, das frische Fleisch einpacken und nach Hause zurückkehren könnte. Er würde seiner Familie ein Festmahl bereiten und Abel endlich sagen hören, dass er so satt ist, dass er nichts mehr essen kann.

Aber Samora ist schon wieder weitergelaufen; Daniel senkt das Gewehr und folgt ihm. Sie umrunden die Herde in einem großen Bogen, um die scheuen Tiere nicht aufzuschrecken. Denn dann könnten sie andere Tiere warnen, dass sich Menschen in der Nähe befinden.

Eine weitere Stunde verstreicht. Vielleicht sind es auch zwei. Es ist sengend heiß. Samora checkt sein Handy, während sie auf Gezani warten, der schon zum dritten Mal zurückgefallen ist. Er hat seinen Rucksack abgenommen und trinkt. Schon wieder. Viel zu gierig. Verschwendet und verschüttet zu viel, lässt die wertvollen Tropfen an seinem Hals herunterlaufen. Wenn er so weitermacht, werden sie morgen kein Wasser mehr haben.

Daniel seufzt und wendet sich an Samora.

»Warum hat Gito ihn ausgewählt? Damit wir langsamer sind und er unser ganzes Wasser austrinkt?«

Samora sieht zu Gezani, der die Wasserflasche zurück in den Rucksack stopft.

»Wir sind einmal auf zwei Ranger gestoßen. Nur wir beide. Gar nicht so weit von hier entfernt. Wir wurden in eine Sackgasse gedrängt, an drei Seiten steile Wände. Keine Fluchtmöglichkeit. Gezani tat so, als würde er sich vor Angst auf dem Boden zusammenkauern, aber hat stattdessen seine Pistole aus dem Schaft gezogen und beide Ranger erschossen. Sie oder wir. Gezani hat keine Sekunde gezögert.«

»Aber er hat doch gar keine Waffe dabei.«

»Doch, in einem Holster an seiner Wade.«

Erst jetzt sieht Daniel eine kleine Ausbuchtung an Gezanis rechtem Hosenbein, die er vorher nur nicht wahrgenommen hatte.

»Es wird hier draußen immer härter«, sagt Samora. »Die Ranger dürfen erst schießen, wenn sie selbst angegriffen werden. Das bedeutete bisher, dass solche wie wir einfach ohne das Risiko weglaufen konnten, von hinten erschossen zu werden. Aber so ist es nicht mehr.«

Daniel nickt. Er denkt an Jomo. An das Einschussloch zwischen seinen Schulterblättern.

Gezani holt sie wieder ein, wischt sich den Mund ab und rülpst.

»Kannst du noch?«, fragt Samora.

»Klar.«

Samora wirft wieder einen Blick auf sein Handy. Noch immer keine Nachricht.

Sie folgen einem breiten Trampelpfad von Elefanten, der nach Westen führt. Daniel und Samora gehen nebeneinander. Sie haben das Tempo gesenkt, damit Gezani mithalten kann, und Samora erzählt von seinen Nashornjagden. Wie viel einfacher es vor ein paar Jahren gewesen sei, die Tiere aufzuspüren. Damals musste man nur auf die offizielle Facebook-Seite des Kruger Nationalparks gehen und die Einträge der Touristen lesen, wo sie die Tiere gesehen hatten. *Donnerstag, 07:30. Drei Weiße Nashörner an der Bangu-Wasserstelle gesehen.* Und wenn man Glück hatte und in der Nähe war, musste man nur dorthin laufen und den frischen Spuren folgen.

Oder man machte eine Internetsuche mit den Stichworten »Nashorn« und »Kruger«. Es gab immer einen Touristen mit einem öffentlichen Facebook-Profil, der seine neuesten Nashornfotos mit Geotagging festgehalten hatte. Und auch da musste man nur schnell sein, wenn man das Glück hatte, gerade in der Nähe zu sein.

»Aber mittlerweile ist es viel schwerer geworden«, sagt

Samora und umrundet ein gigantisches Spinnennetz, in dessen Mitte eine gelbschwarze Spinne sitzt. »Der Kruger Nationalpark hat aufgehört, seine Sichtungen auf seiner Facebook-Seite zu veröffentlichen, und die Touristen werden dazu aufgefordert, keine Fotos von Nashörnern zu posten. Das ist Scheiße.«

Daniel dreht sich um.

»Samora«, sagt er.

Sie bleiben stehen. Gezani ist mindestens fünfzig Meter zurückgefallen. Und sieht vollkommen erledigt aus. Er ist direkt ins klebrige Spinnennetz gelaufen, fuchtelt mit den Armen und wischt sich hektisch die große Spinne aus dem Gesicht.

Samora legt die Hand zum Schutz über die Augen und erkundet die Umgebung.

»Wir machen eine Pause unter dem Baum dort drüben«, verkündet er und zeigt auf einen Akazienbaum, der seine niedrige, stachelige Baumkrone wie einen Sonnenschirm über der roten Erde ausgebreitet hat.

Im Schatten ist der Boden kühl. Daniel schiebt mit dem Fuß Zebrakot beiseite, setzt sich und lehnt sich mit dem Rücken gegen den Baumstamm. Gezani ist es egal, was unter ihm auf dem Boden liegt, er wirft sich der Länge nach hin und schnauft, als wäre er gerade von einem Geparden gejagt worden.

Samora bleibt stehen. Er hat das Handy wieder hervorgeholt und hebt es über den Kopf, als würde er eine Fahne schwenken.

»Hast du Netz?«, fragt Daniel.

»Nein … Doch, einen Balken.«

»Und, hat sich jemand gemeldet?«

»Nein, bisher ist es noch ruhig.«

Daniel zieht sich die Sandalen aus und massiert seine Füße.

Dann bittet er Samora, noch mehr über Nashörner zu erzählen, wie sie sich verhalten, wenn sie auf Menschen treffen. Samora steckt das Handy wieder ein und setzt sich neben ihn. Reißt einen Grashalm aus und schiebt ihn sich zwischen die Zähne.

»Es gibt zwei Sorten. Das Weiße Nashorn ist das größte, und von ihm gibt es am meisten. Man erkennt es an seinem großen Buckel auf dem Rücken. Ich hoffe, dass wir so eins finden, denn sie sind in der Regel sanftmütig, und man kann sich ganz gut anschleichen. Viel leichter als bei einer Antilope. Du kannst ziemlich nah ran, bevor du schießt.«

Samora wedelt Fliegen weg, die sich auf seinen verschwitzten Nacken setzen wollen.

»Die andere Art ist das Schwarze Nashorn. Es ist viel kleiner, hat spitze Lippen und ist leicht reizbar, wie eine Frau, wenn sie ihre Tage hat.«

Gezani lacht laut auf. Daniel sieht zu ihm und denkt, dass er sich lieber zurückhalten sollte. Gezani ist jähzornig und kann ziemlich aggressiv werden, wenn er zu viel getrunken hat. Den Gerüchten zufolge soll er seine Frau schon öfter geschlagen haben.

»Es ist viel schwieriger, ein Schwarzes Nashorn aufzuspüren«, fährt Samora fort, dabei wippt der Grashalm in seinem Mundwinkel. »Und wenn sie dich entdecken, greifen sie sofort an. Ich bin auch schon einmal von einem gejagt worden und konnte mich nur mit einem Sprung in ein Dickicht retten.«

»Was machen wir denn, wenn sie dir keine Infos schicken? Wie sollen wir die Tiere dann finden?«, fragt Daniel.

»Ich kann ihre Spuren und ihren Kot lesen, das dürfte also kein Problem sein. Und du könntest mir dabei helfen, indem du nach dem Madenhacker Ausschau hältst. Den kennst du, oder? Braungelbes Gefieder mit einem gelben oder rötlichgelben Schnabel? Der klingt so.«

Er macht ein heiseres und schlürfendes Geräusch mit den Lippen.

»Ich weiß, wie ein Madenhacker aussieht«, erwidert Daniel und versucht erst gar nicht, seine Irritation über die dämliche Frage zu verbergen.

»Sehr gut. Hören wir ihn, haben wir immerhin eine kleine Chance, dass ein Nashorn in der Nähe ist. Es kann natürlich auch genauso gut ein Büffel sein, auf dem er sitzt. Und in diesem Fall müssen wir uns in Acht nehmen.«

Er sieht hoch zum Himmel und steht auf.

»Wir müssen weiter. Wenn wir unser Tempo halten können, schaffen wir es vor Einbruch der Dunkelheit bis zu einem ausgetrockneten Wasserloch. Dort gibt es einen alten Hochsitz auf Pfählen, auf dem wir schlafen können. Der hat sogar ein Dach, falls es regnen sollte.«

Gezani rappelt sich auf, stellt sich an einen staubigen Busch und pinkelt. Daniel hätte große Lust, ihn in die Dornen zu stoßen. Wie kann man so dämlich sein und so viel Wasser trinken, dass man pinkeln muss?

Er steht auf, klopft sich den Staub von der Hose und setzt mit Samora seinen Weg auf dem Elefantenpfad fort. Da hören sie einen gellenden Schrei. Gezani liegt am

Boden, die Hand am Knöchel, und windet sich wie ein Wurm.

»Eine Schlange!«, schreit er. »Eine Schlange. Sie hat mich gebissen.«

Daniel und Samora rennen zu ihm. Daniel schnappt sich einen Stock und hebt damit die unteren Äste des Busches hoch, um die Schlange zu sehen, findet jedoch nichts. Hört nur ein schwaches Rascheln in der Tiefe des Dickichts.

Dann kniet er sich neben Gezani.

»Das war eine Schwarze Mamba«, wimmert dieser. »Jetzt muss ich sterben.«

»Hast du sie gesehen?«

Gezani scheint ihn nicht zu hören. Er windet sich und jammert.

Daniel verpasst ihm eine Ohrfeige.

»Hast du die Schlange gesehen?«, wiederholt er, lauter dieses Mal.

»Nein, nein«, winselt Gezani. »Ich habe nur den Biss gespürt.«

»Hast du Schwierigkeiten beim Atmen?«

Gezani schüttelt den Kopf.

Also keine Schwarze Mamba. Aber das heißt nicht automatisch etwas Gutes.

»Lass mich mal sehen«, sagt Daniel.

Gezani hört nicht auf, zu klagen, dass er jetzt sterben müsse.

»Das sind die Geister. Sie wollen nicht, dass wir hier sind.«

»Nimm deine Hände weg, damit ich mir das ansehen kann.«

Gezani lässt seinen Knöchel los. Daniel zieht das Hosenbein hoch und beugt sich hinunter. Vier rote Punkte, direkt unter dem Pistolenholster. Einer ist schon angeschwollen. Kein gutes Zeichen.

Tierpark Kolmården, Schweden

Der riesige Parkplatz des Tierparks ist verwaist, als Paulina Diaz auf das Gelände fährt. Das wird sich in ein paar Wochen ändern, wenn der Park seine Pforten wieder öffnet und die Saison beginnt.

Sie überprüft die Uhrzeit auf ihrem Armaturenbrett und stellt fest, dass sie vom Flughafen Arlanda hierher nur eine Stunde und fünfundvierzig Minuten gebraucht hat. Dabei hatte sie sich doch vorgenommen, nicht mehr so schnell zu fahren. Aber hier handelte es sich schließlich um eine Notlage, die durch ein fast surreales, schlechtes Timing verursacht worden war.

Zum ersten Mal seit drei Jahren hatte sie Urlaub im Ausland gemacht, und natürlich musste so eine Sache ausgerechnet jetzt passieren.

Es hätte natürlich auch schlimmer kommen können. Die SMS vom Staatsanwalt für Umweltfragen hätte sie auch gleich am ersten Urlaubstag erreichen können. Was hätte sie dann wohl gemacht? Hätte sie ihren Mann allein in den Everglades zurückgelassen und den ersten Flieger nach Hause genommen? So hatten sie wenigstens sechs fantastische Tage miteinander verbringen können. Waren mit Seekühen und Delfinen geschwommen. Hatten in ganz einfachen Bungalows auf Pfählen gewohnt und die Krokodile unter ihnen im Wasser gehört.

Aber ihr fehlt jetzt ein ganzer Tag, der wichtigste von allen, und den Berichten zufolge ist schon eine ganze Menge schiefgelaufen. Allein die Tatsache, dass im ersten Aufnahmebericht von einer Sachbeschädigung die Rede ist, als würde es sich hier um eine zu Tode gequälte Kuh oder ein Pferd handeln. In diesem Fall hätte der Tatbestand als schweres Verbrechen gegen den Artenschutz klassifiziert werden müssen, da es sich um eine bedrohte Tierart handelte. Dann hätte man nämlich sofort den Grenzschutz aktivieren und dafür sorgen können, dass jede Tasche an jedem Flughafen in der Nähe überprüft wird.

Aber die Polizei hatte nicht einmal Straßensperren aufgestellt, obwohl sie bereits wenige Minuten nach der Tat informiert wurde. Es dauerte mehrere Stunden, bevor die Flughäfen aufgefordert wurden, ihre Kontrollen zu verstärken, und noch länger, bis Interpol informiert wurde. Da war das Horn schon längst auf dem Weg nach Asien.

Sie hat die möglichen Flugverbindungen der Schmuggler recherchiert. Von Norrköping kann man direkt nach München fliegen, und von Linköping gehen täglich zwei Flieger nach Amsterdam. Holland ist ein klassisches Transitland für Schmugglerware. Und von Skavsta, das auch nur etwa eine Stunde von dort entfernt liegt, kommt man praktisch überallhin.

Sie parkt großzügig auf zwei Stellplätzen und wählt Alva Axelssons Nummer, während sie aussteigt und den Wagen abschließt. Ein kalter Wind von Nordosten bläst ihr entgegen, ein scharfer Kontrast zu der feuchten Wärme im Süden Floridas.

»Hallo, ich bin es, Paulina Diaz«, sagt sie. »Lassen Sie mich rein?«

»Es ist einfacher, wenn Sie ein paar Hundert Meter zurückfahren«, antwortet Alva Axelsson und erklärt ihr den Weg zum Personaleingang.

Mit Vollgas verlässt Paulina den Parkplatz, muss aber gleich darauf abbremsen, als ihr auf der schmalen Straße ein LKW entgegenkommt.

Sie weiß genau, dass sie sich zurückhalten muss, den Fall nicht an sich reißen darf. Dafür ist nämlich eigentlich die Umweltschutzgruppe der Region Ost zuständig. Aber sie wäre auch gekommen, wenn man sie nicht angerufen hätte, aus dem ganz einfachen Grund, weil sie die Beste ist, wenn es um diese Art von Verbrechen geht.

Als Chefin der Spezialeinheit für Verbrechen gegen den Artenschutz und Kulturgüter – die der NOA, der Nationalen Operativen Abteilung, unterstellt war – hatte sie in den vergangenen Jahren zwei erfolgreiche Ermittlungen gegen eine Bande geführt, die Hörner von Nashörnern in Schweden verkaufen wollte. In dem einen Fall handelte es sich um einen Iren, der ein antikes Horn gefunden und es diversen Käufern angeboten hatte. Im anderen Fall waren es drei bereits polizeibekannte Männer, die ein Horn verkaufen wollten, das sie angeblich im Tausch gegen ein wertvolles Kunstwerk erhalten hatten.

Die Polizei hatte Experten kontaktiert und den Wert des Hornes auf vier Millionen Kronen, etwa vierhunderttausend Euro, schätzen lassen. Da hatte Paulina Diaz begriffen, dass es sich hier um den Anfang einer ganz neuen Verbrechenskultur in Schweden handelte. Vier Millionen Kronen für ein Verbrechen, bei dem man niemanden erpressen oder ausrauben muss oder eine besonders lange Gefängnisstrafe riskiert. Welcher Kriminelle würde dieser Versuchung schon widerstehen können?

Wie angegeben fährt sie in den kleinen Waldweg und wartet vor dem Tor. Ein paar Regentropfen fallen auf die Scheibe. Eine junge Frau mit einem blonden Pferdeschwanz läuft winkend auf sie zu. Sie tippt einen Code in das elektronische Türschloss, und das Tor gleitet auf.

Paulina rollt auf das Gelände, die Frau öffnet die Beifahrertür und setzt sich zu ihr in den Wagen. Ihr Blick ist offen und neugierig, ihr Händedruck fest.

»Ich habe von Ihren Ermittlungen gelesen. Sie sind echt gut«, sagt Alva zur Begrüßung.

»Danke.«

»Fahren Sie hier links hoch, dann kommen wir direkt zum Stall.«

Sie folgen einem Waldweg, fahren an ein paar Elefanten vorbei, die in einem Gehege auf der rechten Seite stehen, und erreichen nach einer scharfen Rechtskurve ein paar größere Gebäude, die eher an einen Bauernhof erinnern. An einer Regenrinne hängen noch Reste vom Absperrband.

»Sie können hier vor der Wand halten«, sagt Alva und zeigt auf ein graues, L-förmiges Gebäude.

Kaum sind sie ausgestiegen, bittet Paulina Alva, ihr von den Ereignissen am Vortag zu erzählen.

»Die Polizisten, die als Erstes kamen, waren ein Witz. Nein, stimmt nicht, die Frau war in Ordnung, aber der Typ hätte schon vor langer Zeit in Rente gehen sollen.«

Sie wird langsamer und ahmt den schlurfenden Gang des Kommissars und seine keuchende Stimme nach:

»Oh, verdammt. Da wollte sich aber jemand eine echte Trophäe an die Wand hängen.«

Paulina lacht unwillkürlich über Alvas Parodie, wird aber gleich wieder ernst.

»Ich habe den Bericht gelesen. Da hätte einiges anders laufen können. Haben Sie den Tierpark in Borås angerufen und gewarnt?«

»Ja, das habe ich schon getan, bevor die Polizei eingetroffen ist. Ich hatte Angst, dass sie auch dort zugeschlagen hatten.«

»Gut mitgedacht.«

Alva öffnet die Stalltür und lächelt sie an. Stolz und traurig zugleich.

In einer Box liegt in der Ecke blutverschmiertes Stroh um eine große dunkle Lache im Sand. Die Leere ist für Paulina fast noch schlimmer zu ertragen, als wenn dort ein totes Tier gelegen hätte. Dadurch wird es so deutlich, dass etwas verschwunden ist, was nie wieder zurückkehren wird.

Sie wird sich später auch das tote Nashorn in der Tierklinik des Tierparks ansehen, aber jetzt ist sie ganz froh, dass sie das noch aufschieben kann.

»Was bekommt der Täter für eine Strafe, wenn Sie ihn fassen?«, fragt Alva.

»Die Höchststrafe für ein schweres Verbrechen gegen den Artenschutz beträgt vier Jahre.«

Alva starrt sie mit offenem Mund an.

»Aber das ist doch Mord. Und Ausrottung. Das Nördliche Breitmaulnashorn ist praktisch ausgestorben. Es wird nie wieder ein Kalb auf die Welt kommen. Darauf müsste es doch mindestens lebenslänglich geben.«

»Ausrottung steht leider nicht unter Strafe.«

Alvas hellblaue Augen sind vor Wut weit aufgerissen, und Paulina kann die junge Frau gut verstehen.

»Und das Horn? Das ist doch wenigstens schwerer Diebstahl, oder nicht?«

Paulina schüttelt den Kopf. Alva sieht aus, als würde sie am liebsten zuschlagen. Ihre Stimme zittert.

»Aber der Kilopreis für ein Horn von einem Nashorn ist in Vietnam wesentlich höher als der Kilopreis für Gold. Das ist doch schlimmer als ein Bankraub.«

»Ich weiß das. Da aber der Handel mit Hörnern illegal ist, sind sie juristisch betrachtet auf dem freien Markt wertlos. Und das Gesetz orientiert sich nur am legalen Markt.«

»Wenn die Schweine also auf dem Weg noch einen Schraubenschlüssel eingesteckt hätten, wäre das Diebstahl gewesen. Aber das gilt nicht für Zoelas Horn?«

»Ganz genau.«

»Aber das ist doch total krank!«

Alva wischt sich die Tränen von der Wange und starrt in die Box.

Paulina betrachtet ihr wütendes Gesicht. Sie hat recht, das ist wirklich total krank.

Hinter Paulina öffnet sich eine Tür, und ein großer Mann mit kurz geschorenen Haaren in Jeans und Jackett kommt auf sie zu. Er schüttelt ihr die Hand und stellt sich als Erik Martinsson vor, zuständiger Ermittler für Umweltverbrechen bei der Polizei von Norrköping.

»Wie schön, dass Sie kommen konnten«, sagt er. »Wollen wir uns vor dem Termin mit der Geschäftsleitung des Tierparks kurz unterhalten? Wir haben ein paar Minuten Zeit.«

Paulina bedankt sich bei Alva Axelsson, steckt ihr eine Visitenkarte zu und verlässt mit Erik Martinsson den Stall.

Es hat aufgehört, zu regnen. Sie gehen auf einem kleinen Pfad einen Hügel hinunter und durch den Personaleingang des Kolosseums, einem hohen Gebäude, dessen Firsthöhe der Größe von Elefanten angepasst ist. Die großen Gehege sind verwaist, aber ein paar Erdmännchen stellen sich auf ihre Hinterbeine und sehen den beiden Polizisten hinterher, die das Gebäude durchqueren und es durch den Besuchereingang wieder verlassen.

Jetzt hat auch Paulina ihre Orientierung wiedergefunden. Sie haben den öffentlichen Teil des Tierparks betreten, und genau hier hat sie einmal mit den zwei Kindern ihres Bruders gestanden und die Elefanten angesehen.

Erik Martinsson gibt ihr einen kurzen Überblick über die bisherigen Fahndungsergebnisse. Erzählt ihr von den Spuren, die seine Kriminaltechniker zur Analyse ins Forensische Institut nach Linköping geschickt haben. Er berichtet von den Ergebnissen der Befragung der Bewohner der Gegend, vom Austausch mit dem Grenzschutz, Interpol sowie von den Auswertungen der Funkmastdaten, die sie angefordert haben.

»Mit ein bisschen Glück finden wir etwas, das heraussticht.«

Er schiebt seine Hand in die Innentasche seines Jacketts und zieht ein gefaltetes DIN-A4-Blatt heraus.

»Das hier ist die beste Aufnahme von der Überwachungskamera, die wir bisher erhalten haben. Wie Sie sehen können, ist da nicht viel zu holen.«

Paulina faltet das Papier auf und sieht zwei schwarz

gekleidete Männer mit tief ins Gesicht gezogenen Mützen und schwarzen Tüchern vor Mund und Nase. Sie sind schlank, fast schmächtig.

»Es sieht so aus, als hätten sie genau gewusst, wo die Kameras angebracht sind«, sagt Erik Martinsson. »Überhaupt haben sie sich extrem professionell verhalten. Sie sind über den Zaun geklettert und durch den Wald direkt zu dem unverschlossenen Stall gelaufen. Dann haben sie die Kamera im Stall mit der Uniformjacke eines Tierpflegers verhängt, zweimal auf das Nashorn geschossen, das große Horn zusammen mit dem sehr viel kleineren zweiten herausgehackt und sind dann verschwunden.«

»Wurde eventuell das Fluchtfahrzeug der Verdächtigen aufgenommen?«

Erik Martinsson schüttelt den Kopf.

»Die Hunde haben bei einer Stelle im Wald angeschlagen, nicht unweit der Einfahrt zum Personaleingang, durch den Sie hereingekommen sind. Dort haben wir Reifenspuren eines Motorrades sowie Fußspuren von zwei Personen sichergestellt. Die Schuhgröße lässt vermuten, dass es sich um Männer handelt.«

»Dann sind sie mit dem Motorrad gekommen?«

»Scheint so. Was leider die Anzahl der möglichen Fluchtwege vervielfacht. Sie können in Richtung Stockholm oder Helsingborg gefahren oder einfach in der Nähe geblieben sein, haben den Bock auf ein Boot gehievt und sind durch den Bråviken auf die Ostsee geschippert. Vielleicht haben sie Kurs auf Russland genommen oder ins Baltikum oder wohin auch immer. Aber wir sind dran und überprüfen die Überwachungskameras der Tankstellen und Raststätten auf den großen Ausfallstraßen. Vielleicht kommt dabei etwas heraus.«

Sie nehmen den offiziellen, asphaltierten Weg und kommen an der Savannenabteilung des Tierparks vorbei. Weiter hinten steht ein Filmteam von TV4 und macht Aufnahmen der drei verbleibenden Nashörner, die nach frischen Grashalmen suchen. Die beiden Nashornkühe und der eine Bulle, die nachts in ihren Boxen im Kolosseum stehen.

Paulina Diaz und Erik Martinsson bleiben stehen.

»Glauben Sie, dass es nur der Anfang ist? Dass es auch in anderen Tierparks passieren wird?«, fragt er.

»Vielleicht. Erinnern Sie sich noch an den Diebstahl im Naturhistorischen Museum von Göteborg, das war 2011, als Unbekannte eine Vitrine eingeschlagen und das vordere Horn eines ausgestopften Nashorns abgesägt haben?«

Erik Martinsson runzelt verwundert die Stirn.

»Ich hatte keine Ahnung, dass so etwas passiert ist.«

»Das war nur einer von mehreren Coups in Europa, die in den Jahren 2009 bis 2013 durchgeführt wurden. Damals wurden über einhundert Hörner aus Museen, Auktionshäusern und privaten Sammlungen gestohlen. Im englischen Colchester wurde einem kürzlich verendeten Nashorn der ganze Kopf abgesägt, und das Museum in Malmö sah sich gezwungen, sein ausgestopftes Nashorn aus einer laufenden Ausstellung zu nehmen und in Sicherheit zu bringen.«

»Hat man die Täter gefasst?«

»Nicht die von Göteborg. Aber viele haben die irischen Rathkeale Rovers in Verdacht gehabt – dazu gehöre ich auch. In mehreren Ländern wurden Mitglieder mit Hörnern im Gepäck erwischt.«

»Von denen habe ich noch nie gehört.«

»Sie hatten bestimmt schon öfter mit ihnen zu tun, ohne es zu wissen. Sie kommen aus verschiedenen Ländern, sind oft kriminell und tauchen in ganz Schweden immer wieder als Wanderarbeiter auf.«

»Ach so, die ›irischen Teerkolonnen‹, das unliebsame Anzeichen, dass schon wieder Frühling ist. Glauben Sie, dass die hinter dem Anschlag von heute Nacht stecken?«

»Der Frühling steht vor der Tür. An Ihrer Stelle würde ich sie auf jeden Fall überprüfen.«

Erik Martinsson blickt zu den drei Nashörnern.

»Sie haben sich im Stall auch mit der jungen Tierpflegerin Alva Axelsson unterhalten. Bevor Sie kamen, hatte sie mir einen Vortrag über den Handel mit Hörnern gehalten. In China und Vietnam scheint das ein Riesengeschäft zu sein. Dort mahlt man die Hörner und verkauft das Pulver als eine Art Medizin.«

»Ja, das gilt als Heilmittel gegen alles Mögliche. Die Nachfrage in Vietnam hat vor etwa zehn Jahren richtig angezogen, nachdem irgendein Minister oder ein Oberst seine Krebserkrankung damit bekämpft hat. Das Sonderbare daran ist allerdings, dass diese Stellungnahme nirgendwo zu finden ist. Welcher Minister könnte so etwas sagen, ohne dass es einen großen Medienrummel gibt? Für mich klingt das eher wie eine dieser sagenhaften Geschichten, die von kriminellen Netzwerken ausgenutzt werden, um die Nachfrage nach einem Produkt zu verstärken, das sie verkaufen wollen.«

Paulina Diaz sieht auf die Uhr. Nur noch fünf Minuten

bis zum Treffen mit dem Geschäftsführer. Sie beschleunigen ihre Schritte.

»Ich begreife bloß nicht, warum man sich die Mühe macht, extra nach Schweden zu fliegen, um an diese Hörner heranzukommen«, sagt Erik Martinsson, als sie sich dem Verwaltungsgebäude nähern. »Es muss doch wesentlich leichter sein, die Nashörner direkt in Asien oder Afrika zu erschießen.«

»Darüber habe ich auch sehr viel nachgedacht«, antwortet Paulina. »Und mir sind zwei Gründe eingefallen. Zum einen ist es wesentlich weniger gefährlich, in einen europäischen Tierpark einzubrechen, als sich in den afrikanischen Busch zu wagen und das Risiko einzugehen, von einem Ranger erschossen oder festgenommen zu werden. Die Strafen dort unten werden immer härter. Dieses Jahr ist ein Wilderer in Simbabwe zu fünfunddreißig Jahren Gefängnis verurteilt worden. Das würde ihnen hier in Schweden nicht drohen. Der andere Grund könnte sein, dass Zoelas Horn gar nicht als Heilmittel eingesetzt werden soll, sondern dass es ein Sammler bestellt hat, weil es von einem Tier stammt, das praktisch kurz vor der Ausrottung steht.«

»Ist es dort denn erlaubt, Hörner zu verkaufen und zu kaufen?«

»Nein, der Handel mit Hörnern von Nashörnern ist quasi auf der ganzen Welt verboten, und ich weiß auch gar nicht sicher, ob es solche Sammler gibt. Aber in den letzten Jahren sind so viele Nashörner erlegt worden, dass es einen berechtigten Zweifel gibt, ob überhaupt ein Markt für diese Mengen existiert. Und dann müssen die restlichen Hörner ja irgendwo landen.«

Erik Martinsson hält Paulina die Tür auf.

»Dann sitzen also irgendwo in China oder in Vietnam reiche Geschäftsmänner auf gigantischen Lagern aus Nashornhörnern? Das klingt wie aus einem Film über die chinesischen Triaden. Aber wozu?«

»Es wird behauptet, dass die Sammler solange ihre Lager pflegen, bis auch das letzte Nashorn in freier Wildbahn verschwunden ist. Das wird leider schon in etwa zehn, fünfzehn Jahren soweit sein, wenn diese Entwicklung anhält. Und dann können sie die Hörner für jeden erdenklichen Preis verkaufen.«

»Soll das heißen, sie investieren in die Ausrottung von Tierarten? Das klingt furchtbar zynisch.«

»Wie gesagt, das sind noch unbestätigte Gerüchte.«

Hanoi, Vietnam

Huong Xuan schließt die Tür hinter sich, lässt die Jalousien herunter und setzt sich in den thronartigen Bürostuhl aus lackiertem Kirschholz. Er lehnt den Kopf gegen die hohe Rückenlehne und legt die Unterarme auf die Armlehnen, die wie kleine, sich windende Drachen geschnitzt sind.

Auf dem Schreibtisch liegt ein Horn. Ein Unikat.

Aber in zwei Teilen.

Than Vu hatte recht gehabt, die kleine Nutte Phuong hatte es gestohlen. Sie hatte sogar noch die Säge in der Hand, als Godzilla und seine Leute ihre Wohnung stürmten.

Offensichtlich hatte sie vor, es in kleinere Stücke zu teilen, um es dann auf dem Markt in der Altstadt zu verkaufen. Wollte wohl schnelles Geld machen. Sich ein bisschen Bling-Bling kaufen, teure Kleider und ein neues Handy.

Ein süßes Mädchen, diese Phuong. Aber nicht mehr lange. Nicht, wenn er mit ihr fertig ist.

Aber damit beschäftigt er sich später. Jetzt hat er ein weitaus komplizierteres Problem zu lösen. Er muss den Kunden anrufen und ihm mitteilen, dass das Horn leider in zwei Teile zersägt ist. Der Chinese wird durchdrehen.

Wird eine Preissenkung von mindestens hunderttausend Dollar fordern.

Huong Xuan setzt sich aufrecht hin und atmet tief ein und aus, vom Brustkorb bis hinunter zum Bauch. Er muss an den jungen Lagerarbeiter Than Vu denken. An seinen aufrichtigen Blick. Hat er wirklich die Wahrheit gesagt? Dass er gar nicht gewusst hat, was für ein Horn er da gestohlen und es nur getan hat, um seiner kranken Tante zu helfen? Huong Xuan hat es überprüfen lassen. Than Vus Tante hat tatsächlich Krebs.

Krebs. Die große Plage der Nation. Fast hunderttausend Todesfälle jedes Jahr. Die niedrigsten Überlebenschancen auf der ganzen Welt. Und Warteschlangen in den Krankenhäusern, die einmal um die Erde reichen.

Gut für die Geschäfte.

Sogar Skeptiker greifen zum letzten Strohhalm, wenn der Tod an die Tür klopft. Sie würden alles tun, um an ein bisschen Horn zu kommen. So wie Than Vu.

Aber das Motiv ist irrelevant, sagt er sich. Than Vu hat mich bestohlen und muss dafür bestraft werden. Er wird ein oder zwei Tage in der Kiste verbringen und Höllenqualen leiden. Danach werde ich ihn an die Zollbehörde als »Geschenk« übergeben, als kleines Dankeschön für die gute Zusammenarbeit. Es ist wichtig für sie, ab und zu einen Schmuggler zu fassen, damit die Regierung dem WWF, Interpol und CITES melden kann, dass man mit aller Kraft gegen den illegalen Tierhandel vorgeht.

Than Vu wird die Rolle eines Schmugglers übernehmen, der mit einer Ladung Schildkröten erwischt wurde, dann aus Verzweiflung zur Waffe greift, auf die Zollbeamten schießt und dabei selbst erschossen wird.

An der Geschichte kann noch gefeilt werden, entscheidend ist, dass Than Vu dabei stirbt. Denn in Anbetracht der Tatsache, wie schnell er bereit war, seine Freundin zu verraten, würde er sofort anfangen, einen Haufen unnötiger Dinge zu erzählen, wenn die Polizei ihn verhört.

Warum hatte er nur ausgerechnet dieses Horn geklaut?

Das Telefon steht schwarz und schweigend neben dem Stifthalter auf dem Schreibtisch.

Jetzt ruf doch endlich an, scheint es zu flüstern. Ruf an und erzähl, was mit dem wertvollen Horn passiert ist. Gib dem Chinesen zu verstehen, dass auf dich kein Verlass ist.

Dass du versagt hast.

Huong Xuan lehnt sich vor und versetzt dem Telefon einen Stoß, sodass es über die Tischplatte rutscht und ein paar Unterlagen mit sich zu Boden reißt. Dann öffnet er ein Fach unter dem Schreibtisch und holt eine Flasche Reiswein heraus. Schraubt den Verschluss ab, nimmt vier tiefe Schlucke und lehnt sich zurück. Wartet, bis die brennende Wärme sich in seinem Brustkorb ausbreitet.

In letzter Zeit war es ziemlich stressig. Zu viele Probleme.

Zuerst die Fuhre von Löwenknochen, die in Hai Phong beschlagnahmt wurde. Dann die Lieferung von Elfenbein und Nashornhörnern, die im Hafen von Da Nang gestoppt wurde. Siebenhundert Kilo waren in falsche Marmorblöcke gegossen und von Mosambik hierher verschifft worden. Das alles hätte ihm einen Gewinn von über acht Millionen Dollar eingebracht.

Die Leute in Mosambik hatten Mist gebaut. Hatten beim Schmiergeld für die Zollbeamten gegeizt. Unzuverlässige Bauern waren das. Faul außerdem. Nichts können sie pünktlich erledigen. Er muss dafür sorgen, dass die Lieferungen andere Transportwege nutzen, über den Norden, Kenia und Somalia.

Er ist sehr dankbar für die zunehmende und gute Zusammenarbeit mit Al-Shabaab. Ein sehr zuverlässiger Partner, der für eine pünktliche Lieferung sorgt und alle Schwierigkeiten aus dem Weg räumt.

Es war auch Al-Shabaab zu verdanken, dass er an diese exklusive Ware aus dem schwedischen Tierpark gekommen war. Natürlich hätte er auch einen externen Partner für den Job rekrutieren können, aber die Somalier hatten schon tüchtige Leute vor Ort, weshalb sie die Einnahmen jetzt nicht durch drei teilen mussten. Was besonders willkommen war vor dem Hintergrund, dass die defekte Ware die Gewinnspanne erheblich reduzieren würde.

Und er wird den Ärger haben. Die Somalier haben ihren Teil des Auftrags erfüllt, für sie könnte das Horn auch in hundert Stücke zerteilt werden, solange man die vereinbarte Summe an die vereinbarte Adresse lieferte.

Er steht auf und hebt die Unterlagen und das Telefon auf.

Ruf jetzt an, flüstert es.

Ruf an.

Huong Xuan lässt es stehen und verlässt den Raum.

Limpopo Rhino Reserve, Südafrika

Thabisa ist noch kürzer angebunden als vorher. Kein Vergleich zu ihrem Tonfall, als sie ihn vor einer Stunde bei Tinus van Hoebeek abgesetzt hat.

»Ich hatte keine Ahnung, dass *Sie* mich dorthin fahren würden«, lügt er, ohne rot zu werden. »Ich wollte Lena nochmal sehen.«

»Sie werden sie auch zu sehen bekommen«, antwortet sie knapp, den Blick fest auf die Straße gerichtet.

Ihre Art verunsichert ihn, er fühlt sich so schüchtern und unbeholfen wie in seiner Jugend in Arboga, als er versucht hatte, mit Mädchen auszugehen. Ohne Erfolg. Damals, als er nur Robert Ognerydwar.

Er starrt ebenfalls durch die Windschutzscheibe. Das war genau der Punkt. Sie sieht Robert Ogneryd in ihm und nicht Rob Chazey.

Nach einer Viertelstunde wird sie langsamer und hält an. Auf der linken Wegseite sitzen vier Männer nebeneinander auf einem Baumstamm. Sie tragen alle Camouflageuniformen und halten große, dampfende Edelstahltassen an deren Handgriffen.

Thabisa nimmt die Funkgeräte und springt aus dem Wagen. Rob bleibt sitzen. Er hat keine Lust auf ihre prüfenden Blicke. Das Gefühl vom Flughafen von Hoedspruit ist wieder da. Das Gefühl, aus den falschen Gründen angestarrt zu werden.

Das irritiert ihn. Normalerweise scheißt er darauf, was andere von ihm halten.

Liegt das an Thabisa? Oder hat es womöglich etwas mit diesem verfluchten Flecken Erde zu tun? Die Gerüche, die Bäume, die Wildnis? Werden alte Erinnerungen an Brasilien geweckt?

Thabisa geht auf die Männer zu.

»Ich habe gehört, ihr habt Probleme mit den Geräten?«, sagt sie.

Ein breitschultriger Mann steht auf und seufzt.

»Ich glaube langsam, dass wir die billige Chinaware bekommen haben. Die Akkus sind immer sofort leer.«

Thabisa reicht ihm die beiden Funkgeräte.

»Du hast nicht zufällig noch eins für uns?«

»Du machst Scherze. Ist noch eins ausgefallen?«

Der Mann hebt sein Gerät hoch.

»Ich habe nur noch einen Strich. Und wir benutzen schon die Reservebatterien.«

Thabisa schnallt ihr Gerät vom Gürtel ab.

»Hier. Nimm meins. Ich fahre direkt zurück zum Hotel, da hole ich mir von Tinus ein neues.«

Sie tauschen die Geräte. Der Mann wirft einen Blick auf Rob und hebt die Hand zum Gruß.

Rob erwidert die Geste.

»Bist du jetzt auch noch Touristenführerin?«, fragt der Mann Thabisa.

»Nur vorübergehend«, antwortet sie und beugt sich vor. »Und auch nicht ganz freiwillig.«

Letzteres war eigentlich nicht für Robs Ohren bestimmt. Auch egal. Die kann ihn mal.

Irgendwie geht es ihm jetzt besser. Er holt eine Bierdose aus seinem Seesack auf dem Rücksitz und öffnet sie. Laut und deutlich. Würdigt Thabisa keines Blickes, als sie wieder einsteigt und den Motor startet.

»Zwei von den Männern, die wir gerade getroffen haben, wurden vorgestern beschossen«, erzählt sie, nachdem sie den Jeep gewendet hat. Sie fahren denselben Weg zurück. »Schon zum zweiten Mal in diesem Monat. Beim ersten Mal hatten die Wilderer Maschinengewehre dabei. Sie haben einem der Männer ins Knie geschossen. Er wird nie wieder laufen können. So sieht ein normaler Tag in unserem Job mittlerweile aus. Wissen Sie, was sie im Monat verdienen?«

Rob zuckt mit den Schultern und fragt sich, ob sie das nur erzählt, damit er noch mehr Geld spendet.

»Fünftausend Rand im Monat. Das reicht kaum für Essen und Miete. Man kann verstehen, dass es verlockend ist, sich von den Wilderern bestechen zu lassen.«

»Kennen Sie jemanden, der sich hat ködern lassen?«

»Wir gehen davon aus, dass einer der Angestellten das getan hat. Wir müssen alle bald zum Lügendetektortest.«

»Die Ratte« hatte Tinus ihn genannt, den Maulwurf, der Insiderinformationen preisgibt.

»Wissen Sie, wer es ist?«

»Ich habe da einen Verdacht.«

Dann verstummt sie und spricht erst fünf Minuten später, als sie plötzlich eine Vollbremsung macht, den Rückwärtsgang einlegt, ein paar Meter zurückfährt und nach rechts zeigt.

»Da. Sehen Sie?«

Zuerst sieht Rob nur Bäume, hohes Gras und einen großen grauen Stein. Der sich plötzlich bewegt.

Ein riesiger Kopf taucht aus dem gelben Gras auf, und endlich bekommt Rob das zu sehen, was er sich gewünscht hat.

»Das ist ja ein Nashorn!«, ruft er laut und ist von seiner eigenen Reaktion überrascht.

»Ein Schwarzes. Und außerdem ein Riesenexemplar!«, sagt Thabisa. »Ich frage mich … Doch, ich glaube, das ist der Bulle, nach dem wir schon so lange suchen. Oh Gott, wie schön.«

Das Nashorn ist nur etwa fünfzig Meter entfernt. Es hebt seine Nase und schnuppert, dann senkt es den Kopf wieder und fährt fort, mit der Schnauze im Gebüsch zu wühlen.

Rob hört, wie das gewaltige Tier die Blätter und Zweige abreißt und die sperrigen Äste mit seinem spitzen vorderen Horn wegschiebt, um besser an die feinen Triebe zu kommen.

»Können wir aussteigen und es uns genauer ansehen?«, fragt er.

»Wenn wir dicht beim Wagen bleiben, ja. Die Schwarzen Nashörner sind oft aggressiv, vor allem Bullen, die allein umherstreifen, so wie dieser hier. Und wenn der losläuft, haben Sie keine Chance mehr.«

»Machen Sie Witze? Dieser Koloss soll schneller laufen können als ein Mensch?«

»Sie werden bis zu fünfzig Stundenkilometer schnell. Auch Usain Bolt hätte gegen den keine Chance.«

Thabisa fährt den Wagen links in die Böschung, um die

Straße frei zu halten. Der Land Rover steht jetzt bedenklich schief, und Rob gleitet vom Sitz, als er die Tür öffnet.

Thabisa holt ihr Gewehr vom Rücksitz und steigt ebenfalls aus. Rob geht ein paar Schritte auf das Nashorn zu, bleibt dann aber stehen. Eine Brise streicht über sein Gesicht, ein schwacher Stallgeruch steigt ihm in die Nase.

Das Tier ist wirklich groß, fast so groß wie der Land Rover. Und so mächtig und archaisch. Seine Haut sieht aus wie ein dicker, grauer Panzer.

Auch das Nashorn hält in seiner Bewegung inne, hebt den Kopf und sieht ihn an. Der Boden unter Robs Füßen schwankt, er hat das Gefühl, am Anfang aller Dinge zu sein.

Er dreht sich zu Thabisa.

»Können wir noch näher ran?«

»Aber nur ein kleines bisschen«, flüstert Thabisa. »Der Wind kommt von vorne, darum hat er uns noch nicht gerochen. Das würde ihn sonst nervös machen.«

Rob wagt sich noch zwei Schritte weiter durch das trockene, hohe Gras. Das Nashorn hat wieder den Kopf gesenkt.

Rob kann seinen eignen Atem hören, als wäre er unter Wasser mit einer Tauchermaske. Er nimmt Gerüche wahr, die ihm vorher nicht aufgefallen sind. Blumen, trockener Staub, Tierkot. Er sieht die Risse in der Haut des Tieres, als würde er auf einmal alles in HD sehen können.

Und auf einmal wird ihm klar, dass genau dieser Moment das Ziel war. Darum ist er nach Südafrika gekommen.

»Nicht weiter«, flüstert Thabisa.

Aber Rob macht noch zwei große Schritte. Ein graues

Wolkenfeld taucht die Landschaft in Schatten, und die Konturen des schönen Tieres treten noch deutlicher hervor.

»Keinen Schritt weiter«, flüstert Thabisa scharf.

Er hört ihre unterdrückte Wut und macht sich langsam auf den Rückweg. Das Knacken, als er auf einen trockenen Zweig tritt, ist nicht zu überhören. Das Nashorn hebt den Kopf und starrt Rob an. Seine Augen sitzen hinter dem gewaltigen vorderen Horn wie kleine schwarze Punkte.

Das Tier dreht seine haarigen Ohren in alle Richtungen und hebt seine Nase in die Luft. Es versucht, Witterung aufzunehmen, riecht aber nichts. Das scheint es nervös zu machen.

»Los, kommen Sie, Rob, schneller«, drängt Thabisa leise.

Eine Böe zerzaust Robs Haare, für einen kurzen Moment hat der Wind gedreht, und das Nashorn hebt erneut die Nase.

»Rob …«, sagt Thabisa, doch da senkt der Bulle schon den Kopf und legt die Ohren an.

Und greift sofort an.

»Shit!«, schreit Rob.

Der Boden vibriert unter den riesigen, donnernden Hufen. Rob ist wie gelähmt.

»Laufen Sie!«, brüllt Thabisa.

Erst jetzt setzt Rob sich in Bewegung. Er muss den Jeep erreichen. Aber der ist viel zu weit weg. Das schafft er nie im Leben. Er wird seinen letzten Atemzug mit einem gigantischen Horn im Hintern tun.

»Nach links, zum Baum!«

Aber er rennt weiter geradeaus. Der Jeep ist jetzt nur noch fünf Meter entfernt. Er kann fast das Schnaufen des Nashorns in seinem Rücken hören. Er wird es niemals schaffen, die Tür zu öffnen.

Stattdessen stützt er sich mit den Händen auf der Motorhaube ab, spürt die warme Karosserie unter der Haut und schwingt sich mit den Beinen voran über die Haube.

Er bewegt sich noch, als er den Knall hört. Als wären zwei LKWs frontal aufeinandergeprallt und das nur einen Zentimeter von seinem Ohr entfernt.

Er landet auf allen vieren, stolpert weiter, dreht den Kopf und sieht, wie der Land Rover auf den beiden seitlichen Rädern schaukelt und dann stehen bleibt.

Wo ist das Nashorn?

Rob rennt um das Auto herum, auch auf der Suche nach Thabisa.

Der Land Rover sieht unwirklich aus, riesig, wie er da auf der Seite steht. Der Unterboden des Fahrzeugs versperrt die Sicht, und erst als er es umrundet hat, sieht er das Nashorn.

Es steckt mit seinem Horn in der Radaufhängung fest und stößt und schiebt.

»Los, Rob, zum Baum!«, ruft Thabisa ihm zu. »Klettern Sie auf den Baum!«

Sie hat ihr Gewehr im Anschlag und zielt auf das Nashorn.

Rob sieht einen toten, rotbraunen Baum in etwa zehn Metern Entfernung. Die unteren Äste sitzen so tief, dass er einen im Sprung erreichen können müsste.

Er rennt los.

Hinter ihm scheppert es, aber er dreht sich nicht mehr

um, will gar nicht sehen, ob sich das Nashorn befreien konnte und seine Jagd wieder aufgenommen hat.

Es ist meine Schuld, wenn es stirbt, denkt er. Wenn Thabisa es erschießen muss.

Er sucht sich einen etwas dickeren Ast aus, auf der rechten Seite des Baumes in etwa drei Metern Höhe. Springt hoch, bekommt ihn zu fassen, schwingt die Beine nach vorne, hievt sich nach oben und hängt eine Sekunde später mit dem Oberkörper über dem Ast.

Das Nashorn hat den Baum erreicht, als Rob auch sein zweites Bein auf den Ast geschwungen hat. Es bleibt unter ihm stehen und blinzelt zu ihm hoch. Es ist so nah, dass Rob eigentlich nur die Hand ausstrecken müsste, um sein langes Horn berühren zu können.

»Gute Aktion.«

Rob dreht sich um. Thabisa steht breitbeinig in einer Astgabel eines Baumes, ein paar Meter entfernt. Das Gewehr hält sie noch in der Hand.

Rob lacht erleichtert. Darüber, dass er es rechtzeitig geschafft hat und dass Thabisa nicht schießen musste.

»Was hätten Sie denn gemacht, wenn ich es nicht rechtzeitig geschafft hätte?«, fragt er.

»Dann hätte ich zugesehen, wie ein Nashorn einen Touristen aufspießt, dessen Portemonnaie größer ist als sein Gehirn.«

»Das hätten Sie nicht getan.«

»Nashörner sind vom Aussterben bedroht. Arrogante weiße Männer gibt es im Überfluss.«

Ihr Tonfall ist vollkommen neutral. Rob versucht, wenigstens den Anflug eines Lächelns zu entdecken. Aber ihr Gesichtsausdruck ist todernst.

Er rutscht näher an den Stamm.

»Glauben Sie, der Ast hält?«, fragt er. »Der sieht so trocken aus.«

Thabisa lacht.

»Sie sitzen auf einem Ahnenbaum. Die stehen noch hundert Jahre, nachdem sie abgestorben sind. Die sind allem gewachsen.«

Rob lehnt sich mit dem Rücken gegen den Stamm. Der Baum steht auf einem kleinen Hügel, und vor ihnen erstreckt sich die Landschaft in ein weites Tal. Das gelbliche Gras liegt wie eine weiche Decke zwischen den Akazienbäumen, und in einiger Entfernung grasen mehrere Zebras.

»Sitzen Sie bequem?«, fragt Thabisa.

»Ich habe einen Logenplatz für die schönste Aussicht der Welt. Aber fragen Sie mich in einer Stunde noch einmal, vielleicht fällt meine Antwort dann anders aus.«

»In einer Stunde ist es dunkel. Aber ich glaube nicht, dass wir so lange warten müssen. Ihm wird sicher bald langweilig, und dann wird er wieder verschwinden.«

»Und was machen wir sonst?«

»Dann bleiben wir hier sitzen, bis es wieder hell wird.«

»Können Sie nicht jemanden anrufen?«

»Ich habe mein Funkgerät der Patrouille überlassen und nicht damit gerechnet, dass Sie auf dem Nachhauseweg ein Nashorn provozieren würden.«

Rob betrachtet das Tier. Es hat seinen schweren Kopf gesenkt, harrt aber noch an Ort und Stelle aus, sichtbar irritiert von dem Menschen über ihm im Baum.

Rob lächelt. Er mag den unbeholfenen, mürrischen Gesichtsausdruck. Seine Dickköpfigkeit.

Er hält sich am Baumstamm fest und dreht sich zu Thabisa um.

»Hat dieses Nashorn schon einen Sponsor?«

»Soweit ich weiß, nicht. Warum fragen Sie?«

»Ich würde es gerne adoptieren. Jetzt, wo ich Lena verloren habe.«

»Aber er hat doch eben versucht, Sie aufzuspießen?«

»Vielleicht gerade deshalb. Ich mag seine Attitüde. Leg dich bloß nicht mit mir an.«

Das Nashorn trottet weiter zum nächsten Baum und starrt Thabisa eine Weile lang an.

»Sie können ihn auf jeden Fall immer wiedererkennen, wenn Sie sein Patenonkel werden sollten. Haben Sie die Narbe am rechten Vorderbein gesehen?«

Rob lehnt sich nach unten. Sieht einen langen weißen Strich, der scheinbar einmal um das dicke Bein des Tieres führt.

»Was glauben Sie, was da passiert ist?«

»Er wird zu lange in einer Schlinge gefangen gewesen sein. Die können richtig gemein sein, vor allem wenn sie aus Stahldraht sind. Aber irgendwie hat er sich wohl befreien können. Glück gehabt. Das ist ein richtiges Alphatier, das hoffentlich in den kommenden Jahren viele überlebenstüchtige Nashörner zeugen wird.«

Die Sonne am Horizont hat sich rot verfärbt. In unfassbarer Geschwindigkeit versinkt sie hinter den Baumwipfeln, und die Luft wird augenblicklich kühler. Als würde die Sonne alle Wärme mitnehmen, um sie auf der anderen Seite der Erde wieder freisetzen zu können.

Von Norden ziehen dunkle Wolken auf, und Rob fragt sich, ob es gleich auch noch in Strömen regnen wird.

Das Nashorn hat auch Thabisas Baum den Rücken zugekehrt und entfernt sich langsam. Dann fällt es plötzlich ohne jede Vorwarnung in Trab und verschwindet kurz darauf hinter einem Gestrüpp. Rob versucht, sein donnerndes Traben zu hören, aber die Zikaden und das Surren der Insekten übertönen alles.

»Wir können jetzt runter«, verkündet Thabisa, springt vom Baum und landet geschmeidig auf den Füßen.

Als sie vor dem Land Rover stehen, sagt sie, dass Rob ihr helfen solle, den Wagen wieder aufzurichten.

Sie stellen sich an das Dach und legen die Hände auf den Wagen.

»Und los! Schieben Sie!«

Rob Chazey legt sich ins Zeug wie noch nie zuvor. Und langsam, ganz langsam entsteht eine kleine Lücke zwischen dem Gras und der Beifahrertür.

»Wir haben es. Weiter!«

Rob schreit vor Anstrengung. Aber es geht. Verdammt, es klappt. Er geht in die Hocke, schiebt mit der Schulter, dem Oberschenkel, bis er glaubt, dass seine Lederhose gleich reißt. Am Ende haben sie den Land Rover so weit angehoben, bis er den Rest aus eigener Kraft schafft und mit einem schweren Aufprall auf allen vier Rädern landet.

Rob lehnt sich keuchend gegen die Tür. Seine Beine zittern, und er schnauft, als hätte er gerade einen Vierhundertmetersprint absolviert.

Thabisa klopft ihm auf die Schulter.

»In diesem schmächtigen Körper gibt es ja doch so etwas wie Muskeln.«

Rob kann nicht antworten. Er braucht noch eine ganze Weile, bis er wieder zu Atem kommt, während Thabisa mit einer Taschenlampe das Fahrzeug auf Schäden untersucht.

Sie leuchtet unter die Motorhaube, entdeckt einen Fleck auf dem trockenen Boden und kriecht unter den Wagen.

»Der Kühler leckt. Scheiße.«

Sie klettert zurück in den Wagen, wühlt in einer festgebundenen Kiste und kommt mit etwas wieder, das aussieht wie ein Stück Karton. Nicht viel größer als ein Smartphone. Damit kriecht sie zurück unters Auto.

»Was machen Sie da?«, fragt Rob.

»Ich dichte den Kühler ab.«

Sie hat eine Folie abgezogen und drückt den Gegenstand auf den Riss im Kühler.

»Mit Tape?«

»Gutter Seal. Ist eigentlich für das Abdichten von Regenrinnen gedacht. Aber es wird halten, wenigstens bis zur Werkstatt.«

Sie kriecht wieder hervor, klopft sich den Staub ab und setzt sich hinters Steuer.

»Drücken Sie die Daumen, dass er startet.«

Sie dreht den Schlüssel, der Motor springt sofort an.

»Glück gehabt!«, sagt sie. »Steigen Sie ein.«

Thabisa schaltet in den ersten Gang und fährt los. Aber statt zurück auf die Straße zu fahren, dreht der Land Rover ab in Richtung offenes Gelände.

»Was soll das denn jetzt ...«, sagt sie.

Sie bleibt stehen, dreht das Steuer hin und her und sieht dabei aus dem Fenster.

»Das Rad dreht sich nicht.«

Sie schaltet den Motor wieder aus, greift nach der Taschenlampe, schiebt sich erneut unter das Fahrzeug und stellt fest, dass die Lenkstange abgebrochen ist.

»Daran ist das Nashorn wahrscheinlich hängen geblieben«, meint sie. »Die Lenkstange war schon im Eimer. Ich vermute, der Bulle hat sie mit seinem Horn eingerissen, und als ich das Steuer umgelegt habe, ist dann die eine Halterung abgegangen.«

»Kann man das reparieren?«, fragt Rob.

Die Dunkelheit hat sich mittlerweile wie eine schwarze Decke über das Reservat gelegt. Rob kann kaum noch die umstehenden Bäume erkennen.

Dafür aber hört man umso mehr. Rascheln. Grunzen. Zikaden.

Thabisa richtet sich auf und klopft sich die Hose ab.

»Ja, ein Landy ist was für Bastler, man kann ihn leicht reparieren. Aber nicht jetzt und nicht hier.«

»Das bedeutet, Sie werden mit mir einen romantischen Spaziergang durch die Dunkelheit ins Hotel machen?«

Thabisa schüttelt den Kopf.

»Das würde über eine Stunde dauern. Außerdem ist es viel zu gefährlich in der Dunkelheit. Wir haben eine Gruppe von fünf Junglöwen, die in dieser Gegend umherstreifen. Und reichlich Hyänen. Und nicht zu vergessen die giftigen Insekten, die hauptsächlich nachtaktiv sind. Allein wäre ich vielleicht losgelaufen. Aber mit einem unerfahrenen Touristen an meiner Seite … nein.«

»Was machen wir dann?«

»Wir warten im Landy. Wenn wir Glück haben, fährt in ein paar Stunden die Nachtpatrouille hier vorbei. Ansonsten versuchen wir, ein bisschen zu schlafen und gehen dann bei Tagesanbruch zu Fuß zum Hotel.«

Im Wagen schlafen. Nur sie beide. Und ein paar Biere.

»Okay«, erwidert er und versucht, nicht allzu fröhlich zu klingen.

Sie machen es sich bequem. Thabisa sammelt ein paar Dinge auf, die aus dem Handschuhfach gefallen sind, als der Wagen umkippte. Dann holt sie eine Daunenjacke aus ihrem Rucksack, Rob zieht sich einen schwarzen Kapuzenpullover unter sein Samtjackett. Die Bierflaschen klirren.

»Lust auf ein Bier?«

»Wollen Sie nachher dann zu den Löwen raus, um zu pinkeln?«

Rob lässt die Flaschen liegen. Thabisa schaltet die Taschenlampe aus, klappt die Rückenlehne ihres Sitzes zurück und macht es sich gemütlich. Rob tut es ihr gleich.

Schweigend sitzen sie eine Weile nebeneinander und starren hinaus in die Dunkelheit. Sie haben die Fenster hochgekurbelt, aber die Zikaden hört man trotzdem.

»Ich möchte mich entschuldigen«, sagt Rob. »Und ich meine es ernst.«

Sie sieht ihn an.

»Das ist genauso mein Fehler. Ich hätte nicht erlauben dürfen, dass Sie den Wagen verlassen.«

»Wenn Tinus Sie fragt, können Sie ruhig sagen, dass ich Ihre Befehle nicht befolgt habe.«

»Das haben Sie auch nicht. Sie sind nicht umgekehrt, als ich es gesagt habe.«

»Ich habe das nicht als einen Befehl verstanden, sondern eher als eine … Empfehlung.«

»Ach was.«

Sie schweigen. Thabisa klappt den Sitz ganz nach hinten und rollt sich zusammen.

Sie gähnt.

»Jetzt haben Sie Lena gar nicht gesehen.«

Rob sieht auf einmal das erstarrte und leblose Gesicht seiner Mutter vor sich. Den geöffneten Mund. Die eingefallenen Wangen. Die kalten, weißen Hände auf der gelben Krankenhausdecke.

»Das macht nichts. Mir sind die Lebenden lieber als die Toten«, erklärt er.

Kruger Nationalpark, Südafrika

Gezani verzieht das Gesicht, als ihm Daniel den zerschlissenen Stiefel auszieht und den Fuß auf den Rucksack legt. Die Sonne ist schon längst untergegangen, und die graue Wolkendecke macht die Dunkelheit noch erdrückender als sonst. Sie hatten ihr Ziel, den Hochsitz, nicht erreicht. Sie waren zu langsam, Gezanis Humpeln und das fehlende Mondlicht haben dazu beigetragen. Stattdessen haben sie ihr Lager in einer kleinen ovalen, sandigen Senke aufgeschlagen, gesäumt von stacheligen Büschen und niedrigen Bäumen. Niemand würde sie dort entdecken können, allerdings würden sie auch niemanden bemerken, der sich ihrem Versteck nähert.

Samora sitzt angespannt am Rand der Senke und hält Wache. Umklammert fest das Gewehr und überprüft andauernd sein Handy, ob er nicht doch eine Nachricht erhalten hat.

Daniel rollt Gezanis Strumpf herunter und untersucht die Bissstelle. Die Haut ist heiß, entzündet und geschwollen, man kann den Knöchel nicht mehr erkennen. Er schaltet die Taschenlampe ein, achtet darauf, den Lichtkegel zu Boden zu halten und verdeckt den Lichtschein mit seinem Körper.

»Wie sieht es aus?«, fragt Gezani.

»Heiß und geschwollen. Aber es ist nicht verfärbt, und ich sehe auch keine Anzeichen für eine Blutvergiftung.«

»Aber es pocht wie verrückt.«

»Wollen wir nicht umdrehen?«, fragt Daniel.

»Nein«, sagt Gezani mit zusammengebissenen Zähnen. »Ich muss mich nur ein bisschen ausruhen. Wer weiß, vielleicht taucht ja ein Nashorn auf, während wir hier herumliegen.«

Oder bewaffnete Ranger, denkt Daniel und sieht die Leiche seines Cousins vor sich.

Gezani stützt sich auf einen Ellbogen und greift nach der fast leeren Plastikflasche. Daniel würde sie ihm am liebsten aus der Hand reißen, bald sind die Vorräte aufgebraucht. Aber Gezani hat hohes Fieber, er muss trinken.

Samora hatte versprochen, dass sie auf dem Weg an Wasserlöchern und kleinen Flussläufen vorbeikommen würden. Aber es hat nicht so viel wie sonst geregnet. Sie haben bisher nur schlammige Pfützen und ausgetrocknete Kuhlen gesehen.

Gezani legt sich wieder auf den Rücken. Es sieht aus, als würde er gleich einschlafen. Daniel hofft, dass das Fieber über Nacht sinkt. Was würden sie sonst machen? Auch mit einem toten Kameraden nach Hause zurückkehren?

Er legt seinen Kopf in den Sand. Sieht über sich das trockene Laub des Bushwillow-Baumes und muss an den letzten Sommer denken, als er mit Abel unter einem solchen Baum gelegen hat, nachdem sie im Stausee schwimmen waren.

Abel hatte seinen ersten Tigersalmler gefangen. Sie hatten ihn an einem Stock über dem offenen Feuer gegrillt, und als sie nach dem Essen zum Ausruhen im Schatten lagen, hatte Abel seinen Kopf auf Daniels Arm gelegt und zufrieden geseufzt. Und gesagt, dass dies der schönste Tag seines Lebens war.

Daniel schließt die Augen. Bald bin ich wieder zu Hause. Mit einem Horn im Rucksack. Dann muss meine Familie nie wieder hungern.

Dann werden sie in die Stadt ziehen, und die Kinder können zur Universität gehen. Nicht nach Maputo, aber vielleicht nach Inhambane. Dort soll es schön sein, hat er gehört.

Sie können in ein großes Haus am Meer ziehen, mit einem eigenen Kühlschrank und fließendem Wasser. Abel kann Geschäftsmann werden oder Anwalt und Maia Krankenschwester.

Und er würde jeden Abend mit frischem Fisch nach Hause kommen.

Er zieht den dünnen Fleecepullover am Hals zusammen und verschränkt die Arme über der Brust.

Es könnte so schön werden.

Richtig schön.

Limpopo Rhino Reserve, Südafrika

Rob wacht abrupt auf. Es ist dunkel, er liegt zusammengekrümmt auf der Seite, seine Stirn drückt gegen etwas Hartes. Verdammt, ist das kalt.

Wie ein steifer, alter Mann dreht er sich um. Neben ihm sitzt jemand. Eine Frau.

Er erinnert sich wieder: Die Nashornattacke. Der kaputte Land Rover.

Er stützt sich auf die Ellbogen. Thabisa scheint ihn nicht zu bemerken. Sie sitzt kerzengerade auf ihrem noch heruntergeklappten Sitz und starrt durch die Windschutzscheibe. Sie hat das Seitenfenster ein paar Zentimeter heruntergekurbelt. Der kühle Wind streift Robs Hals.

»Was ist los?«

»Pst.«

Auch Rob starrt aus dem Fenster, sieht und hört jedoch nichts. Doch, da. Ein schwaches, ratterndes Geräusch. Noch weit weg. Ein Motor. Aber kein Wagen.

Das Geräusch nimmt an Stärke zu.

»Das klingt wie ein Hubschrauber«, sagt er. »Einer vom Reservat?«

Thabisa schüttelt den Kopf und greift nach dem Gewehr auf dem Rücksitz.

Aus einer Hosentasche holt sie ein Magazin, öffnet den Bügelverschluss, setzt es ein und verschließt ihn wieder.

»Was machen Sie da?«, fragt Rob.

»Wenn die uns entdecken, kann das böse enden. Wir müssen aus dem Wagen raus. Den sehen sie als Erstes. Öffnen Sie die Tür so leise wie möglich, schlagen Sie sie nicht zu.«

Und was ist mit den Löwen?, fragt sich Rob. Und den Hyänen?

Vorsichtig zieht er am Türgriff. Dunkle Wolken bedecken den Himmel, die Luft ist so kalt wie in einer schwedischen Frühlingsnacht, und Rob vergräbt das Kinn in seinem Kapuzenpullover.

Thabisa rennt geduckt bis zu den Bäumen, auf die sie vor wenigen Stunden geklettert sind. Rob folgt dicht hinter ihr. Thabisas Schritte sind nicht zu hören, unter seinen knistert das Gras und knacken die Zweige.

Wie macht sie das bloß?, fragt sich Rob und versucht, ihre Bewegungen nachzuahmen. Ich trete an dieselben Stellen wie sie, und trotzdem hört man nur mich?

Da bleibt Thabisa einen Moment stehen. Das Geräusch des Hubschraubers wird immer lauter, während sie das kurze Stück zum nächsten Akazienbaum rennen. Dann wird die Nacht durch ein lautes Dröhnen zerschnitten, und sie sehen, wie die schwarze Silhouette über den Baumwipfeln vorbeizieht.

Der Hubschrauber ist im Sinkflug und verschwindet in der Senke ein paar Hundert Meter von ihnen entfernt. Thabisa umrundet einige Dornenbüsche und rennt weiter; Rob hinterher. Spinnweben kleben in seinem Gesicht, ein Ast trifft ihn, und spitze Dornen zerkratzen seinen Hals.

Sie erreichen die Senke, und Thabisa duckt sich tief. Sie schleicht weiter, geht schließlich auf alle viere und kriecht bis zur Kante vor.

Auch Rob ist jetzt auf allen vieren. Der Boden ist feucht und kalt, er wischt sich unentwegt übers Gesicht, um die Spinnweben zu entfernen, die an seinen Lippen kleben.

Thabisa legt sich auf den Bauch und sieht durch das Zielfernrohr des Gewehres.

Rob kriecht neben sie und legt sich flach auf den Boden. Zuckt zusammen, als sich etwas neben ihm im Gras bewegt. Muss an Thabisas Worte denken:

Und nicht zu vergessen die giftigen Insekten, die hauptsächlich nachtaktiv sind.

Unten in der Senke kreist der Hubschrauber wie ein gigantisches Insekt, auf der Suche nach Beute. Ein Scheinwerfer zuckt über den Boden, als würde der Pilot nach einem entflohenen Häftling suchen.

Dann hören sie einen Knall. Gedämpft, aber deutlich genug.

Und noch einen.

»Diese Schweine«, zischt Thabisa. »Diese verdammten Schweine.«

Das Licht des Scheinwerfers ruht auf ein paar Büschen, die jetzt heftig in Bewegung geraten. Dann sehen auch sie das Nashorn. Es galoppiert los, strauchelt. Hell erleuchtet, wie die Hauptrolle in einem blutigen Theaterstück. Es rappelt sich wieder auf. Rennt weiter.

Ein weiterer Knall zerreißt die Nacht. Das Nashorn stürzt, fällt auf die Seite. Versucht, wieder auf die Beine zu kommen. Erfolglos. Es wirft den Kopf hin und her und strampelt mit den kurzen Beinen.

Thabisa holt ihr Handy aus der Brusttasche. Das Display leuchtet auf.

Kein Netz.

»Wie konnte ich so blöd sein, das Funkgerät abzugeben«, faucht sie wütend und konzentriert sich wieder auf das Zielfernrohr.

Der Hubschrauber setzt zur Landung an, nur wenige Meter von dem verwundeten Tier entfernt. Der Luftstrom der Rotorblätter verwandelt das dunkle Gras der Savanne in ein wogendes Geistermeer.

Drei dunkle Gestalten springen aus dem Hubschrauber. Zwei von ihnen scheinen Maschinengewehre bei sich zu tragen.

Einer der Männer bleibt stehen. Rob kann sehen, dass er eine Art Fernglas auf dem Kopf trägt. Wie eine Brille mit Teleobjektiven. Er geht auf ein Knie, legt sein Gewehr an und überprüft das Gelände. Wie ein Kommandosoldat im Einsatz.

Die beiden anderen nähern sich dem Nashorn. Das große Tier hat aufgehört, zu strampeln. Einer der Männer packt sein Horn. Der andere hebt seine Waffe. Doch nein, das ist eine Motorsäge.

Er wirft sie an und hält sie an das vordere Horn. Die Motorsäge heult wie ein japanisches Motorrad, das Nashorn strampelt mit den Beinen.

Rob beißt die Zähne aufeinander, spürt den Hass wie schwarzen Rauch durch seinen ganzen Körper strömen. Er hebt den Oberkörper. Will am liebsten hinunterstürmen und die Schweine totschlagen. Thabisa drückt ihn zu Boden.

»Bleiben Sie liegen. Der Typ am Hubschrauber hat ein

Scharfschützengewehr und ein Nachtsichtgerät. Wenn er uns entdeckt, sind wir geliefert.«

»Können Sie denn gar nichts tun?«, fragt er. »Können Sie die Schweine nicht einfach abknallen?«

»Dann bin ich wegen Mord dran. Und selbst wenn ich das Gesetz auf meiner Seite hätte, auf diese Entfernung kann ich mit meiner alten Büchse nichts bewirken.«

»Können wir denen keine Angst einjagen? Sie mit einer Lampe blenden, damit sie denken, dass eine Patrouille kommt?«

Sie sieht ihn erstaunt an.

»Sie sind doch nicht so dumm. Warten Sie hier.«

Sie schiebt sich rückwärts aus dem Versteck und rennt zurück zum Land Rover.

In diesem Moment reißt über ihnen die Wolkendecke auf, und das ganze Tal wird von einem geisterhaften Licht erhellt.

Die Motorsäge läuft im Leerlauf. Das größere Horn haben sie erfolgreich entfernt.

Wenn doch jetzt nur ein paar Löwen kommen und sich auf diese miesen Schweine stürzen könnten, denkt Rob und sieht sich suchend um.

Bewegt sich dort hinten nicht etwas, an der Kante? Kein Löwe, eher eine hochgewachsene Gestalt. Oder ist das nur ein Busch, der im Wind raschelt?

Nein, es bewegt sich. Und es ist eindeutig kein Tier.

Es ist ein Mensch.

Er dreht sich um, will nach Thabisa rufen. Aber sie ist noch beim Wagen. Er starrt die Gestalt an, die männlich zu sein scheint. Ein breitschultriger Mann mit einem Cowboyhut.

Der Mann nimmt den Hut ab, scheint etwas an der Krempe zu richten und setzt ihn dann wieder auf. Rob hört Schritte hinter sich und winkt Thabisa zu sich.

»Kommen Sie, schnell.«

Sie hat die Taschenlampe in der Hand, sie aber noch nicht eingeschaltet.

»Was ist los?«

»Dort drüben. Da steht jemand.«

Er zeigt an die Stelle, aber der Mann ist verschwunden.

»Verdammt. Gerade eben war er noch da. Ich habe ihn genau gesehen.«

Die Wolkendecke schließt sich wieder, und das geisterhafte Licht wird erneut von tiefer Dunkelheit verdrängt.

»Wer war das?«

»Ein Mann. Mit einem Hut. Er stand dort drüben an der Kante.«

Sie kneift die Augen zusammen und versucht, in der Schwärze etwas zu erkennen.

»Sind Sie sicher?«

»Ja.«

»Vollkommen sicher?«

»Ja.«

Die Motorsäge heult wieder auf, und die Männer machen sich daran, auch das hintere Horn abzutrennen.

Thabisa steckt die Taschenlampe in einen Dornenbusch, richtet sie genau auf die Männer. Dann weist sie Rob an, ein paar Meter zur Seite zu rutschen und sich flach auf den Boden zu legen. Sie schaltet die Lampe ein und kriecht auf allen vieren aus dem Busch.

Beobachtet durch das Zielfernrohr, was passiert.

»Sie reagieren nicht«, sagt sie. »Doch, jetzt. Der Mann

mit dem Nachtsichtgerät hat den Lichtschein entdeckt. Er schreit den anderen etwas zu.«

Rob kann es auch hören. Der Mann brüllt laut, um den Lärm der Motorsäge zu übertönen.

»Hauen sie ab?«, fragt Rob.

»Ich weiß es nicht. Aber sie sehen in unsere Richtung.«

Die Motorsäge jault kurz im Leerlauf, dann nimmt sie ihre Arbeit wieder auf.

»Nein, die Schweine machen weiter. Das hintere Horn haben sie jetzt auch abgesägt.«

Durch einen neuen Riss in der Wolkendecke fällt ein Streifen Mondlicht auf die Senke. Die Männer rennen zurück zum Hubschrauber. Sie werfen die Hörner und das Werkzeug hinein und springen hinterher. Der Hubschrauber hebt sofort ab, schaltet die Scheinwerfer aus, schwenkt ab und verschwindet in der Dunkelheit.

Thabisa und Rob stehen auf. Lauschen dem Rattern der Rotorblätter, bis das Geräusch verstummt. Die Nacht ist seltsam still. Als würden alle Geschöpfe den Atem anhalten.

»Die hatten Hilfe«, sagt Thabisa. »Von dem Mann, den Sie vorhin gesehen haben.«

»Woher wissen Sie das?«

»Man kann nicht einfach übers Lowveld fliegen und darauf hoffen, irgendwo plötzlich ein Nashorn zu entdecken. Schon gar nicht in so einer Nacht, wenn kein Mondlicht bei der Sicht hilft. Die Chancen sind eins zu tausend. Die sind aber direkt hierhergeflogen, haben das Nashorn erschossen und sind wieder abgehauen.«

»Und wohin fliegt der Hubschrauber jetzt?«

»Nach Mosambik. Da sind sie in einer halben Stunde.

Dort laden sie die Hörner um und bringen sie weg. Sie können morgen schon auf einem Markt in Hanoi verkauft werden. Wahrscheinlich in handliche Hundert-Gramm-Portionen zersägt.«

Rob will gerade etwas fragen, da zerschneidet ein Laut die Nacht, bei dem sich ihm die Haare auf den Armen aufstellen. Als würde sich ein kleines Kind unten in der Senke vor schrecklichen Schmerzen winden.

»Es lebt noch«, sagt Thabisa. »Die Arschlöcher haben sich noch nicht einmal die Mühe gemacht, es umzubringen.«

Die Schreie halten an, voller Todesangst.

»Wir müssen ihm helfen«, sagt Rob und hört selbst, wie verzweifelt das klingt.

»Wir sind nicht die Einzigen, die die Schreie hören«, erwidert Thabisa. »Die Löwen und Hyänen tun das auch. Und sind wahrscheinlich schon auf dem Weg. Und mit diesem Jagdgewehr kann ich sie nicht in Schach halten.«

Sie holt ihr Handy aus der Tasche. Nach wie vor kein Netz.

»Verdammt.«

Rob sieht hinunter in die Senke. Die Todesschreie des Nashorns sind verstummt. Stattdessen hören sie heiseres Lachen. Hyänen. Oder gibt es noch andere Tiere, die solche Geräusche machen?

Thabisa packt die Taschenlampe aus dem Gebüsch und fängt an, sie über ihrem Kopf hin- und herzuschwenken.

»Was tun Sie da?«, fragt Rob.

»Ich versuche, auf uns aufmerksam zu machen. Die Patrouille, der ich mein Funkgerät gegeben habe, dürfte nicht so weit weg von hier sein. Sie müssten eigentlich auch den Hubschrauber gehört haben und auf dem Weg sein, um den Landeplatz zu finden.«

Sie leuchtet kurz auf ihre schwarze Sportuhr, dann hebt sie die Taschenlampe erneut in die Luft und bewegt sie hin und her.

»Es ist jetzt fünf Uhr. In einer Stunde wird es hell. Dann können wir runtergehen.«

Da hören sie ein schwaches Brummen und können ein flackerndes Licht auf der anderen Seite der Senke erkennen.

Thabisa legt die Hand hinters Ohr, um besser hören zu können.

»Noch mehr Wilderer?«, fragt Rob.

»Nein, es klingt wie ein Land Rover. Das könnten Mashudu und seine Jungs sein.«

Das Geräusch wird immer lauter, und kurz darauf sehen sie das Licht von zwei Scheinwerfern, die sich über die Böschung und hinunter in die Senke bewegen.

Thabisa hält die Taschenlampe gezielt in ihre Richtung und sendet damit Morsezeichen.

Der Wagen hält an. Die Scheinwerfer werden ausgeschaltet. Sekunden später leuchtet eine Taschenlampe auf und morst zurück.

Thabisa jubelt.

»Das sind sie. Ich habe unser geheimes Zeichen gesendet, und sie haben richtig geantwortet.«

Sie schickt eine neue Botschaft.

»Das habe sogar ich erkannt«, sagt Rob. »S. O. S. Warum haben Sie das jetzt gemacht?«

»Damit sie uns abholen und mitnehmen.«

Die Scheinwerfer werden wieder eingeschaltet, und der Wagen beschreibt eine Hundertachtzig-Grad-Kurve.

»Aber sie hauen ja wieder ab«, ruft Rob.

»Nein, sie fahren nur wieder hoch zum Weg. So kommen sie schneller zu uns. Der führt in einem Halbkreis um die Senke herum.«

»Und wie lange werden sie brauchen?«

»Eine Viertelstunde etwa. Vielleicht können wir das Nashorn noch retten.«

Stockholm, Schweden

Es ist morgens Viertel nach sechs, und Paulina Diaz, Kommissarin für Umweltverbrechen, sitzt in ihrem Flanellpyjama am Küchentisch und geht die Fotos von der Überwachungskamera aus dem Tierpark Kolmården durch. Sie ist schon vor einer Stunde aufgewacht und hat im Bett gelegen und über mögliche Tätergruppen nachgedacht.

Bisher sprach nichts dafür, dass die Wanderarbeiter ihre Finger im Spiel hatten. Und aus dem Kreis der Informanten gab es auch keine Neuigkeiten, dass ein Horn zum Verkauf stand. Auch hatten die großen Antiquitätenhändler und Auktionshäuser gemeldet, dass sie in den vergangenen Tagen nicht kontaktiert wurden, um ein ungewöhnliches Horn zu erstehen.

Das Horn war schon längst in Asien, da war sie sich ganz sicher. Es kann auf einem Holztransporter versteckt und über die Öresundbrücke gebracht worden sein. Oder mit einer Porzellanlieferung in einem Container über Göteborg das Land verlassen haben. Oder mit einem Frachtflugzeug. Oder ganz einfach im Handgepäck. Die schwedischen Zollbeamten sind nicht geschult, nach Hörnern zu suchen.

Die Fotos der Überwachungskamera hatten sie schließlich aus dem Bett getrieben. Sie hat sie alle auf dem Tisch ausgebreitet und betrachtet sie jetzt genau, während sie ab und zu an ihrem heißen Pulverkaffee nippt. Versucht, Details zu entdecken, die ihr beim ersten Mal entgangen sind.

Aber es ist hoffnungslos. Man sieht genau genommen nur Kleidungsstücke und Mützen. Auf einem der Fotos ist ein dunkelbraunes Handgelenk zu sehen, sonst nichts.

Sie nimmt zwei Fotos, die in der Tatnacht an einer Tankstelle an der E4 außerhalb von Mjölby, westlich von Linköping aufgenommen wurden. Auf den Aufnahmen sind zwei Männer zu sehen, die in Körpergröße und -bau in etwa den Verdächtigen entsprechen, hier tragen sie allerdings Jeans und Daunenjacken.

Die Männer betanken einen weißen Toyota Corolla, was nicht mit den Motorradspuren übereinstimmt, die im Wald beim Tierpark gefunden wurden. Aber natürlich könnten sie die Fahrzeuge auf der Strecke gewechselt haben.

Die Männer haben leider bar bezahlt. Sonst hätte man diese Spur verfolgen können.

Einer der Männer sieht hoch, als würde er nach einer Überwachungskamera suchen, die genau in diesem Moment eine Aufnahme von ihm gemacht hat.

Sein Gesicht ist länglich und schmal, die Zähne sind groß und weiß, die Wangenknochen ausgeprägt. Am Hals, unter der geschlossenen Daunenjacke, kann man eine Kette erahnen, die aus dunklen Kugeln aus Holz oder Stein besteht.

Er sieht somalisch aus. Den Gedanken hatte Paulina

schon, als man ihr die Fotos mailte. Aber sie hatte nicht weiter darüber nachgedacht.

Im Gegensatz zu heute Morgen, als sie aufwachte.

Sie hatte überlegt, welche Spur die Ermittler noch nicht berücksichtigt hatten, und erinnerte sich an die Konferenz in London im vergangenen Jahr. Da ging es um den weltweiten Handel mit bedrohten Tierarten. Einer der Hauptaspekte war, dass der Handel mit Elfenbein und Nashornhörnern mittlerweile eine einträgliche Einnahmequelle für viele terroristische Organisationen in Afrika geworden ist. Im Besonderen die Lord's Resistance Army in Uganda, im Kongo und im Südsudan, die Dschandschawid im Sudan, aber teilweise auch Boko Haram in Nigeria und die Al-Shabaab-Miliz in Somalia.

Bisher hatten sämtliche Gruppen nur in ihren Ländern operiert, aber es gab Anzeichen einer Veränderung. Die LRA zum Beispiel soll sich Boko Haram annähern, die wiederum dem IS ihre Treue geschworen und sogar ihren Namen in ISWAP geändert haben, Islamic State West Africa Province. Auf der anderen Seite von Afrika hatte die Al-Shabaab-Miliz Orte in den USA, in Kanada und Großbritannien als mögliche Ziele terroristischer Anschläge ausgewiesen.

Paulina legt das Foto zurück auf den Tisch, nimmt Notizblock und Stift zur Hand und schreibt auf:

- *Die somalische Terrormiliz Al-Shabaab hat früher schon mit Nashornhörnern gehandelt und braucht neuesten Berichten zufolge Geld.*
- *Al-Shabaab hat mit Terroranschlägen im Westen gedroht.*
- *Im Tierpark von Kolmården wurde ein Nashorn getö-*

tet und zwei extrem seltene Hörner gestohlen. Geschätzter Wert: wahrscheinlich mehrere Millionen Kronen.

– *Al-Shabaab verfügt auch in Schweden über ein gut ausgebautes Netzwerk.*

Paulina legt den Stift beiseite und starrt auf ihre Notizen. Das ist alles ziemlich weit hergeholt, das weiß sie. Trotzdem. Könnte es nicht doch so sein?

In diesem Fall würde es bei dieser Sache um weit mehr gehen als um die Ausrottung seltener Tierarten. Dann stünde nämlich die nationale Sicherheit auf dem Spiel.

Limpopo Rhino Reserve, Südafrika

Die Morgendämmerung kam und verging so schnell, dass Rob sie kaum bemerkte.

Als Thabisa und er vor zehn Minuten in den Land Rover der Nachtpatrouille gesprungen sind, herrschte draußen noch tiefe Nacht. Und jetzt, auf dem Weg hinunter in die Senke, war es bereits hell. Und zwar richtig taghell, kein schummriges Licht einer Morgendämmerung. Der rote Sonnenball war plötzlich hinter den Baumwipfeln aufgetaucht und rasend schnell am Horizont aufgestiegen. Jetzt scheint ihnen die Sonne hell und kräftig in die Augen.

»Ein bisschen weiter rechts«, weist Thabisa den Fahrer an. »Bei dem Mopane-Baum dort hinten.«

Sie fahren durch die Senke, mit der einen Wagenhälfte auf einem ausgetrampelten Weg, mit der anderen im hohen Gras. Mashudu fährt geschickt im Zickzack zwischen Bäumen und Büschen hin und her, aber muss am Ende aufgeben. Das Dickicht ist zu dicht und die Steine zu gewaltig, das Risiko zu groß, sich den Unterboden aufzureißen.

»Ist es noch weit?«, fragt Mashudu.

»Ich glaube nicht, zweihundert Meter vielleicht«, antwortet Thabisa. »Oder was meinen Sie, Rob?«

Rob hat keinen Schimmer, freut sich aber darüber, dass sie ihn einbezieht. Und er offenbar in ihrem Ansehen ein paar Stufen nach oben geklettert ist, vom dämlichen und arroganten Touristen zu einem, der etwas beitragen kann.

Sie haben sich ausgiebig über den Hubschrauber unterhalten. Auch die Nachtpatrouille hatte ihn gehört, aber nicht gesehen, und die Männer wollten alle Einzelheiten erfahren.

Thabisa und Rob haben alle Details weitergegeben, an die sie sich erinnern konnten. Außer der Tatsache, dass Rob einen Mann beobachtet hat. Thabisa hat ihn gebeten, es bis auf Weiteres für sich zu behalten.

»In der Nachtpatrouille ist ein Neuer. Ich kenne ihn noch nicht gut genug, um ihm voll und ganz zu vertrauen«, sagte sie, während sie auf den Jeep warteten.

Sie steigen aus, und Thabisa geht vor. Die Sonne steht schon ziemlich hoch, Rob dreht das Gesicht ins Licht, um seinen durchgefrorenen Körper von den Strahlen wärmen zu lassen.

Am Ende der Senke stehen ein paar Elefanten und rupfen Blätter von schwingenden Zweigen. Weiter im Westen grasen Gnus, und von einem Akazienbaum in unmittelbarer Nähe stoßen Vögel mit glänzendem türkisfarbenen Brustgefieder in die Luft. Sie sehen aus wie Raben in Pastell. Rob sieht ihnen hinterher, und Mashudu, der hinter ihm läuft, sagt:

»Das sind Blauracken. Die sind hübsch, nicht wahr?«

Rob nickt.

Dann sehen sie das Nashorn. Es liegt auf der Seite, Bauch und Füße zeigen zu ihnen. Über seinen Körper verlaufen lange Streifen weißen Vogelkots.

Geier, vermutet Rob.

Das Summen eines Fliegenschwarms wird mit jedem Schritt lauter. Aber er kann sie nicht sehen.

Die Hufe des Nashorns sind so groß wie Teller, und sogar liegend reicht das Tier Rob bis zur Leibesmitte.

Als er zum Kopf kommt, schlägt er die Hand vor den Mund. Es sieht aus wie auf den Bildern, die Tinus ihm geschickt hatte.

Die Nase ist eine einzige blutige Masse. Ein ganzer Schwarm grünlich schwarzer Fliegen verdeckt die große Wunde und teilt sich den Platz mit anderen Insekten, die er nicht kennt. Die Augenhöhlen sind nur noch dunkle Löcher mit getrocknetem Blut.

»Warum haben sie die Augen herausgeschnitten?«, fragt Rob.

»Das hat mit ihrem Aberglauben zu tun«, erklärt Thabisa. »Einige Mosambikaner glauben, dass das Nashorn mit seinen Augen Bilder vom Geschehen machen kann. Wenn man sie entfernt, zerstört man gewissermaßen Beweismaterial.«

Sie bleibt am rechten Vorderbein stehen und betrachtet die weiße Einkerbung, die einmal ums Bein herumläuft.

Rob geht neben ihr in die Hocke und fährt mit dem Finger über die Narbe.

Du bist es. Der große Kerl, der mich gestern noch gejagt hat.

Er muss schlucken.

Du solltest hier nicht so liegen. Ich hätte dich gerne adoptiert. Du hättest noch viele Jahre durch die Savanne streifen und schönen Nashornkühen hinterherjagen sollen.

»Warum haben sie ihn nicht einfach nur betäubt?«, fragt Rob. »Und ihm weiter oben das Horn abgesägt, damit er noch weiterleben kann?«

Thabisa inspiziert gerade ein Einschussloch am Rücken.

»Weil es einfacher ist, Kugeln zu besorgen, als Betäubungsmittel«, antwortet sie. »Und billiger. Aber das hätte auch keinen Unterschied gemacht. Die hätten ihm sowieso alles abgesägt, um auch das letzte Gramm mitzunehmen.«

Sie geht nahe an das Einschussloch heran, versucht das Kaliber festzustellen und die Art der Waffe.

»Wir haben vor einiger Zeit eine Nashornkuh gefunden. Sie war betäubt worden und hat sich danach noch über zehn Kilometer weit mit der Wunde geschleppt. Neben ihr lag ein vier Wochen altes Kalb. Beide tot. Das Kalb hatte noch versucht, ein Loch in die trockene Erde zu graben, um an die Zitzen der Mutter heranzukommen. Als ihm das nicht gelang, ist es trotzdem keinen Millimeter von seiner Mutter gewichen.«

Sie schüttelte bei dem Gedanken an die Bilder den Kopf.

»Willkommen auf einer richtigen südafrikanischen Safari.«

Kruger Nationalpark, Südafrika

Das Tier ist riesig, der süßliche Gestank umgibt es wie eine Mauer.

Der Körper ist halb aufgefressen, und die abgenagten Rippenknochen ragen wie spitze, rindenlose Äste in die Luft.

»Der sieht aus, als hätte er schon mindestens zwei Wochen hier gelegen«, sagt Samora. »Oder was meinst du, Daniel?«

»Ja, sieht so aus.«

Er kann sich an dem enormen Tierkörper kaum sattsehen. Er erinnert sich, wie ihm sein Vater immer erzählt hatte, dass es früher auch in Mosambik viele Elefanten gab, besonders in der Gegend um Massingir. Aber sie sind seit Langem verschwunden. Erschossen, genau wie dieser hier.

Gezani hebt etwas vom Boden auf und zeigt es den beiden anderen.

»Seht ihr? Das sind Elfenbeinsplitter. Diese Idioten haben wahrscheinlich blind mit ihren Kalaschnikows auf den Elefanten geballert und dabei einen der Stoßzähne getroffen. Hat sie eine ordentliche Stange Kohle gekostet.«

Er wirft den Splitter weg.

»Ich habe irgendwo gehört, dass es hier im Kruger siebzehntausend Elefanten gibt«, sagt Samora und tritt gegen die verdorrte Elefantenhaut.

»Siebzehntausend? Da sollten wir in Zukunft auf Elefanten umsatteln«, erwidert Gezani und vertreibt fuchtelnd ein paar Fliegen.

Samora schüttelt den Kopf.

»Elefanten sind viel gefährlicher als Nashörner, schwerer zu erlegen und bringen nicht ansatzweise so viel Geld. Und hättest du Lust, zwei fünfzig Kilo schwere Stoßzähne durch den halben Kruger zu schleppen?«

Er holt sein Telefon hervor und schirmt das Display mit einer Hand ab. Noch immer keine Nachricht.

»Wir gehen weiter«, sagt er und steckt das Gerät wieder ein.

»Ist es sinnvoll, noch weiter nach Westen zu gehen?«, klagt Gezani. »Wer sagt uns, dass wir dort eher ein Nashorn finden als im Norden oder im Süden?«

Daniel kann verstehen, dass Gezani nicht mehr weitergehen will. Sowohl die Schwellung als auch das Fieber haben sich zwar gebessert, aber er humpelt noch stark und hat glänzende Augen.

Und er pflichtet ihm innerlich bei. Warum sollten sie weitergehen? Es kommt ihm so vor, als hätten sie bald den gesamten Nationalpark durchquert, und mit jedem Schritt entfernen sie sich weiter von zu Hause.

Er wünscht sich, sie hätten auch einen Hubschrauber zur Verfügung. In der Nacht war einer dicht über ihren Köpfen hinweggeflogen, und Samora meinte, dass er vermutlich aus Chókwè war. Der Mann, der dort unten die Wilderei organisiert, hat offenbar eine Menge Geld.

»Wir gehen ein Stück, von dem Gestank weg, dann ruhen wir uns aus und besprechen, was wir machen, okay?«, schlägt Samora vor.

Sie setzen sich hundert Meter weiter auf einen Baumstamm im hohen Gras.

Gezani holt getrocknetes Fleisch aus dem Rucksack und verteilt es, und sie trinken von dem schlammigen Wasser aus dem Fluss, an dem sie einige Stunden zuvor vorbeigekommen sind.

Samora holt wieder sein Telefon aus der Tasche. Er scheint keine neue Nachricht bekommen zu haben, tippt aber trotzdem darauf herum.

Gezani zieht seinen Stiefel aus. Rollt die Socke über die Ferse und schneidet eine Grimasse, als er die große, blutige Schürfwunde an der Ferse sieht.

»Wie lange hast du die schon?«, fragt Daniel.

»Heute Morgen habe ich es zum ersten Mal gespürt. Das kommt davon, dass der Fuß geschwollen war und ich komisch gegangen bin.«

Wir müssen umdrehen, denkt Daniel. Wir sollen das hier nicht tun. Wir haben jetzt genügend Warnungen erhalten.

»Ha, ha!«, lacht Samora auf einmal. »Endlich!«

Daniel und Gezani sehen ihn an.

»Hast du eine Nachricht bekommen?«

»Nein, aber ich war auf Facebook und habe nach neuen Fotos von Nashörnern gesucht. Eine Frau hat erst vor einer halben Stunde ein Bild gepostet. Und sie hat sogar die Koordinaten angegeben.«

Er hält Daniel und Gezani das Handy hin. Sie sehen ein Foto von drei grasenden Nashörnern.

»Versteht ihr?«, sagt er. »Drei Stück. Und sie befinden sich nicht einmal zehn Kilometer von hier entfernt. Wir können in weniger als zwei Stunden dort sein.«

Gezanis Miene hellt sich merklich auf.

»Sechs Hörner«, sagt er und schlägt Daniel fest auf den Rücken. »Los geht's.«

Er stopft sich den Rest des Trockenfleischs in den Mund und zieht den Stiefel wieder an.

»Was ist mit der Schürfwunde?«, fragt Daniel.

»Scheiß drauf. Jetzt werden wir reich. Verdammt reich.«

Limpopo Rhino Reserve, Südafrika

Das gelbe Absperrband flattert sanft im Wind. Ein Polizeioffizier befragt Thabisa zu ihren Beobachtungen, und ein Ermittler mit blauen Handschuhen und beigefarbener Arbeitskleidung lässt einen Metalldetektor über den Körper des Nashorns wandern.

Hoch über ihren Köpfen kreisen die Geier. Warten darauf, dass die Menschen dort unten verschwinden und den Weg für das große Festmahl frei machen.

Rob, Thabisa und die Männer von der Nachtpatrouille helfen der Polizei bei der Suche nach leeren Patronenhülsen. Eine wurde schon gefunden, aber da Thabisa und Rob ausgesagt haben, dass sie mindestens zwei Schüsse gehört haben, suchen sie weiter.

Beim Geräusch eines Motors hebt Rob den Kopf und sieht, wie sich ein weiterer Land Rover dem Tatort zügig nähert. Der Wagen parkt mit dem Kühler voran in einem Gestrüpp, und zwei Männer steigen aus.

Der eine ist Tinus van Hoebeek. Der andere ist etwa fünfzig Jahre alt und hat ein längliches Gesicht mit ledriger Haut und einem tiefen Grübchen im Kinn. Er hat breite Schultern, und sein Bierbauch hängt wie ein aufgedunsener Teig über den dicken Ledergürtel der Jeans.

Rob erinnert der Mann an jemanden. Vielleicht, weil er wie ein typischer Redneck aussieht, der Schusswaffen liebt, konservative Parteien wählt und der Meinung ist, dass früher alles besser war.

»Rob«, sagt Tinus, »das ist Tom McNamara, der Chef der Sicherheitskräfte des Reservats.«

Dann dreht er sich zu seinem Begleiter um.

»Tom, das ist Rob Chazey, Musiker und seit vielen Jahren ein wichtiger finanzieller Partner des Reservats.«

Er betont *wichtiger*, als wolle er Tom McNamara davon überzeugen, dass es von Bedeutung war, sich mit Rob gut zu stellen.

Der Sicherheitschef nickt Rob wortlos zu und geht weiter zum Tatort. Rob sieht ihm hinterher und versucht herauszufinden, was ihm an dem Mann so bekannt vorkommt.

»Er kann manchmal ein bisschen mürrisch sein«, flüstert Tinus van Hoebeek Rob leise zu, »aber er ist ein guter Kerl. Hasst Wilderer. Ich habe übrigens gehört, dass Sie die letzte Nacht im Busch verbringen mussten. Das tut mir wirklich leid. Dieses Terrain fordert unsere Fahrzeuge sehr heraus.«

Dann hat Thabisa ihm also nichts von dem Nashorn erzählt?, denkt Rob.

»Das war überhaupt nicht schlimm. Ehrlich gesagt, würde ich gern heute Nacht wieder mit rausfahren.«

Tinus van Hoebeek schüttelt den Kopf.

»Rob, ich habe Ihnen das gestern schon erklärt, da draußen gibt es nicht nur Tiere. Ich kann nicht riskieren, dass ein Tourist in die Schusslinie gerät, wenn es ernst wird.«

»Ich könnte eine neue Spende veranlassen.«

»Das geht wirklich nicht, Rob.«

»Eine große Spende.«

Tinus van Hoebeek sieht ihn an, lächelt müde und klopft ihm auf die Schulter.

»Sie sind ein sturer Esel. Ich werde sehen, was ich tun kann.«

Etwas fängt in der Nähe an, zu piepen, und Rob sieht, dass der Ermittler mit dem Metalldetektor wenige Zentimeter über dem Schädel des Nashorns innegehalten hat.

»Ich glaube, ich habe die zweite Kugel gefunden«, ruft er, legt den Metalldetektor beiseite und zieht sich Plastikhandschuhe an, die bis zu seinem Oberarm reichen. Dann holt er ein Skalpell und ein Werkzeug, das wie eine Pinzette mit langem Schaft aussieht. Er setzt einen tiefen Schnitt in die dicke Haut des Nashorns, klappt diese zur Seite, steckt das längliche Werkzeug in das Loch im Schädelknochen und zieht vorsichtig ein rotes Metallstück heraus.

Er trocknet es mit einem Lappen ab, legt es in eine durchsichtige Tüte und hält sie Tom McNamara und dem Polizeichef hin.

Die Spitze der Kugel ist platt wie der Hut eines kleinen Pilzes.

»Eine .375er, hm?«, sagt Tom McNamara.

»Ja«, antwortet der Polizeichef. »Wahrscheinlich von einem Jagdgewehr. Und es scheint zu stimmen, dass sie aus einem Hubschrauber geschossen haben. Beide Kugeln sind schräg von oben in das Nashorn eingedrungen.«

Der Ermittler zieht sich den Handschuh aus und kratzt sich am Kopf.

»Die sind immer besser organisiert. Wenn wir schon Schwierigkeiten haben, sie zu Fuß zu erwischen, wie sollen wir ihnen dann hinterherkommen, wenn sie Hubschrauber einsetzen?«

Rob, Mashudu und Thabisa sehen von der Absperrung aus zu.

»Wie oft gelingt es denn, eine Kugel zur Waffe zurückzuverfolgen?«, fragt Rob.

»Meistens nur, wenn wir den Wilderer auch fassen«, sagt Mashudu. »Vor einem Monat war ich dabei, als ein Wilderer überwältigt wurde, und als wir das Gewehr mit unserer Datenbank abgeglichen haben, stellte sich heraus, dass die Polizei in Mosambik die Waffe bereits einmal beschlagnahmt hatte. Nur hatten die Polizisten das Gewehr dann einfach an einen anderen Wilderer weiterverkauft.«

Er schüttelt den Kopf.

»Wir sehen bei einem Nashorn ein schönes Tier. Die kriminellen Banden sehen nur ein meterlanges Horn aus reinem Gold. Und das sollen unsere unterbezahlten Wachleute beschützen. Gold, das auf vier Beinen in der Wildnis herumrennt, anstatt in einem stark bewachten Safe eingeschlossen zu sein.«

Er dreht sich um und zeigt nach Osten.

»Einen Kilometer von hier entfernt liegt die Grenze zum Kruger Nationalpark, der so groß ist wie Israel. Wissen Sie, wie viele Banden von Wilderern sich jetzt in diesem Augenblick dort aufhalten?«

Rob schüttelt den Kopf.

»Drei oder vier vielleicht?«

»An die zwanzig. Dreihundertfünfundsechzig Tage im

Jahr schleichen sie dort herum und suchen nach Nashörnern. Viele von ihnen deutlich besser ausgerüstet als wir.«

»Wer versorgt sie denn mit Waffen und Ausrüstung?«

»Zwischenhändler, sowohl aus Südafrika als auch aus Mosambik. Oder Asiaten. Heutzutage wimmelt es in diesem Land nur so von Chinesen.«

»Und welche Leute sitzen ganz oben in der Hierarchie?«

Mashudu seufzt.

»Das wissen wir nicht. Wir schnappen viele Wilderer und auch den einen oder anderen Zwischenhändler. Aber die großen Schurken bekommen wir eigentlich nie zu fassen. Sie hocken in Peking oder Hanoi und zählen ihr Geld, während wir ihre Handlanger jagen.«

Tom McNamara geht mit einem Grunzen an ihnen vorbei.

»Könnte man denn nicht GPS-Sender in die Hörner einbauen?«, fragt Rob Mashudu mit Blick auf das tote Tier. »Dann könnte man die Hörner wenigstens bis zum Bestimmungsort verfolgen.«

»Das ist eigentlich eine hervorragende Idee. Aber es ist teuer und kompliziert. Man muss die Nashörner aufspüren und betäuben, am besten vom Hubschrauber aus, und dann muss der Sender montiert werden. Das kostet über viertausend Dollar pro Nashorn. Und nach zwei Jahren ist die Batterie leer, und die Prozedur muss wiederholt werden. Im Kruger Nationalpark, in dem weltweit die meisten Nashörner erschossen werden, leben schätzungsweise neuntausend Tiere. Es wäre unmöglich, an allen Sender anzubringen.«

Tom McNamara verlässt den abgesperrten Bereich,

brummt irgendetwas davon, wie heiß es sei, und geht zu den Land Rovern.

»Gibt es keine anderen Lösungen, die technisch umsetzbar, aber billiger wären?«, fragt Rob.

»Wir erhalten ständig neue Innovationsvorschläge, die in der Theorie vielversprechend, aber dann in der Praxis nicht realisierbar sind«, erklärt Mashudu. »Kameras, die ins Horn implantiert werden. Farben und Gift, die man injiziert, um Käufer abzuschrecken. Der neueste Schrei sind Drohnen. Alle versuchen, uns etwas anzudrehen. Aber all unsere Versuche haben bislang gezeigt, dass Spürhunde am effektivsten sind.«

Mashudu gähnt und sieht auf die Uhr. Fünf vor zehn.

»Um diese Uhrzeit sollte ich schon längst schlafen. Ich muss heute Nacht wieder raus. Die Wilderer, die von den Touristen gesehen wurden, haben die Gegend bestimmt noch nicht verlassen. Fahrt ihr mit zurück?«

»Gerne«, antwortet Thabisa.

Auf dem Weg zum Jeep sehen sie Tom McNamara neben Tinus' Land Rover stehen. Er hat einen Cowboyhut und eine Wasserflasche aus dem Kofferraum geholt. Er setzt sich den Hut auf und trinkt einen Schluck. Dann nimmt er den Hut wieder ab, drückt die Krempe zurecht und setzt ihn wieder auf.

Rob läuft es eiskalt über den Rücken.

Er weiß jetzt genau, wo er McNamara schon einmal gesehen hat.

Solna, Schweden

Der Sitzungsraum ist kühl und der Stuhl unbequem, und auf der anderen Seite des Tisches sitzt der stellvertretende Geheimdienstchef Johan Ekdahl mit tiefen Falten zwischen den Augenbrauen.

»Ist das alles, was Sie haben?«, fragt er, sobald Paulina Diaz ihren Vortrag beendet hat, und klingt aufrichtig erstaunt.

Sie nickt.

»Bisher, ja.«

Johan Ekdahl lehnt sich vor, verschränkt die Arme und sieht ihr in die Augen.

»Sie wissen also im Moment Folgendes: Zwei Männer sind in den Tierpark Kolmården eingedrungen. Zwei andere Männer, die vollkommen anders bekleidet sind, tanken in derselben Nacht an einer Tankstelle hundert Kilometer davon entfernt. Der eine trägt eine rosenkranzartige Kette um den Hals. Aus diesen Informationen ziehen Sie die Schlussfolgerung, dass wir es mit Dschihadisten von der Al-Shabaab-Miliz zu tun haben?«

»Aber ich …«

Johan Ekdahl unterbricht sie, indem er die Hand hebt, und fährt fort:

»Darauf erwidere ich: Die Männer an der Tankstelle könnten zwei vollkommen andere Personen sein als diejenigen, die das Nashorn getötet haben. Sie könnten aus dem christlichen Eritrea und Äthiopien stammen, und die Gebetskette, die der eine um den Hals trug, könnte katholischen Ursprungs sein.«

Paulina Diaz schiebt ein weiteres Foto von der Überwachungskamera über den Tisch.

»Aber was ist mit dem muslimischen Amulett, das am Rückspiegel hängt?«

Johan Ekdahl zieht das Foto zu sich und nickt.

»Ja, ich stimme zu, dass es muslimisch aussieht, aber wissen Sie was? Moslem zu sein, ist kein Verbrechen.«

»Das habe ich ja auch nicht gesagt.«

»Nein, aber Sie behaupten eine Menge anderer Dinge und ziehen waghalsige Schlussfolgerungen, die schon fast an Verschwörungstheorien grenzen.«

Paulina Diaz holt tief Luft, um sich zu sammeln und um ihre Stimme unter Kontrolle zu bekommen.

»Ich bin mir absolut bewusst, dass die Geschichte nicht wasserdicht ist. Ich wünsche mir nur, dass Sie in den kommenden Tagen den Somaliern ein wenig mehr Aufmerksamkeit schenken, die Sie ohnehin auf Ihren Listen haben. Ich weiß, dass Sie so eine Liste von Exilsomaliern in Schweden führen, die unter dem Verdacht stehen, Terrorakte in ihrem Heimatland und Kenia verübt zu haben. Nicht jeder kann dieses Horn zu einem ordentlichen Preis verkaufen, und Al-Shabaab hat nun einmal die meiste Erfahrung damit.«

»Auf welche Quellen beziehen Sie sich da, wenn man fragen darf?«

Dieser herablassende Ton, als wäre er der Ansicht, dass die kleine Kommissarin für Umweltverbrechen auch ausschließlich kleine Bagatellen untersuchen sollte, anstatt zu versuchen, sich mit so wichtigen Dingen wie dem Terrorismus zu beschäftigen.

»Wie wäre es mit den Außenministerien der USA und von Großbritannien?«

Johan Ekdahls Blick zeigt einen Anflug von Verunsicherung, und Paulina Diaz fährt fort:

»Weshalb haben Ihrer Meinung nach die USA in den vergangenen Jahren mehrere Hundert Millionen dafür ausgegeben, um den Handel mit Elfenbein und Nashornhörnern zu stoppen? Warum, glauben Sie, hat Großbritannien Elitesoldaten nach Kenia geschickt, um kenianische Ranger auszubilden? Ganz einfach, weil sie begriffen haben, wohin das Geld fließt.«

Der stellvertretende Geheimdienstchef rutscht auf seinem Stuhl hin und her.

»Woher wissen Sie das?«

»Es gibt ein hervorragendes Werkzeug für die Beschaffung von Informationen, das heißt Google. Probieren Sie das ruhig einmal aus. Oder man nimmt an Konferenzen mit den Experten von Interpol teil, so wie ich es getan habe. Dort erfährt man dann auch, dass Al-Shabaab große Einkaufszentren in Großbritannien, den USA und Kanada als potenzielle Terrorziele ausgewiesen hat.«

Johan Ekdahl setzt eine gewichtige Miene auf.

»Ich kann derzeit so oder so keine Ressourcen dafür abstellen. Wir haben alle Hände voll zu tun mit dem Strom an IS-Rückkehrern und dem Regierungsbesuch aus Afghanistan kommende Woche.«

Paulina Diaz sammelt die Fotos wieder ein, steht auf und geht in Richtung Tür. Als sie die Hand auf den kalten Türgriff legt, dreht sie sich noch einmal um.

»Wissen Sie, was Al-Shabaab die Attacke auf das Shoppingcenter Westgate in Nairobi im Jahr 2013 gekostet hat?«

Der stellvertretende Geheimdienstchef runzelt die Stirn.

»Keine Ahnung.«

»Das Horn eines einzigen Nashorns.«

Sie hält einen Finger in die Luft, um die Zahl zu unterstreichen. Dann schlägt sie die Tür hinter sich zu und verlässt die Geheimdienstzentrale.

Limpopo Rhino Reserve, Südafrika

Die Lenkstange ist ausgetauscht, und Rob und Thabisa sitzen wieder im Land Rover, unterwegs zum Hotel.

»Was halten Sie von Tom McNamara?«, fragt Rob.

Thabisa zuckt mit den Schultern.

»Warum fragen Sie?«

»Es interessiert mich.«

Sie bremst ab und sieht ihn an. Rob spürt erneut, dass sie ihn einer Art Musterung unterzieht.

»Ehrlich gesagt«, sagt sie und fährt weiter, »ich finde, dass er ein Arschloch ist.«

»Sehr gut.«

»Sehr gut?«

»Ja, denn dann kann ich Ihnen das hier auch erzählen. Ich glaube, dass es McNamara war, den ich letzte Nacht oben an der Senke gesehen habe.«

Thabisa bremst so heftig, dass die Räder blockieren. Dann dreht sie sich zu ihm um und starrt ihn an.

»Sie glauben?«

»Ich bin fast sicher.«

Er erzählt, wie der Mann letzte Nacht den Hut abgenommen, an der Krempe herumgefingert und ihn dann wieder aufgesetzt hat.

»Ich hatte sofort den Eindruck, dass ich ihn kenne, als er mit Tinus ankam. Und als er dann am Wagen stand und Wasser getrunken hat, machte er das wieder mit dem Hut.«

Thabisa scheint in Gedanken versunken. Dann legt sie den ersten Gang ein und fährt weiter.

»Ich werde Ihnen etwas zeigen«, sagt sie.

»Was denn?«

»Das werden Sie gleich sehen.«

Sie erreichen das Hotel, aber Thabisa fährt daran vorbei. Rob fragt sich, was wohl ihr Ziel ist, sagt aber nichts. Thabisa verhält sich ihm gegenüber anders, seit sie bei dem verstümmelten Nashornbullen waren. Offenbar hat sie beschlossen, ihren Widerstand aufzugeben.

Die Straße schlängelt sich einen Hügel empor, von dem aus sich ein schier endloser Blick über das Reservat eröffnet, dann hinunter in ein Tal. Ein paar Warzenschweine rennen über den Weg. Sie fahren durch die weite Landschaft, durch Wiesen mit hohem Gras. Eine Herde sonderbar aussehender Antilopen erstarrt und reckt die Hälse.

»Das sind Nyalas«, erklärt Thabisa, bevor Rob die Frage stellen kann.

Stromleitungen führen über Pfosten zu einem länglichen hellgrünen Gebäude. Thabisa parkt den Land Rover zwischen zwei anderen Safari-Wagen unter einem einfachen Carport an der einen Seite des Gebäudes. Dann führt sie Rob über ein fast viereckiges Rasenstück zu einem weiteren länglichen Haus mit fünf Türen an der Längsseite.

Sie bleibt vor der vierten Tür stehen, kramt einen

Schlüssel aus der Seitentasche ihrer Hose und schließt auf.

»Willkommen in meinem Reich.«

Die Wände sind blassgrau mit kleinen roten Stellen, wo der Putz abgebröckelt ist und die Ziegelsteine darunter zu sehen sind. Ein verblichenes Poster von einem Löwenrudel, das auf einem Felsen steht, hängt über einem Regal aus groben, unregelmäßigen Brettern. Auf dem ungemachten Bett liegt ein Taschenbuch, und auf dem kleinen Schreibtisch steht ein aufgeklappter Laptop neben einem Stapel Papieren. Rob schielt darauf. Ein paar Rechnungen und ein Gehaltszettel.

Er setzt sich in einen durchgesessenen Stoffsessel und sieht Thabisa zu, wie sie ihren Kleiderschrank öffnet und einen eingebauten Waffenschrank aufschließt. Aus diesem holt sie einen Stoffbeutel, den sie aufknotet, ein langes, dunkles Horn herausnimmt und es Rob hinhält.

»Was, Sie gehören also auch zu denen?«

Sie verdreht die Augen.

»Berühren Sie das mal und sagen Sie mir, ob das echt ist oder eine Fälschung.«

Rob nimmt das Horn, spürt sein Gewicht, etwa vier Kilo dürfte es schwer sein. Er streicht mit der Hand darüber, fühlt die raue Oberfläche an seiner Wurzel und die Glattheit weiter oben und an der Spitze.

»Für mich sieht es total echt aus, aber da Sie mich gefragt haben, würde ich sagen, es ist eine Fälschung.«

Thabisa setzt sich aufs Bett.

»Richtig. Aber eine verdammt gute. Sogar die Experten haben daneben gelegen.«

»Und was ist es? Büffelhorn?«

»Die meisten Fälschungen bestehen aus Büffelhorn, aber dieses hier wurde mit einem 3-D-Drucker hergestellt.«

»Das ist ein Scherz, oder?«, meint Rob und streicht erneut über das Horn.

Thabisa schüttelt den Kopf.

»Ein Unternehmen im Silicon Valley hat es angefertigt. Man hat Keratin mit der DNA eines Nashorns gemischt und dieses Pulver dann in Form eines Horns ausgedruckt. So hat das Horn den identischen genetischen Fingerabdruck wie ein echtes.«

»Und was steckt da für ein Gedanke dahinter? Will man damit die Vietnamesen reinlegen?«

»Gar nicht mal. Die Idee ist, ganz offen damit umzugehen, weil das gefälschte Horn dieselben Eigenschaften hat wie ein echtes Horn. Das Unternehmen plant sogar, ein Öl mit Keratin auf den chinesischen und vietnamesischen Markt zu bringen.«

»Wird das funktionieren?«

Thabisa rutscht nach vorne auf die Bettkante.

»Ehrlich gesagt habe ich da so meine Zweifel. Die Chinesen wissen, dass es keine wissenschaftlichen Beweise dafür gibt, dass ein Horn heilende Kräfte hat, aber sie vertrauen jahrtausendealter Heilkunst mehr als westlichen Labortests. Sie wollen die Magie des Tieres in sich aufnehmen, und ich glaube nicht, dass so ein Horn etwas daran ändern kann. Einige sagen sogar, dass es kontraproduktiv sein könnte, wenn man es auf den Markt bringt, weil man dadurch ja quasi die vermeintliche medizinische Bedeutung bestätigt. Und das wiederum könnte zu einer erhöhten Nachfrage nach der echten Ware führen.«

Sie kratzt sich getrocknete Erde vom Knie.

»Und es gibt noch die moralischen Bedenken. Darf ein Unternehmen wirklich Geld damit verdienen, gefälschte Medizin an krebskranke Vietnamesen zu verkaufen? Stellen Sie sich mal vor, dass jemand sein ganzes Erspartes dafür ausgibt, statt in ein gutes Krankenhaus zu gehen.«

»Warum haben Sie dann ein solches Horn in Ihrem Kleiderschrank versteckt?«

»Es gibt noch einen anderen Teilaspekt des Projektes, der noch nicht veröffentlicht wurde. Sie haben doch vorhin gefragt, ob man nicht einen Sender im Horn implantieren könnte.«

»Ja.«

»In diesem hier ist einer versteckt.«

Rob dreht und wendet das Horn, kann aber nichts entdecken. Es ist vollkommen intakt.

»Wenn man die Wilderer oder einen korrupten Ranger dazu bringen könnte, so ein Horn statt eines richtigen zu seinem Chef zu bringen, könnte man die Handelskette bis an die Spitze verfolgen.«

»Aber wie soll das funktionieren? Sie entdecken die doch praktisch nie, bevor es zu spät ist.«

»Genau da kommen die korrupten Ranger ins Spiel.«

Rob sieht sie fragend an.

»Es kommt vor, dass wir Hörner beschlagnahmen, aber genauso oft passiert es, dass diese Hörner wieder verschwinden. Ich bin davon überzeugt, dass man dafür sorgen könnte, dass auch so ein Horn hier verschwinden könnte. Wenn …«

Rob lächelt, jetzt hat er es endlich verstanden.

»… wenn man weiß, welcher Ranger für die andere Seite arbeitet. Was wir ja nun tun.«

»Ganz genau. Aber wir brauchen auch riesiges Glück. Zuerst müssen wir auf eine Bande treffen, oder zumindest behaupten, dass wir das getan haben, dann das Horn in einen Müllsack stecken und dafür sorgen, dass Tom McNamara danach sucht und es findet. Wenn er so korrupt ist, wie ich glaube, wird er niemandem von seinem Fund erzählen, sondern es behalten und auf eigene Rechnung verkaufen.«

»Aber weiß McNamara nichts von diesem Horn?«

Ein verschmitztes Lächeln huscht über ihr Gesicht, und ihre Augen glitzern.

»Nein. Dieses Projekt findet sozusagen unter dem Radar statt.«

Rob erwidert ihr Lächeln, ihm gefällt ihre rebellische Einstellung.

»Und wie sind Sie an diese Leute gekommen?«

Sie holt Luft, hält aber gleich wieder inne, scheint ihre Worte sorgfältig abzuwägen, ehe sie den Mund erneut öffnet.

»Ich mache es kurz: Vor ein paar Jahren bin ich auf einer Konferenz über den weltweiten Handel mit Nashornhörnern an die richtigen Leute geraten. Wir waren zusammen essen und haben erkannt, dass wir dieselben Ansichten teilen und es allerhöchste Zeit ist, alternative Wege zu beschreiten, um an die Spitze der Organisationen und ihrer Vertriebswege zu gelangen. Jemand hatte die Idee, die bestochenen Ranger nicht nur als Problem zu sehen, sondern sie für unsere Sache zu nutzen. Und so wurde die Idee geboren, ein Horn mit einem eingebauten Sender herzustellen. Einer unserer Mitglieder, ein Typ bei der internationalen Organisation TRAFFIC, die den

Handel mit gefährdeten Tier- und Pflanzenarten im Auge behält, kennt einen Teilhaber dieses Unternehmens im Silicon Valley, das das gefälschte Horn hergestellt hat. Und so ist das Ganze entstanden.«

Rob betrachtet das Horn ein weiteres Mal eingehend. Fühlt dessen Gewicht, streicht über seine Oberfläche.

»Werden die Wilderer das Horn nicht scannen und den Sender dann entdecken?«

»Nein. Sie wissen, dass wir keine GPS-Sender verwenden.«

»Aber das Nashorn könnte doch auch im Kruger erschossen worden sein.«

»Ja, und deren Tiere haben auch definitiv keine Sender. Und selbst wenn der Käufer oder Zwischenhändler den Sender suchen sollte, ist dieses Modell hier extrem schwer aufzuspüren. Zum einen ist es mit einer Schutzhülle ausgestattet, bei der ein Metalldetektor nicht ausschlägt, zum anderen merkt er, wenn sich ein GPS-Detektor in der Nähe befindet und schaltet sich vorübergehend aus.«

Rob gibt ihr das Horn zurück.

»Und wie sieht Ihr Plan jetzt aus?«, fragt er. »Sie nehmen das Horn mit und sorgen dafür, dass McNamara es findet, und dann dürfen die Amis es bis zu seinem Zielort verfolgen?«

»Nicht die Amis, das machen wir selbst. Der amerikanische Hersteller hat eine Heidenangst, dass etwas schiefgehen könnte. Wenn das Horn am Ende zum Beispiel bei einem hohen Politiker der Kommunistischen Partei Chinas landet und herauskommen sollte, dass ein amerikanisches Unternehmen involviert ist. Das würde zu einem riesigen Theater auf weltpolitischer Ebene führen. Deshalb weiß die Firma offiziell nichts von einem Sender. Das müssen ein paar bastelfreudige Südafrikaner auf eigene Faust zusammengebaut haben.«

Thabisa geht an den Schreibtisch und öffnet eine Seite auf ihrem Laptop. Eine Karte erscheint auf dem Monitor. Rob erkennt den nordöstlichen Teil von Südafrika sowie Teile von Mosambik und Simbabwe. Thabisa zoomt näher heran, und da sieht Rob einen roten Punkt, der im Osten des Limpopo Rhino Reserve blinkt. Sie zoomt noch näher heran, auf einmal werden Gebäude und Wege sichtbar, und am Ende blinkt der Punkt in dem Gebäude, in dem sie sich gerade befinden.

»Das ist ja unfassbar präzise«, sagt Rob.

»Ja. Das Problem ist nur, dass wir nur dieses eine Exemplar besitzen. Das ist eine Demoversion, die wir für verschiedene Tests einsetzen. Wenn ich McNamara dieses Horn unterjubeln will, muss ich vorher ein neues kaufen, und das kostet mehrere Tausend Dollar. Geld, das wir nicht haben. Und es ist nicht einfach, Mittel für ein Projekt zu sammeln, über das man nichts erzählen darf.«

In diesem Moment klingelt ihr Telefon.

»Das ist meine Mutter«, sagt sie und geht vor die Tür.

Rob setzt sich an den Schreibtisch. Auf Thabisas Gehaltsabrechnung sucht er nach einer Kontoverbindung, öffnet eine neue Seite und lässt seine Finger über die Tastatur fliegen.

Als Thabisa etwa zehn Minuten später zurückkehrt, sitzt er schon wieder unschuldig auf seinem Sessel und fragt, wie das Telefonat mit ihrer Mutter war.

»Nun ja, ihr geht es nicht so gut. Sie hat damit gerechnet, dass ich sie besuchen komme und mich um sie kümmere, wenn meine Schicht morgen früh vorbei ist. Aber ich will unbedingt hierbleiben und diesen Ball ins Rollen bringen.«

Innerlich jubelt Rob, bemüht sich aber äußerlich um einen neutralen Gesichtsausdruck.

»Hast du Bier da?«, fragt er und wechselt lächelnd vom Sie zum Du.

»Hier nicht, aber in unserer Gemeinschaftsküche. Willst du eins?« Offensichtlich hat Thabisa nichts gegen die vertrautere Ansprache.

»Ich dachte, wir sollten vielleicht anstoßen?«

»Aus einem bestimmten Grund?«

Er nickt und zeigt auf ihren Laptop.

»Ein anonymer Spender hat dir gerade eine Summe auf dein Konto überwiesen, damit du ein neues Horn bestellen und das dort auf dem Bett endlich einsetzen kannst.«

Hanoi, Vietnam

Than Vu hat so lange und fest gegen die Seitenwände und den Deckel der Kiste geschlagen, bis seine Fäuste blutig waren. Und er hat geschrien, bis ihn seine Stimme im Stich gelassen hat.

Jetzt liegt er zusammengekauert da und ist vollkommen ruhig. Sein Gehirn hat sein Bewusstsein in einen anderen Zustand versetzt, und es gelingt ihm stundenlang, sich einzubilden, dass er gar nicht in einer Kiste liegt, sondern bei sich zu Hause im Bett. Dass er ganz eigenständig die Entscheidung getroffen hat, so zu liegen und er jederzeit die Beine strecken oder aufstehen könnte, wenn er nur wollte.

Als er hört, wie die Eingangstür zum Lagerraum geöffnet wird, erwachen seine Sinne wieder zu neuem Leben, aber auch die Panik. Er tritt und schlägt gegen die Wände. Es ist ihm egal, ob sie ihn erschießen oder foltern, solange er raus darf und seine Beine strecken und frische Luft atmen kann.

»Hallo!«, schreit er. »Lasst mich bitte raus.«

Offenbar haben sie wirklich vor, es zu tun. Er hört, wie der Schlüssel in das Hängeschloss gesteckt wird, wie die Riegel zur Seite geschoben werden. Noch nie hat er ein solches Glück verspürt wie in diesem Augenblick. Gleißendes Licht attackiert ihn, als der Deckel angehoben wird, wie aus dem Himmelreich, und während er intensiv blinzelt, um die Augen an das Licht zu gewöhnen, trifft ihn etwas Hartes am Kopf. Etwas, das gluckernd auf den Boden der Kiste fällt. Eine Wasserflasche.

Er versucht mühsam, sich aufzurichten, aber grobe Fäuste stoßen ihn wieder zurück.

Seine Glücksgefühle werden in Stücke gerissen.

»Nein«, sagt er. »Nicht.«

Er versucht, sich erneut aufzurichten, aber die Hände sind wieder da. Werfen noch andere Dinge in die Kiste. Dann schließt sich der Deckel wieder.

Das ist unmöglich. Undenkbar. Das können sie nicht machen.

Die Riegel werden vorgeschoben. Der Bügel wird ins Schloss gedrückt und schnappt ein. Jemand lacht.

Dann entfernen sich die Schritte, und Than Vu schreit und schlägt gegen den Deckel, bis die Wunden an seinen Fingerknöcheln wieder aufplatzen.

Limpopo Rhino Reserve, Südafrika

Thabisa lässt Rob vor einem Bungalow mit einem pyramidenförmigen Strohdach und einer Veranda aussteigen, von der man eine schier endlose Sicht über das Reservat hat.

Die Wolken haben sich verzogen, und die Sonne brennt auf seine schwarzen Klamotten.

»Ich hole dich um fünf Uhr ab«, sagt sie. »Pack warme Sachen ein.«

»Ich habe nur das, was ich letzte Nacht anhatte.«

»Dann kauf dir einen Touristenpulli an der Rezeption. Etwas richtig Farbenfrohes.«

Im Bungalow ist es angenehm kühl, und die Einrichtung ist genauso angenehm, unaufgeregt. Weiß bemalte Möbel auf dunklem Holzboden, frei liegende, grobe Dachbalken und eine Deckenhöhe von mindestens fünf Metern in der Mitte des Raumes.

Über dem rustikalen Doppelbett ist das dünne Mückennetz wie ein gewölbter Betthimmel gespannt, und auf den unregelmäßigen Steinplatten im Bad thront eine frei stehende Badewanne vor einer Schiebewand aus Glas mit Panoramablick auf das Reservat.

Rob zieht Strümpfe und Schuhe aus, nimmt ein Bier

aus dem Kühlschrank und setzt sich in einen geräumigen Korbsessel auf die Veranda. Die Bretter unter seinen Füßen sind von den Sonnenstrahlen angenehm warm, und neben ihm summen ein paar Hummeln in den Blumen, die wie ein bunter Wasserfall aus den Töpfen an der Wand hängen.

An dem knorrigen Holzgeländer vor ihm hängt ein Schild.

Paviane bitte nicht füttern.

Rob überlegt, ob er es mit nach Hause nehmen soll, um es vor jedem Auftritt an die Garderobentür zu hängen.

Er nimmt einen großen Schluck von dem kalten Lager, lehnt sich zurück und genießt die Aussicht über die weite, straßenlose Landschaft und die Drakensberge am Horizont.

In der Ferne ist das Trompeten eines Elefanten zu hören, und nicht mal hundert Meter von ihm entfernt strecken zwei Giraffen ihre Hälse zwischen Büschen und Bäumen in den Himmel. Die Hummeln summen weiter. Ein schwacher Wind bringt die Blätter zum Rauschen. Rob schließt die Augen und schwebt davon.

Als er aufwacht, steht die Sonne tiefer am Himmel und taucht den Horizont in ein glühendes Orange. Einen Augenblick lang befürchtet er, verschlafen zu haben und dass Thabisa seit Ewigkeiten unten auf ihn wartet.

Er geht in den Bungalow und überprüft auf der Anzeige des Radioweckers auf dem Nachttisch die Uhrzeit. Es ist Viertel nach vier. Keine Panik. Er hat noch fünfundvierzig Minuten Zeit.

Er packt eine Wasserflasche, einen Pulli zum Wechseln und sechs Dosen Bier in seinen Seesack. Dann duscht er und zieht eine graue Jeans und ein schwarzes T-Shirt an.

Vor dem Badezimmerspiegel lässt er sich ein wenig mehr Zeit. Zuerst nimmt er eine ordentliche Portion von dem sündhaft teuren Rough Clay aus der Dose und arbeitet es in die Haare ein. Dann greift er zu einem seiner Eyeliner, hebt ein Lid mit dem Finger an und beginnt, die schwarze Farbe von innen nach außen in einer sauberen, scharfen Linie aufzutragen.

Thabisa sitzt auf dem Bett in ihrer Dienstwohnung. Sie trägt ein ausgewaschenes Hemd und wischt das Jagdgewehr mit einem Lappen ab. Nachdem sie Schmutz und Ölreste entfernt hat, greift sie zu der Dose mit dem Waffenfett und trägt es sorgfältig auf.

Sie stellt das Gewehr gegen die Wand, wischt sich die Hände an dem Lappen ab und überprüft konzentriert ihre Ausrüstung. Patronen, check. Ersatzbatterien für Taschenlampe und Funkgerät, check.

Dann zieht sie das Jagdmesser aus der Lederscheide und fährt vorsichtig mit dem Daumen über die Klinge.

Sie nimmt einen Schleifstein aus dem Regal und führt die Klinge in kreisenden Bewegungen darüber. Als sie mit dem Ergebnis zufrieden ist, steckt sie das Messer zurück und wischt das überflüssige Fett vom Gewehr ab.

Auf der Toilette wäscht sie sich die Hände und betrachtet sich im Spiegel. Ein paar widerspenstige Locken hängen ihr ins Gesicht. Sie nimmt ein Haargummi und streicht die Haare zurück.

Oder soll sie die Haare offen tragen? Ihre Freundinnen sagen immer, dass ihr das steht.

Sie lässt die Haare los und mustert ihr Spiegelbild.

Warum machst du dir überhaupt Gedanken, wie du aussiehst? Du hast heute Abend einen Job zu erledigen. Das ist kein Date.

Sie streicht ihr dickes Haar straff zurück und wickelt den Haargummi mehrmals darum.

Dann dreht sie das Gesicht ins Profil und mustert sich erneut.

Außerdem sehe ich mit Pferdeschwanz auch nicht übel aus, denkt sie.

Rob betrachtet sich ein letztes Mal. Runzelt dann die Stirn und greift sich an den Hals. Der Lederriemen mit dem Pentagramm. Er ist weg.

Er beugt sich zum Spiegel vor und betrachtet die Schürfwunden eingehender, die ihm der stachlige Busch in der letzten Nacht beigefügt hat. Dabei muss er es verloren haben, und er war so voller Adrenalin, dass er es nicht gleich bemerkt hatte.

Das war jetzt nicht zu ändern. Er wird sich bei The Great Frog ein neues besorgen, sobald er wieder zu Hause ist.

Er geht ins Zimmer zurück. Die Uhr auf dem Nachttisch zeigt zwanzig vor fünf. Noch immer ausreichend Zeit, um zur Rezeption zu gehen und einen dickeren Pullover für die Nacht zu besorgen.

Er zieht sich Jacke und Schuhe an und verlässt den Bungalow. Folgt einem schattigen und mit Steinen gesäumten Schotterweg, geht an zwei anderen Bungalows vorbei und gelangt kurz darauf zum Hauptgebäude.

In der Lobby sitzt ein älteres amerikanisches Paar in

zwei Ledersesseln und unterhält sich lautstark. Rob steuert auf die Ecke mit Hemden und anderen Souvenirs zu, hört aber deutlich, was die beiden sagen.

»Sieh mal, Liebling, ich habe schon achtundsiebzig Likes für das Foto von dem Nashorn, das ich hochgeladen habe«, sagt die Frau mit einem breiten texanischen Akzent. »Die zu Hause sind jetzt bestimmt alle total neidisch.«

Der Mann antwortet mit einem uninteressierten Grunzen, aber nur wenige Sekunden später ruft er in fast ähnlich hoher Tonlage wie seine Frau:

»Nein, sieh nur, da kommt unser Guide!«

Rob dreht sich um und sieht einen breitschultrigen Mann mit Cowboyhut und grünem Hemd, das an den Armen hochgekrempelt ist, in der Eingangstür.

Tom McNamara.

Rob schlüpft hinter ein Regal mit Büchern über die afrikanische Natur und starrt auf eines der Buchcover, während er die drei belauscht.

»Und, wie sieht es aus für uns?«, fragt der Amerikaner.

»Sie haben Glück, Mister Harris«, erwidert Tom McNamara. »Einer unserer Männer hat das besagte Nashorn gefunden. Fühlen Sie sich bereit, den größten Grasfresser der Erde zu erlegen?«

»Ein Jäger ist immer bereit«, erwidert der Mann lachend.

»Oh, George, Liebling. Das ist ja fantastisch. Jetzt kannst du endlich deinen African Grand Slam bekommen«, sagt seine Frau.

Rob ist verwirrt. Gehen die jetzt auf Nashornjagd? Im Reservat?

Ein Stuhl wird zurückgeschoben. Es klingt, als erhebe sich jemand.

»Gut«, sagt Tom McNamara. »Ich sehe zu, dass die Männer den Bullen in der Nacht nicht aus den Augen verlieren, dann holen wir Sie morgen früh um sechs Uhr ab. Passt das?«

»Jede Tageszeit passt. Auf diesen Augenblick warte ich seit zehn Jahren.«

Sie verabschieden sich voneinander.

Rob verzichtet auf den warmen Pullover und kehrt zu seinem Bungalow zurück. Kaum hat er die Tür aufgeschlossen, hört er einen Automotor, und zwischen den Büschen und Baumstämmen taucht kurz darauf ein offener Safarijeep mit drei Reihen mit erhöht montierten Rückbänken auf. Thabisa winkt ihm vom Fahrersitz aus zu; Rob holt den Seesack vom Bett und geht runter zur Straße.

»Ich habe das Horn dabei«, sagt sie, als sie losrollen, ihre Stimme klingt vor lauter Aufregung heller als sonst. »Sollten wir auf Wilderer oder ihre Spur stoßen, deponiere ich das Horn so, dass Tom McNamara es finden kann. Wenn er so korrupt ist, wie ich glaube, wird er es einstecken, ohne den Fund registrieren zu lassen. Dann wird er versuchen, das Horn weiterzuverkaufen, und wir können die Spur verfolgen.«

»Gut«, erwidert Rob und sieht aus dem Fenster.

Sie dreht sich zu ihm.

»Ist etwas passiert?«, fragt sie. »Oder bist du nur unzufrieden mit dem Schminkergebnis?«

Er hört ihre Stichelei und würde bei anderer Gelegenheit sicher mit einer scharfen Bemerkung parieren. Aber er ist nicht in der Stimmung dazu.

»Eines kapiere ich nicht«, sagt er stattdessen, ohne sie anzusehen. »Ihr bringt Unmengen von Zeit und Ressourcen auf, um eure Nashörner vor Wilderern zu schützen, aber dann ladet ihr amerikanische Großwildjäger ein, um sie zu erlegen. Man fragt sich schon, was man hier eigentlich mit seinem Geld unterstützt.«

Thabisa fährt eine Weile schweigend weiter und scheint über seine Worte nachzudenken.

»Ich nehme an, dass du Mister Harris begegnet bist«, sagt sie schließlich.

Er nickt, den Blick weiterhin starr nach vorn gerichtet.

Thabisa bremst an einer Kreuzung ab und biegt nach links in eine kleinere Straße.

»Ich verzichte auf die Floskeln und werde ganz ehrlich sein. Wir tun es wegen des Geldes. Das Reservat hat immer weniger Besucher, und die Ausgaben für die Sicherheit steigen. Trophäenjäger zahlen fünfzigtausend Dollar oder mehr, um einen Löwen, Büffel oder – in einzelnen Fällen – ein Nashorn erlegen zu dürfen. So absurd es auch klingen mag, sie sind wichtig, um diese Tierarten vor der Ausrottung zu bewahren.«

Rob macht nicht einmal den Versuch, freundlich oder verständnisvoll zu wirken.

»Indem man sie abknallen lässt?«

Die Straße führt steil nach unten und dann wieder ebenso steil bergauf. Die Steine, die aus dem Boden ragen, sind so groß, dass Thabisa im Schritttempo fahren muss.

»Es ist so«, erklärt sie. »Ende des 19. Jahrhunderts war die Großwildjagd in Afrika außer Kontrolle. Weiße Männer haben die Savanne mit ihren Gewehren nach Tieren abgegrast, und das Weiße Nashorn war am schlimmsten davon betroffen. Man erklärte die Art sogar für ausgerottet, bevor man schließlich etwa fünfzig überlebende Exemplare im jetzigen KwaZulu-Natal südlich von Swasiland entdeckte. Man hat dort sofort ein Naturreservat eingerichtet, aber es waren viel zu wenige Nashörner und diese auch noch besonders gefährdet, weil sie sich alle am selben Ort befanden.«

Thabisa bremst und zeigt auf einen Leoparden, der in einer Baumkrone etwas abseits von der Straße liegt.

Der Schatten der Blätter tarnt sein Fell, lässt es mit der Umgebung verschmelzen. Rob hätte das Tier niemals selbst entdeckt.

Thabisa fährt weiter.

»Deshalb wurde die *Operation Rhino* ins Leben gerufen«, fährt sie fort. »Die Nashörner wurden in verschiedenen Reservaten ausgesetzt, und Trophäenjägern wurde erlaubt, sie unter kontrollierten Bedingungen zu erlegen. Die Preise waren hoch, darum lohnte es sich, Nashörner aufzuziehen. Und je mehr Nashörner es gab, desto mehr konnten die Grundbesitzer für ihre Reservate kaufen. Was wiederum mehr Touristen anlockte und mehr Geld einbrachte. Kannst du mir folgen?«

Rob nickt.

»Innerhalb von vierzig Jahren stieg die Zahl der Weißen Nashörner von knapp zweitausend auf neunzehntausend Tiere. Eine außergewöhnliche Erfolgsgeschichte. Mir ist klar, dass es sich total absurd anhört, aber es ist eine Tatsache, dass die Trophäenjagd das Weiße Nashorn vor dem Aussterben gerettet hat.«

Rob sitzt eine Weile schweigend da, während das Fahrzeug über die holprige Straße kriecht.

»Ich finde das trotzdem total krank«, sagt er dann. »Um die halbe Welt zu fliegen, um ein Tier nur zum Vergnügen zu töten.«

»Aber du isst doch Fleisch, oder?«

Er nickt.

»Meine Ernährung besteht zu neunzig Prozent aus Hamburgern. Aber es ist doch wohl ein Unterschied, ob man tötet, um zu essen, oder ob man es zum Spaß macht.«

Thabisa biegt nach rechts ab, und die Straße wird noch schlechter, sofern das überhaupt möglich ist. Mit ruhiger Stimme sagt sie:

»Du müsstest gar kein Fleisch essen, wahrscheinlich würde es dir sogar besser gehen, wenn du es nicht tätest. Aber du machst es, weil du es willst, weil es dir schmeckt. Das bedeutet, dass sowohl deine Kuh als auch die Antilope des Trophäenjägers zum Vergnügen eines Menschen getötet werden.«

»Ja, aber …«

»Noch dazu hat die Kuh oder das Schwein, das du in dich hineinstopfst, nur gelebt, um irgendwann auf dem Teller zu enden, und das sehr oft unter ganz elenden Bedingungen. Warst du schon einmal in so einem riesigen Schlachthof, hast du die Angst der Tiere gespürt? Ein gejagtes Wild hat wenigstens bis zu dem Augenblick seines Todes ein freies Leben geführt.«

Sie kommen an einem offenen Safariwagen vorbei und sehen mehrere Touristen, die ihre langen Kameraobjektive hochhalten, um ein paar Elefanten zu fotografieren, die hintereinander in der Abendsonne über ein offenes Feld wandern.

»Aber du musst doch auch zugeben, dass es schöner

ist, wenn Touristen Fotos von den Tieren machen, als wenn sie diese erschießen«, beharrt Rob.

»Natürlich. Aber zum einen bringen die nicht einen Bruchteil dessen ein, was die Trophäenjäger zahlen. Zum anderen stellt ein einzelner Jagdtourist eine geringere Belastung für die Natur dar als die langen Karawanen von Safarijeeps, die durch die vielen afrikanischen Nationalparks rollen und die Luft verpesten.«

Die Sonne hat sich rot verfärbt und versinkt rasend schnell hinter den Baumwipfeln am Horizont.

»Okay, einiges von dem, was du sagst, leuchtet mir ein, solange es sich um wilde Tiere handelt, von denen es viele gibt. Aber du hast mir doch eingetrichtert, wie bedroht der Nashornbestand ist.«

Rob klingt sturer, als er eigentlich will, aber ihre schnellen Antworten und vorgefertigten Argumente nerven ihn.

Sie nickt.

»Ich bin ja auch hin- und hergerissen, wenn es um Trophäenjagd auf Nashörner geht. Nun weiß ich zufällig, dass das Nashorn, das erlegt werden soll, ein Bulle ist, der schon einige Probleme verursacht hat. Vor einem Monat erst hat er ein trächtiges Weibchen ernsthaft verletzt. Deshalb wollen wir ihn weghaben. So ist es mit allen Tieren, die wir für die Jagd freigeben. Es handelt sich um sorgfältig ausgewählte Tiere, die in irgendeiner Weise Artgenossen vom selben Stamm schaden können oder die alt sind und sowieso wahrscheinlich in Kürze an Altersschwäche sterben würden.«

»Und was ist mit Schwarzen Nashörnern?«

»Die sind vollkommen von der Bejagung ausgeschlossen. Es gibt viel zu wenige von ihnen. Historisch gesehen waren sie in ganz Afrika viel weiter verbreitet als die Weißen, aber inzwischen sind sie in sehr vielen Ländern ausgerottet.«

Das Funkgerät an Thabisas Gürtel knackt laut, und sie nimmt es in die Hand.

»Mashudu hier«, spricht eine Stimme aus dem Lautsprecher des Geräts. »Ich habe gerade frische Spuren von drei Männern gefunden, auf dem Weg zwischen der Elefantenklippe und dem Bushwillow Camp.«

Die anderen Patrouillen reagieren sofort auf die Durchsage. Geben ihre Positionen durch. Auch Thabisa meldet sich.

»Ich bin auf dem Weg nach Crocodile Crossing. Soll ich weiterfahren?«

»Fahr an der letzten Kreuzung nach rechts«, antwortet Mashudu, »und von dort weiter bis zur Schlucht. Melde dich, wenn du dort bist.«

»Verstanden.«

Sie befestigt das Funkgerät wieder am Gürtel und dreht sich zu Rob um.

»Sie scheinen jetzt im Reservat zu sein. Heute Nacht könnte es krachen.«

Daniel hebt das Gewehr über seine Schulter, als das strömende gelbbraune Flusswasser ihm immer höher bis zur Brust steigt. Das ist nicht gut, denkt er. Überhaupt nicht gut.

Sie sind lange dem Flussufer gefolgt, bis sie eine Stelle gefunden hatten, die aussah, als könnten sie dort auf die andere Seite waten. Ein paar Hundert Meter stromabwärts hatten sie zwei Krokodile gesehen, die sich auf einer Sandbank sonnten, waren aber davon ausgegangen, dass dieser Teil des Flusses zu flach für die Reptilien sein würde.

Auf den ersten zehn Metern hatte ihnen das Wasser nur bis zu den Knien gereicht, aber in der Mitte des Flusses wurde es unerwartet tiefer, und Daniel sieht von Samora nur noch dessen Kopf sowie die ausgestreckten Arme, die Stiefel und Handy hochhalten.

Daniel sucht mit seinen Sandalen Halt im schlammigen Flussboden.

»Daniel, ich kann nicht schwimmen«, hört er Gezani hinter sich.

Er dreht sich um und sieht die Panik in Gezanis Augen.

Daniel kann zwar schwimmen, sein Vater hat ihm als kleinem Jungen in dem großen Stausee von Massingir die notwendigen Grundlagen beigebracht, aber er würde es kaum schaffen, einen reißenden Fluss mit einem erwachsenen Mann auf dem Rücken zu überqueren. Sie würden davongetrieben werden und eine leichte Beute für die Krokodile stromabwärts sein.

»Es wird wieder flacher«, ruft Samora, und Daniel sieht, wie er langsam aus dem gelbbraunen Wasser auftaucht.

Eine Minute später sind sie alle drei auf der anderen Seite. Gezani wringt sein T-Shirt aus, Samora zieht sich seine Stiefel wieder an.

Daniel sucht in dem weichen Schlamm an der Böschung nach Spuren. Die blutrote Sonne geht am Horizont unter.

Er stutzt, als er Spuren sieht, die er nicht kennt. Sie sind nahezu rund, mit einer großen Zehe und zwei kleineren an jeder Seite.

»Samora«, sagt er, »komm mal her, und sieh dir das an.«

Samora stellt sich neben ihn, mustert die Spuren und folgt ihnen dann ein Stück den Hang hinauf, bevor er wieder zu Daniel zurückkehrt.

»Mein Freund«, sagt er ernst. »Das ist nicht die Spur eines Nashorns.«

Daniel spürt, wie ihn der Mut verlässt.

»Nein?«

»Nein.«

Samora schüttelt erst den Kopf, dann aber grinst er breit und klopft Daniel auf die Schulter.

»Es ist nicht *ein* Nashorn. Sondern drei.«

Es ist dunkel geworden und die Luft merklich kühler. Rob will gerade fragen, wie lange sie noch fahren müssen, als Thabisa abbremst und in der Böschung hält, um die Straße nicht zu blockieren. Sie stellt den Motor ab und schaltet die Scheinwerfer aus, und zu seiner Überraschung bemerkt Rob, dass die Nacht überhaupt nicht so dunkel ist wie die gestrige. Das Mondlicht liegt wie ein gespenstischer Schimmer über den Bäumen und Büschen und besitzt genug Kraft, um sanfte Schatten über das raschelnde trockene Gras zu werfen. Rob hebt den Kopf und sieht den großen, kreisrunden Mond über ihnen.

Thabisa folgt seinem Blick.

»Wir nennen ihn den *poacher's moon*, Wilderermond. Bei Vollmond sind die Wilderer am aktivsten.«

Sie steigt aus dem Wagen, zieht das Gewehr hinter der Rückbank hervor und setzt ein Magazin ein. Dann klettert sie geschmeidig auf die hintere Sitzbank des Jeeps und macht es sich dort bequem, indem sie die Füße auf den Sitz vor sich stellt.

»Warum hast du ausgerechnet diesen Wagen für heute Nacht genommen?«, fragt Rob vom Beifahrersitz zu ihr nach hinten. »Willst du mich wieder frieren sehen, oder weil uns die Tiere leichter fressen können?«

»Solange man still sitzt und sich nicht nach draußen lehnt, denken die meisten Tiere, dass man ein Teil des Fahrzeugs ist.«

»Die meisten?«

»Ich habe noch nicht alle gefragt. Aber ich weiß, dass wir beide mehr sehen und hören, wenn wir hier oben sitzen, als in einem geschlossenen Wagen. Und du kannst dich mit Kaffee wärmen. Ich habe eine Thermoskanne und zwei Becher im Seitenfach meines Rucksacks. Bring sie mit.«

Sie sitzen schweigend nebeneinander, jeder mit einem dampfenden Kaffeebecher in der Hand. Der Motor knackt, die Zikaden singen, und unter einem Busch in der Nähe raschelt es leise in den trockenen Blättern. Eine einsame Hyäne schlendert ein paar Meter vom Jeep entfernt vorbei, bleibt kurz stehen, mustert die beiden Menschen und trottet dann weiter.

Rob spürt, wie Thabisas Schulter seine streift, als sie den Becher zum Mund hebt, und ausnahmsweise will er in diesem Moment nirgendwo anders sein, nur hier und genau jetzt.

Thabisas Funkgerät meldet sich hin und wieder mit knappen Berichten von Mashudu und den anderen Rangern im Reservat. Einer hat weitere verdächtige Fußspuren entdeckt, nur wenige Hundert Meter westlich von der

Stelle, an der Mashudu die ersten gemeldet hatte. Ein anderer gibt durch, dass er soeben drei Wasserflaschen gesehen hat, zwei große und eine kleine, am Caracal's Rock.

»Wasserflaschen ist das Codewort der Woche für Nashörner«, erläutert Thabisa. »Es handelt sich also um zwei erwachsene Tiere und ein Kalb. Wir geben niemals Sichtungen von Nashörnern per Funk durch. Unsere Frequenzen können zu leicht abgehört werden.«

Sie wühlt erneut im Rucksack und hält Rob dann ein Handy hin. Ein altes Modell von Motorola mit Tasten und dicker Antenne.

»Nimm das hier, dann kannst du mich anrufen, wenn wir uns verlieren sollten. Meine Nummer ist gespeichert, und der Code lautet 0000.«

»Den sollte ich mir merken können.«

Er steckt das Telefon in die Tasche und betrachtet die gespenstisch beleuchtete Landschaft. Wie leer wäre sie ohne Nashörner? Wie die schwedischen Wälder ohne Elche. Oder Alaska ohne Grizzlybären.

»Hat das Nashorn eigentlich eine reelle Chance?«, fragt er. »Oder wird es sowieso aussterben?«

Thabisa starrt in ihre Kaffeetasse und scheint über ihre Antwort nachdenken zu müssen.

»Ich würde das hier alles nicht machen, wenn ich nicht daran glauben würde, dass es Hoffnung gibt. Aber es sieht finster aus. Als die Nashörner das erste Mal vom Aussterben bedroht waren, ging es nicht annähernd um so viel Geld. Heutzutage stehen Milliardenbeträge auf dem Spiel. Und es geht um Krieg. Und Terrorismus. Und Religion.«

Rob sieht sie verwundert an.

»Wie meinst du das?«

»Mehrere afrikanische Terrororganisationen verdienen Geld mit dem Handel mit Elfenbein und Nashornhörnern, und ich glaube, dass deren Aktivitäten bald auch auf anderen Kontinenten zu spüren sein werden.«

»Die nächsten Terroranschläge in Europa oder in den USA könnten also mit Hörnern von Nashörnern finanziert worden sein?«

»Es ist zumindest nicht ausgeschlossen.«

Sie zittert und zieht den Reißverschluss ihrer Jacke bis zum Hals hoch. Rob legt den Arm um sie.

Sie sieht ihm in die Augen und öffnet den Mund, um etwas zu sagen, als es hinter ihnen so laut knackt, dass Rob sich den Kaffee in den Schoß schüttet.

»Shit, was war das?«, fragt er und zieht den Arm wieder weg.

Thabisa will gerade antworten, als plötzlich ein riesiger Giraffenhals zwischen den Büschen auftaucht. Das Tier gelangt auf offeneres Terrain, wie eine Zeitlupenaufnahme sieht es aus, als es mit weichen Bewegungen auf seinen dünnen, langen Beinen davongaloppiert.

Thabisa stellt ihre Tasse auf den Boden und packt das Gewehr mit beiden Händen.

»Etwas hat sie erschreckt«, sagt Thabisa. »Vielleicht ein Löwe. Vielleicht ein Wilderer.«

Sie sinkt vor dem Sitz zu Boden und legt den Lauf des Gewehrs auf dem Stuhlrücken vor ihr ab. Rob lässt sich ebenfalls in den Fußraum gleiten.

»Still«, flüstert sie.

Rob versucht, so viel wie möglich zu sehen, ohne den

Kopf zu bewegen. Das offene Deck des Jeeps erscheint ihm auf einmal wie ein Präsentierteller.

Es raschelt erneut in den Büschen. Ganz in der Nähe. Und weiter weg. Die Zikaden verstummen für ein paar Sekunden, setzen dann aber sofort wieder ein.

»Da«, flüstert Thabisa. »Siehst du?«

Rob sieht ein grelles Licht einige Hundert Meter entfernt aufflackern und wieder verschwinden.

Eine Taschenlampe. Kein Zweifel.

»Sie folgen dem ausgetrockneten Flussbett«, sagt Thabisa. »Das bedeutet, dass sie aus dem Osten gekommen sind, aus dem Kruger Nationalpark.«

Sie hebt das Funkgerät an den Mund.

»Müll gesehen in Sandy Creeks, in der Nähe der Schlucht.«

Mashudu antwortet sofort.

»Verstanden. Östlicher oder westlicher Teil?«

»Östlicher.«

»Wir sind etwa fünfzehn Minuten von euch entfernt. Begeben uns in Richtung Flussbett. Versuchen den Müll an den Felsen zu lokalisieren. Rufen K9-Team hinzu.«

Thabisa befestigt das Funkgerät wieder am Gürtel.

»Was ist K9?«, fragt Rob.

»Die Hundepatrouille. Ich möchte nicht in der Haut der Wilderer stecken, wenn Pete seine Goldstücke loslässt.«

Rob erschaudert unwillkürlich. Der Gedanke daran, im Dunkeln von militärisch abgerichteten Hunden gejagt zu werden, verursacht ihm Übelkeit.

Sie hören einen kurzen Dialog zwischen Mashudu und Peter über Funk. Dann herrscht Stille.

Rob und Thabisa halten Ausschau nach dem Lichtkegel der Taschenlampe, können aber nichts sehen. Robs Beine brennen von der unbequemen Position auf dem Boden. Er will sich gerade ein wenig strecken, als er ein gedämpftes Geräusch hört, das klingt, als schlage jemand mit einem Stecken gegen einen Boxsack. Im selben Augenblick fliegen kreischend ein paar Vögel auf.

»Verdammt. Sie schießen«, flüstert Thabisa.

»War das wirklich ein Schuss?«

»Ein Jagdgewehr mit Schalldämpfer.«

Es folgt ein zweiter, ebenfalls gedämpfter Knall. Und noch einer.

Und dann hören sie einen schrillen, gellenden Schrei. Als würde ein Ferkel zu Tode gequält werden.

»Sie haben auf ein Nashorn geschossen. Komm mit!«

Daniel senkt das Gewehr. Sein Puls rast.

Er hat seinen Auftrag ausgeführt. Er hat nicht nur ein Nashorn erlegt, sondern zwei. Eigentlich sollte er vor Freude jubeln, aber er will nur weg. Die Hörner einpacken und abhauen.

Samora ist schon beim ersten Nashorn, das Daniel mit einem Schuss in die Schläfe getroffen hat. Es war sofort in sich zusammengesackt, auf die Vorderbeine gesunken und so liegen geblieben. War nicht einmal auf die Seite gekippt.

Das zweite Tier hat er nicht so sauber getroffen. Ein Schuss traf in die Brust, der zweite in den Nacken. Glaubt er. Es ist schwer, das in der Dunkelheit zu sehen.

Das Nashorn war durch das Gestrüpp davongestolpert. Aber seine Schreie sind jetzt verstummt. Es ist wahrscheinlich tot. Sie werden es ohne Probleme finden.

Samora kniet sich hin, holt sein Messer heraus und bohrt die Spitze einige Millimeter außerhalb des Ansatzes des Horns ins Fleisch. Dann schneidet er methodisch einen Kreis um das Horn.

Ein kleines hornloses Kalb steht etwa zehn Meter entfernt und sieht ängstlich auf seine leblose Mutter.

»Vergiss die Augen nicht«, flüstert Gezani. »Wenn wir sie nicht mitnehmen, können die Südafrikaner uns im Nachhinein entlarven.«

Samora hat einen blutigen Kreis um die Nase geschnitten. Jetzt treibt er die gesamte Messerklinge unter die Wurzel und beginnt, sie als Hebel zu nutzen, um das Horn zu lösen.

»Musst du nicht erst den Knochen absägen?«, fragt Daniel.

»Es gibt keinen Knochen«, erklärt Samora. »Das Horn ist nicht mit dem Schädel verwachsen, sondern sitzt auf einer Knorpelplatte. Zieh fest daran.«

Daniel packt das Horn mit beiden Händen und zerrt daran.

Das Kalb trippelt unruhig hin und her. Will zu seiner Mutter gehen, traut sich aber nicht.

Daniel zieht fester. Das Horn gibt nach.

»Gut«, sagt Samora. »Mach weiter so.«

Sie erstarren, als sie Hundegebell hören. Weit weg, aber dennoch deutlich. »Sie haben uns entdeckt«, sagt Gezani und zieht sein Hosenbein hoch, um nach der Pistole zu greifen. »Verfluchte Scheiße. Wir müssen weg hier.«

Daniel zerrt mit aller Kraft am Horn, legt sein ganzes Körpergewicht hinein. Samora steht auf und hilft ihm.

Das Horn gibt nach, hängt nur noch an einem dicken Hautfetzen. Samora schneidet es mit dem Messer los, und Daniel zieht ein letztes Mal, stolpert rückwärts mit dem schweren Horn in den Armen.

Samora ist bereits auf den Füßen. Dabei steckt er das Messer weg und greift nach dem Gewehr.

»Kommt jetzt, wir hauen ab.«

Thabisa landet mit einem weichen Sprung auf dem Boden. Rob klettert ihr hinterher.

Sie öffnet den Kofferraum, wirft sich ihren Rucksack über die Schulter und reicht Rob seinen Seesack.

»Himmel, ist der schwer. Was hast du denn da drin?«

»Ich habe ein paar Bier mitgenommen.«

Sie schüttelt den Kopf und legt den Seesack wieder in den Kofferraum.

»Man wird dich kilometerweit hören, wenn du mit scheppernden Bierdosen herumläufst.«

Dann öffnet sie eine kleine Box, die im Handschuhfach angebracht ist, und holt eine Taschenlampe heraus.

»Nimm die hier. Bleib hinter mir und tu genau das, was ich dir sage. Die ganze Zeit. Wir haben es sowohl mit Wilderern als auch mit einer Gruppe von Löwen zu tun.«

Sie folgen einem sandigen Pfad und kommen im Licht des Vollmonds zügig voran. Der Weg führt immer steiler bergab, und die Bodenvegetation wird dichter. Thabisa duckt sich geschmeidig unter tief herabhängenden Zweigen und struppigen Büschen hindurch. Rob schwitzt und schnauft, und jeder stachelige Zweig, an dem sie vorüberkommen, scheint an seiner Jacke hängen zu bleiben.

Thabisa hält die Hand hoch und bleibt so abrupt stehen, dass Rob gegen ihren Rucksack prallt. Sie muss einen Schritt nach vorn machen, um nicht das Gleichgewicht zu verlieren.

Ganz in der Nähe hören sie Stimmen. Da läuft jemand, ein Mensch. Dann wird die Nacht von einem so lauten und scharfen Knall zerrissen, dass Rob zusammenzuckt, nach hinten stolpert und stürzt. Stacheln zerkratzen sein Gesicht. Ein großes Insekt krabbelt über seine Hand.

Ein weiterer Knall folgt, dann der heisere Schrei eines Menschen. Und erregte Stimmen, die in ihre Richtung kommen.

Rob fuchtelt mit der Hand, um das Insekt zu verjagen, und zupft die Stacheln von seiner Jacke. Erzeugt dadurch ein lautes Rascheln. Thabisa packt ihn hart am Arm.

»Sei leise, verdammt.«

Thabisa hat sich hingekniet, ein Bein aufgestellt und richtet das Gewehr auf die Stelle, von der die Geräusche kommen.

Rob versucht, etwas zu erkennen, aber überall sind Äste und Blätter im Weg. Die Schritte kommen näher, Stimmen brüllen aus der Ferne. Schräg vor ihnen blitzt ein Licht auf, wieder eine Taschenlampe, und Rob hört ein pfeifendes Geräusch dicht neben seinem Ohr, erst dann folgt der Knall.

Scheiße, die schießen ja auf uns.

Instinktiv rollt er sich tiefer ins Gebüsch. Er erwartet, gegen einen Stamm zu stoßen, aber die Zweige geben nach, und er fällt.

Er fuchtelt mit den Armen, versucht, sich an irgendetwas festzuhalten. Gräbt die Finger in den losen Sand und rutscht einen steilen Hang hinab.

Die Schlucht, denkt er.

»Rob!«, schreit Thabisa, aber ihre Stimme ist weit weg.

Sie rennen durch den weichen Sand. Eine Kugel schlägt einige Meter entfernt in die Felswand, weitere Schüsse werden abgefeuert, Gezani ist mit seinem verletzten Fuß zurückgefallen.

Ein weiterer Schuss, Gezani schreit, und Daniel dreht sich um. Er sieht ihn zwanzig Meter entfernt auf dem Rücken im Sand liegen. Daniel bleibt stehen und läuft zurück, aber da trifft ihn etwas an der Schulter, er hört einen Knall zwischen den Felsen widerhallen und wird auf den Bauch in den feuchten Sand geschleudert.

Papa!

Es ist Maia, seine Tochter. Sie ruft nach ihm. Er kann ihre Stimme hören.

Papa! Steh auf. Lauf weiter!

Er drückt sich mit den Händen vom Boden ab. Kommt wieder auf die Füße. Hebt das schwere Horn hoch und rennt weiter. Überlässt den stummen und reglosen Gezani seinem Schicksal und hetzt weiter durch die Nacht.

Aber es geht langsam voran. Durch das Gewicht des Horns sinken seine Schuhe bei jedem Schritt tief in den Sand. Auch Samora sieht er nicht mehr.

Samora mit dem Gewehr. Ein weiterer Schuss fällt, aber Daniel sieht den Schützen nicht und weiß nicht, ob sie auf ihn oder auf Samora schießen.

Wo ist Samora?

Wieder sieht er Maia vor sich. Sie sitzt auf ihrem Bett und will ihm erzählen, dass sie brav gewesen ist und

Mama beim Abwaschen und Abel bei den Hausaufgaben geholfen hat, und er möchte ihr so gerne zuhören, aber er hat keine Zeit, nicht jetzt. Er versucht, noch schneller zu laufen und denkt, dass er sie fest in seine Arme nehmen und nie wieder loslassen wird, wenn er nach Hause kommt.

Ein weiterer Schuss. Es raschelt im Gestrüpp ganz in der Nähe. Er hört Hundegebell und laute Schreie, und er hastet weiter durch den feuchten Sand.

Durch seine linke Schulter zuckt ein Schmerz wie von einem Stromschlag, als Rob endlich eine Wurzel zu fassen bekommt und seinen Sturz abbremsen kann.

Seine Converse finden keinen Halt im sandigen Untergrund, aber er kann sich langsam an der Wurzel hochziehen. Er muss unbedingt das Flussbett verlassen, den Wilderern entkommen. Er atmet schwer, keucht, bekommt Sand in den Mund, sucht nach Zweigen, Ästen, irgendetwas, woran er sich festhalten kann. Er bohrt die Schuhspitzen in den weichen Untergrund und zieht sich Meter für Meter hoch.

Je höher er kommt, desto dichter wird das Gestrüpp, und die Wurzeln werden zu federnden Tritthelfern. Es geht immer leichter, und am Ende flacht der Hang ab, und er kann auf einen schmalen Pfad klettern.

Auf allen vieren sieht er sich um, aber das Dickicht ist so undurchdringlich, dass er nur Blätter und Zweige und unheimliche Schatten sieht, die das Mondlicht wirft. Er hört keine anderen Geräusche außer seinem eigenen keuchenden Atem und befürchtet, dass sie ihn sofort erschießen, wenn sie ihn entdecken.

Er geht in die Hocke, legt die Hände auf die Knie und wartet, bis sein Puls und seine Atmung sich beruhigt haben.

Dann hört er eine schroffe Männerstimme, ganz in der Nähe. Und eine krächzende Stimme aus einem Funkgerät. Aber der Anrufer erhält keine Antwort.

Rob spürt die Erleichterung in seinem Körper. Das ist einer der Ranger.

Aber er wagt es nicht, sich durch Rufe zu erkennen zu geben. Will nicht Risiko laufen, den Wilderern seine Position zu verraten. Stattdessen schleicht er sich näher heran.

Das Funkgerät krächzt erneut, so laut, als wäre es hinter dem nächsten Strauch. Warum antwortet der Mann mit dem Funkgerät nicht? Hat es einer der Wilderer an sich genommen? Oder wird der Ranger mit dem Gewehr bedroht? Muss er mit erhobenen Händen vor ihm stehen und kann darum den Anruf nicht beantworten?

Rob kauert sich zusammen. Sein Herz hämmert, und seine Kehle fühlt sich staubtrocken an. Aber er muss unbedingt sehen, was da los ist.

So leise wie möglich schleicht er sich näher heran. Durch einen Spalt im Gebüsch sieht er Tom McNamara. Er hat das Gewehr erhoben und zielt auf jemanden, der vor ihm auf dem Rücken am Boden liegt. Der Mann hat die Hände in die Luft gestreckt, um zu signalisieren, dass er sich ergibt. Tom McNamara tritt mit dem Fuß ein Gewehr weg, das neben dem Gefangenen liegt.

Rob entspannt sich. Die Gefahr ist vorbei. Er will sich zu erkennen geben, um nicht auch für einen Wilderer gehalten zu werden, als Tom McNamara abdrückt. Der Mann am Boden zuckt zusammen und fuchtelt mit den

Armen. Rob stürmt aus dem Gebüsch, ohne nachzudenken.

»Was tun Sie da?«, schreit er.

Tom McNamara senkt das Gewehr und sieht ihn verwundert an.

»Was zum Teufel machen Sie denn hier? Und wo ist Thabisa?«

Er sieht ihm über die Schulter, dann suchend in die andere Richtung.

»Sie haben ihn einfach erschossen«, brüllt Rob und zeigt auf den Mann am Boden.

»Es war Notwehr, er hat mich angegriffen.«

»Das stimmt doch überhaupt nicht. Ich habe gesehen, wie er sich ergeben hat und die Hände in die Luft hielt.«

»Ein toter Wilderer ist ein guter Wilderer.«

»Solange Sie von denen kein Geld bekommen, oder was?«

Verdammt, denkt Rob. Das hätte ich nicht sagen sollen.

Tom McNamara starrt ihn an. Dann holt er etwas aus seiner Brusttasche und hält es Rob hin. Ein Lederband mit einem versilberten Pentagramm.

Instinktiv greift sich Rob an den Hals.

»Vermissen Sie das hier?«

Tom McNamara wirft ihm das Band in einem hohen Bogen zu, und Rob fängt es auf. Als er wieder zum Sicherheitschef sieht, hat dieser zwei Gewehre. Seins hängt über seiner Schulter, mit der Waffe des toten Wilderers zielt er auf ihn.

»Es ist wirklich tragisch, dass ein so hervorragend geschminkter Tourist heute Nacht in die Hände von blutrünstigen Wilderern geraten ist.«

Rob wirft sich zurück ins Gebüsch. Ein Schuss löst sich. Er weiß nicht, ob er getroffen wurde, er rutscht wieder den Hang hinunter.

Diesen beschissenen, schroffen, dornigen Hang.

Ein weiterer Schuss ist zu hören, Rob macht sich so klein wie eine Kugel. Und rollt weiter, immer weiter. Er schlägt mit dem Rücken gegen einen spitzen Stein und fragt sich, ob das denn niemals ein Ende haben wird, als er gegen etwas stößt, das sowohl weich als auch hart ist und unter seinem Gewicht nachgibt. Als er die Augen öffnet, sieht er in das sehr schmale und dunkle Gesicht eines Mannes.

Daniel rennt so schnell wie noch nie zuvor in seinem Leben. Will den südafrikanischen Mördern entkommen. Gezani ist tot und Samora wahrscheinlich auch. Er hat seine Stimme oben am Hang gehört, dann folgte ein Schuss, die Stimme verstummte.

Daniels Sandalen sind voller Sand, der Schmerz pocht in seiner Schulter, aber er ignoriert ihn. Er überlässt seinen Beinen die Arbeit, so schnell wie Trommelstöcke sind sie. Er rennt das Flussbett entlang und wird erst anhalten, wenn er zu Hause in Mosambik ist, und …

Etwas oder jemand wirft sich von der Seite auf ihn. Er stürzt und befürchtet für einen kurzen Moment, dass die bösen Geister ihn gepackt haben, die Gezani immer beschworen hat.

Das Gesicht ist blass, fast weiß. Das Haar ist schwarz und strähnig, die Wangen voller blutiger Risse und die

Augen von schwarzen, angsteinflößenden Strichen umrahmt.

Plötzlich hört er erregte Stimmen in unmittelbarer Nähe und sieht, wie das Licht eines Scheinwerfers an der Stelle übers Flussbett streift, wo es einen scharfen Bogen nach rechts macht. Der Mann, der auf ihm liegt, hat offensichtlich genauso viel Angst wie er selbst.

Dann wird eine andere Stimme über ihnen laut, ein Mann brüllt etwas in einer Sprache, die Daniel nicht versteht. Und dann gleitet das Licht des Scheinwerfers über sie, ein weiterer Schuss fällt, und Sand spritzt neben ihnen auf. Sie rappeln sich beide auf und rennen los. Seite an Seite, er neben dem Mann mit dem unheimlichen Gesicht.

Das Horn!

Daniel dreht sich um. Es liegt dort im Sand. Er sollte es holen. Aber dann erschießen sie ihn, so wie sie auch Gezani und Samora erschossen haben.

Also hechtet er weiter. Der weiße Mann weicht nicht von seiner Seite. Warum? Wird er auch gejagt? Egal. Er muss weg, so schnell wie möglich.

Ein feuchter Wind kühlt seine Stirn, und er riecht den Fluss.

Seine Converse sind bis oben hin voller Sand, seine Lunge brennt, und er schmeckt Blut.

Wie konnte es dazu kommen? Rob versteht die Welt nicht mehr. Wie konnte es sein, dass er gemeinsam mit einem verdammten Wilderer auf der Flucht war, um nicht erschossen zu werden?

Links hinter ihnen ist Tom McNamara, der am laufenden Band den Befehl wiederholt, auf alles zu schießen, was sich bewegt. Und rechts vom Flussbett ragen hohe Felsen auf. Er hat keine Chance, dort hochzuklettern. Vorher haben sie ihn abgeknallt.

Das ausgetrocknete Flussbett biegt um einen vorstehenden Felsen, und für einen Moment sind sie außer Sichtweite ihrer Verfolger. Vielleicht schaffen wir es ja doch, denkt Rob. Vielleicht kann ich gleich irgendwo abbiegen und mich verstecken, bis ich Thabisa sehe, und dann für immer diesen kranken Ort verlassen.

Das Flussbett beschreibt hinter dem Felsen erneut einen Bogen, dieses Mal in die andere Richtung. Rob versucht verbissen, sein Tempo in dem weichen Untergrund zu halten, als der Wilderer ihn an der Jacke packt und so heftig daran zieht, dass Rob auf die Knie fällt.

Er greift eine Handvoll Sand, um sie dem Mann ins Gesicht zu schleudern, aber da hört er das Knurren, sieht den Junglöwen, der keine zwanzig Meter von ihm entfernt liegt und sich langsam erhebt. Dann sieht er auch die anderen Tiere. Drei. Vier. Nein, fünf. Verdammt, so viele.

Der vordere Löwe knurrt. Der Wilderer zieht Rob vorsichtig hoch und sagt etwas. Es dauert einen Augenblick, dann begreift Rob, dass es Portugiesisch ist, aber ein Dialekt, der sich ganz anders anhört als der, den er in Brasilien gelernt hatte.

»Beweg dich nicht«, sagt der Wilderer. »Sieh dem Löwen in die Augen und beweg dich nicht.«

Rob zwingt seinen Körper zum absoluten Stillstand. Sieht dem Löwen in die Augen, hört die Stimmen, die sich nähern.

Wir sind gefangen. Verdammt.

»So, gut gemacht«, sagt der Wilderer. »Jetzt haben wir ihnen gezeigt, dass wir sie gesehen und dass wir keine Angst haben, aber ihr Territorium respektieren. Und jetzt ziehen wir uns langsam zurück.«

Die Stimmen kommen immer näher. Rob dreht sich um. Der Scheinwerfer scheint am Himmel zu hängen.

Rechts erhebt sich die Felswand auf der anderen Uferseite; wie ein aufgestellter Sarg ragt sie aus dem Sand auf. Mindestens zweieinhalb Meter hoch. Dieses Mal ist er an der Reihe, den anderen am Hemd zu ziehen.

»Komm«, sagt er auf Portugiesisch.

Sie hasten zur Felswand. Die Löwen sehen ihnen hinterher, rühren sich aber nicht.

Die Stimmen sind jetzt ziemlich nah. Wie der Scheinwerfer eines Leuchtturms schwingt das Licht über den Sand, erfasst sie aber nicht.

Rob lehnt sich mit dem Rücken gegen den Felsen und formt mit seinen Händen eine Räuberleiter.

»Kletter du zuerst hoch. Dann hilfst du mir.«

Der Mann ist athletisch und geschmeidig und schneller oben, als Rob es erwartet hätte.

Aber er taucht nicht wieder auf.

Die Stimmen sind jetzt ganz nah. Das Licht streift über das Gebüsch hoch über Robs Kopf.

Jetzt ist es vorbei. Hier komme ich nicht weg. Ich habe nur die Wahl zwischen den Löwen und McNamara.

Er sieht die Tiere ganz deutlich im Mondlicht. Drei von ihnen haben sich erhoben und ihre ganze Aufmerksamkeit auf die hektischen Stimmen und das seltsame Licht gerichtet.

Da hört er eine Stimme über sich.

»Beeil dich. Gib mir deine Hand.«

Rob sieht nach oben zu dem Mann, der seinen Kopf über die Felskante geschoben hat und ihm seine Hand hinhält. Rob springt hoch, bekommt die Hand zu fassen, findet aber mit seinen rutschigen, sandigen Sohlen keinen Halt an dem fast glatten Felsen. Ein Schuss. Rob befürchtet, dass der Mann ihn loslassen wird, aber sein Griff wird fester, und als Sekunden später das Licht des Scheinwerfers über den Felsen schwingt, liegt Rob oben auf der Felskante unter dichtem Gestrüpp.

Wir schaffen das, wir schaffen das.

Da hört Rob die Hunde. Und muss an Thabisas Worte denken.

Die Hundepatrouille. Ich möchte nicht in der Haut der Wilderer stecken, wenn Pete seine Goldstücke loslässt.

Auch der Wilderer hat sie gehört.

»Nicht gut«, sagt er.

»Ich weiß«, erwidert Rob.

»Wir müssen den Fluss durchqueren«, sagt der andere. »Komm, wir müssen uns beeilen.«

Rob sieht ein letztes Mal hinunter ins Flussbett. Sieht die Hunde durch die Nacht jagen. Unfassbar schnell.

Sabbernd. Bellend.

Dann hört er ihr Winseln, als die brüllenden Löwen angreifen.

Thabisa steht allein im Flussbett neben dem blutigen Horn. Mashudu hat sie gebeten, es zu bewachen.

»Die Wilderer müssen es auf der Flucht verloren haben. Aber sie kommen bestimmt wieder, um danach zu suchen«, hat er gesagt.

Das kann durchaus sein. McNamara hat gerade über Funk durchgegeben, dass er einen von ihnen »erlegt« hat. Als würde er von einer Beute sprechen. Dann waren also zwei tot. Aber in der Regel arbeiten sie fast immer zu dritt.

Wäre Pete mit seinen Hunden noch hier, hätten sie den Dritten bestimmt schon längst gefunden. Aber zwei von seinen Tieren wurden von den Löwen gerissen, und der dritte wurde gerade von mehreren Männern schwer verletzt zum Jeep getragen, um in die Tierklinik in Hoedspruit gebracht zu werden.

Thabisa steht mit dem Rücken vor einem fast quadratischen Felsen und hat gute Sicht zu beiden Seiten. Niemand kann sich unbemerkt anschleichen.

Sie holt den Beutel mit dem gefälschten Horn aus ihrem Rucksack.

Ein Gestrüpp aus mehreren Büschen wächst an der Stelle, wo der Fels auf die Uferböschung stößt. Das ist genau die richtige Stelle. In hohem Bogen wirft sie den Beutel ins Gebüsch und hört, wie er raschelnd und knisternd durch die Zweige bricht. Sie schaltet die Taschenlampe ein.

Perfekt. Man kann den Sack von hier aus sehen.

Dann widmet sie sich den Fußspuren im Sand.

Aber, was ist das …?

Sie geht in die Hocke und untersucht die Spuren. Sie war davon ausgegangen, dass sie von Mashudu und seinen Jungs stammen. Aber sie sind von Rob. Rob und noch ein zweiter Mann, mit zerschlissenen Schuhen aus Autoreifen. Einer der Wilderer also. Die trugen häufig solche Schuhe.

Die Spuren führen durch das ausgetrocknete Flussbett.

War Rob auch gejagt worden? Hatte ihn einer der Wilderer geschnappt, als er den Hang herunterfiel?

Schießt auf alles, was sich bewegt, hatte McNamara gerade erst befohlen. Ein vollkommen idiotischer Befehl, lebensgefährlich. Schließlich konnte Rob in die Schusslinie geraten.

Sie erstarrt, ihr wird eiskalt. Genau das will er ja damit bezwecken. Er will, dass Rob erschossen wird. Weil er irgendwie herausgefunden hat, dass Rob ihn gestern Nacht beobachtet hat.

Sie vergräbt hastig das blutige Horn im Sand, entsichert ihre Waffe und läuft den Spuren hinterher.

Der Kampf der Hunde und Löwen ist vorbei, die markerschütternden Geräusche sind verstummt. Der Wilderer sinkt erschöpft gegen einen Stein.

»Ich muss mich ausruhen«, sagt er.

»Aber sie sind auf dem Weg hierher, könnten jeden Augenblick da sein«, flüstert Rob.

Der andere schließt die Augen und schüttelt den Kopf.

»Sie entfernen sich. Hörst du das nicht? Die Geräusche werden schwächer.«

Rob hält den Atem an und lauscht. Zuerst hört er nur seinen eigenen Herzschlag, aber dann erkennt er die Stimmen, die immer leiser werden. Dazwischen das Winseln eines Hundes. Dann ist es still.

Der Wilderer hat recht. Sie sind umgekehrt. Wegen der Löwen wahrscheinlich. Er setzt sich. Spürt, wie müde er ist, kann aber nicht entspannen. Hört die ganze Zeit seltsame Geräusche.

»Woher kommst du?«, fragt ihn der Wilderer.

»Aus Schweden. Weißt du, wo das liegt?«

Daniel schüttelt den Kopf.

»Das macht nichts. Es ist weit oben im Norden von Europa. Fast beim Nordpol.«

Sie sitzen nebeneinander, ihre Schultern berühren sich, sie sprechen mit gedämpften Stimmen, flüstern. Der Stein, an dem sie lehnen, ist rau. Sein Körper ist voller Sand und juckt.

»Lernt ihr Portugiesisch in der Schule?«

»Ich habe als Kind eine Weile in Brasilien gelebt. Und du kommst aus Mosambik?«

»Ja, aus Massingir. Das liegt …«

Der Wilderer hält sich die Hand vor den Mund und hustet. Blut tropft ihm von den Lippen. Er greift sich an die Seite, und als er die Hand wieder hebt, ist auch sie voller Blut.

Rob sieht, wie er das Gesicht verzieht.

»Bist du getroffen worden?«, fragt Rob.

Der Mann nickt.

»In die Seite.«

Rob nimmt seine Taschenlampe und richtet den Lichtstrahl zu Boden, um sie nicht zu verraten.

»Heb deinen Pullover hoch«, sagt er.

Vorsichtig zieht der andere seinen nassen und sandigen Fleecepullover hoch. Das Loch ist nicht größer als ein Zehncentstück, aber er hat viel Blut verloren, und auch seine Hose ist blutgetränkt.

»Hast du was, um die Wunde zu verbinden?«, fragt Rob.

Der Wilderer schüttelt den Kopf.

Da zieht Rob einen Schuh und den Strumpf aus, rollt ihn zu einer Kugel zusammen.

»Hier. Drück das auf die Wunde.«

»Danke.« Der Mann lächelt und lehnt sich zurück. »Ich heiße Daniel.«

»Und ich bin Rob.«

Daniel hustet.

Er muss unbedingt ins Krankenhaus.

Rob nimmt das Handy, das ihm Thabisa gegeben hat. Er muss sie anrufen und ihr alles erzählen. Sie soll einen Rettungswagen organisieren und sie von dort wegbringen.

Das Display leuchtet auf, aber es gibt kein Netz.

Dann versucht er es mit 112. Meint sich zu erinnern, dass Notrufe immer funktionieren. Aber es passiert nichts. Er flucht leise vor sich hin und steckt das Handy wieder ein.

»Warum sind sie hinter dir her?«, fragt Daniel. »Du bist doch …« Er wird von einem erneuten Hustenanfall unterbrochen. »Du bist doch ein Tourist?«

Rob sucht nach Worten und erklärt dann in holprigem Portugiesisch:

»Ich habe den Sicherheitschef des Reservates dabei beobachtet, wie er den Wilderern geholfen hat.«

Daniel sieht ihn überrascht an.

»Uns hat niemand geholfen.«

»Nein, die anderen sind mit einem Hubschrauber gekommen. Gestern Nacht.«

Daniel nickt.

»Die Reichen helfen den Reichen«, sagt er.

»Ja, so läuft das wohl.«

Daniel muss wieder husten. Beugt sich vor und würgt, als würde er sich übergeben müssen. Als der Hustenanfall vorbei ist, lehnt er sich wieder zurück. Seine Mundwinkel sind blutverschmiert, und das Mondlicht lässt seine glänzenden dunklen Augen leuchten.

Rob zieht seine Jacke aus und legt sie ihm über die Schultern. Verknotet die Ärmel vorne, damit sie nicht herunterrutschen kann.

Daniel nickt ihm dankbar zu.

»Hast du Kinder?«, fragt er dann.

»Nein.«

»Warum nicht?«

»Ich hatte keine Zeit dafür, habe nicht die Richtige gefunden. Obwohl ich auch keine haben wollte. Ich finde diese Welt zu krank, um Kinder darin aufwachsen zu lassen.«

Daniel starrt ihn mit großen Augen an.

»Ist es so schlimm in deinem Land?«

Rob lacht.

»Nein, oder ... ich weiß es nicht. Du würdest wahrscheinlich sagen, dass es nicht schlimm ist. Mein Land ist reich, es gibt genug Geld, aber kein ...« Er sucht nach Worten. »An der Oberfläche ist alles toll, aber im Inneren ist es hohl und leer.«

»Verstehe. Das ist bei uns auch so. Viel Geld ist nicht immer das Beste.«

»Aber du hast das hier doch auch des Geldes wegen gemacht, oder? Um ein Nashorn zu töten und das Horn zu verkaufen?«

Daniel wischt sich das Blut aus den Mundwinkeln.

»Es ist schrecklich, seine Kinder hungern zu sehen.«

Er hustet wieder. Mehrmals hintereinander, beißt vor Schmerzen die Zähne zusammen.

»Meine Kinder heißen Abel und Maia«, erzählt er mit rasselndem Atem. »Meine Frau heißt Halima. Kannst du sie bitte von mir grüßen und ihnen sagen …«

Er schluckt.

»… dass ich immer bei ihnen bin. Und dass meine letzte Nacht eine gute war, trotz allem.«

Rob kniet sich vor ihn und legt ihm eine Hand auf die unverletzte Schulter.

»Du wirst nicht sterben, okay? Du kommst nach Hause zu deiner Familie.«

Daniel sieht ihm in die Augen und lächelt freundlich, wie ein Vater seinen naiven Sohn ansieht. Dann wird er wieder ernst, schiebt seine linke Hand in die Hosentasche und holt ein zerknittertes rechteckiges Stück Papier heraus. Er streckt es Rob hin. Es ist eine Visitenkarte.

»Der wollte das Horn kaufen«, sagt Daniel.

»Warum gibst du mir das?«

»Ich will nicht, dass noch mehr Männer aus meiner Stadt in den Tod geschickt werden.«

Daniel hustet. Es scheint ihm große Schmerzen zu bereiten. Er seufzt, schließt die Augen und lehnt den Kopf gegen den Felsen.

Da zuckt ein schwacher Lichtstrahl über die Baumwipfel, und sie hören Stimmen. McNamara, in Begleitung. Sie sind schon viel zu nah.

Rob sieht an Daniels aufgerissenen Augen, dass auch er sie gehört hat.

Wie sind sie so schnell hierhergekommen? Sie müssen einen Bogen um die Löwen gemacht haben.

»Wir müssen hier weg. Komm«, flüstert Rob.

»Ich kann nicht. Lauf du los.«

Rob kniet sich neben Daniel und legt sich seinen Arm über die Schulter.

»Jetzt komm. Wir müssen nur über den Fluss, dann sind wir im Kruger Nationalpark und in Sicherheit. Dort dürfen sie uns nicht jagen.«

Er zieht Daniel hoch. Die Taschenlampe erhellt einen Akazienbaum ganz in der Nähe, und Rob erwartet, dass McNamaras Gesicht jeden Augenblick hinter dem nächsten Busch auftaucht.

Sie schleppen sich Richtung Fluss und kommen schließlich an eine steile Böschung, die sie bis zum Ufer hinunterrutschen.

Der Fluss scheint nicht breiter als fünfzehn oder zwanzig Meter zu sein, Rob watet hinein, Daniel immer noch stützend. Die Strömung ist stark und das Wasser viel kälter als erwartet. Seine Schuhe saugen sich am schlammigen Untergrund fest, und das Wasser steigt ziemlich schnell.

Er dreht sich um, aber die Verfolger sind noch nicht zu sehen. Vielleicht haben sie auch ihre Spuren entdeckt und sind vorsichtiger geworden. Sie wissen ja nicht, ob Daniel bewaffnet ist oder nicht.

Das Wasser reicht Rob jetzt bis zur Brust.

»Kannst du schwimmen?«, flüstert er Daniel zu.

»Ja«, antwortet dieser und sieht sich nervös um. »Aber wir müssen uns beeilen, die Stelle hier ist gar nicht gut.«

Rob lässt Daniel los und schwimmt so schnell los, wie er kann. Er würde gerne kraulen, befürchtet aber, dass es zu viel Lärm macht. Also Brustschwimmen. Daniel ist viel langsamer und ruft etwas in einer Sprache, die er nicht versteht. Aber er klingt außer sich vor Angst.

Rob dreht sich um, will sehen, ob Tom McNamara am Ufer steht und schon auf sie zielt. Aber in diesem Augenblick wird das Wasser aufgepeitscht und nimmt ihm die Sicht. Ein langer, dunkelgrauer Schwanz schlägt auf die Wasseroberfläche, Daniel ist verschwunden, und die Wogen glätten sich sofort wieder und werden zu kleinen Wirbeln.

Die Zeit bleibt stehen. Rob tritt auf der Stelle, unfähig zu einer anderen Reaktion.

»Daniel«, flüstert er und dreht sich in alle Richtungen, um nach ihm zu suchen. Aber der Fluss ist so glatt wie vorher.

Da hat er das Gefühl, dass etwas seine Schuhe berührt. Er schreit auf und krault wie ein Besessener auf die andere Seite. Er holt nicht einmal Luft, er schwimmt und schwimmt. Hört immer wieder lautes Platschen und erwartet, dass sich jeden Augenblick die scharfen Krokodilzähne in sein Bein oder seinen Körper bohren, und dann spürt er tatsächlich etwas unter seinen Händen, aber es ist kein Tierkörper, sondern das schlammige Ufer. Er krabbelt auf allen vieren, zieht sich an Büschen hoch und ins Unterholz. Er läuft und läuft, durch hohes Gras und dorniges Gebüsch, bis er mindestens fünfzig Meter vom Fluss entfernt ist.

Erst da sucht er Schutz hinter einem dicken Baumstamm und lehnt sich erschöpft dagegen, beugt sich vor, legt die Hände auf die Knie und hyperventiliert.

Verdammte, verkackte Scheiße. Was ist das für eine kranke Nacht?

Von der anderen Seite des Flusses hört er wieder die Stimmen, aber er steht im Schutz des Baumes. Atmet minutenlang schwer, bis er es endlich wagt, hinter dem Stamm hervorzusehen.

Oben auf der Uferböschung sieht er die Silhouette von zwei Männern. Der eine ist eindeutig Tom McNamara mit seinem Cowboyhut, der andere ist kleiner und schlanker, Rob kennt ihn nicht.

Die Lichtkegel ihrer Taschenlampen streifen über das Ufer und den Fluss, er hört sie mit gedämpften Stimmen reden. Sie überlegen wohl, ob sie es wagen, die Böschung hinunterzugehen, denn sie wissen wahrscheinlich, dass dort die Krokodile liegen.

Rob folgt den Lichtkegeln, hofft, Daniel zu entdecken oder wenigstens ein Zeichen, dass er es doch geschafft hat. Aber die Oberfläche des Flusses ist still und glatt.

War es dieser Fluss, den er auf Tinus' großer Landkarte gesehen hatte? Das müsste er sein. Dann wäre er jetzt nämlich auf der Seite des Kruger Nationalparks und in Sicherheit.

Tom McNamara würde ihn hier wohl nicht abknallen, in einem staatlichen Tierpark, in dem er nicht einmal eine Waffe tragen darf? Aber vielleicht alarmiert er die Ranger, bastelt sich eine Geschichte zurecht und behauptet, dass ich ein gefährlicher Wilderer bin.

Dann sollen sie mich doch finden. Ich werde mich ergeben und ihnen erklären, was hier in Wirklichkeit los ist. Und dann wandert McNamara in den Knast.

Die nassen Klamotten kleben ihm am Körper, er friert und zittert.

Wie soll ich diese Nacht bloß überleben?, fragt er sich.

Vielleicht finde ich einen Weg, und eine Nachtpatrouille kommt zufällig vorbei.

Er kämpft sich weiter durch das hohe Gras, hofft, auf einen der Trampelpfade zu stoßen, dem er folgen kann.

Plötzlich hört er in unmittelbarer Nähe ein Fauchen und zuckt zusammen. Er lauscht.

Die Dunkelheit ist voller Geräusche, sie scheinen von allen Seiten zu kommen.

Eines der Geräusche beunruhigt ihn besonders. Als würde jemand im Gebüsch stehen und ihn auslachen.

Und zum ersten Mal seit sehr, sehr langer Zeit sehnt er sich nach seiner Mutter.

Thabisa steht neben McNamara und drei seiner Männer am Ufer und sieht hinunter auf den dunklen Fluss.

»Dein tuntiger Freund muss von den Wilderern gejagt worden sein«, sagt Tom McNamara und lässt den Lichtkegel der Taschenlampe über die Wasseroberfläche gleiten. »Und dann ist er offensichtlich durch den Fluss geschwommen und der Wilderer hinterher.«

Sein Funkgerät knackt, Mashudu meldet sich.

»Wir haben auch das andere Nashorn gefunden. Ebenfalls erschossen, aber die Kuh hatte ein Kalb, das noch lebt. Wir bleiben hier und passen auf, dann kann *Oom* Tinus einen Tierarzt schicken, sobald es hell wird.«

Das Licht der Taschenlampe wandert weiter am Fluss entlang, und Thabisa zuckt zusammen, als sie rote Flecken im Unterholz entdeckt.

»Glaubst du, sie könnten es geschafft haben?«, fragt McNamara einen seiner Männer. »Hier gibt es ziemlich viele Krokodile.«

»Schwer zu sagen. Auf der anderen Seite sind nur Schilf und Wurzeln und so ein Zeug. Von hier aus kann man keine Spuren sehen. Die erste vernünftige Furt ist knapp zwei Kilometer von hier.«

McNamara grunzt unzufrieden. Er geht ein paar Schritte die Böschung hinunter, um den Uferstreifen auf der anderen Flussseite besser ableuchten zu können.

Das Licht springt über Schilf, Wurzeln, Lehmboden und einen alten Baumstamm. Dann bleibt es an einem Gegenstand hängen.

»Was ist das denn?«

Etwas Dunkles hat sich in einem Ast des umgestürzten Baumstammes verhakt.

Thabisa muss sich die Hand vor den Mund halten, um nicht laut aufzuschreien.

Es ist Robs Jacke. Zerrissen oder zerbissen, aber definitiv sein Samtjackett. Eine der dicken, silbernen Ketten blitzt im Licht der Taschenlampe auf, Reste des Innenfutters hängen im Wasser.

»Das ist doch die Jacke von diesem Ausländer«, sagt einer der Männer.

»Und ob sie das ist«, sagt McNamara und klingt so zufrieden, dass Thabisa ihn am liebsten verprügelt hätte. »Aber da haben wir jetzt schlechte Karten, sonst werden wir auch noch zu Krokodilfutter. Wir müssen bis morgen warten.«

»Wie bitte? Wir müssen doch nach ihm suchen? Er könnte doch da irgendwo liegen? Vielleicht ist er verletzt?«, ereifert sich Thabisa.

»Wir können nichts unternehmen«, erwidert McNamara kühl. »Er ist mit größter Wahrscheinlichkeit schon tot, und sollte es der Wilderer auf die andere Seite geschafft haben, befindet er sich im Kruger. Wir müssen den Leuten von SANParks Bescheid sagen und sie bitten, Ausschau nach ihm zu halten.«

Mit diesen Worten bricht er auf, gefolgt von seinen Männern.

Thabisa bleibt wie versteinert an der Böschung stehen und starrt auf den Fluss.

Der Vollmond spiegelt sich in seiner Oberfläche. Seine runde Form verliert seine scharfen Konturen, und es sieht aus, als würde er tief unten im Wasser liegen.

Bei Rob?

Tränen trüben ihren Blick, ihre Kehle ist eng.

Da hört sie, wie McNamara flucht, weil er an einem Dornenbusch hängen bleibt, und ihr fällt das gefälschte Horn wieder ein.

»Tom«, ruft sie ihm hinterher. »Tom, warte mal.«

Der Sicherheitschef bleibt stehen und lässt seine Leute vorbei.

»Ja?«

Thabisa wartet, bis alle außer Hörweite sind.

»Ich habe einen der Wilderer gesehen, wie er das Flussbett hinuntergerannt ist. Wahrscheinlich war es der, der uns entkommen ist. Aber er muss sich erschreckt haben, als die ersten Schüsse fielen, denn ich habe gesehen, wie er etwas weggeworfen hat. Einen Sack oder so etwas.«

Sie hat seine Aufmerksamkeit.

»Erinnerst du dich noch, wo das war?«

»Da gibt es einen fast quadratischen Felsen am ausgetrockneten Flussbett, etwa vierhundert Meter von hier. Ich meine, es war ungefähr dort.«

»Okay, sehr gut. Geh du mit den anderen zum Treffpunkt, ich mache hier noch einen letzten Kontrollgang und warte auf die andere Patrouille.«

Fünf Minuten später sitzt Thabisa in einem Gebüsch am Rand der kleinen Schlucht und beobachtet Tom McNamara dabei, wie er dem Lauf des Flussbettes folgt und offensichtlich nach etwas sucht. Sie filmt es mit ihrem Handy. Die Aufnahmen werden zwar verschwommen sein, aber als ergänzendes Beweismaterial wird es ausreichen.

McNamara stochert mit dem Kolben seines Gewehres wahllos im Gebüsch neben einem kantigen Felsblock herum. Plötzlich stutzt er, sucht mehrmals an derselben Stelle, als hätte er etwas entdeckt.

Dann drückt er ein paar Zweige beiseite, schiebt sich in den Busch und hält kurz darauf einen alten Stoffbeutel in der Hand.

Stockholm, Schweden

Paulina Diaz fährt mit hoher Geschwindigkeit auf ihrem 20-Gang-Trekkingfahrrad von der Polizeistation nach Hause, als sie die Topnachrichten im Radio hört und so stark abbremst, dass sie sich um ein Haar überschlagen hätte.

Sie drückt die Kopfhörer tiefer in die Ohren und lauscht dem Bericht mit offenem Mund bis zum Ende.

Großbritannien hat seine Terrorwarnstufe auf »ernst« erhöht, Stufe vier auf der fünfstufigen Skala.

»Das bedeutet, dass ein Anschlag sehr wahrscheinlich ist«, sagt Mark Rowley von Scotland Yards Antiterroreinheit in dem Rundfunkbeitrag.

Ein Radfahrer klingelt genervt hinter Paulina, und sie zieht ihr Fahrrad weiter an die Bordsteinkante. Sie versucht, sich einzureden, dass es Tausende Gründe geben konnte, weshalb die Warnstufe ausgerechnet jetzt erhöht worden war. Aber die mögliche Verbindung zu dem getöteten Nashorn in Kolmården geht ihr nicht aus dem Kopf.

Ist es denkbar, dass das Horn inzwischen verkauft worden ist und Al-Shabaab das Geld bereits erhalten hat? Vielleicht wird das Geld von dem Diebstahl nicht in Schweden ausgegeben, sondern in Großbritannien?

Aber im Radio wird nicht erwähnt, um welche terroristische Gruppierung es sich handelt. Es kann genauso gut der IS sein, denkt sie. Heutzutage ist es ja fast immer der IS.

Aber nicht zwingend.

Sie überlegt, ob sie sich nochmal an den Geheimdienst wenden sollte. Vielleicht könnte sie mit jemandem reden, der mehr Grips hat als Johan Ekdahl.

Oder hatte er womöglich recht? Was hatte sie außer Verschwörungstheorien zu bieten? Das Horn von Kolmården liegt inzwischen wahrscheinlich zerhackt auf einem Markt in Hanoi, ohne die geringste Verbindung zu einer potenziellen Terrorgefahr in Europa.

Aber was ist, wenn sie recht hat?

Sie fährt weiter und beschließt, ihre Kontaktperson bei Interpol anzurufen, sobald sie zu Hause ist.

Limpopo Rhino Reserve, Südafrika

Thabisa liegt zusammengekauert auf dem Bett und starrt an die Wand. Eine Kakerlake krabbelt langsam die Überdecke entlang, hält neben ihrem Gesicht an und biegt dann nach rechts ab.

Rob ist tot. Das ist mehr oder weniger alles, was sie nach den Geschehnissen der letzten Nacht weiß. Aber warum wurde er von dem Wilderer gejagt? Was war davor passiert?

Sie hat noch immer die Stimme des Sicherheitschefs im Kopf, seine kaum verhohlene Freude, als sie Robs blutiges und zerrissenes Jackett entdeckt hatten.

Hatte McNamara etwas mit seinem Tod zu tun? Aber was?

Ihr Handy vibriert in ihrer Hosentasche. Bestimmt eine Nachricht über Ort und Zeit für die interne Krisenbesprechung. Tinus sah aus wie ein Geist, als sie vor einer halben Stunde mit ihm sprach. Die Medien werden ihn schlachten, und das weiß er.

Thabisa kann sich die Schlagzeilen vorstellen:

»Rockstar von Krokodil gefressen – man ließ ihn an einem lebensgefährlichen Einsatz gegen Wilderer teilnehmen.«

Das Handy vibriert ein zweites Mal. Sie zieht es aus der Tasche, liest nur die ersten Worte und setzt sich ruckartig im Bett auf.

Sitze schon wieder in einem verdammten Baum.
Hast du Lust, mich noch einmal zu retten?

Jetzt kann sie die Tränen nicht mehr zurückhalten.

Dann lacht sie wie eine Irre, während sie tippt.

Wo bist du?

Er antwortet nahezu umgehend.

Als ob ich das wüsste.

Sie fängt mit einer weiteren Frage an, als eine weitere SMS eintrifft.

Auf der anderen Seite vom Fluss, vielleicht ein, zwei Kilometer in den Krugerpark hinein.

Bist du verletzt? Allein?

Unverletzt. Habe Gesellschaft von ein paar Hyänen, die aussehen, als würden sie mich sehr gern haben.

Ich fahre sofort los. In einer halben Stunde wird es hell. Dann kannst du mir ein paar Orientierungspunkte geben.

Sie schlüpft in ihre Stiefel und holt einen dicken Pullover aus dem Schrank. Da vibriert ihr Handy erneut.

Sei so lieb und bring ein paar Bier mit.

Kruger Nationalpark, Südafrika

Rot und mächtig geht die Sonne hinter dem Berg am Horizont auf. Von solchen Anblicken träumen die Touristen wohl, über die sie dann romantische Geschichten erzählen, wenn sie wieder zu Hause sind.

Der Sonnenaufgang ist betörend schön, aber er will nur weg und ins Warme. Er zittert vor Kälte, und sein Hintern tut höllisch weh, weil er eine halbe Ewigkeit auf demselben Ast gesessen hat.

Aber wenigstens funktioniert das Handy wieder, damit hatte er nicht mehr gerechnet.

Er hatte es auseinandergenommen und versucht, die einzelnen Teile mit seinem feuchten T-Shirt trocken zu reiben. Hatte den Akku eine Weile in der Hand gewärmt. Als er dann alles wieder zusammengebaut hatte, sprang es tatsächlich an, und er konnte den Code eingeben. Er konnte zwar noch immer nicht damit telefonieren, aber immerhin Nachrichten schicken.

Außerdem hatte er die Gelegenheit bekommen und genutzt, einer Hyäne auf den Rücken zu pinkeln. Damit würde er vor Wakko prahlen können. Die Hyäne drehte total durch. Sprang immer wieder am Baum hoch, bis sie schließlich genug hatte und unterwürfig davonschlich.

Er versucht, seine Stellung zu verändern. Legt ein Bein auf den Ast und lehnt sich mit dem Rücken gegen den zerfurchten Baumstamm. Er ist furchtbar müde, wagt es aber nicht, die Augen zu schließen, weil er dann vermutlich hinunterfallen würde. Stattdessen lauscht er den Lauten der erwachenden Wildtiere. Vogelgezwitscher, seltsame Rufe und eine Reihe anderer Geräusche, die er nicht zuordnen kann. Ein paar Meter vom Baum entfernt rennt eine Gruppe graubrauner Tiere zwischen ihren Erdlöchern hin und her, sie sehen aus wie Eichhörnchen, und weiter im Süden wandert eine Antilopenherde in der offenen Landschaft durch die morgendlichen Nebelschleier.

Dann hört er in der Ferne das Geräusch eines Automotors.

Erst möchte er einfach nur schreien vor Freude. Aber dann hält er sich zurück. Was, wenn es Tom McNamara ist?

Kurz darauf sieht er das Fahrzeug. Es nähert sich aus westlicher Richtung. Ein Land Rover mit offenem Verdeck. Am Steuer sitzt eine dunkelhäutige Frau mit Sonnenbrille, Kappe und einem Pferdeschwanz, der im Wind weht.

Rob stellt sich auf den Ast und winkt. Aber die Sonne blendet sie, und sie sieht ihn nicht. Und der schmale Weg, den sie entlangfährt, führt in eine ganz andere Richtung.

Er nimmt sein Handy und schickt ihr eine SMS:

Falsche Richtung, Dummerchen. Peil den
höchsten Baum auf der rechten Seite an.

Er beobachtet, wie sie abbremst und auf ihr Handy sieht. Dann hebt sie den Blick und entdeckt ihn, wie er winkend im Baum steht. Da hebt sie die Hand und zeigt ihm den Mittelfinger, bevor sie den Land Rover in das hohe gelbe Gras lenkt und sich zwischen den Büschen und Bäumen im Zickzack nähert.

Grinsend sitzt sie hinter dem Lenkrad. Kopfschüttelnd und grinsend. Er springt vom Baum und rennt ihr entgegen.

Thabisa schaltet den Motor aus und öffnet die Fahrertür. Sie stürzt ihm entgegen, wirft sich in seine Arme und umschlingt seine Hüften mit ihren Beinen. Ihre Zunge ist warm und hungrig. Er macht ein paar schwankende Schritte mit ihr im Arm und setzt sie auf die Motorhaube.

Ihre Lippen sind überall, auf seinem Gesicht, an seinem Kinn und an seinem Hals, und er beginnt, ihr Hemd aufzuknöpfen, dann reißt er es auf, sodass die Knöpfe über die Haube fliegen, während sie ihm das T-Shirt über den Kopf zerrt.

Stockholm, Schweden

Die Referentin Sofia Bjäregård vom Krisenreaktionszentrum des Auswärtigen Amts hat sich gerade an ihren Schreibtisch gesetzt und sich ins System eingeloggt, als das Telefon klingelt. Am anderen Ende ist ein Mitarbeiter der schwedischen Botschaft in Pretoria.

»Wir wurden gerade darüber informiert, dass ein schwedischer Staatsangehöriger im Kruger Nationalpark mit hoher Wahrscheinlichkeit zu Tode gekommen ist«, sagt der Botschaftssekretär am anderen Ende der Leitung.

Er liest die Angaben zur Person vor, die er von der südafrikanischen Polizei erhalten hat, und als Sofia Bjäregård den Namen hört, ist ihr klar, dass sie die geplante Fitnesseinheit in der Mittagspause abschreiben kann. Sie kann froh sein, wenn sie Zeit für einen schnellen Salat am Schreibtisch hat.

Die Leitungen werden bald heiß laufen.

Hoedspruit, Südafrika

Thabisa fährt auf der 527 in südliche Richtung. Ihr Blick wandert immer wieder in den Rückspiegel, einmal etwas zu lange, als sie ein verdächtiges Auto im Auge behält, und dann muss sie abrupt abbremsen, weil eine Gruppe von Pavianen wenige Meter vor ihnen die Straße überquert. Sie hupt und flucht laut. Ihr Herz pocht minutenlang wie wild, bis sie irgendwann auf einen kleinen Schotterweg einbiegt, der von der großen Straße wegführt.

Sie steigt aus dem silberfarbenen Hyundai und sieht sich misstrauisch um. Niemand in Sicht.

Es ist kurz vor elf Uhr vormittags. Die Sonne steht hoch am Himmel und brennt. Es ist ungewöhnlich heiß für die Jahreszeit. Thabisa sieht sich erneut nervös um, vergewissert sich, dass niemand zu sehen ist. Dann öffnet sie den Kofferraum.

Zwei Beine, die in einer dreckigen grauen Jeans stecken, schießen in die Luft. Dann entfaltet sich der ganze lange und schlaksige Rob Chazey und kriecht aus dem engen Kofferraum.

Seine Haare sind platt gedrückt, das Gesicht ist so nass wie nach einer Dusche, und das feuchte T-Shirt klebt an seinem Körper.

»Oh, entschuldige«, sagt sie. »Ich habe nicht erwartet, dass es so schnell so heiß werden würde.«

»Die Hitze war gar nicht so schlimm, aber du fährst ja wie eine Verrückte. Ich hatte gerade die Wasserflasche aufgeschraubt, da hast du eine Vollbremsung gemacht, und ich wurde herumgeschleudert wie in einem verdammten Trockner.«

»Ich habe noch Wasser im Auto. Komm, steig ein.«

Sie wendet und fährt zurück auf die 527. Es ist bereits der dritte Wagen innerhalb weniger Stunden und der erste, in dem Rob bequem sitzen darf.

Nachdem sie ihn am Morgen im Kruger Nationalpark gefunden hatte, musste er sich im Fußraum vor den Rücksitzen des Land Rovers verstecken. Dann war sie zurück zu den Baracken gefahren und hatte ihn in ihrem Zimmer versteckt, während sie seinen Pass aus seinem Bungalow holte. Alles andere musste liegen bleiben.

Auf dem Rückweg versuchte sie mehrmals, Tinus van Hoebeek zu erreichen, aber es war immer besetzt.

Eigentlich hätte sie sich gar nicht bei ihm melden müssen. Ihre sechswöchige Schicht endete um Mitternacht, und ab jetzt hatte sie wie vereinbart zwei Wochen lang frei. Aber sie wollte ihm etwas sagen, ihm Glück wünschen oder so etwas Ähnliches.

Darum schickte sie ihm eine SMS.

Hallo Tinus,
ich wäre gern noch länger geblieben und hätte
dir geholfen, aber meiner Mutter geht es
schlecht, und ich muss zu ihr fahren.
Halt die Ohren steif. Thabisa

Dann war sie zu ihrer Dienstwohnung zurückgefahren, hatte Rob in den vollgestopften Kofferraum ihres weinroten Kia Rio geschmuggelt und das Reservat verlassen.

In Hoedspruit hatte sie ihn hinter einem Einkaufscenter aussteigen lassen und gebeten, sich hinter einem Container zu verstecken. Danach hatte sie den Wagen auf der Rückseite eines Restaurants geparkt, war ein paar Hundert Meter bis zu der Autovermietung Bidvest gelaufen, hatte einen kleinen Hyundai i20 gemietet und mitgebucht, dass sie den Wagen in Johannesburg wieder abgeben wollte, wodurch das Ganze natürlich siebenhundert Rand extra kostete.

Schließlich war sie zu Rob zurückgekehrt und hatte ihn auch bei diesem Fahrzeug in den Kofferraum kriechen lassen. Er hatte dort mindestens genauso wenig Platz wie in ihrem Kia, aber wenigstens musste er sich nicht zwischen Werkzeuge, Jacken und Müll zwängen.

Er hatte sich nicht beschwert, überhaupt hatte er nicht viel gesagt. Sie vermutet, dass er die Ereignisse der letzten Nacht verarbeitet, auch wenn sie nicht so richtig verstehen kann, warum ihn der Tod eines Wilderers so mitnimmt.

Oder hat es damit zu tun, was zwischen ihnen im Kruger Nationalpark geschehen war?

Bereut er es? Eigentlich kann sie sich das nicht vorstellen, aber sicher ist sie nicht.

Rob nimmt einen Schluck aus der Wasserflasche und reibt sich die Augen.

»Wo sind wir?«, fragt er.

»Südlich von Hoedspruit. Da kommt gleich ein Motel. Ich dachte, wir könnten dort einchecken, ein bisschen schlafen und auch besprechen, was wir als Nächstes machen wollen.«

»Hört sich gut an«, meint Rob.

Im Süden türmen sich die Drakensberge auf. Ein paar einheimische Anhalter stehen am Straßenrand und wollen mitgenommen werden. Kurz darauf taucht das Schild des Motels auf.

Thabisa fährt auf den Parkplatz, auf dem vier weitere Autos stehen. Ein Mietwagen, ein Pick-up, ein Ford und ein glänzend schwarzer Mercedes.

Sie rollt über den Parkplatz, um das L-förmige gräuliche Gebäude des Motels herum und hält dahinter.

»Bleib sitzen. Ich buche uns ein Zimmer«, sagt sie.

Rob stellt den Seesack, den Thabisa für ihn mitgenommen hatte, auf den grünen Teppichboden. Der Raum sieht aus wie ein Motelzimmer in einem Hollywoodfilm. Von der Sonne gebleichte Gardinen, nichtssagende Bilder an der Wand. Zwei Einzelbetten, dazwischen ein kleiner dunkelbrauner Nachttisch.

Thabisa schließt die Tür ab und lässt die Jalousien herunter. Dann setzt sie sich auf einen abgenutzten Bürostuhl, der vor dem kleinen Schreibtisch steht, und klappt ihren Laptop auf.

Rob setzt sich auf die Bettkante und beobachtet sie. Sie wirkt gestresst. Ihre Körperbewegungen sind hektischer als sonst.

»Thabisa«, sagt er. »Wer ist hinter uns her?«

Sie dreht sich zu ihm um, während der Computer hochfährt. Ihre Augen sind rot, und er nimmt an, dass auch sie in der vergangenen Nacht nicht viel geschlafen hat.

»Wenn wir Glück haben, dann ist niemand hinter uns her … noch nicht«, antwortet sie. »Ich weiß nur, dass Tom McNamara für seine Machenschaften jemanden von ganz oben braucht. Wahrscheinlich ein Polizist oder jemand von SANParks, der Verband, der die südafrikanischen Nationalparks verwaltet. Früher oder später wird jemand deine Fußspuren auf der anderen Seite des Flusses entdecken und McNamara berichten, dass du lebst, und dann wird er nicht wollen, dass du irgendjemandem erzählst, was du über ihn weißt.«

»Und was ist mit dir?«

»Wieso mit mir?«

»Wenn ich in Gefahr bin, dann bist du es auch.«

Sie zuckt mit den Schultern und dreht sich wieder zum Monitor um, verbindet den Rechner mit dem WLAN des Motels und klickt auf die zuletzt besuchte Seite im Verlauf. Eine Karte öffnet sich, und Rob sieht, dass darauf ein roter Punkt blinkt. Er steht auf, stellt sich hinter sie und legt die Hände auf die Rückenlehne des Stuhls. Er muss mehrmals blinzeln, bis seine müden Augen die Karte scharf sehen können.

Thabisa zoomt näher heran, und sie sehen, wie der Punkt neben einem schwarzen Viereck blinkt, das ein paar Hundert Meter vom Empfangsgebäude des Reservats entfernt liegt.

»Das ist McNamaras Haus. Er hat das Horn also bei sich«, sagt sie.

»Und was machen wir jetzt?«, fragt Rob.

»Wir warten. Ich will sehen, wohin er das Horn bringt.«

Sie steht auf und geht ins Bad.

Rob mustert sein Gesicht in dem viereckigen Wandspiegel, der in einem braunen Holzrahmen über dem Schreibtisch hängt. Der Eyeliner ist verschmiert, und seine Haut ist von Kratzwunden übersät, als hätte er mit einer wütenden Katze gekämpft. Er holt die Halskette aus der Jeanstasche und knotet sich das abgenutzte Lederband um den Hals. Dann sinkt er auf eins der beiden Betten, ohne sich die Schuhe auszuziehen. Seine Augenlider sind bleischwer, aber er hat nicht das Gefühl, jetzt schlafen zu können.

Er hört, wie im Bad die Dusche angestellt wird. Er schließt die Augen. Stellt sich Thabisas nackten, feuchten Körper vor.

Er denkt an das, was sie im Kruger Nationalpark gemacht haben. An ihre weichen, fülligen Lippen. An ihre festen Brüste in seinen Händen.

Thabisas Gesicht ist dicht an seinem. Anfangs spricht sie sanft, die Lippen nah an seinem Ohr. Dann klingt sie entschlossener.

Sie rüttelt ihn an der Schulter.

»Rob. Rob! Wach auf, sofort.«

Er blinzelt und reibt sich Schlaf aus den Augen.

Er liegt noch immer rücklings auf dem Bett. Aber das Licht im Zimmer ist anders. Wärmer, milder. Es fällt durch die Ritzen der Jalousien und erzeugt ein gestreiftes Muster auf der blassgrünen Tapete.

Er sieht Thabisa an. Sie trägt ein ausgewaschenes hellblaues T-Shirt und eine graue Jogginghose. Sieht überhaupt nicht so aus, als hätte sie gerade eben geduscht.

»Habe ich geschlafen?«, fragt er heiser.

Sie lacht.

»Kann man wohl sagen. Es ist Viertel vor fünf. Am Nachmittag! Du solltest dir das hier mal ansehen.«

Er setzt sich auf die Bettkante. Sein Hals ist trocken, und sein Magen schreit nach Nahrung. Ein englisches Frühstück wäre jetzt genau das Richtige. Ei, Bacon und weiße Bohnen mit Tomatensauce. Oder einen Hamburger mit Pommes.

Thabisa hat sich an den Schreibtisch gesetzt und zeigt auf den Monitor ihres Laptops. Auf der Karte blinkt es. Und der Punkt bewegt sich.

Rob steht auf und geht zu ihr. Sie zoomt näher heran.

»Das Horn hat das Reservat verlassen und nimmt dieselbe Strecke, die wir heute früh gefahren sind. Siehst du, es hat gerade Hoedspruit hinter sich gelassen.«

Schweigend verfolgen sie eine Weile den blinkenden roten Punkt, der sich langsam in Richtung Süden bewegt.

Rob legt ihr die Hände auf die Schultern, massiert sie leicht, fährt mit den Daumen ihren Nacken hinauf. Sie seufzt zufrieden und entspannt sich.

»Ich dachte, es würde sich in die andere Richtung bewegen«, sagt sie. »Hoch nach Phalaborwa und dann rüber nach Mosambik durch den Kruger Nationalpark.«

Er lässt die Hände tiefer wandern, und sie stöhnt auf, als er einen schmerzenden Punkt zwischen den Schulterblättern erreicht.

»Oder vielleicht noch weiter nach Norden«, fährt sie fort, »um es über die Grenze nach Simbabwe zu schmuggeln. Aber nach Süden … wollen sie es nach Joburg bringen? Oder vielleicht ganz runter bis nach Kapstadt?«

»Joburg?«

»Johannesburg.«

»Schaffen sie es von dort außer Landes? Im Gepäck versteckt oder wie?«

»Oder mit Hilfe von bestochenen Zollbeamten oder der Botschaft von Vietnam in Pretoria.«

Er hört auf, sie zu massieren.

»Sind die auch darin verwickelt?«, fragt er überrascht.

Sie dreht sich mit dem Stuhl zu ihm um. Seine Hände gleiten von ihren Schultern.

»Leider ja. Vietnamesische Botschaftsangestellte nutzen schon seit Langem ihre diplomatische Immunität, um Hörner von Nashörnern aus afrikanischen Ländern nach Asien zu schmuggeln. Sie wurden sogar schon auf frischer Tat ertappt. Vor einigen Jahren wurde die Botschaftsgesandte von einem Fernsehteam dabei gefilmt, wie sie vor dem Botschaftsgebäude in Pretoria mehrere Hörner von einem landesweit bekannten Schmuggler entgegennahm.«

»Und was ist dann passiert? Kam sie ins Gefängnis?«

Thabisa lacht und greift nach seinen Händen. Der weite Ausschnitt ihres T-Shirts hängt tief und zeigt den Ansatz ihrer Brüste.

»Du hast immer noch nicht kapiert, wie die Dinge hier unten ablaufen? Wer erwischt wird, den schickt man zurück nach Hanoi, wo diese Leute natürlich von jedem Verdacht reingewaschen werden. Wenn man den Gerüchten glaubt, dann hat mindestens einer der Schmuggler heute einen neuen Botschafterposten in einem anderen afrikanischen Land.«

Sie sieht ihm in die Augen und streichelt mit ihren Daumen über seine Handrücken. Er zieht sie zu sich hoch und beugt sich vor, um sie zu küssen, aber da bemerkt er etwas im Augenwinkel, das ihn stört: der rote Punkt auf dem Bildschirm. Er ist jetzt nur noch wenige Zentimeter von dem blauen Punkt auf der Karte entfernt, der ihren Aufenthaltsort anzeigt.

»Es sieht so aus, als würden sie langsamer werden«, meint Rob.

Thabisa lässt seine Hände los und dreht sich zum Computer um.

»Vielleicht ist das Signal verloren gegangen. Das passiert manchmal.«

Der rote Punkt schiebt sich auf ihren Punkt und bleibt stehen.

Thabisa beugt sich über den Monitor. Zoomt noch näher heran.

»Was zum Teufel …«

Sie stürzt zum Fenster und hebt eine Lamelle der Jalousie.

»Das ist McNamaras Wagen. Er parkt direkt vor dem Hotel.«

Sie sehen sich an, und Rob weiß, was sie denkt.

Er hat sie gefunden.

Aber wie? Vielleicht hat der Motelbesitzer Thabisa erkannt. Oder steckt womöglich der Autovermieter mit ihm unter einer Decke und hat einen Sender an ihrem Wagen befestigt?

Aber das ist alles unwichtig. Irgendwie hat er sie gefunden, und nun ist er gekommen, um das zu Ende zu bringen, was ihm vergangene Nacht nicht gelungen war.

»Hast du eine Waffe dabei?«, fragt Rob.

Thabisa schüttelt den Kopf. Sie hat ihre Position am Fenster nicht verlassen.

Plötzlich springt sie zur Seite und presst sich mit dem Rücken an die Wand.

»Sie kommen hierher«, flüstert sie. »Kannst du kämpfen?«

Er denkt an den Vorfall in New York, die Prügelei in dem Nachtclub.

»Ziemlich gut sogar. Wobei ich es nüchtern noch nie versucht habe.«

»Uns bleibt keine Zeit, dich abzufüllen. Wir stellen uns auf beiden Seiten der Tür auf.«

Rob schleicht geduckt am Fenster vorbei und stellt sich neben die Tür, bereit, sich auf jeden Eindringling zu stürzen. Sein Herz schlägt wie eine Basstrommel, der Puls singt in seinen Ohren.

Auch Thabisa wirkt angespannt, ihr Mund ist ein schmaler Strich. Der Blick dunkel und konzentriert.

Rob schließt die Augen und versucht, Schritte zu hören, doch sein eigenes Herz übertönt alles.

Ein dunkler Schatten fällt ins Zimmer, als jemand an ihrem Fenster vorbeigeht, und sie ducken sich instinktiv. Aber die Schritte entfernen sich wieder, und Thabisa kontrolliert durch einen Spalt vorsichtig die Lage.

»Er klopft an einem anderen Zimmer«, flüstert sie.

Wenige Sekunden später hört Rob das entfernte Geräusch einer Tür, und er sinkt mit zitternden Beinen zu Boden.

»Jemand hat ihn reingelassen«, sagt Thabisa, »aber ich habe nicht gesehen, wer.«

»Hauen wir ab?«

Sie schüttelt den Kopf.

»Sie sind in einem Zimmer, das gegenüber von unserem

liegt. Wenn sie aus dem Fenster sehen, entdecken sie uns sofort.«

Sie bleibt am Fenster stehen. Beobachtet den Parkplatz.

»Wollen wir uns aufteilen?«, fragt Rob.

Bevor Thabisa antworten kann, hören sie, wie die Tür wieder geöffnet wird.

»Ist er es?«, fragt Rob.

»Nein, es ist ein anderer Mann. Er hat einen großen Rucksack dabei. Aber was … das ist doch … Dieser Dreckskerl. War ja klar, dass er etwas damit zu tun hat.«

»Wer denn?«

»Gareth Chernick. Ehemaliger Polizeichef von Phalaborwa. Er wurde vor ein paar Jahren wegen Korruptionsverdachts gefeuert. Außerdem vermutet man, dass er während der Apartheid tief in den Elfenbeinschmuggel von Angola nach Südafrika verwickelt war, den die Polizei kontrolliert hat.«

»Die Polizei hat Elfenbein geschmuggelt?«

»Soldaten auch. Auf diese Weise unterstützte Südafrika die UNITA-Bewegung im Bürgerkrieg in Angola.«

Thabisa lässt den Mann nicht aus den Augen, während dieser die hintere Tür eines Autos öffnet.

»Ich verwette jeden Rand, den ich besitze, dass das Horn in dem Rucksack ist, den er gerade in seinen unglaublich teuren Tony Yengeni geladen hat.«

»Seinen was?«

»Ach, entschuldige. Tony Yengeni ist unser Spitzname für einen Mercedes Benz. Das war ein korrupter ANC-Politiker, der sich mal mit einem hübschen Benz hat bestechen lassen.«

Rob stellt sich neben Thabisa ans Fenster. So nahe,

dass er den Duft ihres Shampoos wahrnimmt. Thabisa hält ihr Handy durch eine Lamelle und filmt, wie der Mercedes den Parkplatz verlässt und in Richtung Norden davonfährt.

Rob überprüft den roten Punk, der sich wieder in Bewegung gesetzt hat.

»Du hattest recht. Er hat das Horn dabei.«

Eine Minute später kommt Tom McNamara aus dem Zimmer. Er schließt die Tür ab, lässt den Zimmerschlüssel um den Zeigefinger kreisen und geht zur Rezeption.

Kurz darauf steigt er in seinen schwarzen Ford Ranger und fährt davon. Ebenfalls in Richtung Norden.

»Was machen wir jetzt?«, fragt Rob.

Thabisa schnappt sich ihren Rucksack und beginnt, Klamotten und Toilettenartikel hineinzustopfen.

»Wir fahren in die andere Richtung. Nach Joburg«, sagt sie.

New York, USA

Die Frau am anderen Ende spricht langsam und mit starkem Akzent.

»Guten Tag, mein Name ist Gunilla Ognеryd, und ich bin die Tante von Rob Chazey.«

Es klingt, als hätte sie die Sätze auswendig gelernt und als hätte ihr jemand bei der Formulierung der Botschaft geholfen, die sie jetzt verkünden muss.

Gus Wilsbury steht am Fenster seines Hotelzimmers und kneift die Augen zusammen. Bitte, denkt er. Sag es nicht. Sag stattdessen, dass die Nachrichten lügen.

»Ich rufe an, um Ihnen mitzuteilen, dass Rob tot ist.«

Gus öffnet die Augen, spürt, wie der Boden unter ihm wankt, und setzt sich aufs Sofa.

Sein Blick fällt auf die Schlagzeile auf seinem iPad, das auf dem Sofatisch liegt.

»Rockstar von Krokodil gefressen.«

Er hatte gehofft, dass es eine Lüge ist, wie so vieles andere, was die *New York Post* so druckt, aber diesmal stimmte es also tatsächlich.

Er kann es nicht fassen. Was wollte Rob überhaupt in Südafrika? Er war niemand, der ohne Grund die Großstadt verließ.

In der Leitung tutet es zweimal, ein Anrufer klopft an, bestimmt ein Journalist.

Gus achtet nicht weiter darauf.

»Hallo? Sind Sie noch da?«, fragt die Frau.

»Ja«, antwortet er. »Bitte verzeihen Sie, ich stehe unter Schock.«

»Ich auch«, erwidert die Frau. »Können Sie es seinen Freunden in der Band übermitteln?«

Sein Handy piepst einmal, eine eingehende SMS, dann folgt eine weitere.

»Ja, versprochen. Vielen Dank, dass Sie mich angerufen haben.«

»Ja, es ist ...«, sie verstummt, als hätte sie nichts mehr auf dem Zettel stehen und müsse nun versuchen, ohne Manuskript Englisch zu sprechen. Sie sagt etwas auf Schwedisch, das Gus nicht versteht, und dann fügt sie hinzu: »Entschuldigen Sie, mein Englisch ist sehr schlecht.«

»Sie brauchen sich nicht zu entschuldigen.«

»Okay ... ja, auf Wiederhören.«

»Auf Wiederhören.«

Kaum hat er das Gespräch beendet, fängt sein Handy an, zu klingeln. Er schaltet es auf stumm und legt es weg. Es vibriert unbeirrt weiter und dreht sich dabei langsam im Kreis. Es wird sicher tagelang nicht aufhören, zu klingeln.

N4, auf Höhe von Middelburg, Südafrika

Rob lehnt die Stirn gegen die kühle Scheibe der Beifahrertür. Lauscht dem monotonen Rauschen der Reifen auf dem Asphalt und sieht hinaus in die undurchdringliche Dunkelheit der Nacht.

Vor wenigen Tagen noch hatte er in New York in einem Taxi gesessen und sich von ganz ähnlichen Geräuschen hypnotisieren lassen, aber das scheint ein ganzes Leben lang her zu sein.

Der Mond ist aufgegangen, groß und rund. Die Nachtlampe der Wilderer. In dieser Nacht werden wieder Nashörner sterben.

Er denkt an Daniel. Wie er von einem Krokodil in die Tiefe gezerrt wurde. Und er denkt an zwei kleine Kinder, die in einer kleinen Hütte irgendwo in Mosambik sitzen und auf ihren Vater warten. An leere Teller auf einem Küchentisch und an eine Ehefrau, die hofft, dass sich alles bald zum Guten wenden wird.

Armut.

Er erinnert sich, dass er sich als Kind für arm gehalten hat. Dass er sich bemitleidete, weil er im Gegensatz zu allen anderen keine Nintendo-Spielekonsole hatte, keinen DVD-Player und keinen Minidisc-Walkman.

Aber hatte er sich auch nur einmal hungrig schlafen legen müssen? War der Kühlschrank ein einziges Mal leer gewesen, wenn er ihn geöffnet hatte? Nicht, soweit er sich erinnern konnte.

Seine Mutter hätte es sich vielleicht leisten können, ihm all diese Dinge zu kaufen, aber sie hatte entschieden, mit dem Geld etwas anderes zu machen. Für etwas zu kämpfen.

Er hatte das extrem egoistisch gefunden. Vielleicht war es in Wirklichkeit das Gegenteil. Vielleicht hatte sie versucht, ihm auf diesem Weg beizubringen, was wirklich wichtig ist.

Aber es war die Art und Weise, wie sie es getan hatte, die ihn zur Weißglut brachte, diese absolute Kompromisslosigkeit.

Er erinnert sich, wie sie einmal geseufzt hatte, als sie ihn in Los Angeles besuchte und sah, dass zwei Autos in seiner Garage standen.

Der rote Ferrari und ein schwarzer Dodge Challenger.

»Ist das wirklich notwendig?«, hatte sie gesagt.

Es war einer ihrer Lieblingssätze, wenn sie sein Leben kommentierte. Der zweite lautete:

»Wozu soll das gut sein?«

Als müsse alles, was man machte, immer einen Sinn haben.

»Nein, das ist nicht notwendig«, hatte er geantwortet. »Aber es macht Spaß. Versuch das auch mal.«

Er lebte, wie er lebte, weil er es konnte, weil er es wollte und weil er die Mittel dafür hatte. Und er fand, dass er das Recht dazu hatte. Er hatte hart dafür gekämpft. Und er hätte sich so sehr gewünscht, dass sie stolz auf ihn war und sich darüber freute, dass er es in dieser gnadenlosen Branche so weit gebracht hatte.

Aber sie war nicht in der Lage, über ihren eigenen Tellerrand hinauszuschauen.

Vielleicht konnte er das auch nicht.

Thabisa reißt das Lenkrad herum, als plötzlich vor ihnen am Straßenrand ein Mann im Scheinwerferlicht auftaucht.

»Shit!«, ruft sie. »Können die sich nicht wenigstens helle Klamotten anziehen, wenn sie mitten in der Nacht auf der Schnellstraße entlangspazieren. Kein Wunder, dass bei uns die Leute im Straßenverkehr wie die Fliegen sterben.«

»Wie weit ist es noch?«, fragt er.

»Noch knapp zwei Stunden. Kannst du kurz überprüfen, wo das Horn gerade ist?«

Rob streckt sich nach hinten und holt den Laptop vom Rücksitz.

Er klappt ihn auf und verbindet sich mit dem Internet. Der Empfang ist überraschend gut, obwohl sie sich mitten im Nirgendwo befinden.

»Das Horn ist noch immer in Phalaborwa«, sagt er.

Thabisa nickt schweigend.

»Wollen wir nicht doch die Polizei einschalten?«, meint Rob. »Vielleicht können wir sie dazu bringen, ihm eine Falle zu stellen, wenn er das Horn übergibt, oder wenn er versucht, es in Mosambik zu verkaufen.«

»Noch nicht«, antwortet sie. »Wenn ein ehemaliger Polizeichef in die Sache verwickelt ist, heißt das, dass die Korruption bis ganz nach oben reicht. Ich weiß nicht, wem wir vertrauen können. Aber morgen gehe ich zu einem alten Jugendfreund, der in Joburg für die Polizei arbeitet. Er ist der einzige Polizist, dem ich zu hundert Prozent vertraue. Er kann uns bestimmt weiterhelfen.«

Hoedspruit, Südafrika

Tom McNamara sitzt auf dem Sofa im Wohnzimmer und zappt durch die Sender. Das Glas, das er in der Hand hält, ist leer. Die Abdrücke seiner Finger zeichnen sich darauf ab.

Er sieht auf die Uhr. In Vietnam ist vermutlich die Sonne noch nicht einmal aufgegangen. Vielleicht ist es noch zu früh, um anzurufen.

Er gießt sich Cognac nach. Seine Hand zittert, sodass sich auf dem Tisch eine kleine Lache bildet.

»Reiß dich zusammen«, flüstert er sich zu.

Weshalb ist er eigentlich so nervös? Was passiert ist, geht nicht auf sein Konto. Und außerdem kann er ihnen ja gute Infos liefern.

Über Rob Chazey.

Er hat ihn in der Nacht gegoogelt. Und unentwegt den Kopf beim Anblick der Bilder geschüttelt, auf denen der Schwede wie eine hüftschwingende Tussi auf der Bühne posierte. Manchmal mit einer Federboa um den Hals. Als ob die Schminke nicht reichen würde.

Eine verdammte Tunte, das war er.

Oder unterschätze ich ihn? Ist Rob Chazey ein anderer, als er vorgibt zu sein? Er war zum richtigen Zeitpunkt am richtigen Ort, um mich dabei zu beobachten, wie ich vorgestern Nacht den Hubschrauber zur Landestelle gelotst habe. Und einen Tag später taucht er in der Sekunde auf, als ich den Wilderer erlegt habe. Und jetzt sieht es so aus, als hätte er auch seinen eigenen Tod vorgetäuscht.

Tom McNamara nimmt einen großen Schluck aus dem Glas.

Sein Kumpel von der Autovermietung hatte ihn angerufen und ihm erzählt, dass Thabisa gesehen wurde, wie sie eines der Fahrzeuge hinter dem Supermarkt Pick n Pay geparkt hatte. Und dann war ein großer Weißer mit schwarzem, wirrem Haar und ebenso engen Klamotten in den Kofferraum gekrochen.

Die kleine Schlampe hat ihm also geholfen.

Er hatte sie nie gemocht. Viel zu eifrig, wie eine kleine Pfadfinderin.

Aber bei ihr weiß er, wie er sie in den Griff bekommt. Das große Fragezeichen ist, wer dieser Rob Chazey eigentlich ist, und ob es kein Zufall war, dass er ausgerechnet jetzt im Reservat aufgekreuzt ist.

Er hebt das Glas zum Mund und nimmt noch einen Schluck.

Als er auf Wikipedia gelesen hat, dass Rob ursprünglich aus Schweden stammt, war ihm ein Artikel aus der Zeitung wieder eingefallen: In einem schwedischen Zoo war dieses weltberühmte Nashorn erschossen worden.

Hatte sein Erscheinen hier damit zu tun? Aber inwiefern? Er kann einfach keinen Zusammenhang erkennen. Er weiß nur, dass Rob Chazey weg muss. Und zwar schnell. Bevor er erzählen kann, was er gesehen hat.

Die Vietnamesen müssen ihm dabei helfen, dieses Problem zu lösen.

Tom McNamara geht in sein Arbeitszimmer und zieht ein altes Jagdbuch aus dem Bücherregal. Auf Seite 84 hat er am Rand eine Telefonnummer notiert. Er setzt sich auf den Bürosessel, nimmt den Hörer des Telefons ab und wählt die Nummer.

Hanoi, Vietnam

Ist das Geräusch von Schritten real oder existiert es nur in seinem Kopf? Than Vu versucht angestrengt, zu lauschen, aber sein Gehirn ist voll mit anderen Geräuschen, und ihm ist klar, dass er dabei ist, den Verstand zu verlieren.

Der Kot in seiner Hose ist hart geworden, aber der Holzboden der Kiste ist immer noch feucht von seinem Urin.

Das Geräusch ist wieder zu hören. Ganz bestimmt waren das Schritte, oder?

Hilfe.

Than Vu weiß nicht, ob er das Wort laut schreit oder ob es nur in seinem eigenen Kopf widerhallt. Er versucht, gegen die Wand der Kiste zu treten, aber seine Beine gehorchen ihm nicht mehr. Sie scheinen gar nicht mehr zu seinem Körper zu gehören.

Die Schritte nähern sich. Jemand hantiert am Hängeschloss herum, dann wird der Deckel aufgerissen, und Than Vu hebt die Hand, um sich vor dem Licht und den Gegenständen zu schützen, die auf ihn geworfen werden könnten.

»Raus mit dir.«

Godzillas Stimme.

Zwei riesige Hände packen ihn unter den Achseln und zerren ihn aus der Kiste. Er schreit laut auf, als seine Beine sich strecken.

Godzilla lässt ihn los. Seine Beine geben nach, und er sackt zu Boden. Dabei brüllt er vor Schmerzen.

Godzilla lacht und nennt ihn einen Weichling. Dann hebt er ihn wieder hoch und hält ihn so lange fest, bis er sicher ist, dass Than Vu halbwegs stabil allein stehen kann.

»Bleib jetzt stehen. Sonst sorge ich dafür, dass du das nie wieder kannst.«

Erst jetzt sieht Than Vu, dass Huong Xuan vor ihm steht. Wie immer trägt er einen schwarzen Anzug ohne die kleinste Falte.

Huong Xuan lächelt ihn an und sagt freundlich:

»Ich habe ein Angebot für dich.«

Than Vus Beine brennen wie Feuer, aber er versucht, sich aufrecht zu halten.

»Ja«, erwidert Than Vu, und es klingt wie ein Krächzen.

»Wir haben ein Problem in Südafrika. Ich will, dass du dorthin fliegst und es für uns löst.«

Huong Xuan muss nicht mehr erklären. Than Vu versteht sofort, dass er jemanden umbringen soll.

»Und wenn ich das Angebot nicht annehme?«

Er hatte nicht beabsichtigt, das laut auszusprechen, es war nur ein Gedanke. Aber er scheint nicht mehr in der Lage zu sein, das eine vom anderen zu unterscheiden.

Huong Xuan wirkt amüsiert, als wäre allein der Gedanke schon urkomisch, dass jemand Nein sagen könnte.

»Nun, dann wirst du dich in der Kiste gleich nicht

mehr so einsam fühlen, sondern … wie soll ich es ausdrücken … umschlungen.«

Than Vu nickt.

Kobras also. Aber die Schlangen machen ihm nicht halb so viel Angst wie der Gedanke, erneut in die Kiste gesperrt zu werden.

Seit man ihn in den Wagen gestoßen und er Godzilla auf dem Beifahrersitz gesehen hatte, war ihm ohnehin klar gewesen, dass er sterben würde. Er hatte nur nicht verstanden, warum sie es solange hinauszögerten. Jetzt weiß er es. Er soll für sie die Drecksarbeit erledigen. Erst danach wird er sterben.

Aber das ist okay. Alles ist ihm recht, wenn er nur nicht wieder in die Kiste muss.

Er nickt erneut.

»Kein Problem«, sagt er. »Ich mache es.«

Johannesburg, Südafrika

Thabisa hält vor dem Eingang eines Viersternehotels im nördlichen Johannesburg. Rob betrachtet die hübsche, frisch verputzte Fassade und die unmittelbare Umgebung. Hohe Gebäude aus Stahlkonstruktionen. Teure Autos auf sauberen, breiten Straßen.

»Es sieht hier gar nicht so aus, wie ich es mir vorgestellt habe.«

»Wir sind hier in Sandton, einer der reichsten Vororte. Wenn ich ein bisschen weiter nach Süden fahren würde, könntest du das richtige Joburg kennenlernen, und das ist kein schöner Anblick. Es genügt übrigens, nur ein paar Straßen in die falsche Richtung zu spazieren, und dann bist du schneller im Ghetto Alexandra, als du denkst.«

»Dann spaziere ich mal lieber nicht in die falsche Richtung.«

»Du wirst überhaupt nirgendwohin spazieren. Bleib in deinem Zimmer, bis ich morgen Vormittag wieder zurück bin. Das Hotel bietet zwar keinen Rockstarstandard, aber Zimmerservice sollte es geben, du kannst hier also prima untertauchen.«

Rob klappt den Sonnenschutz herunter und wirft einen prüfenden Blick in den Spiegel. Seine Haare stecken unter der Baseballkappe eines südafrikanischen Rugbyteams. Auf der Nase ruht eine dicke Brille aus Fensterglas, und sein Kinn und die Wangen sind von einem dunklen Dreitagebart bedeckt.

Als sie unterwegs an einem Laden angehalten hatten, hatte er Thabisa ausdrücklich gebeten, einfarbige, schwarze und vor allem eng anliegende T-Shirts zu kaufen, am besten aus Baumwolle. Stattdessen hatte sie die buntesten und unförmigsten Touristenklamotten ausgesucht, die sie finden konnte.

In diesem Moment trug er ein leuchtend weißes T-Shirt mit der Aufschrift quer über der Brust *I love South Africa* in regenbogenbunten Buchstaben.

Thabisa hatte Tränen gelacht, als er es angezogen hatte. Als er jetzt aus dem Wagen steigt und sie sieht, wie es an seinem sehnigen Körper schlackert, muss sie schon wieder grinsen.

»Du siehst aus wie ein echter Eingeborener«, sagt sie mit aufgesetztem Ernst.

»Genau so willst du mich haben«, antwortet er, beugt sich ins Auto und gibt ihr einen Kuss.

Sie nimmt seinen Kopf in ihre Hände und beißt ihn sanft in die Unterlippe.

»Willst du nicht mit reinkommen und dir ansehen, wie ich wohne«, fragt er und streicht ihr über die Innenseite des Oberschenkels.

»Ich muss wirklich erst zu meiner Mutter. Veranstaltest du morgen auch eine Zimmerbesichtigung?«

Er lächelt sie an und zieht die Hand zurück.

»Ich halte dich auf dem Laufenden, wohin das Horn unterwegs ist.«

»Ich glaube nicht, dass es sich weiterbewegt, bevor es hell wird. Vergiss das Gepäck nicht.«

Er öffnet die Tür zur Rückbank, stopft Thabisas Laptop und die zugehörigen Kabel in eine der Kleidertüten und wirft sich den Seesack über die Schulter.

»Grüß deine Mutter von mir«, sagt er und schlägt die Tür zu.

Sie winkt ihm zu. Dann fährt sie davon.

Er sieht ihr lange nach, bis der Wagen außer Sichtweite ist. Dann geht er ins Hotel und checkt unter dem Namen des berühmten Okkultisten Aleister Crowley ein.

Shanghai, China

Li Cheng lehnt sich mit einem wohligen Gefühl im Körper in seinen Bürosessel.

Auf dem Flatscreen an der Wand laufen die Morgennachrichten ohne Ton. Zu sehen sind Bilder des gigantischen Feuers aus Elfenbein und Nashornhörnern, das am Vorabend außerhalb von Nairobi entfacht wurde, und dazu die betroffenen Gesichter amerikanischer Promis.

Was für eine Verschwendung, denkt er. So viele schöne Dinge hätte man aus diesem herrlichen Rohmaterial machen können.

Aber: Es ist auch gut fürs Geschäft. Die medialen Flammen sorgen dafür, dass er bei zunehmender Nachfrage problemlos auf das mangelnde Angebot verweisen kann, wenn er die Preise erhöht.

Er weckt seinen Computer aus dem Ruhemodus und will sich gerade noch einmal den Terminplan für den anstehenden Tag ansehen, da ruft seine Sekretärin auf der internen Leitung an.

»Ja?«

»Herr Huong aus Vietnam. Soll ich ihn durchstellen?«

»In Ordnung.«

Er freut sich auf die Nachricht von Huong Xuan, dass

sich das seltene Horn aus dem schwedischen Zoo auf den Weg zu ihm gemacht hat.

Das Gespräch wird zu ihm durchgestellt, und die beiden Männer tauschen die üblichen Höflichkeitsfloskeln aus, bis Huong Xuan schließlich sagt:

»Wir haben ein kleines Problem.«

Li Chengs Magen zieht sich zusammen.

»Was denn?«

»Das Horn … ist halbiert.«

Li Cheng springt auf und tritt gegen einen Papierkorb aus Zinn.

Der Vietnamese brabbelt weiter. Stammelt eine Erklärung. Als ob das die Sache besser machen könnte.

Li Cheng atmet tief durch die Nase ein und zwingt sich, seinem Geschäftspartner zuzuhören. Das Horn ist also auseinandergesägt worden. Das unschätzbar wertvolle Horn, das zum Juwel seiner Sammlung hätte werden sollen.

Wie konnten diese Idioten das zulassen?

»Wir haben den Täter entlarvt«, sagt Huong Xuan am anderen Ende der Leitung. »Wir sind ziemlich sicher, dass er nach Südafrika geflohen ist, und wir glauben zu wissen, wo er sich versteckt. Wir werden ihn finden und erledigen.«

Li Cheng beißt die Zähne zusammen und sieht durch die angewinkelten Jalousien nach draußen. Er sieht den Shanghai Tower, der sich stolze 632 Meter in den Himmel reckt und im Sonnenschein strahlt. Höher und stattlicher als alles, womit sie im Westen so prahlen könnten. Ganz zu schweigen von Vietnam.

Huong Xuan hat endlich aufgehört, zu reden, und

Li Cheng holt noch einmal tief und kontrolliert Luft, bevor er langsam sagt:

»Rührt den Dieb nicht an. Macht ihn ausfindig und teilt mir mit, wo er ist, dann werde ich mich persönlich um ihn kümmern.«

Johannesburg, Südafrika

Thabisa bremst an einer roten Ampel, bereut das aber schnell und gibt sofort wieder Gas, als sie sieht, wie sich eine Gruppe von Männern dem Auto von hinten nähert.

Jedes Mal, wenn sie in dieses Viertel zurückkommt, hat sie vergessen, wie groß das Elend in Hillbrow tatsächlich ist. Die verschmierten Fassaden, die Müllsäcke an den Straßenecken und die vielen verlassenen Häuser mit eingeschlagenen Fensterscheiben.

In der Ferne sieht sie den zylinderförmigen Ponte Tower, während sie ihr Handy aus der Jackentasche holt und ihre Mutter anruft. Es ist schon spät am Abend, nach elf Uhr, aber ihre Mutter war schon immer eine Nachteule.

Es klingelt, aber niemand geht ran. Thabisa weicht einem zugedröhnten Mann aus, der mitten auf der Straße einen Einkaufswagen vor sich herschiebt, und biegt dann nach rechts ab. Vielleicht hat Mama das Telefon wieder irgendwo liegen lassen, und der Akku ist leer, denkt sie. Es wäre nicht das erste Mal.

Sie fährt an dem vergitterten Kiosk vorbei, in dem ihre Mutter öfter als Aushilfe gearbeitet hatte, bevor ihre Schmerzen zu stark wurden, und biegt dann in ihre Straße.

Zwei junge Männer sitzen auf der Bordsteinkante und starren sie an, und da erst wird ihr klar, wie idiotisch es gewesen ist, mit dem Mietwagen hierherzukommen. Sie hätte den Wagen in ein Parkhaus stellen und den Bus nehmen sollen. Die Gefahr, dass jemand ihn stiehlt, ist groß. Oder zumindest ein Fenster einschlägt und das Autoradio mitnimmt.

Sie parkt hinter einem Minibus mit eingeschlagener Hecktür und wirft sich den Rucksack über die Schulter. Müllsäcke stapeln sich im Treppenhaus, und eine schmutzige Matratze lehnt an einer Wand.

Sie weiß nicht, wie oft sie schon versucht hat, ihre Mutter dazu zu überreden, Joburg zu verlassen und zu ihr nach Hoedspruit zu ziehen. Aber ihre Mutter weigert sich.

»Ich kenne da oben doch niemanden. Was soll ich den ganzen Tag machen, während du arbeitest? Rumsitzen und Däumchen drehen?«

In gewisser Weise hat sie ja recht. Hier konnte sie wenigstens mal runter ins Café gehen und mit Madame Mthunzi plaudern oder beim Nachbarn klingeln und mit ihm Poker spielen.

Die fünfte und siebte Stufe der Treppe in den ersten Stock knarren so beunruhigend wie immer, und das abgenutzte Geländer zwischen dem zweiten und dritten Geschoss hängt sehr lose in seiner Halterung.

Diesmal hatte Thabisa wirklich vor, es zu reparieren. Sie wollte die gelockerte Verankerung dichten und das Geländer ein für alle Mal festschrauben. Vor einer Woche hat sie schon den Schraubenzieher, die Bohrmaschine, eine Dose chemischen Metallkleber und noch andere

Werkzeuge im Wagen deponiert, doch der steht jetzt in Hoedspruit. Nächstes Mal.

Wenigstens um die Wohnungstür hat sie sich gekümmert. Thabisa hatte eine stabilere Variante als das dünne Standardmodell des Vermieters einbauen lassen. Diese Tür konnte man nicht einfach eintreten oder mit einer Brechstange öffnen. Nun musste sie ihre Mutter nur noch dazu bringen, sie auch abzuschließen.

Thabisa klopft an. Viermal kurz hintereinander, damit ihre Mutter weiß, dass sie es ist. Sie spitzt die Ohren, aber es ist schwer, etwas durch die dicke Tür zu hören.

Sie klopft erneut, dann drückt sie den Griff herunter. Offen. Sie seufzt. Ihre liebe gutgläubige Mutter.

Im Flur riecht es herzhaft nach Kuhmagen in Curry, dem Spezialgericht ihrer Mutter.

»Mama«, ruft sie. »Ich bin's, Thabisa.«

Keine Antwort. Nur das leise, irritierende Jaulen der Alarmanlage eines Autos, die unten auf der Straße ausgelöst worden ist.

Sie geht ins Schlafzimmer. Und da liegt ihre Mutter.

Auf dem Rücken.

Auf dem Boden.

Das senfgelbe Kleid ist bis zur Brust hochgezogen, die Unterhose zerrissen, und die breiten Schenkel sind von grotesken Hämatomen und geronnenem Blut bedeckt.

Thabisa bekommt keine Luft mehr. Sie stürzt zu ihrer Mutter, kniet sich neben sie und legt das Ohr an die geschwollenen, aufgeplatzten Lippen. Ihr Atem geht röchelnd, ist aber vorhanden, und Thabisa zerrt ihr Handy aus der Tasche und wählt den Notruf.

Während das Freizeichen ertönt, streicht sie ihrer Mutter über die Wange und entfernt einen Zahnsplitter, der in dem geronnenen Blut an der geschwollenen Unterlippe klebt.

»Oh, Mama«, flüstert sie. »Wer hat dir das angetan?«

Dann meldet sich jemand am anderen Ende, Thabisa räuspert sich und fasst so sachlich wie möglich zusammen, was geschehen ist und gibt die Adresse durch.

Nachdem sie das Gespräch beendet hat, legt sie ihrer Mutter vorsichtig ein Kissen unter den Kopf und deckt sie zu.

Sie kann das geschwollene, zerschundene Gesicht ihrer Mutter kaum anschauen. Stattdessen steht sie auf und sieht sich im Zimmer um. Sie sucht nach Spuren, weil sie genau weiß, dass die Polizei den Job, den man von ihr erwarten dürfte, nicht tun wird.

Keiner der Schränke ist aufgebrochen, keine Schublade herausgezogen und kein Buch zu Boden geworfen worden. Warum?, fragt sie sich und ist überrascht, wie kühl und rational sie denken kann. Sie müssen ja nach etwas gesucht haben. Oder wollten sie nur einbrechen und eine alte Frau vergewaltigen? Sind sogar die Männer in Hillbrow so krank?

Sie geht in die kleine Küche. Auch die apricotfarbenen Küchenschränke sind nicht aufgerissen worden. Und in der Vorratskammer stehen die Gewürzdosen, Mehltüten und Keksdosen noch immer ordentlich aufgereiht nebeneinander. Die Spüle ist wie immer klinisch sauber, und die beiden Kerzenständer aus Neusilber stehen an ihrer angestammten Stelle auf dem Küchentisch.

Aber dort liegt auch ein Zettel.

Das ist nicht die Handschrift ihrer Mutter. Und die

Worte sind auf Englisch. Warum? Ihre Mutter spricht nur Zulu und Afrikaans.

Thabisa greift nach dem Papier und spürt, wie ihr das Blut in den Adern gefriert.

Die Nachricht ist nicht an ihre Mutter gerichtet.

Sie hebt sie mit zitternder Hand hoch.

Leg nicht auf, wenn wir das nächste Mal anrufen.

Hanoi, Vietnam

Huong Xuan legt den Hörer auf und zieht eine Zigarette aus dem Päckchen. Er zündet sie an, nimmt ein paar tiefe Züge und lehnt sich zurück.

Am Ende war das Gespräch ungefähr so gelaufen, wie er es sich vorgestellt hatte. Der Chinese war zu Beginn erst einmal durchgedreht, dann hatte er sich allmählich wieder beruhigt und war zu guter Letzt zu einem geschäftsmäßigen Ton zurückgekehrt. Hatte angefangen, zu verhandeln. Er sehe sich jetzt nicht mehr in der Lage, mehr als die Hälfte der vereinbarten fünfhunderttausend Dollar zu bezahlen.

Huong Xuan hatte diesen Drahtseilakt geschickt vollführt und weitere Käufer erfunden. Den Milliardär in Tianjin beispielsweise. Der Chinese hatte damit gekontert, dass zukünftige Verhandlungen über den Kauf anderer Waren auf dem Spiel stünden, und so hatten sie ihren verbalen Fechtkampf eine Weile fortgesetzt, bis sie sich schließlich auf die Summe von zweihundertfünfzigtausend Dollar geeinigt hatten. Was in etwa dem entsprach, womit Huong Xuan gerechnet hatte.

Er trommelt mit den Fingern auf die drachenförmige Armlehne des Stuhls und denkt an sein Telefonat mit

Tom McNamara aus Südafrika vor ein paar Stunden. Und an die Ratte, die vergiftet werden muss.

Tom McNamara ist ein wichtiger Insider. Er hat Zugang zu einem Netzwerk, das hochrangige Behördenmitarbeiter einschließt. Polizisten, Zollbeamte, Politiker.

Dieser schwedische Tourist darf das nicht zerstören.

Huong Xuan bläst einen großen, zitternden Ring aus Rauch in Richtung Decke, wo er sich im Luftstrom des Ventilators auflöst.

Er ist froh, seiner Intuition vertraut zu haben und Than Vu nicht sofort hat umbringen lassen. Er wusste, dass er noch irgendwie Verwendung für ihn haben würde.

Than Vu soll diesen Schweden töten, und dann können die Männer des Chinesen Than Vu kaltmachen. So sind alle zufrieden und können in Ruhe weiterarbeiten.

Ein Handy meldet den Eingang einer SMS. Die Nachricht ist von Godzilla.

Das Flugzeug ist gestartet.
Unser Mann ist an Bord.

Huong Xuan steht auf und stellt sich ans Fenster. Ignoriert das Verkehrschaos zu seinen Füßen und sieht hinüber zum Hoan-Kiem-See und zu der kleinen, heruntergekommenen Pagode auf der kleinen Insel in dessen Mitte. Man könnte einen Spaziergang in der Nachmittagssonne machen.

Er nimmt das Jackett vom Kleiderhaken und zieht es an. Mustert sich im Spiegel und zupft den Hemdkragen zurecht.

Die Sonne scheint ihm warm und freundlich ins Gesicht, als er die belebte Straße überquert, und er fühlt sich angenehm leichtfüßig, als er zu seinem Spaziergang am Ufer des Sees aufbricht.

Johannesburg, Südafrika

Rob lungert auf dem weichen Bett in seinem Hotelzimmer herum. Auf dem Schoß hat er den Laptop und in der rechten Hand eine Flasche Castle Lager.

Im Fernsehen läuft irgendeine südafrikanische Variante von *Reich und schön*. Er trinkt den letzten Schluck aus der Flasche, stellt sie zu den anderen vier auf den Nachttisch und überprüft den Laptopmonitor. Der rote Punkt blinkt an derselben Stelle wie vorher.

Er wechselt den Fernsehsender und starrt plötzlich in sein eigenes Gesicht. Eine Stimme aus dem Off spricht über ihn in einer Sprache, die wie Holländisch klingt, aber vermutlich Afrikaans ist.

Jetzt ist es also schon in den Nachrichten? Wie zum Teufel konnte das passieren?

Er zappt durch die Kanäle und versucht, leider erfolglos, eine Nachrichtensendung auf Englisch zu finden. Stattdessen setzt er sich an den Tisch. Geht auf die Webseite der *New York Times*. Sieht auch dort ein Bild von sich, über der Schlagzeile *Rockstar vermutlich von Krokodil getötet*.

Rob erschaudert. Er hätte nicht gedacht, dass das Gerücht über seinen möglichen Tod die Öffentlichkeit erreichen würde. Wie hatte er nur so naiv sein können?

Seine Finger zittern, als er auf den Artikel klickt und liest, dass seine blutigen Kleidungsstücke nach einer bewaffneten Auseinandersetzung zwischen Wilderern und Rangern auf einer Flussbank in einem Reservat neben dem Kruger Nationalpark gefunden worden waren.

Die Zeitung schreibt weiter, dass Rob sich in das Reservat aus Trauer um sein adoptiertes Nashorn begeben hatte, dem brutal die Hörner abgeschnitten worden waren. Sie deutet ferner an, dass Tinus van Hoebeek die Verantwortung für Robs Tod trägt, indem er seinen Aufenthalt in einer »Kampfzone« zugelassen hatte.

Rob surft durchs Netz. Die Nachricht von seinem Tod steht online nicht nur bei allen großen schwedischen Zeitungen auf Seite eins, sondern auch beim *Rolling Stone*, bei *Mojo* und *Kerrang*.

Dann geht er auf die Webseite von ObstiNation. Ein Nachruf überzieht die komplette Startseite, in dem die Fans ermuntert werden, ihrer Trauer Ausdruck zu verleihen. Rob fängt an, die Kommentare zu lesen, aber ihm stockt der Atem. Die Trauer ist überwältigend. Die Fans sind aufgelöst. Sie schreiben, dass sie mit ihren letzten Ersparnissen nach Brooklyn fahren und der Gedenkzeremonie vor seinem Haus beiwohnen werden.

Was habe ich bloß angerichtet?

Er scrollt nach unten. Der Strom an Kommentaren nimmt gar kein Ende. Die Leute tragen Trauerflor und posten Bilder von selbst organisierten Gedenkfeiern. Zitieren Liedverse, die er selbst schon ganz vergessen hat.

Einige klammern sich an den letzten Hit.

A funeral to die for – genauso wird deine Beerdigung auch sein. R. I. P. /Tim
Ich würde gern sterben, wenn du dadurch wieder lebendig wirst. /Clara

Er klappt den Computer zu. Fährt ruckartig mit dem Stuhl zurück, als könnte der Laptop sich jederzeit wieder öffnen und Buchstaben entfesseln, die wie ein Schwarm wütender Wespen auf ihn losgehen würden. Es kribbelt in seinen Armen und Beinen wie nach einem Horrortrip, und er schwitzt und friert gleichzeitig.

Ich muss Gus anrufen. Muss dafür sorgen, dass er der Welt erklärt, dass ich noch am Leben bin.

Er streckt die Hand nach dem Hoteltelefon aus und fängt an, Gus' Nummer einzugeben, aber hält inne, bevor er die letzte Zahl drückt.

Er sieht das tote Nashorn vor sich. Hört Daniels röchelnde Atemzüge und sieht, wie Tom McNamara in das Motelzimmer geht, um das präparierte Horn an den ehemaligen Polizeichef zu übergeben.

Er kann jetzt nicht aufhören. Dann wäre alles vergebens gewesen. Er muss dieses Spiel bis zum Ende spielen.

Noch einen Tag, höchstens zwei. Irgendwie wird er die Menschen dafür entschädigen, die große Opfer aufbringen wollten, um seinen Tod zu betrauern.

Er legt auf und holt die letzte Bierdose aus der Minibar. Öffnet sie, nimmt ein paar Schlucke und ruft die Rezeption an, um etwas beim Zimmerservice zu bestellen.

New York City, USA

Das Blitzlichtgewitter der Fotografen dauert an, bis der Raum bis auf den letzten Platz besetzt ist, und mindestens fünfzig Reporter strecken gleichzeitig einen Arm in die Luft. Am Ende des Raumes stehen mehrere Fernsehteams und übertragen die Pressekonferenz live.

Gus Wilsbury hebt die Kaffeetasse zum Mund, aber bei dem Geruch wird ihm übel, und er stellt sie wieder hin. Wie viele Tassen hat er heute schon getrunken? Zehn? Fünfzehn? Und wie oft hat er den Satz »Ich weiß es nicht« gesagt? Tausendmal bestimmt.

Warum hat Rob Chazey nicht erzählt, wohin er fährt?

Ich weiß es nicht.

Warum hat er sich aus Südafrika nicht gemeldet?

Ich weiß es nicht.

Wo soll er begraben werden?

Ich weiß es nicht.

Haben Sie vor, das Live-Video von der Tournee zu veröffentlichen?

Ich weiß es nicht.

Links neben ihm auf dem Podium sitzt Wakko. Gus hätte es nicht für möglich gehalten, dass er sich so lange ruhig und still verhalten kann. Auf seiner rechten Seite sitzt TT Bones und spielt mit einem Stift, während er den Kopf schüttelt und versucht, den Reporter von *Hello!* davon zu überzeugen, dass es in der Band keine Streitigkeiten gegeben hat.

»Aber meine Quellen sagen, dass …«

»Ihre Quellen täuschen sich. Ich verstehe, dass Sie saftige Schlagzeilen wollen, aber hier kommen Sie nicht weiter. Tut mir leid.«

Gus sieht ihn erstaunt an. TT Bones trägt ein frisch gebügeltes schwarzes Hemd, hat sein rotes Bandana zu Hause gelassen und ist das Bandmitglied, das sich am vorbildlichsten verhält. Er ist sachlich, spricht mit ruhiger Stimme und antwortet ernst und unaufgeregt auf die Fragen, die ihm gestellt werden.

Ein Reporter des *National Geographic* erhält das Wort. Deren Teilnahme an einer Pressekonferenz über Ereignisse in einer Rockband ist wahrscheinlich eine Premiere, denkt Gus. Der Reporter steht auf, zupft sein schwarzes Jackett zurecht und fragt in feinstem Oxfordenglisch, ob Gus Wilsbury irgendeine Verbindung zwischen den Nashörnern Lena und Zoela sehe.

»Wer ist Zoela?«

»Das Nashorn, das letzten Sonntag im Kolmården-Tierpark in Schweden getötet wurde. Rob stammte ja auch aus Schweden.«

»Keine Ahnung. Ich wusste nicht einmal, dass so etwas passiert ist. Diese Frage sollten Sie vielleicht lieber der Polizei stellen«, sagt Gus und deutet mit einem Kopfnicken auf den grauhaarigen Mann, der rechts neben Wakko sitzt.

Kommissar Damien Fitzpatrick räuspert sich und beugt sich zum Mikrofon.

»Wir sehen bislang keinen anderen Zusammenhang als den, dass beide Nashörner Wilderern zum Opfer gefallen zu sein scheinen.«

Eine stark geschminkte Frau von der *New York Post* erhält das Wort und richtet ihre Frage an Wakko:

»Hat Rob oft von seinem großen Interesse am Naturschutz gesprochen?«

Wakko starrt Gus mit einem Blick an, der sagt: *Wovon redet die?*

»Äh … also …«, setzt er an.

TT Bones springt ein.

»Das hat Rob immer für sich behalten. Er wollte daraus keinen Profit schlagen und auf einer Umweltheldenwelle reiten. Er stand über solchen Dingen.«

Gus Wilsbury nickt zustimmend. Sehr gut gesagt, denkt er. Verdammt klug. Das wird fleißig in den Medien zitiert werden. Ein Wohltäter, der sich nicht im Glanz seiner Einsätze sonnen will, sondern sie für sich behält, von dieser Sorte von Altruisten gibt es heutzutage nicht mehr viele. Sogar Robs erbitterte Kritiker werden ihn dafür bewundern.

Dass es sich dabei um eine ziemlich verbogene Version der Wahrheit handelt, tut nichts zur Sache.

Johannesburg, Südafrika

Rob wacht mit furchtbaren Kopfschmerzen auf und fühlt sich tatsächlich so tot, wie in den Zeitungen behauptet wird. Grelles Licht attackiert seine Augen durch einen Spalt in den zugezogenen Vorhängen. Er will sich umdrehen und stößt mit dem Knie gegen etwas Hartes.

Was zum Teufel …

Er setzt sich vorsichtig auf und hebt die Decke hoch. Leere Bierflaschen, sieben, acht Stück, im Bett verstreut. Zwei noch auf dem Nachttisch.

Er legt sich wieder hin. Starrt an die Decke. Das war echt verdammt unnötig.

Erinnerungen aus der Betty-Ford-Klinik kommen zurück. Das Zitat, das er hatte auswendig lernen müssen.

Einer ist zu viel und tausend niemals genug.

Er sieht auf seinem neu gekauften Handy nach, wie spät es ist. 14:37. Das kann doch nicht wahr sein. Er hat über zwölf Stunden geschlafen?

Ob Thabisa versucht hat, ihn zu erreichen? Er nimmt das alte Motorolatelefon zur Hand, das sie ihm gegeben hat. Keine verpassten Anrufe, aber eine unbeantwortete SMS.

Bin mit meiner Mutter im Krankenhaus. Ihr geht es sehr schlecht. Rufe dich an, wenn ich kann.

Er wählt ihre Nummer und stellt erstaunt fest, dass er wieder mit dem Telefon telefonieren kann. Aber es bringt nichts, er landet direkt auf der Mailbox. Er nimmt an, dass sie sich in einer Abteilung befindet, in der man die Handys ausschalten muss.

Er schleppt sich zum Schreibtisch und klappt den Laptop auf. Widersteht dem Impuls, wieder auf die Nachrichtenseiten zu gehen, ruft stattdessen erneut die GPS-Seite auf und klickt auf die Karte. Sie zeigt noch Phalaborwa an – aber der rote Punkt ist verschwunden.

Er zoomt weiter weg, bis Hoedspruit und Teile des Kruger Nationalparks auf der Karte zu sehen sind. Aber kein blinkender Punkt. Er zoomt noch weiter weg. Findet ihn schließlich ganz rechts unten. In Mosambik.

Er vergrößert das Bild wieder. Der Punkt bewegt sich langsam die Straße 1 hinunter, die sich nach Süden bis zur Hauptstadt Maputo schlängelt.

Shit.

Er klickt auf den Verlauf des Senders. Sieht, dass das Horn Phalaborwa kurz nach Mitternacht verlassen hat, durch den Kruger Nationalpark transportiert wurde und von dort weiter nach Mosambik. Dann blieb es ein paar Stunden in Massingir, bevor es weiter nach Süden wanderte.

Massingir? Woher kennt er diesen Namen?

Er zoomt auf den Ort. Er liegt an der Grenze zu Südafrika und scheint keine besonders große Stadt zu sein. Aber irgendwie kommt ihm der Name bekannt vor.

Er spricht ihn laut aus.

»Massingir.«

Da fällt es ihm wieder ein. Daniel kam von dort. War das ein Nest von Wilderern? Eine Art zentrale Sammelstelle für Nashornhörner?

Er erinnert sich an die Visitenkarte, die ihm Daniel gegeben hat. Er holt sie aus der Tasche seiner Jeans. Das Papier ist aufgequollen nach der Schwimmeinlage im Fluss und der Text kaum mehr leserlich. Nur die Buchstaben *Gi* sind klar zu erkennen, dann folgt ein großer verschwommener Fleck in der Mitte, vielleicht noch ein *n* und ein *g*, und dann sieht er ein *C* oder *O*, gefolgt von einem *hu* am Ende. Darunter erkennt er nur die Buchstaben *ssa* in der Mitte und *eur* am Ende.

Er versucht eine Verbindung zwischen den Buchstaben und Orten in der unmittelbaren Umgebung von Massingir zu finden. Aber keiner der Namen enthält dieselbe Buchstabenkombination wie die auf der Visitenkarte.

Er wankt zur Dusche, dreht den Wasserhahn so weit auf Blau wie möglich und stellt das Wasser an. Ein eiskalter Strahl ergießt sich über seinen Kopf und seine Schultern, er schnappt nach Luft, zwingt sich aber, stehen zu bleiben und langsam bis zehn zu zählen.

Nachdem er sich abgetrocknet hat, zieht er eine der weiten Supermarktjeans und ein orangefarbenes T-Shirt an, auf dem in grellen Farben die Vertreter der tierischen *Big Five* abgebildet sind. Dann schaltet er den verchromten Wasserkocher auf dem Schreibtisch ein und kippt drei Tüten Pulverkaffee in einen Becher.

Während das Wasser aufkocht, räumt er die leeren Flaschen vom Bett. Dann schüttet er den Becher voll, stellt ihn auf den Nachttisch und legt sich wieder ins Bett, den Laptop auf dem Schoß.

Das Horn ist immer noch unterwegs. Nähert sich langsam Maputo.

Er probiert es wieder bei Thabisa, landet aber wie zuvor direkt auf der Mailbox. Also schickt er ihr eine SMS.

Ruf mich an, sobald du diese Nachricht liest.
Ich habe SEHR interessante Neuigkeiten.
Oder komm her. Ich bin in Zimmer 407.
/Rob

Und was soll er jetzt machen? Bei dem Gedanken, den ganzen Tag in diesem Zimmer verbringen zu müssen, bekommt er Panik. Das einzig Lustige ist, den Zimmerservice kommen zu lassen und die Hotelangestellten beim Verlassen des Raumes »Schönen Tag, Mr. Crowley« sagen zu hören.

Das ist eine schöne Story für die anderen aus der Band. Verdammt, sie fehlen ihm wirklich. Und er vermisst seine Gitarren. Unfassbar, wie er sie vermisst. Er hat seit fast einer ganzen Woche keine Gitarre mehr gespielt. Eine so lange Pause hatte er noch nie.

Er schaltet den Fernseher ein und zappt zwischen den Sendern hin und her. Eine Soap, eine Spielshow, eine Verkaufssendung, ein Gottesdienst, noch eine Soap. So mies wie zu Hause.

Er landet bei einer Nachrichtensendung, und genau in diesem Augenblick sagt der Sprecher:

»Und wir fahren nun mit unserem Thema Wilderei und

die Ausrottung der Nashörner fort, denn heute Morgen hat der große Prozess gegen zwei Männer aus Kimberley begonnen, die im Verdacht stehen, als Zwischenhändler für eine Schmugglerbande zu fungieren, die enge Verbindungen nach Asien hat.«

Die Fotoapparate blitzen, als zwei Männer in Handschellen in einen Gerichtssaal geführt werden, und dann wird ein Container eingeblendet, in dem zwanzig Nashornhörner liegen, verborgen in einer Fracht von Holzstämmen, die im Hafen von Kapstadt beschlagnahmt wurden. Eine Stimme aus dem Off erklärt, dass die Angeklagten mit bis zu zehn Jahren Haft rechnen müssen.

Es folgt eine Nahaufnahme einer der Schmuggler. Er sitzt nach vorne gebeugt, wirkt resigniert. Ein wenig besorgt.

Genau dort will ich Tom McNamara sitzen sehen, denkt Rob. In Handschellen und am Boden zerstört. Ihn, den ehemaligen Polizeichef, und alle anderen Dreckskerle, die mit der Sache zu tun haben.

Der Beitrag schließt mit dem Interview eines Mannes mit wirrem Haar, viereckiger Brille und kurzärmeligem Hemd vor dem Gerichtsgebäude. Der Mann wird als »Experte für illegalen Tierhandel« vorgestellt, und Rob hat den Eindruck, ihn von irgendwoher zu kennen. Aber woher? Vielleicht aus der Broschüre über Wildgehege, in der er auf dem Flug nach Hoedspruit geblättert hat?

Ein Reporter hält dem Experten ein Mikrofon hin und fragt, was das Urteil seiner Einschätzung nach für Folgen haben könnte.

»Solche Urteile sind natürlich immer wichtig, aber langfristig bedeuten sie gar nichts, solange wir die Schurken weiter oben in der Hierarchie nicht zu fassen bekommen. Männer wie diese hier sind beliebig austauschbar. Solange viel Geld im Spiel ist, werden immer Menschen bereit sein, große Risiken einzugehen.«

Schlauer Mann. Aber wo habe ich ihn schon einmal gesehen? Sogar die Stimme kommt ihm bekannt vor.

Die Nachrichten werden von einer Sendung in einer südafrikanischen Sprache abgelöst, die er nicht versteht. Er stellt den Ton auf stumm und greift wieder nach dem Laptop.

Der Punkt ist in Maputo stehen geblieben, aber weder am Flughafen noch am Hafen, sondern in einer Wohngegend im südlichen Teil der Stadt, in der Nähe vom Meer.

Er zoomt so nah wie möglich heran und sieht ein großes weißes Gebäude unter dem blinkenden Punkt. Die Adresse, die das Programm ermittelt hat, lautet:

Avenida Francisco Orlando Magumbwe, Nr. 1026/1048.

Er gibt sie in eine Suchmaschine ein. Die Botschaft von Vietnam in Maputo, Mosambik.

Sein Herzschlag beschleunigt. Das ist also der Plan. Das Horn soll im Gepäck der Botschaftsangestellten außer Landes geschmuggelt werden, geschützt durch diplomatische Immunität, außer Reichweite für Polizei und Zoll.

Genau, wie es Thabisa vermutet hat.

Er geht auf die Webseite der Botschaft. Klickt auf verschiedene Links und findet schließlich ein Bild des Botschafters Giang Chu. Ein kräftiger Mann mit eng sitzendem Anzug und wichtiger Miene.

Giang Chu.

Bei dem Namen klingelt etwas. Er holt die Visitenkarte hervor, die er von Daniel bekommen hat, und liest die verschwommenen Buchstaben erneut. *Gi... Chu.* Und in der Reihe darunter: *...ssa...eur*.

Es ist die Visitenkarte von Botschafter Chu. Er macht Geschäfte mit Mosambik.

Ich muss Thabisa erreichen. Und zwar sofort.

Als er gerade nach Krankenhäusern in Johannesburg googeln will, klopft es plötzlich an der Tür, und er zuckt zusammen.

Thabisa, endlich.

Er wirft einen kurzen Blick in den Spiegel und streicht sich die Haare zurück.

Dann öffnet er die Tür.

Zwei klein gewachsene Asiaten stehen davor und starren ihn an. Ein fast glatzköpfiger Mann in einem Anzug und ein viel jüngerer, sehniger Mann mit glänzenden Augen, Seitenscheitel und Jeansjacke.

Der Jüngere hält den Zeigefinger der linken Hand an den Mund. In der anderen Hand hat er eine Pistole mit Schalldämpfer. Und die Waffe ist auf Rob gerichtet.

Than Vu starrt den großen Mann mit den blauen Augen an, der ein paar Schritte nach hinten taumelt und die Hände in die Luft hebt. Er trägt eine dicke Brille und ein total lächerliches T-Shirt und sieht nicht annähernd so cool aus wie in dem Video zu »A Funeral To Die For«. Er hat auch keine Kette zwischen Nase und Ohr.

Aber er ist es doch, oder? Ja, die Haare sind gleich. Auch die Gesichtszüge.

Niemals hätte er gedacht, dass er sich einmal im selben

Raum wie Rob Chazey befinden würde. Noch weniger, dass er ihn umbringen würde. Aber das ist der Plan.

Than hört, wie Nguyen Phu Dung hinter ihm die Tür abschließt. Er zeigt mit der Pistole auf das Bett und befiehlt Rob auf Englisch:

»Setzen Sie sich auf das Bett.«

Rob Chazey setzt sich mit erhobenen Händen auf die Bettkante. Er wirkt gar nicht ängstlich, eher überrascht. Als würde er sich fragen, wer die beiden Männer sind.

Than Vu ist fast ein bisschen enttäuscht, weil er nicht mehr Widerstand leistet, ein bisschen Rockstarattitüde an den Tag legt und sie mit einer Flasche Schnaps angreift oder so.

Vielleicht ist er ja auch zugedröhnt. Das sind Rockstars ja meistens.

Than Vu ist selbst auch nicht ganz nüchtern. Er hat drei Gläser billigen Reiswhisky getrunken und fühlt sich ausgeglichen, wohlig und angenehm selbstbewusst. Er hat jetzt die Kontrolle. Er bestimmt das Spiel.

Erst wird er Rob Chazey umlegen, dann Nguyen Phu Dung. Danach wird er beiden die Kreditkarten abnehmen, ihre Konten leeren und sich in das erstbeste Flugzeug in Richtung USA setzen. Um dort ganz von vorne anzufangen. Sich einen neuen Namen zulegen und seine ganze Vorgeschichte tilgen. Und die Probleme in Hanoi würden wie ein Haufen schmutziger Wäsche zurückbleiben.

Than Vus Handy vibriert, er hat eine SMS erhalten. Er zieht es mit der linken Hand aus der Tasche und hält es hoch, ohne Rob aus den Augen zu lassen. Sie ist von Godzilla.

Der Alkohol lässt die Buchstaben ineinanderfließen. Er hält das Telefon näher ans Gesicht.

Auftrag ausgeführt?

Than Vu grinst. Seine Pistole zeigt noch immer auf den Rockstar auf dem Bett. Ja, klar, der Auftrag ist so gut wie ausgeführt.

»Ja«, schreibt er zurück.

Dann steckt er das Handy weg. Er wird nie wieder auf eine SMS aus Vietnam antworten. Sollen sie dort hocken und ihre Hörner und Stoßzähne und Gallenblasen selbst zählen.

Nguyen Phu Dung sieht zu ihm.

»Von wem war das?«, fragt er auf Vietnamesisch.

»Godzilla wollte wissen, wie es läuft. Ich habe ihm geantwortet, dass es gut läuft.«

Nguyen Phu Dung schüttelt den Kopf.

»Wie ungeduldig die in Hanoi sind. Sie sollten mal herkommen und lernen, es ruhiger angehen zu lassen.«

Nguyen Phu Dung packt einen Seesack, der an der Wand lehnt, und stopft Rob Chazeys Laptop, das Ladekabel und ein altmodisches Handy hinein, das auf dem Nachttisch liegt.

Es wäre total leicht, ihn jetzt umzubringen, überlegt Than Vu. Erst ihn, dann den Rockstar. Aber er hat beschlossen, den Anweisungen zu folgen und Rob am vereinbarten Ort zu erschießen. Damit es so aussieht, als hätte sich Rob Chazey in eine falsche Ecke der Stadt verirrt und wäre einem Raubmord zum Opfer gefallen.

Vielleicht suchen sie ja nicht nach mir, wenn ich den

Auftrag korrekt ausführe, hofft er. Vielleicht finden sie dann auch, dass wir quitt sind.

Than Vu ist absolut überzeugt, dass Nguyen Phu Dung den Befehl erhalten hat, ihn zu erschießen, sobald er Rob erledigt hat, und deshalb wird er zuerst Nguyen Phu Dung töten und dann Rob Chazey.

Nguyen Phu Dung richtet sich auf und wirft den Seesack über die Schulter.

»Du willst wissen, wer wir sind, oder?«, fragt er Rob.

»Ich nehme an, ihr seid nicht gekommen, um ein Autogramm zu bekommen«, antwortet Rob.

Than Vu lacht. Das war cool.

Auch Nguyen Phu Dung lächelt. Dann sagt er:

»Betrachte uns als deine Touristenführer für heute Abend. Wir machen einen kleinen Ausflug. Komm mit.«

Sie verlassen das Hotel über den Notausgang. Nehmen die metallene Fluchttreppe an der Hotelfassade.

Rob geht in der Mitte. Ein kühler Wind dringt durch sein T-Shirt, die Treppe scheint kein Ende zu nehmen. Er versucht, nachzudenken, aber sein Kopf ist leer.

Wer sind diese beiden Männer? Er vermutet, dass es Vietnamesen sind oder Chinesen, und dass sie auf irgendeine Weise mit der Nashornjagd zu tun haben. Aber wie konnten sie ihn hier finden? So schnell?

Hat ihn trotz der Verkleidung jemand erkannt? Hat ihn jemand vom Hotelpersonal verpfiffen?

Sie gelangen in den Hinterhof des Hotels. Der kühle Abendwind verbreitet den Gestank von Müll. Beide Männer haben jetzt eine Pistole in der Hand. Sie wirken angespannter als zuvor.

Sie führen Rob zu einem schlecht beleuchteten Parkplatz, wo ein schwarzer VW Polo mit laufendem Motor steht.

Ein Schwarzer sitzt auf dem Fahrersitz. Sein Schädel ist rasiert, er hat gigantische Oberarme. Der ältere der beiden Männer öffnet eine der hinteren Autotüren.

»Rein da.«

Rob sitzt eingeklemmt zwischen den Asiaten auf der engen Rückbank. Er stößt mit dem Kopf gegen das Autodach, und die Männer zielen mit ihren Waffen auf ihn. Er sieht, dass auch der Fahrer bewaffnet ist. Der Kolben einer silberfarbenen Pistole steckt zwischen seinen Oberschenkeln.

Der Wagen biegt auf die Straße. Fährt am Hotel vorbei und dann nach rechts.

Rob versucht zu begreifen, wie sie ihn finden konnten.

Haben sie auch Thabisa?

Oder hat sie die Männer zu ihm geführt?

Shanghai, China

Es ist nach Mitternacht, und Li Cheng will soeben das Handy auf den Sofatisch legen, als es erneut klingelt.

»Ja?«, meldet er sich.

Am anderen Ende ist Huong Xuans Stimme zu hören.

»Wir haben den Dieb gefunden«, sagt er. »Er wohnt in Zimmer 4 über dem Restaurant Saigon Palace in der Derrick Avenue in Johannesburg.«

»Ich werde mich um ihn kümmern«, sagt Li Cheng.

Er legt das Handy beiseite und bleibt reglos auf dem Sofa sitzen.

Dass die Vietnamesen den Dieb gefunden hatten, wusste er bereits. Seine eigenen Männer in Johannesburg haben den Mann beschattet, seit er von einem anderen Vietnamesen am Flughafen abgeholt wurde, der offenbar für Huong Xuan arbeitet.

Sein Mann hat ihn seither fortlaufend informiert, zuletzt darüber, dass der Dieb und sein Kollege einen Weißen in ein Auto geschafft haben.

Huong Xuan musste also den Dieb schon unter Beobachtung gehabt haben, als dieser Hanoi verließ. Warum rief er erst jetzt an und gab durch, wo der Dieb sich befand?

Li Cheng erhebt sich vom Sofa, öffnet die Schiebetür und geht hinaus auf die Dachterrasse. Die nächtliche Ruhe hat sich über das französische Viertel gelegt, auf der anderen Straßenseite dehnt sich der herrlich frühlingshafte Fuxing Park aus.

Der Dieb hat noch einen anderen Auftrag, vermutet er. So muss es sein. Huong Xuan hat den Dieb bereits in Vietnam geschnappt und ihm dann eine Aufgabe erteilt, die er in Johannesburg erfüllen muss. Wahrscheinlich soll er den weißen Mann töten, mit dem sie vorhin in einem Wagen davongefahren sind.

Danach soll der Dieb also von meinen Männern eliminiert werden, damit die südafrikanische Polizei den Mord niemals mit Huong Xuan in Verbindung bringen kann.

Sehr clever, das musste er schon zugeben.

Er überlegt kurz, was der Weiße getan haben könnte, schiebt den Gedanken aber schnell wieder beiseite. Unwichtig. Nicht sein Problem.

Er ruft seine Männer an.

»Erledigt die Sache wie vereinbart«, sagt er.

Johannesburg, Südafrika

Than Vu kann kaum fassen, wie gering der Abstand zwischen Reichtum und Armut ist. Vor gerade einmal fünf Minuten haben sie das elegante Hotel in Sandton verlassen, und jetzt befinden sie sich in einem Viertel, das einem Slum in Hanoi alle Ehre macht. Vielleicht ist es sogar noch schlimmer. Es besteht nur aus halbfertigen Blechhütten und Behausungen aus Kartons und zerrissenen Planen. Pechschwarze Gassen, verlauste, bellende Hunde und Junkies.

Than Vu mustert Rob Chazey neben ihm. Der Rockstar scheint das alles nicht zu sehen. Er starrt vor sich ins Leere und scheint aufgegeben zu haben.

Alles ist total glattgelaufen, denkt Than Vu, seit das Flugzeug vom Noi Bai International Airport abgehoben hat. Nguyen Phu Dung hatte im Ankunftsbereich in Johannesburg auf ihn gewartet, und bereits auf dem Weg ins Zentrum hatte der glatzköpfige Fünfzigjährige ihm berichtet, dass er die alte Frau ausgemacht hatte, deren Tochter sie zum Opfer führen konnte.

»Ich habe zwei Männer bezahlt, damit sie der Frau eine kleine Behandlung verpassen und ihre Tochter kooperativer wird«, hatte Nguyen gesagt.

Than Vu hatte nicht nachgefragt. Sie hatten in einem vietnamesischen Restaurant zu Abend gegessen, dessen Eigentümer Nguyen Phu Dung offenbar gut kannte, und dann hatte man Than Vu sein Gästezimmer im ersten Stock gezeigt.

Die sogenannte »kleine Behandlung« hatte offenkundig die beabsichtigte Wirkung erzielt. Als Nguyen Phu Dung am darauffolgenden Vormittag Thabisa, die Tochter der Frau, angerufen hatte, war sie sehr hilfsbereit gewesen.

Than Vu und Nguyen Phu Dung hatten auf dem Dach eines Bürogebäudes gelegen, das rund hundert Meter vom Krankenhaus entfernt war, und mit einem Fernglas das Krankenzimmer beobachtet, während sie mit ihr telefonierten. Die Tochter hatte sich zunächst geweigert, die Adresse von Rob Chazeys Hotel herauszurücken, aber dann hatte Nguyen Phu Dung mit seiner sanften Stimme erzählt, wie schön es Madame Madonsela in der Abteilung neun des Krankenhauses habe.

»Aber ich finde, dass Sie das Wasserglas Ihrer Mutter bald wieder auffüllen sollten«, hatte er gesagt. »Es ist schon ziemlich leer.«

Durch das Fernglas hatten sie beobachtet, wie panisch die Tochter darauf reagiert hatte. Wie sie erst zum Wasserglas auf dem Nachttisch ihrer Mutter gestarrt hatte, wie sie dann aufgesprungen und im Zimmer herumgelaufen war und dann aus dem Fenster gesehen hatte, um sie ausfindig zu machen. Sie hatten beobachtet, wie sie sich auf einen verblüfften Arzt gestürzt, ihn gegen die Wand gedrückt und angeschrien hatte.

Als sie zehn Minuten später noch einmal angerufen

hatten, hatte sie ihnen bereitwillig den Namen des Hotels und Chazeys Zimmernummer gegeben.

Ein Kinderspiel, wie gesagt.

Der schwarze Polo fährt einen schmalen und holprigen Weg entlang, und der Fahrer hupt einen dreibeinigen Hund an, der hastig davonhinkt.

Die beiden Asiaten schweigen. Zielen nach wie vor mit ihren Waffen auf Rob.

Sie sitzen so eng nebeneinander, dass Rob gar keinen Platz hätte, um auszuholen und zuzuschlagen. Und selbst wenn, würde er nur mit einem auf einmal fertig werden. Außerdem hatte der Fahrer ja auch eine Waffe.

»Wie habt ihr mich gefunden?«, fragt Rob den Älteren der beiden, der etwas besser Englisch spricht.

Der Mann grinst ihn an.

»Freundin«, antwortet er.

Rob zuckt zusammen und ballt die Fäuste, aber der Mann drückt ihm die Pistole in die Seite und schüttelt den Kopf.

»Was habt ihr mit ihr gemacht?«, fragt Rob.

»Nichts. Wir haben sie nicht angerührt.«

»Du lügst. Sie hätte euch niemals erzählt, wo ich war.«

Der Mann grinst noch breiter.

»Freundin mag dich. Aber Freundin mag auch Geld.«

»Ich glaube dir nicht.«

Der Mann zuckt mit den Schultern.

Rob starrt aus dem Fenster. Schiefe Hütten mit Wänden aus Sperrholz und Wellblech ziehen vorüber.

Kann es wirklich sein, dass er die Wahrheit sagt? Könnte

Thabisa mich für Geld verraten haben? Das ist unmöglich. Sie nicht.

Und wenn es nicht um zehntausend Rand ging, sondern um hunderttausend? Oder eine Million? Wie gut kannte er sie eigentlich?

Aber nein, sie würde das niemals tun. Den Gedanken kann er nicht zulassen.

Sie biegen in eine kleine, finstere Seitenstraße. Rob stößt mit dem Kopf gegen das Autodach, als sie in ein tiefes Schlagloch fahren.

Ich werde heute Nacht sterben, denkt er.

Schon wieder.

Dead again.

Wäre gar kein schlechter Songtitel.

Er muss an das Cover eines alten Black-Sabbath-Albums denken. Ein rotes Baby mit Klauen und langen Zähnen auf einem blauen Hintergrund. *Born Again* hieß die Platte. Ian Gillan hatte das Mikro von Ronnie James Dio übernommen.

Vielleicht könnte die nächste Platte von ObstiNation *Dead Again* heißen, als würdigende Anspielung auf die alten Pioniere. Aber wer soll das Mikro von mir übernehmen?

Er fängt an, diverse Optionen durchzugehen, als der Wagen bremst und vor einer dunklen Gasse hält. Rob sieht die endgültige Finsternis, die dort auf ihn wartet, und sämtliche Gedanken an zukünftige Alben erstarren zu Eis durch die Kälte, die seinen Körper erfasst.

Dort werde ich jetzt also sterben, denkt er. Eine Kugel wird in meinen Körper eindringen und meine Organe zerfetzen.

Werde ich Schmerzen haben, bevor ich sterbe?

Der junge Vietnamese steigt aus dem Wagen, und Rob folgt ihm, die Pistolenmündung des älteren Mannes im Rücken. Die Nachtluft ist kühl und riecht nach Abfall und Abwasser.

Warum gehorche ich ihnen überhaupt?, denkt er, während er sich mühsam von der engen Rückbank ins Freie zwängt. Warum schlage ich ihm nicht jetzt den Ellbogen ins Gesicht und schnappe mir seine Pistole?

Tu was. Geh aufs Ganze. Du wirst ja ohnehin sterben. Da kannst du es wenigstens mit ein bisschen Würde tun.

Aber er will nicht sterben. Er will leben. Und wenn es nur noch ein paar Minuten sind.

Er wird von hinten in die Gasse gestoßen. In Richtung Finsternis. Wo alles ausgelöscht werden soll.

Er bleibt stehen. Die Gasse ist schmal. Ein rostiger und überfüllter Container befindet sich darin. Müllsäcke liegen auf dem Boden. Ratten rennen zwischen dem Abfall hin und her.

»Los, rein da. Geh!«, fordert der ältere Vietnamese ihn auf.

Und Rob geht. Obwohl er nicht will. Obwohl sein Inneres Nein schreit. Glasscherben knirschen unter seinen Sohlen. Die Finsternis scheint zurückzuweichen und ihn eintreten zu lassen, ihn willkommen zu heißen.

Wie oft hat er mit dieser Finsternis in seinen Bühnenshows geflirtet. Dachte, er wüsste, um was es ging, doch eigentlich hatte er gar nichts kapiert. Die Finsternis ist keine spektakuläre Show vor einem Riesenpublikum, etwas, das man hinter sich zurücklassen kann, wenn das

Konzert vorbei ist. Die Finsternis ist eine enge und dreckige Gasse, die nach altem Müll stinkt.

Er dreht sich um. Sieht die Vietnamesen als dunkle Silhouetten vor dem schwachen Licht auf der Straße hinter ihnen. Beide haben ihre Pistolen auf Rob gerichtet. Die Hand des Jüngeren zittert ein wenig. In der anderen hält er einen Flachmann, aus dem er einen Schluck nimmt.

»Das reicht, bleib dort stehen«, sagt der ältere Mann.

Die Finsternis umgibt sie alle drei, hat nicht vor, sie wieder freizugeben.

Jetzt oder nie, denkt Rob.

Er wirft sich in die Dunkelheit hinter den Container.

Ein Schuss fällt.

Er liegt zwischen zwei Müllsäcken und fragt sich, wo die Kugel ihn wohl getroffen hat. In den Rücken, in den Kopf, ins Bein?

Er schiebt einen Müllsack beiseite und dreht sich vorsichtig, sodass er zum Eingang der Gasse spähen kann. Der jüngere Vietnamese hat die Waffe auf seinen Kumpanen gerichtet. Der ältere Mann schwankt und bricht zusammen.

Was zum Henker geht da vor sich?

Plötzlich wird die Gasse in ein grelles Licht getaucht. Der jüngere Vietnamese dreht sich in Robs Richtung. Hebt die Waffe, kommt auf ihn zu.

Rob schließt die Augen. Hört den Schuss. Bildet sich ein, den Aufprall der Kugel zu spüren.

Jetzt ist es vorbei.

Er sieht seinen Grabstein vor sich. Ihm wird klar, dass er nicht darüber nachgedacht hat, ob darauf Rob Chazey oder Robert Ogneryd stehen soll. Wer war er, als er gestorben ist? Er selbst oder sein Alter Ego? Und wird er in Arboga oder in New York begraben werden?

Aber es ist nicht vorbei. Er atmet noch. Spürt die harten Schläge seines Herzens in der Brust.

Er öffnet die Augen. Sieht, wie der jüngere Vietnamese auf ihn zutaumelt. Das Gesicht ausdruckslos, die Hände hängen seitlich am Körper herab.

Er fällt. Vornüber auf Rob.

Rob streckt die Hände aus, um den Fall zu bremsen, und bekommt den Hinterkopf des Mannes zu fassen, der klebrig und nass ist. Rob reißt die Hände weg, als hätte er sich verbrannt. Der Kopf fällt auf seinen Brustkorb. Der Mann bewegt sich nicht mehr.

Ein Motor startet. Dann verschwindet auch das Licht.

Warmes Blut bedeckt Robs Finger. Das Geräusch des Wagens entfernt sich.

Er schiebt den toten Vietnamesen von sich und rappelt sich langsam auf. Er macht ein paar Schritte weg von der Leiche und stolpert um ein Haar über den älteren Mann, der mit Robs Seesack seitlich daneben liegt. Der Laptop, denkt Rob. Der ist da drin. Ich muss ihn haben.

Ein Hund bellt irgendwo in der Nähe. Ein Säugling schreit.

Rob hockt sich hin und fängt an, dem Toten den Seesack abzunehmen. Er kommt sich vor wie ein Leichenschänder, als er ihn umdreht, um die Arme durch die Tragegurte zu schieben. Als würde er die Toten bestehlen, obwohl er sich doch eigentlich nur sein Eigentum zurückholt.

Er schafft es, den Seesack abzuschnallen, und will abhauen, als ihm etwas einfällt. Er wühlt in den Jackentaschen des Toten. Er findet ein Telefon und eine Geldbörse und steckt beides ein. Dann sieht er auf seine Hände und begreift, was für ein Idiot er ist. Die Polizei wird überall auf der Leiche seine Fingerabdrücke finden.

Aber ich bin doch tot, denkt er. Offiziell zumindest. Und ein Toter kann ja wohl kaum des Mordes verdächtigt werden. So oder so, er muss das Risiko eingehen. Er braucht Informationen.

Er geht zurück zu dem anderen Toten. Will auch seine Taschen absuchen, da hört er ein Auto. Die Polizei? Oder kommen die anderen Mörder zurück?

Er versteckt sich hinter dem Container, sieht Scheinwerferlichter aufleuchten und wieder verschwinden.

Ich kann hier nicht länger bleiben.

Er verzichtet darauf, die Taschen des anderen Toten zu überprüfen, und eilt aus der Gasse, raus auf die Straße. Er sieht sich in beide Richtungen um, und ihm wird klar, dass er sich mitten im Slum befindet. So hatte er sich früher ganz Südafrika vorgestellt.

Aus welcher Richtung waren sie vorhin gekommen? Von rechts, oder? Nein, von links. Oder? Verdammt, dass er sich so etwas nie merken kann.

Er spürt etwas Klebriges an der Augenbraue. Er wischt es mit einem Finger weg und merkt, dass es sich um eine rote, weiche Masse handelt. Panisch schüttelt er es ab, als handele es sich um eine große, haarige Spinne. Dann wischt er die Hand an einem Kartonstück am Straßenrand ab und geht die schwach beleuchtete Straße hinunter.

Er müsste eigentlich Angst haben, aber er hat keine Kraft dazu. Stattdessen betrachtet er fasziniert das nahezu unwirkliche Elend zu beiden Seiten der Straße.

Ein Auto taucht auf, und Rob versteckt sich zwischen zwei Verschlägen. Aber es ist nicht der Polo, sondern ein alter Ford Escort, dessen herabhängender Auspuff über den Asphalt schleift und Funken schlägt.

Rob läuft weiter und versucht das Geschehene zu begreifen. Warum hat der junge Vietnamese seinen Begleiter erschossen? Und wer hat ihn dann getötet – und damit Rob das Leben gerettet?

Er sieht hinunter auf seine zitternden Hände, die mit klebrigem Blut verschmiert sind. Das T-Shirt sieht genauso aus.

Ich muss duschen. Duschen und nachdenken. Aber wo zum Teufel soll ich unterkommen?

»Hey, weißer Mann«, sagt da eine tiefe Stimme hinter ihm. Rob dreht sich um. Sieht drei Schwarze nebeneinander auf der Straße auf sich zuschlendern. Sie sind alle Anfang zwanzig, tragen Jeans und langärmelige Hemden. Woher sind die so plötzlich gekommen? Er hat sie nicht gehört.

»Was machst du auf meiner Straße?«, fragt der Kerl in der Mitte.

Er ist größer als die anderen, hat einen rasierten Schädel, und um seinen Hals hängen coole weiße Kopfhörer. Der Typ links neben ihm hält die Hände hinter dem Rücken versteckt.

Rob seufzt. Er hat genug für heute Abend.

»Du musst Zoll zahlen, wenn du hier herumlaufen willst«, sagt der Typ mit dem rasierten Schädel. »Gib mir dein Geld. Und die Handys.«

Der Mann deutet auf Robs Jeanstaschen, in denen sich die beiden rechteckigen Geräte deutlich abzeichnen.

Rob macht ein paar Schritte auf die Typen zu, ohne den Anführer aus den Augen zu lassen. Überrumpelt davon, dass der sonderbar gekleidete Tourist sich so verhält, weichen sie zurück.

Rob stellt sich direkt vor den Anführer. Dieser ist kräftig gebaut, aber Rob ist größer; er sieht von oben auf den Kerl hinab und sagt mit ruhiger Stimme:

»In den letzten drei Tagen haben drei Männer versucht, mich umzubringen. Einer war ein professioneller Wilderer, die beiden anderen waren Auftragskiller. Keiner von ihnen hat es geschafft, und zwei liegen jetzt tot in der Straße dort drüben. Wie kommt ihr drei Homies darauf, dass ihr mehr Erfolg habt?«

Der Typ mustert ihn, sein blutverschmiertes Gesicht, die dunklen Flecken auf seinem T-Shirt. Sein Blick ist unsicher, wie ein Raubtier, das auf einen Gegner trifft, den es nicht kennt und dessen Gefährlichkeit es nicht einschätzen kann.

Rob steht ruhig da und lässt ihn nicht aus den Augen. Die beiden anderen treten nervös auf der Stelle.

Rob zwängt sich zwischen dem Anführer und dem Unentschlosseneren der beiden anderen hindurch und geht. Ist darauf gefasst, jeden Augenblick ein Messer zwischen den Schulterblättern zu spüren, und merkt, dass ihm der Gedanke nicht einmal Angst macht.

Aber nichts geschieht, und als er ein Stück weit gekommen ist, dreht er sich um und sieht, dass die Typen noch immer an derselben Stelle stehen und ihm hinterherstarren.

»Hey, Jungs«, ruft Rob. »Ihr wisst nicht zufällig, wo hier in der Gegend ein Hotel ist?«

Sie sehen einander an, sind vollkommen sprachlos. Der Kerl mit dem rasierten Schädel antwortet schließlich:

»Ähm, geh einfach geradeaus weiter und dann bei der nächsten Kreuzung nach links. Dann siehst du es schon.«

»Danke«, sagt Rob. »Cool.«

Er winkt ihnen zu, wendet sich um und geht weiter.

New York City, USA

Gus Wilsbury ist betrunken und müde. Er liegt in T-Shirt und Unterhose auf dem Sofa seines Hotelzimmers und nippt an einem Gin Tonic, während er von Sender zu Sender zappt.

Springsteen hatte recht, denkt er. *Fiftyseven channels and nothing on.*

Sein Handy klingelt zum ungefähr tausendsten Mal in den vergangenen vierundzwanzig Stunden. Er nimmt an, dass es wichtig ist, da er es so eingestellt hat, dass der Klingelton nur bei bestimmten Nummern ertönt.

Er sieht aufs Display. Benjamin Harding, der Buchhalter der Band. Er hat wahrscheinlich irgendeine bürokratische Frage zur Aufteilung von Rob Chazeys Vermögen.

Gus nimmt den Anruf an.

»Hi, Ben, wie steht's?«

»Alles klar so weit. Ich gehe gerade alle Konten durch, und als ich vorhin das Geschäftskonto von ObstiNation geprüft habe, fiel mir etwas Seltsames auf.«

»Aha?«, sagt Gus und zappt weiter, bis er zu einer Werbung für Damenunterwäsche kommt.

»Jemand hat die Kreditkarte benutzt, und zwar in Johannesburg in Südafrika. Dreimal.«

Gus schaltet den Fernseher aus.

»Wann?«

»Gestern und heute.«

»Hat ihm irgendein Buschmann seine Karte geklaut und macht jetzt in der Stadt einen drauf?«

»Scheint so.«

»Kannst du sehen, wo sie benutzt wurde?«

»Das erste ist eine Abhebung von einem Geldautomaten in Höhe von zehntausend Rand, knapp siebenhundert Dollar. Das zweite ein Einkauf in einem Getränkemarkt, sehr viel Bier, wie es scheint, und das dritte ist von einem Laden für Schminke und Haarprodukte.«

Gus starrt vor sich ins Leere. Das ist Rob, verdammte Scheiße.

Gus hatte vor drei Stunden Kontakt mit dem schwedischen Außenministerium. Sie meldeten, dass die Polizei in Südafrika nach wie vor keine sterblichen Überreste des schwedischen Staatsbürgers gefunden hat. Nur das Jackett.

Natürlich haben sie nichts gefunden. Er lebt.

Der verdammte Mistkerl.

Johannesburg, Südafrika

In dem fensterlosen Hotelzimmer riecht es feucht und nach Schimmel, und als Rob sich unter die Dusche stellt, um das Blut abzuwaschen, muss er erst einmal drei Kakerlaken verscheuchen.

Er steht lange unter dem warmen Wasserstrahl und versucht, seine Gedanken zu sortieren. Wer hat versucht, ihn umzubringen, und wer hat die Mörder ermordet? Was tun deren Komplizen, wenn sie erfahren, dass er noch am Leben ist?

Seine Gedanken überschlagen sich, kehren aber immer wieder zu Thabisa zurück.

Es zerreißt ihn, wenn er an sie denkt. Es tut so weh, dass er am liebsten den Kopf gegen die braune Badezimmerwand geschlagen hätte, um seine Aufmerksamkeit auf den körperlichen Schmerz zu lenken.

Warum hat sie das nur getan?

Hat man ihr so viel Geld geboten, dass sie nicht widerstehen konnte? Ihre Mutter liegt schließlich im Krankenhaus. Vielleicht ist es hier so wie in den USA, dass eine gute medizinische Versorgung viel Geld kostet. Vielleicht haben sie ihr genau im richtigen Augenblick ein verlockendes Angebot gemacht?

Oder haben sie auch sie entführt und so lange gequält, bis sie ihnen erzählt hat, wo er ist? Ist sie tot?

Er stellt das Wasser ab und trocknet sich mit einem Handtuch ab, das kaum größer ist als ein Küchentuch. Dann zieht er eine hellbraune Cordhose und ein graues Sweatshirt an, das nach Zigarettenrauch stinkt und zu kurze Ärmel hat. Der Alte am Empfang hatte ihm erlaubt, sich die Klamotten aus einem Korb mit Fundsachen auszusuchen.

Er setzt sich aufs Bett. Der Bezug ist voller eingetrockneter Flecken, und auf dem Nachttisch steht ein Behälter mit Feuchtservietten.

Er muss es wissen.

Er holt Thabisas Handy aus dem Seesack.

Nachdem er ihre Nummer eingegeben hat, starrt er lange auf das Display, bevor er schließlich auf die grüne Taste drückt.

Es klingelt dreimal, dann hört er ihre Stimme.

»Hallo?«

Er hat einen Kloß im Hals und weiß nicht, was er sagen soll.

»Hallo?«, wiederholt sie fast flüsternd. »Rob, bis du das?«

»Wo bist du?«, fragt er und versucht, mit neutraler, ruhiger Stimme zu sprechen.

»Bei meiner Mutter im Krankenhaus. Aber wo bist du? Ich dachte …«

»Warst du es?«

»Was?«

»Warst du es?«, wiederholt er.

Es ist lange still. Er hört ihre Atemzüge.

»Rob, bitte. Du musst es mich erklären lassen. Ich …«

Er legt auf.

Als sie zurückruft, schaltet er das Telefon aus. Dann springt er auf und schleudert es gegen die Wand. Das Gehäuse zerbricht und verteilt sich quer über den Boden.

Er setzt sich wieder auf die Bettkante. Vergräbt den Kopf in den Händen. Das Hotelzimmer scheint zu schrumpfen, die Wände biegen sich.

Was mache ich jetzt? Ist es nicht höchste Zeit, die ganze Sache abzublasen und nach Hause zu fliegen? In einen Alltag zurückzukehren, den ich bewältigen kann?

Aber er kann nicht. Es steht so viel auf dem Spiel.

Thabisas flüsternde Stimme hallt in seinem Kopf wider. *Du musst es mich erklären lassen.* Und er sieht ihre ernsten, dunklen Augen, die ihn dabei anstarren.

Er muss sich auf etwas anderes konzentrieren. Die Gedanken an sie verdrängen.

Er holt Handy und Geldbörse des Vietnamesen aus seiner blutbefleckten Jeans und setzt sich mit verschränkten Beinen auf das knarrende Bett.

Das Handy ist ein silberfarbenes iPhone 6s. Er stellt es auf Flugmodus und kontrolliert, dass weder die Funktion *Finde mein iPhone* noch *Finde meine Freunde* eingeschaltet ist. Dann geht er die Kontaktliste durch. Sucht nach Thabisa und ist erleichtert, als er sie nicht findet. Sucht dann nach Tom McNamara oder Gareth Chernick, findet aber auch deren Namen nicht, nur jede Menge Asiaten.

In der Anrufliste findet er drei angenommene Anrufe an den vergangenen zwei Tagen mit der Ländervorwahl +84. Er notiert sie auf einem Zettel. Dann legt er das Telefon beiseite und leert den Inhalt des braunen Portemonnaies auf der Bettdecke aus. Vierhundertfünfzig Rand in Scheinen und ein paar Münzen, ein knappes Dutzend Visitenkarten sowie ein Foto von zwei Mädchen mit asiatischem Aussehen und ernstem Gesichtsausdruck. Sie sind etwa sieben und neun Jahre alt und starren Rob anklagend an. Er dreht das Foto um und untersucht stattdessen die Visitenkarten. Eine stammt von einer Autowerkstatt in Johannesburg, eine andere von einer Transportfirma in Kapstadt. Die übrigen fünf sind identisch. Weiße Karten mit blauem Text, der die Kontaktinformationen von Huong Trading Inc. beinhaltet, einem Grossisten aus Hanoi. Auf der einen Seite ist der Text auf Englisch, auf der anderen auf Vietnamesisch. Rob nimmt an, dass der Chinese sie an potenzielle Kunden hier in Südafrika verteilt hat.

Gehört die Firma ihm? Es steht kein Name auf den Karten.

Die Telefonnummer beginnt mit +84. Er nimmt das Telefon und vergleicht sie mit den Zahlen auf dem Zettel. Es ist dieselbe Nummer.

Er steht auf, nimmt den Computer aus dem Seesack und steckt das Ladekabel in die Steckdose, die lose aus der Wand hängt. Er googelt den Firmennamen. Die Verbindung ist schlecht, und der Computer arbeitet langsam. Erst nach mehreren Sekunden erhält er eine Liste mit Links. Er klickt auf den obersten, wartet eine Ewigkeit, dass das Netz ihn weiterleitet, und gelangt schließlich zu einer extrem hässlichen Webseite auf Vietnamesisch. Wahllos wurden mehrere Schrifttypen benutzt, und die Reiter sind in verschiedenen Farben auf einem hellgelben Hintergrund. Es gibt keine Möglichkeit, eine englische Version aufzurufen.

Er starrt auf den Bildschirm und überlegt eine Weile. Dann kehrt er zu Google zurück und gibt »Huong Trading + Nashornhorn« ein. Drei Links tauchen in der Trefferliste auf. Er öffnet den ersten. Er stammt von der *Bangkok Post* und handelt von eingestellten Polizeiermittlungen zu Verbrechen gegen das Tierschutzgesetz. Der zweite Artikel stammt von der *International Herald Tribune* und beschreibt, dass Huong Trading Inc. im Verdacht steht, die schöne Fassade eines kriminellen Syndikats zu sein, das mit Elfenbein handelt.

Der dritte Link führt zu einem Bericht der Organisation TRAFFIC. Rob klickt auf das PDF-Dokument, sucht nach dem Firmennamen und findet diesen in einer Liste von Unternehmen, die im Verdacht stehen, im großen Stil Verbrechen gegen den Artenschutz zu verüben.

Er macht Screenshots von allen Artikeln und speichert sie als Datei auf dem Desktop des Computers. Dann googelt er weiter. Sucht nach »Huong Trading + Nashornhorn + Botschafter Giang Chu«.

Findet einen Blogbeitrag auf einer Webseite, die einem Umweltaktivisten zu gehören scheint. Der Text ist eine lange und detaillierte Schilderung der Verbindung zwischen Huong Trading, Botschafter Chu und dem Handel mit Nashornhörnern. Ganz unten befindet sich ein verschwommenes Foto von zwei asiatischen Männern.

»Im Emerald Lake Hotel in Hanoi pflegen sie ihre Geschäfte zu machen, der Botschafter und der Chef der Schmuggler. Die Polizei weiß davon, unternimmt aber nichts«, schreibt der Umweltaktivist.

Rob klickt auf »Kontakt« und gelangt zu einem Foto von einem gewissen Karl Münchler. Ein Mann mit dickem Schnurrbart in einem rotkarierten Flanellhemd.

Er kennt ihn. Gestern erst hat er ihn im Fernsehen gesehen. Das war der Experte in dem Beitrag über den Schmuggel von gefährdeten Tierarten.

Auf dem Bild neben den Kontaktdaten sieht er jünger aus als im Fernsehen. Die Haut straffer. Dichteres Haar. Aber Rob kann den Blick nicht von dem Foto abwenden, es weckt eine Erinnerung, und ihm läuft ein Schauer über den Rücken. Die Stimme, die er zu erkennen glaubte, als er den Mann im Fernsehen sah. Jetzt weiß er wieder, woher. Er hat sie schon einmal gehört.

Auf der Beerdigung seiner Mutter.

Rob steht auf, legt die Finger gegen die Schläfen und fängt an, in dem kleinen Raum im Kreis zu laufen.

Karl Münchler hatte damals einen Bart, aber keine Brille. Er war der deutsche WWF-Vertreter, der die schöne Trauerrede gehalten hatte. Die Rede, über die Rob anschließend so gespottet hatte.

Das kann nicht wahr sein. Wie kann Karl Münchler in diesem Zusammenhang auftauchen? Und warum arbeitet er nicht mehr beim WWF? Wurde er entlassen?

Rob sucht nach »Karl Münchler + WWF + Kündigung« und findet mehrere Artikel, die davon berichten, dass Karl Münchler für die Entlassung anderer gesorgt hatte. Unter anderem den Geschäftsführer eines Holzgroßhandels in Laos und ein Vorstandsmitglied einer Ölfirma in Brasilien. Die Ölfirma musste offenbar einen milliardenschweren Schadenersatz an Bauern zahlen, deren Trinkwasser verunreinigt worden war.

Vielleicht muss ich mich genau an jemanden wie Karl Münchler wenden, denkt Rob. Aber wie groß ist die Chance, dass er mir helfen will?

Er holt sein Handy und setzt sich wieder an den Computer. Gibt die Mobilnummer ein, die auf Karl Münchlers Seite angegeben ist, und ruft an. Spürt, wie es in seinen Schläfen vor Nervosität pocht.

Robs Blick fällt auf die Uhr in der Menüleiste des Computers. Halb zwölf Uhr, mitten in der Nacht. Verdammt. Der Kerl schläft wahrscheinlich. Davon bekommt er bestimmt keine bessere Laune.

Rob will gerade auflegen, als er Karl Münchlers Stimme am anderen Ende hört.

»Hallo?«

Rob wird klar, dass er gar nicht richtig weiß, was er sagen soll. Oder wie er sich am besten vorstellt. Als Rob Chazey oder als Robert Ogneryd? Er beschließt, vollkommen ehrlich zu sein und alle Karten auf den Tisch zu legen.

»Guten Abend. Hier spricht Robert Ogneryd, Lenas Sohn.«

Es bleibt still am anderen Ende, und Rob fällt ein, dass Karl Münchler vielleicht in den Nachrichten gesehen hat, dass Rob tot ist.

»Das ist aber unerwartet«, antwortet er schließlich.

Abwartend, defensiv. Aber nicht unfreundlich.

»Ich habe Sie heute im Fernsehen gesehen«, sagt Rob. »Sind Sie noch in Johannesburg?«

»Ja«, antwortet Karl. »Sind Sie auch hier? Werden Sie mit Ihrer Popband auftreten?«

Popband?

Ist das sarkastisch gemeint, oder ist sein Englisch einfach nur schlecht?

»Sie werden es kaum glauben, aber ich bin auch wegen der Nashörner hier.«

Erneutes Schweigen.

»Sie haben recht, es fällt mir schwer, das zu glauben.«

Sein Akzent ist nicht mehr so deutlich wie in Robs Erinnerung, aber zwischendurch kann man hören, dass Karl Münchler Deutscher ist.

»Ich bin an Informationen gelangt, die Sie interessieren dürften. Verdammt heiße Informationen. Ich würde Sie gern treffen.«

Wieder eine Pause. War das ein leiser Seufzer am anderen Ende der Leitung?

»Kommen Sie morgen früh um acht Uhr zu meinem Hotel.«

Hanoi, Vietnam

Huong Xuan erwacht kurz vor sechs Uhr, wie jeden Morgen. Er streckt die Hand nach dem Handy auf der Teakholzablage über seinem Kopf aus und überprüft, ob er neue Nachrichten erhalten hat. Dann öffnet er sein Postfach. Vier ungelesene Mails, aber nichts aus Südafrika.

Da ist was schiefgegangen, davon ist er überzeugt. Nguyen Phu Dung hätte sich sonst schon längst gemeldet.

Huong Xuan setzt sich auf die Bettkante und kratzt sich am Kopf. Was kann im schlimmsten Fall passiert sein? So geht er an jede Sache heran. Wenn man so verfährt, kann man sich am besten auf alle Eventualitäten vorbereiten.

Das Schlimmste wäre, wenn Than Vu entwischt ist. Wenn er Nguyen Phu Dung überlistet und erschossen hätte. Das würde bedeuten, dass der junge Than Vu sowohl bewaffnet als auch wütend genug ist und natürlich weiß, dass Huong Xuan niemals die Absicht hatte, ihn am Leben zu lassen. Und was würde ein Than Vu in diesem Fall unternehmen? Nutzt er die Gelegenheit, um sich in ein anderes Land abzusetzen, oder kommt er zurück, um sich zu rächen?

Huong Xuan hat bereits gestern Abend das Notwendige am O. R. Tambo Airport in Johannesburg veranlasst. Sein Kontaktmann beim Zoll hatte dafür gesorgt, dass ein automatischer Suchfilter für einen Than Vu eingerichtet wurde und zwar für alle abgehenden Flüge in der kommenden Woche. Auch seine Kontakte an den Flughäfen in Hanoi und in Ho Chi Minh sind vorgewarnt. Aber bislang hat er noch nichts gehört.

Er steht auf. Im Moment kann er nichts mehr tun. Er muss sich um eine große Lieferung von Elfenbein kümmern. Zwei Tonnen diesmal. So viel wie schon lange nicht mehr.

Seine Geschäftspartner von der Al-Shabaab-Miliz liefern zuverlässig weiter.

Johannesburg, Südafrika

Der Frühstückssaal des Hotels ist hell, gemütlich und verfügt über große Fenster zum Garten. Der Boden ist aus Sandstein, und in der Luft liegt ein sanfter Duft von getoastetem Brot und frisch gebrühtem Kaffee.

Karl Münchler sitzt auf einem Ledersofa an einem Tisch, der für zwei gedeckt ist, und blättert in einer Zeitung. Er trägt ein kurzärmeliges Hemd und hat die Brille in die Stirn geschoben. Er streckt die Hand nach seiner Kaffeetasse aus, während er aufblickt und Rob sieht, der auf ihn zukommt.

Zuerst scheint Karl Münchler ihn nicht wiederzuerkennen. Rob vermutet, dass er nicht darauf gefasst war, einen Typen mit Brille, Rugby-Kappe und einem roten T-Shirt mit dem Konterfei von Nelson Mandela zu sehen.

Karl Münchler legt die Zeitung zusammen. Dann erhebt er sich und streckt ihm die Hand entgegen.

»Für einen Toten sehen Sie unverschämt lebendig aus«, sagt er und deutet auf die Zeitung.

Rob liest die Schlagzeile. *Schwedischer Rockstar im Kruger Nationalpark von Krokodil getötet.*

»Man soll nicht alles glauben, was die Zeitungen schreiben«, erwidert er.

»Ganz offensichtlich nicht.«

Sie setzen sich.

»Hübsch hier«, sagt Rob.

»Das gehört zu der Kette der Öko-Hotels. Vielleicht nicht ganz so luxuriös wie die Hotels, die Sie so gewohnt sind, aber …«

»Ich wohne zurzeit in einem feuchten Zimmer ohne Fenster im Stadtteil Alexandra«, unterbricht ihn Rob. »Der Teppichboden im Foyer ist schimmelig, und der Toast, den man mir heute früh serviert hat, hat vorgestern das Haltbarkeitsdatum überschritten.«

Karl Münchler richtet seine Brille gerade, als wolle er Rob noch einmal eingehender mustern, und scheint sich zu fragen, wen er da eigentlich zum Frühstück eingeladen hat.

»Wollen wir uns etwas zu essen holen?«, fragt er.

Sie bedienen sich am Büfett. Karl Münchler füllt seinen Teller mit verschiedenen Früchten und nimmt dazu eine dicke Scheibe dunkles Brot, auf das er ein wenig Kresse und Paprikastücke streut.

Rob hat zwei Teller in den Händen. Der eine ist gefüllt mit Baked Beans, zwei Spiegeleiern und acht Streifen gebratenem Bacon. Auf dem anderen liegen Brötchen, Butter und Marmelade.

Sie setzen sich wieder. Karl steckt sich eine Physalis in den Mund und kaut ausgiebig.

»Also, über was wollten Sie mit mir sprechen?«, fragt er dann.

Rob legt die Ellbogen auf den Tisch und beugt sich vor.

»Vietnams Botschafter in Mosambik wird in Kürze den Geschäftsmann Huong Xuan in Hanoi treffen, um diesem das Horn eines Nashorns zu übergeben. Ich kann

Ihnen außerdem den Namen der Kontaktperson der Schmuggler in einem Reservat nennen, das an den Kruger Nationalpark angrenzt. In den Handel verwickelt ist noch ein ehemaliger Polizeichef, der gestern das Horn von Südafrika nach Mosambik gebracht hat.«

Karl Münchler will sich gerade ein Stück Honigmelone in den Mund stecken, hört dann jedoch Rob überrascht und aufmerksam zu.

Dann erst schiebt er sich das Melonenstück in den Mund, und während er kaut, sieht er sich um, als wolle er sich vergewissern, dass sie außer Hörweite der anderen Hotelgäste sind. Dann beugt er sich ebenfalls vor, legt die Ellbogen auf den Tisch und sagt leise:

»Erzählen Sie weiter.«

Als Rob mit seinem Bericht fertig ist, sind sie allein im Speisesaal. Der Kaffee in der Tasse ist kalt. Rob geht los, um sich frischen zu holen.

Als er zurückkommt, hat Karl Münchler sein iPad hervorgeholt und die Webseite der vietnamesischen Botschaft in Maputo geöffnet. Er dreht den Monitor so, dass Rob es sehen kann.

»Ich habe den offiziellen Terminplan des Botschafters gefunden. Er fliegt morgen nach Vietnam und wird fünf Tage dort bleiben. An drei Tagen nimmt er an Veranstaltungen in Hoi An und in anderen Städten außerhalb von Hanoi teil«, sagt Karl Münchler. »Das bedeutet, dass wir sein Hotel nur zwei Tage lang beschatten müssen, was wiederum bedeutet, dass ich ihn endlich beim Deal fotografieren kann, wie er das Horn gegen das Geld eintauscht.«

»Kennen Sie Leute in Hanoi, die versteckte Kameras und Mikrofone installieren könnten?«, fragt Rob.

»Ja, aber das wird teuer. Und gefährlich. Huong Xuan ist Teilhaber des Hotels, in dem sie sich meistens treffen, das Personal ist ihm gegenüber also loyal. Bis zu einem gewissen Preis, um es mal so zu sagen.«

»Ich kümmere mich um das Geld, wenn Sie die richtigen Leute besorgen.«

Karl Münchler lächelt wie jemand, der weiß, wie man so etwas organisiert. Dann aber lehnt er sich im Sofa zurück und scheint nachzudenken. Eine Falte bildet sich zwischen seinen Augenbrauen.

»Was ist los?«, fragt Rob.

»Es ist ein großes Problem, dass es sich bei dem Horn um eine Fälschung handelt«, sagt Karl Münchler.

»Aber das wissen doch weder Käufer noch Verkäufer, der Vorsatz bleibt derselbe.«

»Aber ihre Anwälte werden das vor Gericht ausnutzen.«

Rob nickt.

»Und dann kommen sie mit ein paar lächerlichen Geldstrafen davon, das ist mir klar. Aber ich habe nicht vor, diesen Kampf in einem Gerichtssaal zu gewinnen.«

Karl Münchler sieht ihn fragend an.

»Erinnern Sie sich an die Geschichte von dem Löwen Cecil in Simbabwe, der vor etwa einem Jahr von einem amerikanischen Zahnarzt mit Pfeil und Bogen erlegt worden ist?«, fragt Rob.

»An dieser Geschichte konnte niemand vorbei«, antwortet Karl Münchler. »Es gab eine Reihe von Ungereimtheiten, wenn ich mich recht erinnere.«

Rob nickt. Er hatte die Berichte über den Fall verschlungen. Fasziniert von dem Sturm, der in den sozialen Medien losbrach.

»Genau. Aber lange bevor alle Fakten auf dem Tisch lagen, verbreitete sich die Story von dem unmenschlichen Jäger wie ein Lauffeuer über die sozialen Medien. Der Typ musste seine Klinik schließen und untertauchen, große Fluggesellschaften weigerten sich plötzlich, ausgestopfte Jagdtrophäen zu transportieren, und Mugabe forderte sogar die Auslieferung des Mannes nach Simbabwe. Aber hat dieser Jäger etwas Schlimmeres getan als alle anderen Typen, die mit Pfeil und Bogen jagen? Nein, zwei Dinge aber sind geschehen. Erstens: Der Löwe hatte einen Namen. Noch dazu einen schlagzeilentauglichen und menschlichen Namen. Zweitens: Die Information wurde von Promis verbreitet, die Hunderttausende von Followern in den sozialen Medien haben.«

Rob nimmt einen Schluck Kaffee und fährt fort:

»Meine Band ObstiNation hat über zwei Millionen Follower. Außerdem denken alle, ich sei tot. Wenn ich nun im Internet einen Videoausschnitt veröffentliche, der zeigt, wie ein vietnamesischer Botschafter das Horn des erschossenen Nashorns Lena an den Chef einer Schmugglerbande übergibt – dann wird es keine Rolle spielen, was ihre Anwälte über die Echtheit des Horns sagen. Der Botschafter und der Schmuggler werden öffentlich durch die Straßen getrieben werden. Und wenn die Masse aktiv wird, dann springen auch die traditionellen Medien auf den Zug auf, genau wie im Fall Cecil.«

Karl sieht Rob schweigend an; auf eine väterliche Weise, wie Gus Wilsbury.

»Wissen Sie, ich hatte vor diesem Treffen keine hohe Meinung von Ihnen.«

»Ich auch nicht von Ihnen.«

Karl Münchler lacht kurz auf.

»Das war auf dem Begräbnis Ihrer Mutter unverkennbar. Aber ich habe nie verstanden, weshalb Sie so wütend waren.«

Rob beugt sich vor und legt die Arme auf den Tisch.

»Meine Mutter und ich haben uns in meiner Jugend sehr viel gestritten. Ich war zwar Einzelkind, hatte aber immer den Eindruck, trotzdem nur an zweiter Stelle zu stehen. Es gab immer irgendein Tier, das in Gefahr war und für das sie ihre wertvolle Zeit opfern musste, oder irgendein Umweltprojekt, das unser Geld nötiger hatte als ich. Wir haben das nie klären können, und als Sie dann anfingen, meine Mutter über den grünen Klee zu loben und ausgerechnet für die Dinge, für die ich sie am meisten gehasst habe, da hatte ich mich nicht mehr unter Kontrolle.«

Karl Münchler nickt stumm, als habe er soeben eine Antwort auf etwas erhalten, über das er schon lange nachgedacht hatte.

»Übrigens, ich habe mir gestern Ihre Webseite angesehen«, sagt Rob nach kurzem Schweigen. »Es scheint, als würden Sie inzwischen auf eigene Faust arbeiten. Warum sind Sie nicht mehr beim WWF?«

»Aus denselben Gründen, weshalb Sie nicht im Chor singen oder in einem großen Orchester spielen.«

Rob sieht ihn fragend an.

»Zu viele Regeln, zu viele Leute, die mitreden und entscheiden wollen. Ich respektiere den WWF und arbeite viel mit den Leuten dort zusammen, aber manchmal muss ich einfach Sachen tun, die …«

»… auch mal Grenzen überschreiten?«, ergänzt Rob.

»Sie sagen es. Und das ist einfacher, wenn man allein agiert.«

Rob lacht. Allmählich wird ihm der Mann sympathisch. Karl Münchler ist ein Rebell wie er selbst. Nur von einem anderen Schlag.

»Wann fliegen wir nach Hanoi?«, fragt Rob.

»Das Treffen, das wir beschatten wollen, kann im schlimmsten Fall bereits morgen Nachmittag stattfinden, und das heißt, dass ich noch einiges zu tun habe. Ich werde versuchen, schon heute einen Flug zu bekommen.«

»Und ich?«

»Sie bleiben hier, bis das alles über die Bühne ist. Das Risiko, dass Sie beim Zoll oder von schreienden Fans entdeckt werden, ist viel zu groß. Bei meinem letzten Besuch in Vietnam habe ich Ihr neuestes Album überall gesehen.«

»Wirklich?«

»Das Meiste waren vermutlich Raubkopien«, sagt er und blinzelt Rob zu. »Ich sollte jetzt los und packen. Brauchen Sie noch etwas von mir, bevor ich abreise?«

»Ein paar Fotos und Videos von verstümmelten Nashörnern.«

»Davon habe ich reichlich auf meinem Computer. Kommen Sie mit hoch in mein Zimmer, dann erledigen wir das.«

Stockholm, Schweden

Paulina Diaz sitzt in ihrem Büro im Polizeirevier auf Kungsholmen und versucht, ein paar eher unkomplizierte Vergehen abzuarbeiten, die auf ihrem Schreibtisch gelandet sind. Das letzte betrifft einen Mann aus Strängnäs, der zwei ausgestopfte Habichte im Internet zum Verkauf angeboten hat, natürlich ohne CITES-Bescheinigung. Paulina hat von der Annonce einen Screenshot gemacht, und der nächste Schritt ist dann, den Mann zum Verhör zu laden.

Sie nimmt die nächste Akte vom Stapel, legt sie aber wieder weg, nachdem sie die ersten Zeilen überflogen hat. Noch so ein Kleinkram mit jemandem, der einen Fehler begangen hat, ohne sich dessen bewusst zu sein.

Ihre Gedanken wandern zurück zum Kolmårdenfall. Sie steht täglich in Kontakt mit den Ermittlern in Östergötland und weiß, dass die Kollegen nicht weiterkommen.

Vielleicht suchen sie in der falschen Richtung?

Sie starrt auf den Monitor und denkt an ihren Anruf bei Megan Scott, Expertin für Tierhandel bei Interpol. Es war ein gutes Gespräch.

»Ich werde Ihre Information an einen guten Kollegen bei der SO15 weiterleiten, der Antiterroreinheit der Londoner Polizei«, hatte Megan versprochen. »An deren Stelle würde ich die jüngsten Geldtransfers und Telefongespräche zwischen britischen Gefährdern und Personen in Schweden genauer unter die Lupe nehmen.«

Paulina schließt den Browser und arbeitet ein paar ungelesene Mails ab. Sie hat gerade angefangen, einen Text über ein Upgrade des Archivsystems zu lesen, als ihr Kollege Johan Stenberg hereinschaut und fragt, ob sie zum Mittagessen mitgeht.

Paulina Diaz steht auf und nimmt ihre Jacke vom Haken.

»Du hast schon von der Sache in London gehört, nicht wahr?«, sagt er.

»Nein, was ist denn los?«

»Ein paar Selbstmordattentäter haben sich in einem Kaufhaus in London in die Luft gesprengt. Zahlreiche Tote, wie es scheint.«

Paulina Diaz läuft ein Schauer über den Rücken.

»Was? Wann?«

»Vor knapp einer Stunde. Ist schon krank. Mein Sohn war erst vor ein paar Wochen dort mit seiner Freundin shoppen.«

Paulina hängt ihre Jacke zurück an den Haken.

»Du, ich lasse das Mittagessen ausfallen«, sagt sie.

»Okay. Bis später.«

Paulina setzt sich an den Computer und öffnet die Webseite des *Guardian*.

Fotos von blutverschmierten und schockierten Menschen, die aus einem Einkaufscenter geführt werden, prangen auf der ersten Seite, und Paulinas Magen zieht sich zusammen.

Sie überfliegt die Artikel. Ein Augenzeuge behauptet, er habe gehört, wie einer der Täter »Allahu akbar« gerufen habe, bevor die Bombe im Westfield-Einkaufszentrum im Stadtteil White City explodiert sei.

Westfield, denkt sie. Warum klingt das so bekannt?

Sie klickt auf den Ordner »Kolmården« auf dem Desktop und öffnet ein Dokument, in dem sie Links gespeichert hat.

Der dritte führt sie zu einem ein paar Jahre alten Bericht mit der Überschrift *Al-Shabaab droht mit Anschlägen auf die Oxford Street und das Westfield-Einkaufszentrum.*

Daher kannte sie den Namen.

Jetzt haben diese Dreckskerle also ihre Drohung wahrgemacht.

New York City, USA

Gus Wilsbury legt auf und reibt sich das Kinn mit dem Dreitagebart. Die Geschichte wird immer komplizierter.

Nicht nur, dass er soeben mit einem toten Mann gesprochen hat. Der Tote hat ihn obendrein gebeten, innerhalb weniger Tage Dinge zu organisieren, für die man normalerweise Monate brauchte.

Gus geht zum Kühlschrank, um sich ein kaltes Bier zu holen, ändert aber unterwegs seine Meinung. Keinen Alkohol. Wenn er die Aufgaben lösen will, die vor ihm liegen, dann muss er einen klaren Kopf bewahren.

Er kehrt zum Sofa zurück, nimmt sein iPad und öffnet Spotify. Klickt auf »Charts« und scrollt durch die Top 50 der Welt.

»A Funeral To Die For« liegt immer noch auf Platz 2. So hoch platziert hatte ObstiNation noch nie ein Lied auf Spotify. Auf Platz 4 liegt »Fictional Truth«, der größte Hit der Band bislang, und auf der 14 folgt der Punkrocksong »Nose Bleeding Sucker Punch« vom Debütalbum *Laughing in E minor*.

Es ist lukrativ, tot zu sein, wenn man ein Rockstar ist, denkt Gus. Die Frage ist nur, was geschieht, wenn man von den Toten wiederaufersteht.

Er öffnet seinen Terminkalender und beginnt, eine Liste zu schreiben. Dabei lacht er leise vor sich hin, während er an das Verrückte an Robs Plan denkt, wird dann aber sofort wieder ernst.

Das Ganze könnte in einen Erfolg einer Größenordnung münden, die ObstiNation noch nie annähernd erreicht hat. Aber es könnte auch mit vier gestörten Typen in einem unfreundlichen asiatischen Gefängnis enden.

Oder vielleicht noch schlimmer.

Hanoi, Vietnam

Karl Münchler ist unheimlich müde und hat große Mühe, einen klaren Blick zu bewahren, während er am Fenster des Hotelzimmers steht und das Teleobjektiv der Kamera auf ein Hotelzimmer auf der gegenüberliegenden Straßenseite richtet. Zimmer 7 im Emerald Lake Hotel.

Es ist neun Uhr morgens in Vietnam, aber Karl Münchlers Körper zufolge ist es erst drei Uhr nachts. Er sollte sich hinlegen und ein bisschen ausruhen, aber erst will er sicherstellen, dass alles nach Plan läuft.

Durch die Kameralinse sieht er einen jungen Mann in Jeans und schwarzem T-Shirt auf einem Stuhl stehen und etwas in die Deckenlampe schrauben. Am Schreibtisch sitzt sein Kollege und tippt auf einer Computertastatur.

Karl Münchler verspürt ein warmes Gefühl in der Brust. Er wusste, dass er sich auf Trung und Han Dang verlassen konnte. Zwei Technikgenies, die im Silicon Valley Millionen verdienen könnten, aber lieber in ihrer Heimatstadt blieben und ihr Können nutzten, um den Handel mit wilden Tieren zu stoppen.

Offiziell arbeiten sie in der Marketing- und PR-Abteilung von ENV, Education for Nature – Vietnam. Inoffiziell erledigen sie vieles von dem, was eigentlich Aufgabe der Behörden wäre.

Karl Münchler legt die Kamera aufs Hotelbett.

Hoffentlich habe ich recht, denkt er.

Er hat einen Tipp bekommen, dass das Treffen um 14 Uhr stattfinden wird, und das scheint mit der Buchungsliste des Hotels übereinzustimmen. Zimmer 7 ist reserviert, sowie auch die angrenzenden Zimmer 5 und 9. Eine übliche Sicherheitsmaßnahme, um ein Abhören durch die Zimmerwände zu verhindern.

Er zieht die Schuhe aus, legt sich aufs Bett und versucht, zu schlafen. Obwohl er genau weiß, dass er dafür viel zu aufgedreht ist.

Johannesburg, Südafrika

Rob Chazey sitzt in der Ecke einer fast leeren Hotellobby in Sandton. In der Hand hält er sein vor Kurzem gekauftes iPhone, in seinen Ohren stecken Kopfhörer. Er wendet der Umgebung den Rücken zu und hat die Kappe tief ins Gesicht gezogen. Die ungeschliffene Brille darf nicht fehlen, genauso wenig wie das rote Touristenshirt. Trotzdem dreht er sich jedes Mal nervös weg, wenn sich Stimmen nähern.

Vielleicht hätte er doch nicht herkommen sollen. Aber er war dazu gezwungen. Die Internetverbindung in seinem heruntergekommenen Hotel ist viel zu schlecht, um Tonaufnahmen und bewegte Bilder zu laden und abzuspielen.

»Rob, bist du noch dran?«, hört er TT Bones' Stimme im Kopfhörer.

»Ja, ich bin dran.«

»Gut. Ich habe jetzt die Bilder und Videos hochgeladen. Scheiße, ein paar davon sind richtig heftig.«

»Kannst du sie cool zusammenschneiden und ein bisschen düstere Musik im Hintergrund einspielen?«

»Ja, klar, Mann. Kein Problem.«

Rob muss unwillkürlich lächeln. TT Bones' Fertigkeiten in Sachen Videokunst waren schon immer wichtig für die Band gewesen. Besonders zu Beginn ihrer Karriere, als sie keine Kohle hatten und TT Bones eigenhändig die Live-Videos fabrizierte.

Und dann natürlich die irren »Hinter den Kulissen«-Clips mit den Bandmitgliedern. Die zu Interneterfolgen wurden, lange bevor die Lieder von ObstiNation überhaupt auf Spotify erhältlich waren.

»Hast du auch die Links zu den Seiten hochgeladen, auf denen man die Fotos vom Botschafter und Huong Xuan sehen kann?«

»Ja, aber die sind doch bestimmt urheberrechtlich geschützt, oder?«

»Scheiß drauf. Klau sie einfach. Die Typen werden bald viel größere Probleme bekommen, und sollten sie uns trotzdem wegen Verstoß gegen das Urheberrecht verklagen, dann übernehme ich die volle Verantwortung. Versprochen.«

»Gut. Dann brauche ich nur noch eine schöne kleine Aufnahme von dir, mit der du den Zuschauern beweist, dass du wirklich am Leben und gesund und munter bist. Und dann musst du auch deinen Moralvortrag aufnehmen, der die Fotos von den Nashörnern begleitet. Aber keinen endlosen David-Attenborough-Scheiß. Höchstens eine Minute, okay? Der Geduldsfaden der Zuschauer im Netz ist kurz, auch wenn sie dich alle vermissen.«

»Okay, ich gehe zurück in mein Hotelzimmer und erledige das. Bist du in einer Stunde zu Hause?«

»Ich bin da. Aber warte mal, nimm doch die Videosequenz lieber draußen auf. In Johannesburg muss es doch endlos viele coole, fertige Ecken geben.«

Rob denkt an die Begegnung mit den drei Kerlen in Alexandra.

»Es ist nicht so ganz einfach für einen Weißen, in diesen Gegenden herumzulaufen und mit einem nagelneuen Handy herumzufuchteln. Aber ich probiere es mal.«

Hanoi, Vietnam

Es ist zwölf Minuten nach zwei. Das Treffen hätte schon längst stattfinden sollen.

Karl Münchler gießt erneut Kaffee in die beiden Zahnputzgläser und reicht sie Trung und Han Dang, die beide am Computer sitzen. Ein Bild von einem leeren Hotelzimmer füllt den Monitor.

Er setzt sich auf die Bettkante und starrt auf das Standbild, steht aber gleich wieder auf und macht ein paar Kniebeugen. Von dem vielen Sitzen sind seine Beine eingeschlafen. Er hat das Zimmer nicht verlassen, seit er am Morgen eingecheckt hat. Wollte nicht riskieren, von einem Bandenmitglied erkannt zu werden. Dann würden sie das Treffen abblasen – und das Kopfgeld, das ohnehin schon auf ihn ausgesetzt war, noch erhöhen.

Er stützt sich an der Wand ab und dehnt seine Wadenmuskeln. Im Wald kann er einen ganzen Tag in einem engen, feuchten Loch verbringen, wenn er darauf hofft, eine Fledermaus oder eine seltene Spinne zu Gesicht zu bekommen, aber das Eingesperrtsein in Hotelzimmern versetzt ihn in Panik. Besonders jetzt, da sie die Jalousien so eingestellt haben, dass sie nicht einmal nach draußen sehen können.

Er sieht erneut auf die Uhr. Viertel nach zwei. Hat man sie reingelegt? Sie vorsätzlich mit falschen Informationen versorgt?

»Jetzt«, sagt Trung plötzlich. »Die Tür geht auf.«

Karl Münchler stellt sich hinter ihn und fixiert den Bildschirm.

»Nimmst du alles auf?«, flüstert Karl.

Trung nickt.

»Alles, was in Zimmer 7 passiert, wird sowohl hier als auch auf einem verschlüsselten Speicherplatz in der Cloud gespeichert.«

Zwei Männer in schwarzen Anzügen betreten den Raum.

»Huong Xuan«, sagt Karl und deutet auf den Mann zur Linken. »Der andere muss sein Leibwächter sein.«

Die beiden Männer setzen sich auf zwei Stühle. Der Leibwächter holt sein Handy aus der Jacke. Seine Stimme hallt aus den Lautsprechern des Computers.

»Sollte er nicht eigentlich schon hier sein?«

»Er wird kommen«, antwortet Huong Xuan. »Immer mit der Ruhe.«

Der Ton ist gut. Obwohl das Mikrofon ein Stück entfernt angebracht ist, ist die Aufnahme ohne Rauschen.

Fünf Minuten vergehen. Dann wird an die Tür geklopft, und der Leibwächter öffnet. Zwei Männer kommen herein. Der füllige Körper des Diplomaten ist sogar von hinten leicht zu identifizieren. Sein Assistent trägt eine schwarze Sporttasche.

Der Diplomat und Huong Xuan begrüßen einander. Die beiden anderen Männer halten sich im Hintergrund.

Huong Xuan bietet dem Diplomaten einen Whisky an,

und der Leibwächter stellt umgehend eine Flasche und zwei Gläser auf den Tisch.

»Bringen Sie die Afrikaner ordentlich auf Trab?«, fragt Huong Xuan und gießt das Glas des Diplomaten randvoll.

»Oje, oje, oje. Es ist nicht leicht mit diesen Schwarzen, wissen Sie. Im Vergleich dazu sind die Laoten fleißige Bienchen.«

Huong Xuan lacht und hebt sein Glas. Sie stoßen an, und der Diplomat bedeutet seinem Leibwächter mit einem Wink, die Sporttasche zu bringen.

»Ich habe ein paar Souvenirs mit nach Hause gebracht«, sagt er.

Die Tasche wird geöffnet. Huong Xuan sieht hinein und nickt zufrieden.

Karl Münchler starrt wie versteinert auf den Monitor.

Das Horn ist nicht zu sehen.

»Wo ist die andere Kamera?«, fragt er.

Trung öffnet ein anderes Fenster. Die Kamera ist hoch genug angebracht, um den Inhalt der Tasche einzufangen, aber Huong Xuans Rücken ist im Weg.

»Jetzt komm schon«, flüstert Karl Münchler. »Geh zur Seite, damit das Horn zu sehen ist.«

Huong Xuan bleibt stehen. Es sieht aus, als wolle er die Tasche wieder zumachen, und Karl Münchler hätte am liebsten losgebrüllt. Aber da nimmt Huong Xuan das Horn heraus. Hält es für alle sichtbar in die Luft und legt es dann auf den Tisch.

Karl Münchler vergisst kurz, zu atmen.

Auf dem Bildschirm greift Huong Xuan noch einmal in die Tasche. Holt ein zweites Horn hervor. Ein ebenso langes. Karl Münchler beugt sich zum Laptop vor und traut seinen Augen nicht.

»Wisst ihr, was das bedeutet«, sagt er und fährt fort, bevor Trung und Han Dang antworten können: »Das bedeutet, dass eines dieser Hörner echt ist. Und dass die Anwälte der beiden vor Gericht größere Schwierigkeiten haben werden, als wir bislang zu hoffen gewagt haben.«

In dem Hotelzimmer auf der anderen Straßenseite legt Huong Xuan die beiden Hörner vorsichtig in die Tasche zurück und zieht den Reißverschluss zu.

Dann gibt er seinem Assistenten eine Anweisung, woraufhin der einen dunkelbraunen Lederkoffer auf den Tisch stellt und öffnet. Er ist gefüllt mit säuberlich zusammengebundenen Stapeln von Dollarnoten.

Der Diplomat nickt zufrieden, und Huong Xuans Assistent schließt den Koffer wieder und reicht ihn dem Diplomaten. Dann verbeugt sich Huong Xuan vor dem Botschafter, und das Treffen ist beendet.

Karl Münchler, Trung und Han Dang warten, bis sämtliche Teilnehmer den Raum verlassen haben. Dann springen sie von ihren Stühlen auf und schreien laut los. Sie strecken die Hände in die Luft, umarmen einander und klatschen sich ab.

Als sie sich wieder beruhigt haben, nimmt Karl Münchler sein Telefon zur Hand und ruft Rob Chazey an.

Johannesburg, Südafrika

Die computeranimierten Sicherheitshinweise werden auf den kleinen Monitoren an den Stuhlrücken abgespielt, und Rob schaltet sein Handy in den Flugmodus.

Seine Finger zittern, und er wischt sich die feuchten Hände an der Jeans ab. Jetzt gibt es kein Zurück mehr.

Das Flugzeug bewegt sich langsam in Richtung Startbahn, in der Ferne sieht er in der Abenddämmerung eine andere Maschine im Landeanflug.

Ich habe es verdammt nochmal getan, denkt er. Heilige Scheiße. Jetzt befindet sich der Film auf allen Kanälen der Band. YouTube, Twitter, Facebook, Instagram, Snapchat und auf der offiziellen Homepage von ObstiNation.

Rob steckt das Telefon in die Tasche am Sitz vor ihm und lehnt sich zurück. Setzt sich wieder aufrecht hin. Versucht, eine bequeme Position für die Beine zu finden.

Das Display seines Handys wird schwarz, und aus dem spiegelnden Glas starrt ihn ein Mann mit blondierten, kurzen Haaren und Schnurrbart an.

Er hat sich die Haare selbst geschnitten und sich danach eine ganze Flasche Bleichmittel einmassiert, das Thabisa auf dem Weg nach Johannesburg gekauft hatte. Es war so stark, dass er gedacht hatte, seine Haarwurzeln würden gleich anfangen, zu brennen. Aber die Wirkung war enorm. Robs Haarfarbe machte Billy Idol echte Konkurrenz. Zum Glück hatte der Zollbeamte seinen Pass nicht allzu genau kontrolliert, sonst hätte er ihn vielleicht gar nicht durchgelassen.

Die Turbinen erhöhen die Umdrehungen. Es klingt wie ein einsetzender Wutausbruch, und Rob würde am liebsten aufspringen, die Stewardess zwingen, die Tür zu öffnen, und aus dem Flugzeug stürmen.

Er schließt die Augen und umklammert die Armlehnen.

Mit wem lege ich mich eigentlich an?, denkt er.

Diese Leute haben verflucht nochmal versucht, mich umzubringen.

Das Flugzeug beschleunigt, die Reifen donnern über den Asphalt. Die Nase hebt sich, und dann sind sie in der Luft, und Rob spürt, dass er noch nie in seinem Leben so sehr den Eindruck hatte, keinen festen Boden mehr unter den Füßen zu haben.

Hanoi, Vietnam

Huong Xuan steigt langsam in den Jacuzzi-Whirlpool im Obergeschoss. Heißer Dampf steigt zur Decke empor und beschlägt die Scheiben. Das Wasser ist 41 Grad warm, die optimale Temperatur, um Schmerz und Genuss reibungslos miteinander verschmelzen zu lassen.

Er sinkt mit dem Oberkörper hinein, lässt sich von der Hitze umschlingen und lehnt den Kopf gegen die gepolsterte Nackenstütze. Nach ein paar Minuten stellt er die Düsen ab und genießt einfach die Stille. Noch ein erfolgreicher Tag.

Botschafter Chu hat 100 000 Dollar für die Hörner bekommen. Sobald er sie in kleine Stücke zersägt und auf dem Schwarzmarkt verkauft hat, wird er insgesamt 325 000 Dollar eingenommen haben, was ihm einen hübschen kleinen Gewinn in Höhe von 225 000 Dollar bescheren wird.

Er überschlägt grob die bisherigen Einkünfte in diesem Monat. Die Gewinnkurve zeigt steil nach oben, bald ist er der Größte im Nashorngeschäft im ganzen Land.

Auf einem gefalteten Frotteehandtuch neben dem Whirlpool beginnt sein Samsung zu vibrieren. Godzillas Name wird auf dem Display angezeigt.

»Ja?«, meldet sich Huong Xuan.

»Ich habe soeben einen Anruf von unserer Kontaktperson am Flughafen von Johannesburg bekommen.«

»Ist Than Vu auf dem Weg hierher?«

»Nein, aber Rob Chazey, der weiße Kerl, den er eigentlich umlegen sollte.«

Huong Xuan setzt sich ruckartig auf. Die klimatisierte Luft legt sich eiskalt um seine Schultern.

»Bist du sicher?«

»Er hat mit seinem bürgerlichen Namen eingecheckt und trägt eine gelbgrüne Truckermütze, aber er ist es. Unser Mann am Zoll hat ihn genau erkannt.«

»Hat das Flugzeug schon abgehoben?«

»Vor fünf Minuten. Nach einer Zwischenlandung in Singapur landet er morgen früh um 9.50 Uhr in Hanoi.«

Huong Xuan ist bereits aus der Wanne gestiegen, wickelt sich ein dickes Frotteehandtuch um die Hüften und geht barfuß in sein Arbeitszimmer.

»Sieh zu, dass du Quan erreichst.«

»Den Scharfschützen? Ist er zurück aus Tansania?«

»Ja. Gib ihm alle Informationen, die er braucht. Ruf mich an, wenn alles erledigt ist.«

Gdańsk, Polen

Der siebzehnjährige Bartek Ruciński brütet über seinen Mathehausaufgaben, als sein Handy ihm mit einem lauten Ton mitteilt, dass er eine SMS erhalten hat.

Sie kommt von Pawel, seinem besten Kumpel.

Tooootal irre!!!!!!! Check das und ruf sofort an.

Bartek Ruciński klickt auf den beigefügten YouTube-Link. Er nimmt an, dass einer ihrer Skateboard-Kumpels endlich gelernt hat, einen Heelflip zu machen. Aber nein, es ist etwas ganz anderes. Ein alter Clip mit seinem Idol Rob Chazey. 127 000 Aufrufe.

Bartek Ruciński glaubt, er hätte schon jeden Clip von ObstiNation gesehen, aber den hier kennt er noch nicht. Dieses Video ist erst vor drei Stunden hochgeladen worden. Wie kann es dann schon so viele Aufrufe haben?

Er klickt auf »Play«.

Rob Chazey steht auf einer Straße irgendwo in einem Elendsviertel. Ein paar schwarze Männer gehen vorbei und starren ihn bedrohlich an. Rob hält eine Zeitung in die Kamera. *The Star*. Der Text ist anfangs verschwommen, dann findet die Kamera die richtige Einstellung.

Bartek Ruciński liest, und er hat das Gefühl, dass auf einmal das ganze Blut aus seinem Kopf verschwindet. Er muss sich mit den Händen auf dem Tisch abstützen, um nicht in Ohnmacht zu fallen und sich die Nase aufzuschlagen.

Das ist verflucht nochmal das Datum der aktuellen Tageszeitung.

Unmöglich, aber so ist es.

»Hallo«, sagt Rob in die Kamera. »Ich heiße Rob Chazey, und ich bin nicht tot. Es wäre natürlich ein bisschen cooler gewesen zu sagen, dass ich von den Toten auferstanden bin, aber das wäre gelogen. Aber es wäre tatsächlich fast ins Auge gegangen.«

Bartek Ruciński laufen die Tränen über die Wangen, er ist so überwältigt, dass er den Eindruck hat, gleich zu explodieren.

»Zunächst möchte ich mich bei allen entschuldigen, die meinen Tod betrauert haben«, sagt Rob im Video. »Ich hatte wirklich nicht die Absicht, mit euren Gefühlen zu spielen, und ich verspreche, dass ich schon sehr bald genau erklären werde, warum ich so handeln musste. Aber jetzt muss ich euch erst etwas anderes erzählen. Es werden gleich schlimme Bilder folgen, aber ich bitte euch, nicht wegzuschauen.«

Rob Chazey verschwindet aus dem Bild und wird ersetzt von einem Nashorn, das durch eine offene Buschlandschaft wankt. Das Horn des Tieres fehlt, an seiner Stelle ist eine große blutige Fleischwunde. Das Nashorn schwankt, stürzt, versucht, wieder aufzustehen, schafft es aber nicht.

Bartek Ruciński versteht gar nichts, aber er starrt wie

gebannt auf das Telefon in seinen Händen und blinzelt die Tränen weg, um besser sehen zu können.

»Etwa alle acht Stunden wird in Afrika oder Asien ein Nashorn wegen seines Horns getötet«, hört er Robs Stimme aus dem Off. »Das Horn wird anschließend zu schwindelerregenden Preisen an Menschen in Vietnam und in China verkauft, die glauben, dass es heilende Kräfte besitzt. Das ist aber ein Ammenmärchen, an dem vor allem die kriminellen Banden in Vietnam und China jedes Jahr Milliarden verdienen. Vor vielen Jahren habe ich ein Nashorn in Südafrika adoptiert. Ich taufte es auf den Namen Lena, nach meiner Mutter. Aber vor ein paar Tagen wurde Lena tot aufgefunden.«

Das Bild eines toten Nashorns ist zu sehen.

»Was die Wilderer nicht wussten, war, dass in Lenas Horn ein Sender versteckt war, und durch diesen konnten wir den Weg des Horns zurückverfolgen.«

Eine Karte taucht im YouTube-Fenster auf, und eine rote gestrichelte Linie führt vom Kruger Nationalpark nach Mosambik, weiter über den Indischen Ozean bis nach Hanoi.

Dann verblasst die Karte und macht Platz für ein Foto von einem sonnengebräunten Mann in Camouflagekleidung und mit einem Jagdgewehr in den Händen. Es folgt eine etwas dunklere Aufnahme, in der derselbe Mann einen Beutel aus einem Gebüsch zieht.

»Das ist Tom McNamara, der Sicherheitschef im Reservat Limpopo Rhino Reserve. Er half dabei, das Horn aus dem Reservat zu schmuggeln.«

Ein neues Foto, es stammt von einem etwas älteren Mann in Polizeiuniform.

»McNamara hat das Horn an Gareth Chernick übergeben, der es über die Grenze nach Mosambik gebracht hat. Dort landete das Horn schließlich bei …«

Es folgt das Foto eines lächelnden Asiaten in einem schwarzen Anzug.

»… Giang Chu, dem Botschafter von Vietnam in Mosambik.«

Das Foto verschwindet, und Rob taucht wieder vor der Kamera auf. Er lächelt vielsagend.

»Und nun, meine Freunde, habe ich die große Ehre, euch etwas zeigen zu können, das noch nie zuvor gefilmt wurde.«

Ein Hotelzimmer kommt ins Bild, schräg von oben aufgenommen.

»Hier seht ihr den Botschafter, wie er das Zimmer 7 im Emerald Lake Hotel in Hanoi betritt.«

Ein Datum und eine Uhrzeit erscheinen am unteren Rand des Films.

Ein zweiter Mann kommt ins Bild.

»Der Mann, mit dem er sich dort verabredet hat, ist Huong Xuan, ein Geschäftsmann, gegen den bereits mehrmals wegen gesetzeswidrigen Handels mit Tieren und Tierprodukten im großen Stil ermittelt wurde. Hier seht ihr, wie ihm der Diplomat das Horn von Lena und noch ein zweites Horn übergibt, und wie er im Gegenzug einen Koffer voller amerikanischer Dollar erhält. Auf der Straße in Hanoi sind diese beiden Hörner über drei Millionen Dollar wert.«

Rob erscheint wieder im Bild. Ein paar neugierige Kinder hüpfen hinter ihm auf und ab und schneiden Grimassen.

»Es ist kein Geheimnis, dass mehrere Kriminelle, Politiker und Botschaftsmitarbeiter in diesen Handel involviert sind, durch den eine ganze Art vom Aussterben bedroht ist. Aber sie werden nur selten gerichtlich belangt. Ich veröffentliche diesen Film, um dagegen zu protestieren.«

Rob lächelt und streicht eine Haarsträhne zurück, die ihm der Wind ins Gesicht geweht hat.

»Und an all unsere geliebten Fans in Vietnam, hier kommt ein Versprechen an euch. Oder eher eine Herausforderung. Wenn mindestens fünftausend von euch am 14. April gegen Mittag vor dem Haus von Botschafter Giang Chu und vor Huong Xuans Büro protestieren, also am Tag, nach dem das hier aufgenommen worden ist, dann verspreche ich, dass ObstiNation bald nach Hanoi kommen und ein Gratiskonzert für euch geben wird.«

Rob Chazey macht eine Pause und lässt die Ankündigung wirken.

»Das ist alles, Leute. Wir sehen uns bald wieder.«

Er hält die Hand zum klassischen Hardrockgruß hoch und schneidet eine Grimasse.

Dann wird der Bildschirm schwarz, und Bartek Ruciński springt auf, hüpft wie besessen in seinem Zimmer herum und reißt den Trauerflor ab, den er seit zwei Tagen getragen hat.

Im Luftraum über dem südchinesischen Meer

Rob hat seinen dritten Whisky in der Hand und versucht, seinen Herzschlag zu beruhigen.

Während des Zwischenstopps in Singapur hat er den Clip auf YouTube überprüft, und als er sah, dass er bereits über 250 000 Aufrufe hatte, rebellierte sein Bauch augenblicklich, und er musste auf die Toilette rennen. Dort saß er dann, bis es Zeit war, zum Gate zu gehen.

Die Vietnamesen müssen den Clip inzwischen auch gesehen haben, denkt er und nimmt einen weiteren Schluck. Und was werden sie jetzt tun? Ihn am Flughafen abpassen? Oder dafür sorgen, dass er von der Polizei wegen Verleumdung verhaftet wird?

Scheiße, er hätte warten sollen, bis er in Vietnam ist, bevor der Clip online ging. Aber dann wäre es zu spät gewesen.

Er denkt an Thabisa und fragt sich, ob sie das Video auch gesehen hat, und wenn ja, was sie davon hält.

War ihr bewusst, dass sie mich in den sicheren Tod schickt? Es musste ihr klar gewesen sein.

Er sieht ihr schönes Gesicht vor sich, und sein Herz fühlt sich an wie ein pechschwarzes Vakuum.

Jemand tippt ihm von hinten auf die Schulter. Er dreht sich um und blickt einem langhaarigen Kerl Anfang zwanzig ins Gesicht, der sehr nervös aussieht. Er hat schwarz gefärbte Haare, trägt eine Kette zwischen Nasenflügel und Ohrläppchen, und die Augen sind mit Eyeliner geschminkt. Unter einem roten Flanellhemd trägt er das schwarze Tour-T-Shirt von ObstiNation aus dem Jahr 2012.

»Du bist es, oder?«, fragt der Junge.

Er spricht Englisch mit schottischem Akzent und unterdrückt nur mit großer Mühe seine Tränen. Er sieht aus wie Rob vor zehn, fünfzehn Jahren.

Rob vergewissert sich, dass niemand zuhört; doch die Passagiere um ihn herum haben Kopfhörer in den Ohren und sehen sich Filme an.

»Ja, ich bin es«, sagt er und nimmt die Brille ab. »Ich durfte mir die hier von Clark Kent ausleihen. Bei ihm hat das ja immer funktioniert.«

Der Junge lacht laut auf, schlägt sich aber sofort die Hand vor den Mund.

»Sorry, sorry«, sagt er.

»Ist schon okay.«

Eine Stewardess erscheint hinter dem Jungen.

»Es tut mir leid«, sagt sie in herablassendem Ton, »aber Passagiere der Economy dürfen sich nicht in diesem Teil des Flugzeugs aufhalten.«

»Wie bitte? Erkennen Sie ihn etwa nicht?«, fragt Rob mit gespielter Verwunderung.

Die Stewardess runzelt die Stirn und sieht dem Jungen in die Augen.

»Nein, sollte ich?«

Rob lacht.

»Ob Sie ihn kennen sollten? Allerdings! Das ist Anton LaVey, der Typ, der sein Unternehmen für 1,2 Milliarden an Google verkauft hat. Er ist derzeit auf den Titelseiten aller Wirtschaftszeitungen.«

Der Junge presst fest die Lippen zusammen, um nicht laut loszulachen.

Die Stewardess wirkt verunsichert.

»Oh, ich bitte um Verzeihung. Ich wusste nicht …«

»Wenn Sie uns jetzt entschuldigen würden? Wir waren mitten in einer wichtigen Geschäftsbesprechung.«

Die Stewardess bleibt stehen und mustert die beiden Männer. Ein pickliger Junge und ein blondierter Mann mit Kappe und einem T-Shirt, auf dem afrikanische Elefanten abgebildet sind. Sie scheint der Meinung zu sein, dass keiner von beiden in diesen Teil des Flugzeugs passt.

»Nun gut, ausnahmsweise. Bis wir mit dem Getränkewagen kommen. Dann müssen Sie sich leider wieder an Ihren Platz setzen.«

Mit diesen Worten dreht sie sich um und geht.

»LaVey!«, sagt der Junge und grinst breit.

»In Johannesburg habe ich als Aleister Crowley eingecheckt«, erzählt Rob.

Der Junge lacht, und ein älterer Mann im Anzug mit Kopfhörern in den Ohren zischt empört.

Der Junge beugt sich zu Rob vor und flüstert:

»Oh Mann, du ahnst nicht, wie froh ich war, als ich heute Morgen das Video gesehen habe. Ich habe euch live in Edinburgh und in London gesehen. Ihr seid live einfach so geil.«

»Kommst du zu unserem Gig in Hanoi?«

»Klar. Eigentlich wollte ich nach Süden weiterreisen, ich habe einen Kumpel, der in Nha Trang auf mich wartet, aber jetzt kommt er stattdessen rauf.«

»Cool. Ich freue mich wirklich sehr darauf, unsere vietnamesischen Fans zu treffen. Wir haben dort noch nie gespielt.«

»Ich weiß, ich weiß. Und übrigens, die Sache mit den Nashörnern, also, verdammt gut, dass du da etwas unternimmst.«

»Findest du das echt?«

»Mein Kumpel und ich haben schon beschlossen, dass wir uns vor das Haus des Botschafters stellen und uns die Lunge aus dem Leib schreien werden.«

»Cool. Dann triffst du vielleicht TT Bones.«

»Was? Wird er auch da sein?«

»Jepp. Und Wakko wird die Massen vor Huong Xuans Büro anheizen.«

Weiter vorn im Gang nähert sich die Stewardess mit ihrem Wagen.

»Darf ich dich um ein Autogramm bitten?«, fragt der Junge.

»Natürlich«, erwidert Rob und will einen Zettel suchen, da sieht er, dass der Junge ihm einen Stift und einen Block hinhält.

»Wie heißt du?«

»Tim Barrey.«

Rob schreibt:

Für Tim, der meine Flugreise von Singapur nach Hanoi vergoldet hat.

Und darunter seine Unterschrift.

»Willst du auch meine Kappe?«

Der Junge sieht aus wie ein Fisch, der nach Luft schnappt.

Rob nimmt die Kappe ab und setzt sie ihm auf den Kopf.

»Aber die Brille behalte ich. Sonst ist Clark Kent beleidigt.«

Die Stewardess mit dem Getränkewagen räuspert sich.

Tim richtet sich auf, und Rob schüttelt ihm die Hand.

»Pass auf dich auf, Tim. Wir sehen uns in Hanoi.«

Noi Bai International Airport, Hanoi, Vietnam

Quan hat sich bis zu der vereinbarten Stelle in dem riesigen Lüftungsrohr vorgearbeitet. Er schraubt den Lauf auf das M24-Scharfschützengewehr und legt sich schussbereit in Position.

Durch das Zielfernrohr sieht er durch das viereckige Aluminiumgitter.

Der blassgraue Flur, durch den alle ankommenden Passagiere von internationalen Flügen gehen müssen, liegt nur zwanzig Meter entfernt. Auf diese Entfernung würde nicht einmal seine Großmutter vorbeischießen.

Ein kurzer, schallgedämpfter Schuss, gefolgt von sofortigem Aufbruch. Es wird mehrere Sekunden dauern, bis jemand begreift, was passiert ist, und danach noch einmal eine halbe Minute, bis die ersten Wachposten vor Ort sind.

Sie werden mit Sicherheit die Ausgänge absperren und überall suchen, bevor irgendjemand überhaupt auf die Idee kommt, dass der Schuss von hier abgefeuert worden sein könnte. Und bis dann jemand daran denkt, dass der Schütze möglicherweise durch das Lüftungssystem ins Innere gelangt sein könnte, hat er längst das Gewehr an einem sicheren Ort entsorgt, seine Kleidung gewechselt –

und sitzt in einem Auto auf dem Weg ins Zentrum von Hanoi.

Quan freut sich auf den Auftrag. Das Opfer kann urplötzlich auftauchen, mit schnellen Schritten marschieren und von zahlreichen anderen Passagieren umgeben sein. Da muss man schnell denken und handeln, darf nicht eine Zehntelsekunde zögern.

Nicht wie in Tansania, wo er die vergangenen Monate damit verbracht hat, herumstehende Elefanten aus einhundert Metern Entfernung abzuknallen.

Am vergangenen Montag erlegte er elf Tiere in einer halben Stunde. Der Boden bebte, als die Riesen umfielen.

Das hier wird anders. Hier muss er konzentriert und schnell sein. Vielleicht bekommt er nur eine einzige Chance mit freier Sicht.

Er legt das Gewehr beiseite und sieht auf die Uhr. Noch etwa zehn Minuten.

Das Flugzeug hat am Terminal gehalten. Rob steht eingezwängt zwischen zwei Geschäftsmännern und wartet darauf, aussteigen zu dürfen. Es fühlt sich an, als gäbe es keinen Sauerstoff mehr. Er atmet immer wieder ein, bekommt aber nur Ausdünstungen und Stickstoff in die Lunge.

Die Unterhaltung mit Tim hat ihn seine Sorgen eine Weile verdrängen lassen, aber seit das Flugzeug gelandet ist, fällt ihm das Atmen wieder schwer. Der Whisky steckt ihm wie ein stinkender Lappen im Hals. Wie lange warten sie jetzt schon? Lasst uns raus, verdammt.

In der Ankunftshalle fühlt sich die Luft fast genauso stickig und heiß an wie im Flugzeug, und Rob hat den

Eindruck, dass der Boden unter seinen Füßen schwankt. Er nimmt sein Handy, um Karl Münchler anzurufen, aber es rutscht ihm aus seinen schweißnassen Händen. Er bückt sich, um es aufzuheben, aber da überkommt ihn die Übelkeit und er sieht sich hektisch nach einem WC-Schild um.

Er rennt auf die Toilette, stößt einen älteren Mann beiseite, der gerade die einzige freie Kabine betreten will, reißt die Tür auf, hebt den Toilettendeckel an und übergibt sich so heftig, dass ihm das Wasser aus der Schüssel entgegenspritzt.

Er richtet sich auf und stützt sich gegen die Wand, bis sein Magen sich ein wenig beruhigt hat. Dann klappt er den Toilettendeckel herunter, setzt sich hin und vergräbt den Kopf in seinen eiskalten Händen.

Jemand schimpft in einer Sprache, die er nicht versteht. Er hebt den Kopf und sieht, dass der Asiate vor der Kabine steht und ihm mit der Faust droht. Rob zeigt ihm den Mittelfinger, zieht die Tür zu und schließt sie ab.

Eine SMS von Mobifone heißt ihn in Hanoi willkommen. Er wählt Karls Nummer.

»Rob«, meldet sich dieser. »Bist du schon da?«

»Ja, ich bin gerade gelandet. Wo soll ich jetzt hinkommen?«

Quan ändert seine Stellung im Lüftungsrohr, behält den Flur aber unablässig im Visier.

Wo ist die Zielperson?

Die Schar der Passagiere wird immer dünner. Eine Familie mit Kindern. Zwei gestresste Geschäftsleute. Ein alter Mann, der sich vorwärtsschleppt, ohne die Füße vom Boden zu heben. Bislang niemand, auf den die Beschreibung zutrifft.

Aber dann kommt er. Ein schlaksiger Mann mit schwarzen Haaren und einer Kette zwischen Ohr und Nase, genau wie auf den Bildern, die man ihm geschickt hatte.

Das Gesicht ist teilweise von einer Kappe verdeckt, aber das muss er sein. Die Augen sehen aus wie auf den Fotos, kräftig geschminkt.

Quan folgt den Bewegungen der Zielperson mit dem Gewehr.

Er drückt den Abzug halb durch. Gute Sicht, kein anderer Passagier ist im Weg.

Ganz sanft betätigt er den Abzug. Der Kopf der Zielperson wird zur Seite gerissen, und der Mann sackt zu Boden.

Auftrag ausgeführt.

Quan zieht sich in den Lüftungsschacht zurück und schraubt blitzschnell das Gewehr auseinander.

Eine Frau beginnt unten im Korridor zu schreien, dann noch eine.

Rob verlässt die Toilette und folgt den Schildern in Richtung Ausgang. Vor ihm sind Schreie und aufgeregte Stimmen zu hören, und er fragt sich, ob jemand bestohlen wurde.

Dann sieht er die Menschen, die neben jemandem knien, der auf dem Boden liegt. Andere haben sich darum versammelt. Hatte jemand einen Herzinfarkt?

Rob kommt näher, sieht, dass der liegende Mann ein Flanellhemd trägt.

Was zum …

Er beschleunigt seine Schritte. Versucht, in dem Gedränge einen Blick auf das Gesicht des Liegenden zu erhaschen.

Zwei grün gekleidete Polizisten laufen aus der anderen Richtung herbei. Einer der knienden Menschen steht auf, und da sieht Rob das Gesicht des Gestürzten.

Tims Gesicht. Mit einem Loch in der Schläfe.

Die Polizisten stoßen die Gaffer beiseite. Brüllen sie an.

Erneut packt ihn Übelkeit. Rob schluckt, zwingt den Mageninhalt wieder zurück.

Warum ist er tot?

Die Polizisten brüllen die Passagiere weiter an, und da geht Rob endlich ein Licht auf: Der Schütze hatte es auf ihn abgesehen. Tim sah ja aus wie er früher.

Er sieht sich nervös um und sucht nach dem Killer.

Noch mehr Polizisten sind gekommen, noch mehr Passagiere. Alle schreien, einer fuchtelt mit seinem Handy herum und wird von einem Schlagstock niedergestreckt.

Ich muss hier weg, denkt Rob. Auf der Stelle.

Er schiebt sich an der aufgewühlten Menge vorbei in Richtung Ausgang. Ein Polizist mit finsterer Miene baut sich vor ihm auf und streckt die Hand in einem »Halt«-Zeichen aus, wobei er irgendetwas auf Vietnamesisch brüllt. Aber mehrere andere Menschen versuchen ebenfalls, an ihm vorbeizukommen, und der Polizist ist vollauf damit beschäftigt, sie zurückzuhalten. Sobald er Rob den Rücken zuwendet, schlüpft dieser vorbei. Er muss sich zwingen, nicht zu rennen, nicht verdächtig auszusehen.

Er ist jetzt in der Ankunftshalle. Schlängelt sich zwischen Passagieren und Gepäckwagen nach draußen und springt in ein Taxi.

Der junge Chauffeur lächelt ihn freundlich an und fragt auf Englisch:

»Wohin wollen Sie, Sir?«

»Fahren Sie einfach.«

Hanoi, Vietnam

Huong Xuan nimmt den Anruf entgegen und hört Godzillas aufgeregte Stimme am anderen Ende.

»Ich habe gerade mit unserem Mann gesprochen«, sagt Godzilla voller Enthusiasmus. »Der Auftrag ist ausgeführt.«

»Nein, das ist er nicht«, antwortet Huong Xuan ruhig und betrachtet das Eigelb, das langsam an der Fensterscheibe des Büros hinabgleitet.

»Was?«

»Du musst Hanoi für einige Zeit verlassen. Tauch unter.«

»Aber …«

Huong Xuan drückt das Gespräch weg und beobachtet das Spektakel unten auf der Straße. Dort stehen bestimmt über zweitausend Menschen. Auf ein großes Plakat hat jemand ein Nashorn und eine durchgestrichene Waffe gemalt. Auf einem anderen befindet sich ein Porträt von ihm hinter Gittern.

Mehrere Plakate mit verschiedenen Sprüchen.

Rettet die Nashörner – lasst Köpfe rollen
Stoppt Wilderei – erschießt Huong Xuan

Er denkt an das Foto, das ihm vorhin geschickt wurde. Das Foto von dem toten Mann am Flughafen. Nicht Rob Chazey lag da auf dem Boden, nur jemand, der sich genauso angezogen und geschminkt hatte.

Ein riesiger Lieferwagen mit dem Logo von CNN und einer Satellitenschüssel auf dem Dach steht unweit der Demonstranten auf der Straße. Ein paar vietnamesische Fernsehteams sind auch da. VTV und Hanoi TV. Und die Polizei. Unmengen von Männern in grünen Uniformen, die keinen Finger rühren, um die illegale Demonstration zu stoppen. Stattdessen sehen auch sie hoch zu seinem Büro.

Der Einsatzleiter erteilt Befehle. Entsendet mehrere Patrouillen, die das Gebäude umstellen.

Huong Xuan zuckt zusammen, als ein weiteres Ei gegen die Scheibe prallt. Die Demonstranten schreien immer lauter, immer aggressiver.

Ein langhaariger Weißer mit engem Unterhemd und tätowierten Armen ist auf den Lieferwagen der CNN geklettert. Er wendet Huong Xuan den Rücken zu und zieht seine Lederhose über den bleichen Hintern nach unten.

Die Menge auf der Straße jubelt. Schreit: »Wakko, Wakko, Wakko.«

Weitere Eier fliegen gegen die Scheibe. Und Tomaten.

Huong Xuan folgt dem herunterlaufenden Brei mit dem Blick und denkt an den Rat, den er seinen Untergebenen und besiegten Konkurrenten zu geben pflegt:

Unterschätze niemals deinen Feind.

Genau das hatte er getan.

In einem Hotelzimmer einige Straßenzüge weiter sitzt Rob Chazey auf der Kante von Karl Münchlers Hotelbett und versucht, seine zitternden Hände zu beruhigen.

Tim ist tot. Und das ist meine Schuld. Hätte ich dieses Flugzeug nicht genommen, wäre es nie passiert. Aber wie konnten diese Dreckskerle wissen, dass ich an Bord war?

Rob weiß es nicht, und was würde es auch für eine Rolle spielen, wenn er es wüsste? Tim ist tot, ein Junge, der noch sein ganzes Leben vor sich hatte.

Karl Münchler setzt sich neben ihn und legt ihm einen Arm um die Schultern.

»Es ist nicht deine Schuld«, sagt er. »Du hast nur versucht, das Richtige zu tun.«

»Aber ich hätte mir nicht die Haare färben oder Tim meine Kappe geben müssen. Dann hätten sie stattdessen mich umgebracht.«

»Ja, das stimmt wohl«, meint Karl Münchler. »Aber wie hättest du das vorhersehen sollen?«

Er dreht den Fernseher wieder lauter. CNN überträgt noch immer live, hat aber die Demonstration vor Huong Tradings Firmensitz verlassen. Jetzt werden Bilder von der mindestens ebenso großen Demonstration vor dem Zaun des Hauses des Botschafters gezeigt.

Auf einem Mauervorsprung vor dem Zaun steht ein Mann mit Zottelmähne und Megafon in der Hand und heizt den Massen ein wie ein Cheerleader.

TT Bones.

Logisch, denkt Rob.

»Kommt schon, ihr Motherfucker! Die sollen uns da drin hören. Seid ihr bereit?«

Und die Tausend und Abertausend versammelten Vietnamesen stimmen ein:

»*Botschafter Chu – Fuck you!*

Botschafter Chu – Fuck you!"

Robs Mund verzieht sich kurz zu einem Lächeln. Tim hätte dort dabei sein sollen. Hätte zusammen mit TT Bones schreien sollen.

Er sieht seine Leiche auf dem Boden liegen. Die Kappe, die ihm vom Kopf gefallen war. Das Loch in der Schläfe.

Hat man seine Eltern schon informiert? Sie werden mich für den Rest ihres Lebens hassen, und das zu Recht.

Das CNN-Studio in Atlanta erscheint auf dem Bildschirm. Eine Moderatorin mit glänzenden braunen Haaren und rotem Jackett blickt in die Kamera und sagt:

»Zwei große Demonstrationen finden in diesem Augenblick in Vietnams Hauptstadt Hanoi statt. Die Demonstranten beschuldigen einen reichen Firmenchef und den Botschafter des Landes in Mosambik, in die lukrative Jagd auf Nashörner in Afrika verwickelt zu sein. Und die Proteste scheinen mit einem Rockstar in Verbindung zu stehen, der bis vor wenigen Stunden noch als tot galt. Bill Waterford, unser Reporter vor Ort in Hanoi, kann uns mehr dazu sagen.«

Ein etwa fünfzigjähriger Mann mit angegrautem Haar kommt ins Bild. Er trägt ein dünnes Jackett und ein weißes Hemd und steht vor einer großen, lauten Menschenmasse.

»Das stimmt, Caroline. Ich stehe hier vor dem Privathaus von Botschafter Giang Chu in Hanoi. Und hier findet eine, gelinde gesagt, lebhafte Demonstration statt. Ursache ist ein Film, der in Rekordtempo über die sozialen Medien verbreitet wurde und in dem scheinbar gezeigt wird, wie der Botschafter zwei Nashornhörner an den Firmenchef Huong Xuan verkauft, einen Mann, gegen den bereits zweimal wegen illegalen Tierhandels ermittelt wurde, bislang aber ohne Erfolg. Wir können die Echtheit des Videos nicht verifizieren, aber dass es hier im Land eine riesige Aufregung verursacht hat, steht außer Frage.«

»Und inwiefern hat jetzt der Rockstar Rob Chazey damit zu tun, und ist es wahr, dass er lebt?«

Der Fernsehreporter Bill Waterford drückt seinen Kopfhörer tiefer ins Ohr, um die Moderatorin im Lärm der Menge zu verstehen.

»Es hat definitiv den Anschein, als sei der Frontmann von ObstiNation am Leben. Und offenbar steckt auch er hinter der heimlichen Aufnahme des Treffens, bei dem das Horn verkauft wurde. Aber noch einmal, was wahr ist und was nur Gerüchte sind, muss erst noch überprüft werden.«

»Danke, Bill«, sagt die Moderatorin. »Wir schalten nun zu der anderen Demonstration, bei der die Polizei offenbar einen Zugriff auf besagten Firmensitz durchgeführt hat.«

Verwackelte Bilder des Haupteingangs von Huong Trading werden gezeigt. Eine große Schar an Polizisten ist damit beschäftigt, erregte Demonstranten fernzuhalten, und dann geht die Tür auf, und Huong Xuan wird in Handschellen von Beamten zu einem wartenden Polizeiwagen geführt.

Rob merkt, dass Karl Münchler neben ihm auf der Bettkante zittert, und als er sich zu ihm umdreht, sieht er, dass die Unterlippe des Deutschen bebt.

»Alles in Ordnung?«, fragt Rob.

Karl blinzelt mehrmals und schluckt.

»Wir sind hier Zeugen von etwas Einzigartigem«, sagt er mit zitternder Stimme. »Zum ersten Mal wird der oberste Kopf einer solchen Organisation von der Polizei festgenommen.«

Der Polizeiwagen mit Huong Xuan bahnt sich langsam einen Weg durch die Menge. Wütende Menschen schlagen mit den Handflächen gegen die Scheiben und auf das Dach.

Er wünscht, er könnte Karls Freude teilen. Er versteht ja, dass es eine großartige Sache ist.

Aber es fühlt sich einfach nicht so an.

Limpopo Rhino Reserve, Südafrika

Tinus van Hoebeek kann den Blick nicht vom Fernseher abwenden, obwohl er den Bericht schon zuvor in zwei anderen Nachrichtensendungen gesehen hat.

Rob Chazey lebt.

Wie ist das möglich? Und wie ist es ihm gelungen, ein vietnamesisches Verbrechersyndikat auffliegen zu lassen?

Thabisa hat irgendwie ihre Finger im Spiel, kein Zweifel. Aber wie haben sie herausgefunden, dass Tom McNamara mit in dem Sumpf steckte? McNamara, dem er so viele Jahre lang vertraut hatte.

Sein Handy meldet eine neue SMS, und er sieht sich danach um.

Vielleicht ist es Thabisa. Er hat versucht, sie zu erreichen, seit er die erste Nachrichtensendung gesehen hat, aber ohne Erfolg.

Aber es könnte auch die Polizei von Hoedspruit sein. Sie sucht seit mehreren Stunden nach Tom McNamara und Gareth Chernick; genauer gesagt, seit Rob Chazey diesen Videoclip auf YouTube hochgeladen hat. Er steht auf und holt das Handy vom Schreibtisch.

Die SMS stammt von einer unbekannten Nummer.

Hallo Tinus,
es tut mir leid, dass ich dir solche Probleme mit meinem angeblichen Tod bereitet habe.
Wenn die Nachrichten aus Vietnam dich erreicht haben, verstehst du vielleicht, warum ich mich verstecken musste. Mir ist klar, dass ich dein Geschäft ruiniert habe, und ich verspreche, alles zu tun, um den Schaden zu reparieren.
Vor ein paar Stunden habe ich über unsere Kanäle ein Loblied auf dein Reservat und die Arbeit veröffentlicht, die ihr mit den Nashörnern leistet. Ich habe auch eine neue Spende veranlasst, die es euch hoffentlich ermöglicht, all eure Nashörner mit Peilsendern zu versehen.
Wenn du willst, komme ich gern wieder und mache Werbung für das Reservat.
Ich verspreche, dass ich dabei dann nicht sterben werde.
Mit besten Grüßen, Rob

Tinus van Hoebeek nimmt das Telefon mit zum Sofa, setzt sich und liest die Nachricht noch einmal. Es freut ihn, was Rob schreibt, er glaubt aber nicht, dass seine Worte wirklich helfen können. Der Schaden ist bereits entstanden. Und es ist nicht Robs Schuld, sondern seine.

Ich habe einen Touristen auf eine gefährliche Mission mitgenommen und damit gegen alle Regeln verstoßen. Das machen viele Reservate so. Aber in meinem Reservat ist es böse ausgegangen.

Vielleicht muss ich verkaufen. Es kamen bereits ein

paar unverschämte Angebote von schadenfrohen Grundbesitzern.

Das Telefon klingelt.

Es ist Pam, die für die Buchungen zuständig ist. Um diese Uhrzeit ruft sie sonst nie an.

»Hallo, Pam«, meldet er sich.

»Hallo. Entschuldige, dass ich so spät noch störe, aber es ist dringend.«

»Ist etwas passiert?«

»Das kann man wohl sagen. Ich habe gerade auf unserer Webseite nachgesehen. Allein in der vergangenen Stunde kamen dreiundzwanzig neue Anmeldungen. So viele hatten wir in den letzten zwei Wochen nicht.«

Hanoi, Vietnam – drei Tage später

Die sanfte Abenddämmerung hat sich über den Stadtteil My Dinh gelegt, etwa zehn Kilometer vom Zentrum Hanois entfernt. Das My Dinh National Stadium ist bereits voll, dennoch winden sich noch lange Menschenschlangen vor der mächtigen Arena.

Die Bühne mit ihrer langen, weit vorstehenden Zunge ist in Rekordzeit aufgebaut worden. Die Licht- und Soundanlagen wurden von einer angesagten vietnamesischen Boygroup ausgeliehen, die vor Kurzem ihre Asientournee abgeschlossen hat.

Dicker Rauch schießt auf die Bühne und wird von den Scheinwerfern rot gefärbt.

Im Schatten hinter dem riesigen schwarzen Tuch mit dem ObstiNation-Logo stehen die vier Bandmitglieder in einem Kreis zusammen und schwören sich ein. Rob hat die Augen geschlossen und hört TT Bones' Anfeuerung, ohne die Worte zu verstehen.

Gestern noch hatte er alles abblasen wollen. Aber Ahsanullah Sufyan Asif hatte ihn beiseite genommen.

»Viele Tausend Menschen in einem fremden Land haben sich für dich engagiert, als du sie darum gebeten hast«, hatte er gesagt. »Sie sind ein hohes Risiko eingegangen, haben demonstriert, obwohl sie wussten, dass sie dafür ins Gefängnis kommen könnten. Findest du nicht, dass du ihnen gegenüber eine Verantwortung hast?«

»Natürlich«, hatte Rob geantwortet. »Aber es fühlt sich im Moment einfach kacke an.«

»Denk mal über deine eigenen Gefühle hinaus.«

»Aber ein Junge ist verdammt nochmal gestorben, weil ich das hier in Gang gebracht habe.«

»Und was hätte er deiner Meinung nach gewollt? Dass du es absagst? Wohl kaum. Und du hast doch gestern mit seinen Eltern telefoniert. Hast du denn schon vergessen, was sie gesagt haben?«

Rob dachte an den schlimmsten Anruf seines Lebens. Aber die Eltern hatten so viel Verständnis gezeigt, was er gar nicht erwartet hatte, und es hatte ihn überwältigt.

Rob hatte ihnen erzählt, wie sehr er sich gefreut hatte, dass Tim im Flugzeug zu ihm gekommen war, und dass Tim ihm gesagt hatte, dass er an der Demonstration gegen die Schmuggler teilnehmen wollte. Die Eltern hatten natürlich geweint, aber es wirkte auch so, als würden seine Worte sie trösten; die Gewissheit, dass ihr Sohn etwas Gutes tun wollte.

»Kämpfen Sie weiter«, hatten sie Rob gesagt. »Führen Sie das zu Ende, was Sie begonnen haben. Für Tim.«

TT Bones ist fertig mit seiner Anfeuerungsrede, und die Bandmitglieder lösen sich voneinander und hüpfen ein wenig auf der Stelle. Schütteln sich und atmen ein paar Mal tief durch.

TT Bones holt zwei Drumsticks aus seiner hinteren Hosentasche, lässt sie kurz in der Hand kreisen und verschwindet dann auf der anderen Seite des Tuchs.

Das Raunen des Publikums verwandelt sich in lautes Gebrüll, als er am Schlagzeug Platz nimmt, und die anderen drei nicken sich zu. Das ist ein gutes Zeichen.

TT Bones legt mit einem Bassdrumintro zu »Nose Bleeding Sucker Punch« los. Ein Tontechniker hält Wakko eine schwarze Gibson Les Paul hin. Dieser hängt sich die Gitarre um, klatscht sich mit Rob und Ahsanullah Sufyan Asif ab und rast dann hinaus auf die Bühne, um das Publikum mit einem punkigen Riff zu begrüßen.

Sekunden später geht ein weiterer Scheinwerfer an, und Ahsanullah tritt mit dem weißen Bass ins Licht.

Das Publikum hüpft im Takt. Lässt das Innere des Stadions aussehen wie ein Meer mit rhythmischem Wellengang.

Auf Robs Armen bildet sich Gänsehaut.

Er dreht sich um und sieht zu Gus Wilsbury, der mit einem schwarzen Jackett und einem zerknitterten Hemd bekleidet hinter den Kulissen steht und ihm mit seinem Highball-Glas zuprostet.

Rob nickt ihm zu und wirft dann einen letzten Blick in den tragbaren Spiegel. Das Haar wieder schwarz, dick aufgetragener Eyeliner. Die Kette sitzt zwischen Nase und Ohr, und seine enge Lederjacke ist halb offen und zeigt die nackte Brust.

Was würde wohl Thabisa sagen, wenn sie ihn jetzt sähe? Wenn sie da draußen in dem wogenden Publikumsmeer stünde und sähe, wer er war und zu was er in seinem wahren Element imstande war.

Aber egal. Sie ist nicht da.

Er stellt sich hinter die Marshall-Lautsprecher, schließt die Augen und atmet ein paar Mal tief durch. Lässt sich von der Lautstärke, den Gerüchen und der elektrischen Spannung in der heißen, dunklen Luft umschlingen.

»Gib dein Bestes«, ruft Gus. »Für Tim.«

Und Rob stürzt hinaus auf die Bühne. Das Scheinwerferlicht brennt im Gesicht, und die Schreie des Publikums sind so ohrenbetäubend, dass er die Musik kaum noch hört. Er läuft über die Bühne, weiter, bis zum Rand der langen Zunge. Das Blut rauscht in seinen Adern, sein Herz pocht wie ein Presslufthammer.

Er schnappt sich das Mikrofon, wirft das Stativ beiseite und brüllt:

»Guten Abend, Hanoi! *Are you ready to rock?*«

EPILOG

MOGADISCHU (TT-Reuters). Der blutige Terroranschlag auf das Einkaufszentrum Westfield in London wurde möglicherweise aus Schweden finanziert. Dies enthüllt die britische Zeitung *The Guardian*.

Sechs Menschen starben, und zwanzig weitere wurden verletzt, als am 17. April dieses Jahres eine Bombe im Einkaufszentrum explodierte.

Die Zeitung beruft sich auf Quellen, die sagen, dass in den Tagen vor der Tat mehrere Anrufe aus Göteborg an einen regionalen Al-Shabaab-Führer im Westen Londons getätigt wurden.

Gegenstand der Anrufe sollen ein erledigter Auftrag und die Übergabe einer bedeutsamen Geldsumme gewesen sein.

»Wir gehen dieser Spur derzeit intensiv nach«, verriet eine Quelle aus dem engsten Kreis der London Metropolitan Police der Zeitung.

Der schwedische Geheimdienst möchte die Angaben nicht kommentieren und erklärt, dass vor der Tat keine Hinweise darauf bestanden, dass »etwas geplant war«.

»Aber wir überwachen alle Personen, die im Verdacht

stehen, terroristische Organisationen zu unterstützen«, erklärt der stellvertretende Chef des Geheimdienstes Johan Ekdahl. (TT)

Shanghai, China

Li Cheng presst den Daumen auf das Display des Aufzugs, bekommt grünes Licht vom System und drückt auf den untersten Knopf. Er trägt ein weißes Hemd und einen schwarzen Anzug und hält eine dunkelblaue Sporttasche in der Hand.

Der Aufzug fährt schnell und lautlos, er fühlt sich darin geradezu schwerelos. Dann wird die Fahrt abgebremst, und der Aufzug hält. Li Cheng steigt aus und steht in einem kühlen, hellen Raum mit gefliesten Wänden und Feuchtigkeitsregler.

Regale aus rostfreiem Stahl sind an drei der vier Wände angebracht. Darauf liegen, säuberlich aufgereiht, Hörner. Jedes davon genau kategorisiert.

In dieser Sammlung befindet sich das Horn des letzten Nashorns aus Vietnam, das im Jahr 2010 im Nationalpark erschossen wurde. Ebenso wie das Horn des wahrscheinlich letzten Spitzmaulnashorns, das noch gelebt hat, bevor die Art 2011 für ausgestorben erklärt wurde.

Li Cheng berührt ein paar der Raritäten. Dann hebt er den Blick. Auf einer Ablage liegt eines seiner bemerkenswertesten Hörner. Über einhundert Jahre alt ist es, und genetisch sehr wertvoll. Es stammt von einem ausgestopften Spitzmaulnashorn aus einem Museum in Göteborg in Schweden. Einmalig auf der ganzen Welt. Es war das Horn, das als Holotypus, als wissenschaftliches Referenzexemplar, für die südwestafrikanische Unterart von Spitzmaulnashörnern galt. Und seit 2011 gehört es ihm, nur ihm allein.

Links von dem Horn gibt es noch einen freien Platz, der für einen ganz besonderen Moment reserviert ist.

Der jetzt gekommen ist.

Li Cheng stellt die Tasche auf den Boden und öffnet vorsichtig den Reißverschluss.

Schweden, denkt er. Wer hätte gedacht, dass ihn dieses kühle Land in Nordeuropa ein weiteres Mal mit einem wertvollen Sammelobjekt versorgen würde. Dem vielleicht wertvollsten von allen.

Er nimmt die Stücke einzeln heraus und legt sie auf die Ablage. Es stört ihn immer noch, dass das Horn geteilt wurde. Aber einzigartig bleibt es dennoch.

Er fährt sanft mit der Hand über die Oberfläche und tritt dann ein paar Schritte zurück, um das Horn von Weitem zu bewundern.

Lange bleibt er so stehen.

Kruger Nationalpark, Südafrika

Thabisa Madonsela sitzt in ihrem weinroten Kia und beobachtet die fünf Weißen Nashörner, die ein paar Meter vom Wagen entfernt weiden. Der Motor ist aus und die Scheibe der Fahrertür zur Hälfte nach unten gekurbelt.

Ein Touristenjeep und zwei PKW haben den Ort soeben verlassen und sind weitergefahren, im Augenblick hat Thabisa die Nashörner ganz für sich allein. Sie genießt ihren Geruch und hört das Rupfen, wenn sie mit ihren Mäulern das Gras ausreißen.

Sie ist auf dem Weg nach Norden, zurück zur Arbeit. Hat noch ungefähr zwei Stunden bis Orpen Gate und von dort zwei weitere Stunden bis zum Reservat.

Der Weg durch den Kruger Nationalpark ist ein weiter Umweg, aber sie hat das schon öfter getan. Hat einen oder zwei Tage damit zugebracht, langsam in nördlicher Richtung durch diesen fantastischen Nationalpark zu fahren. Normalerweise erfüllt sie das mit Ruhe und Würde, aber nicht dieses Mal. Heute fühlt sie sich nur schmutzig, bis tief in ihre Seele.

Aber lieber hier als im Limpopo Rhino Reserve.

Bedächtig kauend stapfen die Nashörner durch das hohe Gras, ohne sich von dem Wagen stören zu lassen.

Sie verjagen ein paar Fliegen mit ihren Schwänzen und blicken ab und zu auf, um zu wittern oder die Ohren zu spitzen.

Thabisa holt ihr Smartphone hervor, überprüft die Koordinaten im GPS und kopiert die Zahlen. Dann klickt sie auf eine noch nicht gesendete Nachricht und fügt die Zahlen in das Textfeld.

Die Nashörner sehen so friedlich und unbekümmert aus.

Sie wird das für den Rest ihres Lebens bereuen, das weiß sie. Aber die Drohungen haben nicht aufgehört, und sie könnte es nicht ertragen, ihre Mutter noch einmal so zugerichtet zu sehen.

Sie sieht in den Rückspiegel. Keine Fahrzeuge in Sicht.

Die Fingerspitze berührt den Touchscreen. Die Nachricht wird gesendet.

Danksagung

Ich danke Mike Job und dem restlichen Team von Siyafunda Wildlife and Conservation in Südafrika.

Ein großer Dank geht an alle Menschen, von deren großem Wissen ich profitieren und die ich für dieses Buch interviewen durfte.

Ich danke meinen Testlesern: Danne, Emma, Malin, Sofia, Stefan und Svenne.

Außerdem danke ich dem ganzen Team bei Bookmark sowie meiner Lektorin Anna Lovind.

Natürlich geht ein großer Dank an meine Familie.

Und nicht zu vergessen: Leigh und Vincent Barkas, Filippo Bassini, Mattias Bergman, Fredrik Engström, Per Holknekt, Robert Lönn, Stefan Mattsson und Andreas Utterström.

Das sechste Massensterben

Im Naturreservat Ol Pejeta Conservancy in Kenia streifen zwei Nördliche Breitmaulnashörner auf einer Fläche von etwa dreihundert Hektar umher. Das Gebiet ist eingezäunt und wird rund um die Uhr bewacht.

Vor fünfzig Jahren noch gab es auf dem afrikanischen Kontinent Tausende von ihnen. Heute sind diese zwei Nashörner die Letzten ihrer Art.

Die Kuh Najin ist nicht mehr fruchtbar und ihre Tochter Fatu hat eine vernarbte Gebärmutter. Ein internationales Forscherteam will bald einen experimentellen und sehr komplexen Versuch einer künstlichen Befruchtung starten, aber die Chancen stehen schlecht. Nach dem Tod von Najin und Fatu wird auch das Nördliche Breitmaulnashorn sehr wahrscheinlich für immer aussterben.

Bereits fünf Mal hat es auf der Erde ein Massensterben von Tieren gegeben. Das letzte – aber bei Weitem nicht das schlimmste – fand vor etwa 65 Millionen Jahren statt, als durch einen Meteoriteneinschlag im heutigen Mexiko vermutlich die Hälfte aller Tierarten ausstarben.

Wir befinden uns gerade mitten im sechsten Massensterben, und im Unterschied zu seinen fünf Vorgängern ist dieses einzig und allein vom Menschen verursacht. Seit dem Jahr 1900 haben wir im Durchschnitt vier Wirbeltierarten im Jahr ausgerottet, vorsichtig gerechnet. Zählt man auch Insekten und Spinnentiere dazu, stirbt pro Tag eine Art oder sogar mehr aus. Der Bestand vieler noch vorhandener Arten schrumpft außerdem besorgniserregend. Seit 1970 hat sich die Population der wilden Wirbeltierarten auf der Welt halbiert, und eine Besserung ist nicht in Sicht. Über 1900 Arten gelten derzeit als akut bedroht, darunter etwa ein Viertel aller Säugetiere. Das Risiko ist also groß, dass sie in naher Zukunft in freier Wildbahn ausgerottet werden.

Zehn Prozent meiner Einnahmen aus den Verkäufen von *Das Weiße Nashorn* werde ich mehreren Projekten zukommen lassen, die sich dem Schutz der Nashörner verschrieben haben. Meiner Ansicht nach ist die effektivste Methode zur Dezimierung der Wilderei die Dezimierung der Nachfrage. Darum wird auch ein Großteil des Geldes, zumindest am Anfang, an die Organisationen TRAFFIC (www.traffic.org) und Education for Nature – Vietnam (www.envietnam.org) gehen.

Markus Lutteman, Juli 2016
www.markuslutteman.se
www.facebook.com/MarkusLutteman

Breitmaulnashorn (Weißes Nashorn)

Gewicht: 1800–3000 Kilo. *Verbreitung:* hauptsächlich Südafrika, aber auch Kenia, Namibia und Simbabwe. *Bestand:* etwa 20 000. *Unterarten:* Südliches und Nördliches Breitmaulnashorn. Von Letzterem gibt es nur noch zwei Exemplare. *Status**: potenziell gefährdet.

Spitzmaulnashorn (Schwarzes Nashorn)

Gewicht: 900–1350 Kilo. *Verbreitung:* Süd- und Ostafrika. *Bestand*: 5042–5455*. *Unterarten:* drei, die vierte – das Westafrikanische Spitzmaulnashorn – wurde 2011 als ausgestorben deklariert. *Status:* vom Aussterben bedroht.

Panzernashorn (Indisches Nashorn)

Gewicht: 1500–2200 Kilo. *Verbreitung:* Nepal und im Bundesstaat Assam im Nordosten Indiens. *Bestand:* Circa 3300. *Status:* gefährdet.

Sumatra-Nashorn

Gewicht: 500–960 Kilo. *Verbreitung:* Sumatra (Indonesien) und zum Teil Malaysia. *Bestand:* weniger als 100. *Unterarten*: Borneo-Nashorn (die kleinste Nashornart). Schätzungsweise gibt es nur noch 12–18 Tiere. Der Regenwald, in dem sie leben, soll abgeholzt werden. *Status:* vom Aussterben bedroht.

Java-Nashorn

Gewicht: 900–2300 Kilo. *Verbreitung:* Java, Indonesien. *Bestand:* Circa 60. *Status:* vom Aussterben bedroht.

*Die Kriterien sind international gültig und vom IUCN, der Weltnaturschutzunion, aufgestellt.

Von Wilderern getötete Nashörner in Südafrika

Quelle: IUCN African Rhino Specialist Group (AfRSG)

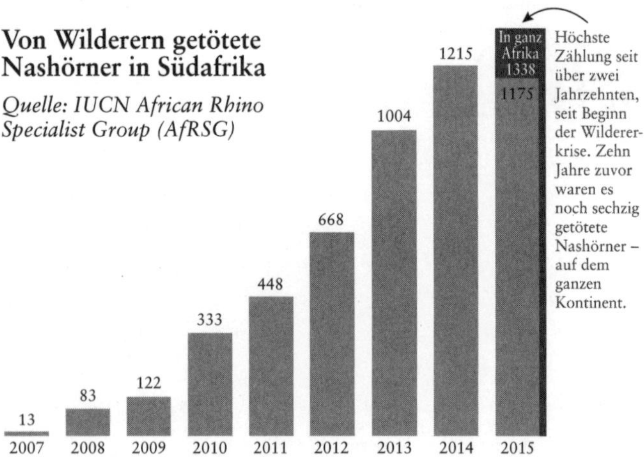

Quellen

Im Frühjahr 2015 bin ich nach Südafrika gefahren und habe den Kruger Nationalpark sowie das angrenzende Greater Makalali Reserve besucht. Dort habe ich die Parkwächter und Guides durch die Wildnis begleitet, zu Fuß und in unterschiedlichen Transportmitteln, und mehrere Tage im Reservat im Zelt übernachtet. Vor Ort habe ich einige Experten befragt, die sich aktiv gegen die Wilderei einsetzen und mit verschiedenen Methoden versuchen, die Nashörner zu schützen.

Zusätzlich habe ich folgende Quellen verwendet:

Literatur

Lawrence Anthony, Graham Spence, *The last rhinos: The powerful story of one man's battle to save a species,* Pan Books, 2013.

Raphael Ben-Shahar, *In freier Wildbahn,* Könemann, 1999.

Natasha Illum Berg, *Ströme aus roter Erde,* Eichborn, 2001.

Patrick Brown, *Trading to extinction,* Dewi Lewis Publishing, 2014.

Anders Carlsson, Annika Langa, *Sydafrika – betraktelser från Kap till Kruger,* Ica bokförlag, 2010.

Mary Fitzpatrick u. a., *Lonely Planet Zambia, Mozambique & Malawi,* Lonely Planet Publications, 2013.

John Hanks, *Operation Lock and the war on rhino poaching*, Penguin Books, 2015.

Elizabeth Kolbert, *Das sechste Sterben: Wie der Mensch Naturgeschichte schreibt*, Suhrkamp, 2015.

David W. Macdonald (Hg.), *Jordens djur – hovdjuren*, Bonnier Fakta, 1990.

Richard Peirce, *The poacher's moon: The true story of Higgins & Lady*, Struik Nature, 2014.

Julian Rademeyer, *Killing for profit – exposing the illegal rhino horn trade*, Zebra Press, 2012.

Nikki Sixx, Ian Gittins, *Tagebuch eines Heroinsüchtigen: 365 höllische Tage im Leben eines Rockstars*, I. P., 2009.

Mike Slater, *Moçambique*, Fyris, 2014.

Clive Walker, Anton Walker, *The rhino keepers – struggle for survival*, Jacana Media, 2012.

Artikel und Reportagen

»A picture of loneliness: you are looking at the last male Northern white rhino«, *The Guardian*, 12. Mai 2015.

»Africa's white gold of jihad: al-Shabaab and conflict ivory«, *Elephant Action League*, 9. April 2013.

»Al Shabaab and the human toll on the illegal ivory trade«, *National Geographic*, 3. Oktober 2013.

»Al-Shabaab video calls for attacks on London shopping centres including Oxford Street and Westfield«, *Independent*, 22. Februar 2015.

»Analysis: Islamic state strengthens ties with Boko Haram«, *BBC News*, 24. April 2015.

»The bigger story behind the killing of Cecil the lion that the media overlooked«, *Alternet*, 14. Januar 2016.

»Biotech firm creates fake rhino horn to reduce poaching«, *Digital Journal*, 20. Juni 2015.

»British zoos put on alert over rising threat of rhino rustlers«, *Independent*, 30. Januar 2012.
»Cancer rate in Vietnam among world's highest«, Xinhuanet.com, 12. April 2013.
»Cecil the lion: Ricky Gervais and Cara Delevingne lead outpouring of anger after trophy hunter is identified as Walter Palmer«, *Independent*, 29. Juli 2015.
»Cecil the lion: Zimbabwe will not charge US dentist over killing«, *The Guardian*, 12. Oktober 2015.
»China joins forces with South Africa and Mozambique against wildlife crime«, *WWF Global*, 14. April 2016.
»China's obsession with rhino horn is sending South African rhino deaths through the roof«, *Quartz*, 19. Dezember 2013.
»Chinese crime rings and the global rhino horn trade«, *China Dialogue*, 19. August 2014.
»The claim that illegal ivory is funding a major terror group in Africa may not be true«, *Global Post*, 14. November 2014.
»Colleagues in shock after Limpopo ranger killed by poachers«, *News24*, 21. Juni 2016.
»Dag och natt riskerar de livet«, *WWF Eko*, Nr. 4, 2014.
»The dead zoo gang«, *Atavist Magazine*, Nr. 35, März 2014.
»Down to the last three: can science save Northern white rhino from extinction?«, *The Guardian*, 15. Mai 2016.
»Endangered white rhino dies at San Diego zoo safari park«, *New York Times*, 22. November 2015.
»Fem års fängelse för terroristbrott«, *Sydsvenskan*, 2. Juni 2016.
»Ferrari factor: how Vietnam's wealthy elite have made rhino horn worth its weight in gold«, *Independent*, 23. Januar 2014.
»Forget cocaine: rhino horn is the new drug of status«, *Global Post*, 27. August 2012.
»From poisoning to legalization, can the rhino poaching crisis ever be solved?«, *IFL Science*, 21. September 2015.

»Försökte sälja noshörningshorn illegalt«, *Mitt i Kungsholmen*, 3. März 2014.
»Globalt jättebeslag av djurben«, *Göteborgs-Posten*, 19. Juni 2015.
»Handlade med noshörningshorn – greps i Sverige«, *Dagens Nyheter*, 30. April 2012.
»Har det, eller har det inte, medicinskt värde?«, *WWF Eko*, Nr. 4, 2012.
»How killing elephants finances terror in Africa«, *National Geographic*, 12. August 2015.
»Hunting season«, *Zam Magazine*, 17. März 2014.
»Illegal jakt löper amok i Afrika och Asien«, *WWF Eko*, Nr. 3, 2012.
»Illegal trade in wildlife and timber products finances criminal and militia groups, threatening security and sustainable development«, UNEP News Centre, 24. Juni 2014.
»In Europe's museums, rhino horns are easy pickings«, *Time*, 15. September 2011.
»In trafficking of wildlife, out of reach of the law«, *New York Times*, 3. März 2013.
»In Vietnam, rampant wildlife smuggling prompts little concern«, *New York Times*, 30. März 2015.
»Irish *Sunday Mirror* investigates the Irish traveller gang who steal and trade in precious rhino horn«, *Irish Mirror*, 15. September 2013.
»IUCN reports deepening rhino poaching crisis in Africa«, IUCN, Pressemitteilung, 9. März 2016.
»Ivory and terror: fact or myth?«, *Traffic Bulletin*, Nr. 2, 2015.
»›Jag vill bara få tillbaka min bror‹«, *Svenska Dagbladet*, 31. Mai 2015.
»Kidnapped in Mozambique: in the clutches of rhino poachers«, *Spiegel Online International*, 12. März 2015.
»Killing fields: Africa's rhinos under threat«, *Time*, 13. Juni 2011.

»Kvinnor i Sydafrika tvingas leva som jagade djur«, *Dagens Nyheter*, 21. April 2013.
»Like cocaine minus the risk, rhino horn trade explodes in Africa«, *International Business Times*, 9. April 2014.
»›Lion killer‹: Walter Palmer's Florida vacation home vandalized«, *The Guardian*, 5. August 2015.
»Medical claims for rhino horn: you're better on Aspirin or biting your nails«, *Africa Check*, 22. September 2012.
»Misstänkte terroristen föll mellan stolarna«, *Dagens Nyheter*, 15. April 2016.
»The most trafficked mammal you've never heard of«, CNN.com, 2. April 2014.
»Mozambique: almost 500 Mozambican poachers killed in South Africa«, Allafrica.com, 22. September 2015.
»Noshörningens hemlighet«, *Café*, April 2015.
»Nya terrorledaren bodde i Sverige«, *GT*, 5. August 2012.
»Poachers kill orphan rhinos and attack staff«, *The Times*, 25. Februar 2017.
»Poachers switching from rhino to elephant«, *Sunday Times*, 26. März 2017
»Poaching the creature that's more valuable than gold«, *BBC News*, 4. April 2015.
»Poaching threatens Great Limpopo Transfrontier Park«, *Zimbabwe Situation*, 3. März 2014.
»The rhino horn crisis and the Darknet«, *Motherboard*, 24. Januar 2013.
»Rhino poaching: inside the brutal trade«, *Financial Times*, 2. Oktober 2015.
»Rhino shot dead by poachers at French zoo«, *The Guardian*, 7. März 2017.
»Rhinos now extinct in Mozambique«, *Daily News*, 2. Mai 2013.
»Sista chansen för hotade noshörningar«, *WWF Eko*, Nr. 1, 2015.

»Smuggled rhino horns: the Thai connection«, *Bangkok Post*, 25. September 2011.

»South Africa rhino poaching: Kruger staff arrested«, *BBC News*, 29. Februar 2012.

»Spetsnoshörningen utrotad i Västafrika«, *Svenska Dagbladet*, 12. November 2011.

»35 years in jail for Zim rhino poacher«, *News24*, 1. Januar 2016.

»Three cops arrested for alleged rhino poaching«, *EWN News*, 25. November 2015.

»Three Kruger National Park workers arrested on suspicion of rhino poaching«, *Huffington Post*, 22. September 2014.

»Thula Thula rhino orphanage to close its doors«, *Northglen News*, 2. Mai 2017.

»Tiger cake and rhino horn – a walk on the Asian wild side«, *SWARA Magazine*, Juli-September 2012.

»Två gripna för lejontjuvjakten«, *Svenska Dagbladet*, 29. Juli 2015.

»The unusual case of the rhino that lived at Colchester Zoo«, Essex Police, Pressemitteilung, Oktober 2010.

»Uppstoppad noshörning flyttas«, *Sydsvenskan*, 20. Februar 2012.

»Ut ur Afrika«, *WWF Eko*, Nr. 4, 2013.

»Vietnam port costums find over 700 kg of wildlife tusk, horn hidden in fake marble«, *Tuoi Tre News*, 14. August 2015.

»Vietnam's illegal trade in rhino horn«, *BBC News*, 9. Februar 2014.

»The white gold of jihad«, *New York Times*, 30. September 2013.

»Why are Kruger's rhinos being hit so hard?«, Savetherhino.org, Mai 2013.

»Why did the death of a single lion cause a sustained uproar?«, *Conservation Magazine*, 4. Mai 2016.

»Why do white people despise blacks?«, *Sunday Times* (Südafrika), 10. Januar 2016.

»Why does a rhino horn cost $300 000? Because Vietnam thinks it cures cancer and hangovers«, *BBC News*, 9. Februar 2014.
»Wildlife poaching linked to Boko Haram«, *Daily Independent* (Nigeria), 21. Mai 2014.
»Zoos tighten security as threat of animal poaching grows«, *The Guardian*, 3. Februar 2012.
»Återupptäckt«, *WWF Eko*, Nr. 2, 2016.

Berichte und Dokumente

»Accelerated modern human-induced species losses: entering the sixth mass extinction«, Gerardo Ceballos u. a., *Science Advances,* 19. Juni 2015.
»Black market trade in rhinoceros horn«, United States Department of Justice, 15. April 2015.
»The environmental crime crisis – threats to sustainable development from illegal exploitation and trade in wildlife and forest resources«, Christian Nelleman u. a., UNEP und Interpol, 2014.
»Extinction of the Javan rhinoceros from Vietnam«, Sarah Brook u. a., WWF, 2011.
»Fact sheet: U.S. support for combating wildlife trafficking«, Whitehouse.gov, 4. August 2014.
»Illegal trade in ivory and rhino horn: an assessment to improve law inforcement under the wildlife traps project«, Tom Milliken, USAID und Traffic, 2014.
»Kruger National Park, official guide«, Kruger National Park und Jacana Media, 4. Auflage, 2013/2014.
»Living planet report 2016«, WWF, Oktober 2016.
»Minister Molewa highlights progress on integrated strategic management of rhinoceros«, Department of environmental affairs, 27. Februar 2017.
»New study throws light on South Africa's lion bone trade«, Traffic.org, 16. Juli 2015.

»Out of Africa – mapping the global trade in illicit elephant ivory«, Varun Vira u. a., Born Free USA und C4ADS, August 2015.
»Tipping point: Transnational organized crime and the ›war‹ on poaching«, Julian Rademeyer, The global initiative against organized crime, Juli 2016
»Rhino population figures«, Savetherhino.org.
»The South Africa-Viet Nam rhino horn trade nexus: a deadly combination of institutional lapses, corrupt wildlife industry professionals and Asian crime syndicates«, Tom Milliken und Jo Shaw, Traffic, 2012.
»Svenskar bidrar till terrorism i Somalia«, Fallstudien zum Terrorismus, Säkerhetspolisen, 2010.
»Säkerhetspolisens årsbok 2015«, Säkerhetspolisen, 2016.

TV, Filme, YouTube

Animal black ops (Folge 3), Kanal 9, 29. März 2016.
»Big game, big money«, *Financial Times* (ft.com/video), 2. Oktober 2015.
De sista elefanterna, SVT, 1. Februar 2015.
Exclusive: inside battle against rhino poaching, Sky News, 14. Oktober 2015.
Historic ivory burn covers the sky in smoke and ash, CNN, 1. Mai 2016.
NY: Clintons at Central Park Zoo: ivory funds terror, CNN, YouTube, 26. April 2016.
Racing extinction, Discovery Channel, 2. Dezember 2015.
Return of the lizard king, Al Jazeera, 21. November 2013.
SOS Noshörning, Kunskapskanalen, 27. März 2015.
3D printing rhino horns can stop poaching in Africa, Seeker Stories, YouTube, 13. August 2015.
Warlords of ivory, National Geographic Channel, 30. August 2016.

Podcasts und Radiosendungen

»Rhino horn trafficking: market-based solutions under scrutiny«, *Behind the schemes*, 28. November 2015.

»Terrorforskare: ett ovanligt hot från terrorgruppen al-Shabaab«, *Sveriges radio P3 Nyheter*, 23. Februar 2015.

»The UN's lone ranger: combating international wildlife crime«, *Behind the schemes*, 2. Oktober 2015.

»Where are they now? South Africa's alleged rhino horn traffickers«, *Behind the schemes*, 13. März 2014.

»South Africa's rhino horn dealers«, *Behind the schemes*, 27. Februar 2013.

»Tackling wildlife crime in Vietnam«, *Behind the schemes*, 10. März 2012.

Webseiten

envietnam.org
gamblingonextinction.net
mi5.gov.uk
olpejetaconservancy.org
savetherhino.org
sesafaris.com
traffic.org
wwf.org

Interviews

Vincent Barkas: Gründer von Protrack, einer südafrikanischen Organisation, die Wachpersonal für den Kampf gegen Wilderer ausbildet.

Filippo Bassini: Chef der schwedischen Spezialeinheit für Verbrechen gegen den Artenschutz und Kulturgüter, die Teil der NOA, der Nationalen Operativen Abteilung, ist.

Allan Carlsson: Sprecher des WWF Schweden zum Bereich Wilderei und Afrikafragen.

Mats Forslund: Experte für den Handel mit bedrohten Tierarten, WWF Schweden.

Mike Job: Projektleiter, Siyafunda Wildlife & Conservation, Greater Makalali Reserve, im Nordosten von Südafrika.

Patrick Jordan: Gründer der Organisation Rhino Revolution, Südafrika.

Chris Martin: Naturfotograf, Leadwood Private Game Reserve, Südafrika.

Stefan Mattsson: Tierpfleger, Tierpark Kolmården, Schweden.

Tom Milliken: Koordinator des Elefanten- und Nashornprogramms, Organisation Traffic.

Andrews Mtshali: zuständiger Koordinator für Bedrohte Tierarten, Siyafunda Wildlife & Conservation, Südafrika.

Jamie Paterson: Fährtenleser (Lead Trails Guide), Siyafunda Wildlife & Conservation, Südafrika.

Julian Rademeyer: südafrikanischer Journalist und Autor des Buches *Killing for profit*.

Magnus Ranstorp: Forschungsdirektor am Centrum för asymmetriska hot- och terrorismstudier (CATS), Försvarshögskolan (Swedish Defence University), Stockholm.

Bengt Röken: Tierarzt, ehemaliger leitender Veterinär des Tierparks Kolmården, Schweden.

Shaene Tintinger: Geschäftsführer der Organisation Protrack Anti-Poaching Unit, Südafrika.

Quellenverweise

Auf den folgenden Seiten führe ich die Quellen auf, die ich für die einzelnen Kapitel verwendet habe. Das soll dem Leser bei der Unterscheidung helfen, was auf Fakten basiert und was der Fantasie des Autors entspringt.

S. 7
Die Zitate stammen aus dem Buch *The poacher´s moon* sowie der Reportage »The dead zoo gang«.

Tierpark Kolmården, Schweden, S. 9–13
Die Quellen für dieses Kapitel waren: *The Rhino keepers,* S. 20, und »Endangered white rhino dies at San Diego zoo safari park«.

Als *Das Weiße Nashorn* in Schweden im September 2016 veröffentlicht wurde, war bis dato noch kein Nashorn in einem europäischen Tierpark wegen seiner Hörner ermordet worden. Doch in der Nacht zum 7. März 2017 wurde die Anfangsszene dieses Buches leider bittere Wirklichkeit, als Wilderer in den Zoo Thoiry bei Paris einbrachen, das Weiße Nashorn Vince erschossen, sein vorderes Horn absägten und wieder verschwanden.

Erst zwei Wochen vorher war etwas Ähnliches im

Thula Thula Waisenhaus für Nashörner, einem Zentrum für verlassene Nashornkälber, in KwaZulu-Natal in Südafrika passiert. Zwei Kälber waren getötet worden, und man hatte ihre Hornstummel mit einer Machete abgeschlagen. Außerdem wurde das Personal von den Tätern bedroht und misshandelt. Die Lage war danach immer noch so ernst, dass das Zentrum am 1. Mai 2017 bekannt gegeben hat, die Anlage aus Sicherheitsgründen schließen zu müssen.

Weitere Quellen: »Rhino shot dead by poachers at French zoo«; »Poachers kill orphan rhinos and attack staff« und »Thula Thula rhino orphanage to close its doors«.

New York City, USA S. 14–21

Das Zitat von Marilyn Manson stammt aus dem Song »Third Day Of A Seven Day Binge« vom Album *The Pale Emperor*.

Rob Chazeys Kette zwischen Ohr und Nasenflügel ist eine liebevolle Anspielung auf Rachel Bolan, Bassist der Band Skid Row, der diesen Schmuck Ende der Achtzigerjahre und Anfang der Neunziger trug.

Massingir, Mosambik, S. 22–28

Die Beschreibung von Massingir basiert auf folgenden Quellen: Die Interviews mit Vincent Barkas und Julian Rademeyer, dem Buch *Killing for profit* (S. 207–236) und den Artikeln »Hunting season« und »Kidnapped in Mozambik: in the clutches of rhino poachers«.

Der Great Limpopo Transfrontier Park befindet sich nach wie vor im Aufbau. Seine Größe umfasst heute

(Stand 2016) 37 572 km^2. Man will ihn sukzessive auf 100 000 km^2 erweitern, was ihn zum größten bewachten Wildpark der Welt machen würde. Aber das Projekt geht nur schleppend voran, was hauptsächlich an den anhaltenden großen Problemen mit Wilderern liegt. Siehe dazu auch: »Poaching threatens Great Limpopo Transfrontier Park«; www.greatlimpopo.org und http://www.peaceparks.org/tfca.php?pid=19&mid=1005.

Zu den Preisen, die Wilderer erzielen können: »Hunting season« und *Killing for profit*, S. 210.

Hanoi, Vietnam, S. 29–35

Die Gelbköpfige Tempelschildkröte (*Heosemys annandalii*) wird auf der Roten Liste der bedrohten Tierarten des IUCN als »vom Aussterben bedroht« geführt. Die Familie der Schuppentiere (*Pholidota*) umfasst mehrere Arten, von denen viele als »stark gefährdet« oder »vom Aussterben bedroht« gelistet sind. Die Monokelkobra (*Naja kaouthia*) gilt zwar nicht als gefährdet, aber ihre Zahl nimmt stetig ab. (www.iucnredlist.org)

Bei der Beschreibung, wie die Tiere in dem Lager verpackt sind, habe ich mich von den Fotos aus dem Buch *Trading to extinction* inspirieren lassen.

Während eines mehrere Monate langen Aufenthaltes im Land im Jahr 1999 habe ich mich selbst davon überzeugen können, dass die Restaurants im Mekongdelta im Süden von Vietnam den Touristen durchaus Kobra anbieten – sowohl als Gericht als auch in Form von Schlangenschnaps.

Tierpark Kolmården, Schweden, S. 36–39
Die Beschreibung des Kampfes um das Leben des Nashorns basiert auf einem Gespräch mit Bengt Röken, dem ehemaligen leitenden Veterinär des Tierparks.

Die Informationen zu den hohen Preisen für Nashornhörner in Vietnam habe ich folgenden Quellen entnommen: »Big game, big money«; *Killing for profit*, S. 7–8; *The poacher's moon*, S. 126; »Poaching the creature that's more valuable than gold«; »Rhino poaching: inside the brutal trade«; »Ferrari factor: how Vietnam's wealthy elite have made rhino horn worth its weight in gold«.

Hanoi, Vietnam, S. 48–49
Wie Schuppentiere zubereitet werden und was mit ihrem Panzer gemacht wird, lässt sich hier nachlesen: *Killing for profit*, S. 286–288; »The most trafficked mammal you've never heard of«.

Massingir, Mosambik, S. 50–53
Quellen für das Schicksal, das viele Wilderer aus Mosambik ereilt: *Killing for profit*, S. 206–236; »Mozambique: almost 500 Mozambican poachers killed in South Africa« und »Tipping point: transnational organized crime and the ›war‹ on poaching«.

New York City, USA, S. 54–60
Rob Chazey ist nicht der einzige Rockstar, der aufgrund seines Drogenkonsums zum Bettnässer geworden ist. Slash, der Gitarrist von Guns N' Roses, hat von ähnlichen Erfahrungen im folgenden Buch berichtet: *The heroin diaries – a year in the life of a shattered rock star*

(Nikki Sixx und Ian Gittins, Pocket Books, 2008, auf Deutsch 2009 unter dem Titel *Tagebuch eines Heroinsüchtigen: 365 höllische Tage im Leben eines Rockstars* erschienen), S. 134–135.

Der Bowery Ballroom wurde von der Zeitschrift *Rolling Stone* zum besten Rockclub der USA gewählt: *The best clubs in America* (www.rollingstone.com, 28. März 2013).

Massingir, Mosambik, S. 68–72

Die Anführer der Verbrechersyndikate, die ganz oben in der Hierarchie in Massingir stehen, haben in der Tat enge Verbindungen zu Polizei und Politikern. Quellen: Interviews mit Vincent Barkas und Julian Rademeyer sowie *Killing for profit*, S. 207–236; »Beyond borders: crime, conservation and criminal networks in the illicit rhino horn trade«; »Hunting season« und »Kidnapped in Mozambique: in the clutches of rhino poachers«.

Zu Körpergröße und Verhalten von Weißen Nashörnern: www.savetherhino.org und www.wwf.org.

Shanghai, China, S. 73–78

Die Informationen über das Java-Nashorn habe ich von den Internetseiten www.savetherhino.org und www.worldwildlife.org/species/javan-rhino bezogen.

Die Beteiligung der USA am Handel mit Nashornhörnern lässt sich hier nachlesen: »Black market trade in rhinoceros horn«.

Die fünfzig gestohlenen Hörner sind von einem ähnlichen Fall inspiriert, der in dem Buch *Operation Lock and the war on rhino poaching*, S. 201, beschrieben wird.

Zum Nashornhorn als Statussymbol in China: Interview mit Vincent Barkas sowie »China's obsession with rhino horn is sending South African rhino deaths through the roof«.

Zum letzten vietnamesischen Nashorn: »Extinction of the Javan rhinoceros from Vietnam«.

Das Schicksal des letzten kongolesischen Nördlichen Breitmaulnashorns wird ausführlich in dem Buch *The last rhinos* beschrieben.

Hanoi, Vietnam, S. 79–91

Das Nashornhorn ist auch in Vietnam ein Statussymbol: Interview mit Tom Milliken sowie die Artikel »Ferrari factor: how Vietnam's wealthy elite have made rhino horn worth its weight in gold«; »The South Africa-Viet Nam rhino horn trade nexus: a deadly combination of institutional lapses, corrupt wildlife industry professionals and Asian crime syndicates«; »Why does a rhino horn cost $ 300 000? Because Vietnam thinks it cures cancer and hangovers«; »The rhino horn crisis and the Darknet«.

Zu Büffelhorn, das als Nashornersatz verkauft wird, siehe hier: *Killing for profit*, S. 235–236; »The South Africa-Viet Nam rhino horn trade nexus: a deadly combination of institutional lapses, corrupt wildlife industry professionals and Asian crime syndicates«.

Zum Glauben, dass die Spitze des Horns aus medizinischer Sicht am wertvollsten ist: *Killing for profit*, S. 264.

Nashornhorn soll auch gegen einen Kater helfen: *Killing for profit*, S. 265; »The South Africa-Viet Nam rhino horn trade nexus: a deadly combination of institutional lapses, corrupt wildlife industry professionals and Asian crime syndicates«; »Why does a rhino horn cost $ 300 000? Because Vietnam thinks it cures cancer and hangovers«.

Die Pulverisierung des Horns wird hier beschrieben: *Killing for profit*, S. 259–262; *SOS Noshörning;* »Forget cocaine: rhino horn is the new drug of status«.

Das letzte frei lebende Nördliche Breitmaulnashorn im Kongo wird in *The last rhinos* beschrieben.

Zu den Hornsorten *xiem la* und *guang*: »The South Africa-Viet Nam rhino horn trade nexus: a deadly combination of institutional lapses, corrupt wildlife industry professionals and Asian crime syndicates«.

Wie wurde das Nashornhorn für die Neureichen in Hanoi zum Statussymbol? Siehe *Killing for profit*, S. 273–274.

Hat das Horn überhaupt einen medizinischen Wert? Mehreren Artikeln und Berichten zufolge lautet die Antwort Nein, aber es gibt auch Studien, die eine schwach fiebersenkende Wirkung nachgewiesen haben, allerdings weitaus weniger effektiv als Paracetamol: *Killing for profit*, S. 261–263; »Har det, eller har det inte, medicinskt värde?«; »Medical claims for rhino horn: you're better on Aspirin or biting your nails«.

11 200 Meter über dem Meer im Luftraum über Westafrika, S. 92–109

Die Angaben zu den bedrohten Froscharten stammen von der Webseite www.savethefrogs.com.

Die Orte in und um Arboga gibt es wirklich. Die Schilderungen basieren auf meinen eigenen Erfahrungen, weil ich dort die ersten neunzehn Jahre meines Lebens verbracht habe.

Das Betty Ford Center in Rancho Mirage in Kalifornien ist eine bekannte Drogen- und Alkoholentzugsklinik für Rockstars und andere Prominente: www.ranker.com/list/celebrities-who-went-to-betty-ford-clinic-rehab/celebrity-lists.

Das Reservat Limpopo Rhino Reserve habe ich mir ausgedacht, aber es lehnt sich an die vielen privat finanzierten Reservate an, die an der östlichen Grenze des Kruger Nationalparks liegen.

Limpopo Nationalpark, Mosambik, S. 112–114

Der Grenzzaun zwischen Mosambik und Südafrika wurde 1975 während des Apartheidregimes errichtet. Damals war es ein Elektrozaun mit tödlichen 3300 Volt. In den ersten drei Jahren starben dort mehr Menschen als in der achtundzwanzigjährigen Geschichte der Berliner Mauer. Heute gibt es zwischen den beiden Ländern keinen Zaun mehr. Er wurde 2002 im Zuge der Entstehung des Great Limpopo Transfrontier Parks entfernt. Aufgrund der zunehmenden Wilderei werden allerdings Stimmen laut, die für eine Wiedererrichtung plädieren. Quellen: *Killing for profit*, S. 211–212; »Why are Kruger's rhinos being hit so hard?«

Hoedspruit, Südafrika, S. 115–124

Die Beschreibungen der Stadt und ihrer Umgebung basieren auf meinen eigenen Beobachtungen vor Ort.

Die genannten Reservate gibt es, nur das Limpopo

Rhino Reserve ist, wie bereits erwähnt, von mir erfunden.

Die Aussage, dass Einheimische noch nie in ihrem Leben wilde Tiere gesehen haben, bezieht sich auf das Interview mit Vincent Barkas und die Artikel »No, Julius – saving rhinos is not just a ›white thing‹« und »Why do white people despise blacks?« (*Sunday Times*, Südafrika, 10. Januar/7. Februar 2016).

James Hetfield hat in dem Dokumentarfilm *Some kind of monster* (2004) ausführlich von seiner Bärenjagd in Russland erzählt.

»Oom« ist eine höfliche Anrede auf Afrikaans, mit der man ältere Menschen anspricht.

Hanoi, Vietnam, S. 125–133

Das Syndikat Huong Trading und seine Mitglieder habe ich mir ausgedacht. Dass es vietnamesische Handelsunternehmen gibt, die in das illegale Geschäft mit bedrohten Tierarten verstrickt sind, ist hingegen eine Tatsache. Siehe hierzu: »The South Africa-Viet Nam rhino horn trade nexus: a deadly combination of institutional lapses, corrupt wildlife industry professionals and Asian crime syndicates«.

Limpopo Rhino Reserve, Südafrika, S. 134–150

Die Beschreibung des Nashornkots basiert auf meinen eigenen Beobachtungen vor Ort und dem Interview mit Jamie Paterson, einem Lead Trails Guide, der geführte Touren durch das Greater Makalali Reserve leitet.

Wie sinnvoll es ist, den Nashörnern die Hörner abzusägen, wird in Südafrika viel diskutiert. Die verschiedenen

Standpunkte habe ich aus den Gesprächen mit Jamie Paterson, Chris Martin, dem Naturfotografen des Leadwood Private Game Reserve, und dem Buch *The last rhinos*, S. 256, entnommen.

Wie Schwarze Nashörner ihre Hörner einsetzen, wird unter anderem in *The rhino keepers*, S. 23–24, beschrieben.

Zu den hohen Kosten, die der Schutz der Nashörner verursacht: *Killing for profit*, S. 140.

Dass es immer wieder Ranger gibt, die den Wilderern helfen, haben mir alle bestätigt, mit denen ich in Südafrika gesprochen habe. Siehe dazu auch: »South Africa rhino poaching: Kruger staff arrested«; »Three Kruger National Park workers arrested on suspicion of rhino poaching«; »Tipping point: transnational organized crime and the ›war‹ on poaching«.

Das erwähnte forensische Labor ist das Onderstepoort Veterinary Genetics Laboratory und gehört zur Universität von Pretoria. Die DNA-Datenbank heißt RhODIS. Quelle: https://rhodis.co.za/ und http://www.up.ac.za/.

Das Horn von Nashörnern in der traditionellen Medizin: *The poacher's moon*, S. 123–126; »Har det, eller har det inte, medicinskt värde?«; »Medical claims for rhino horn: you're better on Aspirin or biting your nails«; »Ferrari factor: how Vietnam's wealthy elite have made rhino horn worth its weight in gold«.

Auch in vietnamesischen pharmakologischen Lexika aktuelleren Datums wird das Horn noch immer gegen diverse Gebrechen empfohlen: *Killing for profit*, S. 260.

Zu den Associated Private Nature Reserves gehören einige Reservate, die es auch tatsächlich gibt. So zum Beispiel Sabi Sands und Timbavati, die zusammen mit dem Kruger Nationalpark den Greater Kruger National Park bilden. Diese privaten Reservate und die Nationalparks trennen schon seit Anfang der Neunzigerjahre keine Zäune mehr. Dazu: http://timbavati.co.za/the-kruger-national-park-2/.

Kruger Nationalpark, Südafrika, S. 151–160

Die Nashörner in Mosambik wurden bereits vor über hundert Jahren von den Großwildjägern ausgerottet. Die Art wurde Anfang des 21. Jahrhunderts wieder angesiedelt, aber mittlerweile sind alle Tiere den Wilderern zum Opfer gefallen. Siehe: »Rhinos now extinct in Mozambique«.

Innerhalb von fünf Jahren wurden fast fünfhundert Wilderer aus Mosambik auf der südafrikanischen Seite erschossen. Siehe dazu: »Mozambique: almost 500 Mozambican poachers killed in South Africa«.

Die Bedeutung von Handys und Facebook bei der Wilderei wurde in vielen Gesprächen mit Rangern vor Ort und durch die Warntafeln auf den Campingplätzen im Kruger Nationalpark deutlich.

Der Einsatz der traditionellen Medizin *muti* wird in dem Buch *Operation Lock and the war on rhino poaching*, S. 30, geschildert.

Der Abschnitt darüber, wie die Parkwächter sich verhalten müssen, entstand nach einem Interview mit Shaene Tintinger. Die Angst der Mosambikaner, von den Südafrikanern ohne Vorwarnung erschossen zu werden, hat mir Vincent Barkas bestätigt. Weitere Informationen: *Killing for profit*, S. 207–210.

Zur Zusammenarbeit von Madenhacker und Nashorn siehe unter anderem: *The rhino keepers*, S. 19 und 23.

Die Auffassung, dass ein Schlangenbiss ein Zeichen wütender Götter oder Ahnen sei, ist in Afrika weit verbreitet: *The last rhinos*, S. 161.

Tierpark Kolmården, Schweden, S. 161–172

Die Angaben zu den polizeilichen Ermittlungen stammen hauptsächlich aus meinen Gesprächen mit Kriminalkommissar Filippo Bassini.

Die Flugverbindungen zu möglichen Fluchtwegen habe ich den Webseiten der jeweiligen Flughäfen entnommen.

Die Verbrechen in Schweden basieren auf zwei realen Fällen. »Handlade med noshörningshorn – greps i Sverige« und »Försökte sälja noshörningshorn illegalt«. Das Urteil im zweiten Fall wurde am 23. März 2016 am Stockholmer Amtsgericht, *Aktenzeichen: B 16 687–13*, gesprochen.

Zum hohen Schwarzmarktpreis für Nashornhörner: »Big game, big money«; *Killing for profit*, S. 7–8; *The poacher's moon*, S. 126; »Poaching the creature that's more valuable than gold«; »Rhino poaching: inside the brutal trade«; »Ferrari factor: how Vietnam's wealthy elite have made rhino horn worth its weight in gold«.

Über den Diebstahl des Hornes aus dem Naturhistorischen Museum von Göteborg wurde ausführlich in der Reportage »Noshörningens hemlighet« berichtet.

Mehr zu dem abgehackten Nashornkopf im Colchester Zoo unter: »The unusual case of the rhino that lived at Colchester Zoo«, Essex Police, Pressemitteilung, Oktober 2010.

Zum Beschluss der Museen in Malmö, ihr ausgestopftes Nashorn in Sicherheit zu bringen: »Uppstoppad noshörning flyttas«.

Das Interesse der irischen Rathkeale Rovers an Nashornhörnern wird eingehend in der Reportage »The dead zoo gang« geschildert. Siehe hierzu auch die Reportagen »In Europe's museums, rhino horns are easy pickings« und »Irish *Sunday Mirror* investigates the Irish traveller gang who steal and trade in precious rhino horn«.
Im Jahr 2012 war das Problem mit gestohlenen Nashornhörnern so aktuell, dass die britische Polizei alle Tier- und Safariparks des Landes warnte, dass die Nashörner in Gefahr sein könnten. Quellen: »British zoos put on alert over rising threat of rhino hustlers« und »Zoos tighten security as threat of animal poaching grows«.

Zu dem vietnamesischen Mythos, dass Horn gegen Krebs hilft: Interviews mit Tom Milliken und Julian Rademeyer; *Killing for profit*, S. 267–268; »Rhino horn trafficking: market-based solutions under scrutiny«; *Operation Lock and the war on rhino poaching*, S. 236; *The last rhinos*, S. 267–268.

Zu den Wilderern aus Simbabwe: »35 years in jail for Zim rhino poacher«.

Geschäftsmänner, die eine große Sammlung von Nashornhörnern angelegt haben und abwarten, bis die Arten ausgerottet sind, gibt es tatsächlich, wie die Interviews mit Tom Milliken und Mats Forslund sowie der Dokumentarfilm *De sista elefanterna* bestätigen.

Hanoi, Vietnam, S. 173–176
Zum dramatischen Anstieg von Krebsfällen in Vietnam: *The poacher's moon*, S. 123: »Cancer rate in Vietnam among world's highest«; »Strengthening National Cancer Planning Efforts and Building on 20 Years of US-Vietnam Relations«.

CITES steht für »Convention on International Trade in Endangered Species of Wild Fauna« und ist ein internationales Abkommen zum Handel mit gefährdeten Arten frei lebender Tiere und Pflanzen. Die Konvention trat 1975 in Kraft; bis heute haben sich ihr 182 Länder angeschlossen, darunter auch Schweden (www.cites.org).

Zum Handel mit Löwenknochen: *Killing for profit*, S. 168–172, und »New study throws light on South Africa's lion bone trade«.

Die Geschichte vom Elfenbein, das in einen falschen Marmorblock gegossen wurde, ist 2015 tatsächlich passiert: »Vietnam port customs find over 700 kg of wildlife tusk, horn hidden in fake marble«.

Zur Beteiligung der Terrororganisation Al-Shabaab am Handel mit Elfenbein und Nashornhorn: *Operation Lock and the war on rhino poaching*, S. 218; *Animal black ops* (Folge 3, 2016); »Africa's white gold of jihad: al-Shabaab and conflict ivory«; »*Fact sheet: U. S. support for combating wildlife trafficking«;* »How killing elephants finances terror in Africa«; »The white gold of jihad«.

Zu Al-Shabaabs Netzwerk in Schweden: »Nya terrorledaren bodde i Sverige« und »Svenskar bidrar till terrorism i Somalia«. Aber ist es überhaupt denkbar, dass sie an der Tötung eines Nashorns in einem schwedischen

Tierpark beteiligt gewesen sind, um mit dem Horn dann später Geschäfte zu machen?

Der Terrorismusforscher Magnus Ranstorp meint dazu: »Kaum vorstellbar, sehr unwahrscheinlich.« Er bestätigt allerdings, dass einer der Anführer der Organisation eine Zeit lang in Göteborg gelebt habe.

Limpopo Rhino Reserve, Südafrika, S. 177–191
Von den problematischen und gefährlichen Arbeitsumständen der Ranger und Parkwächter und den vielen blutigen Zusammenstößen mit Wilderern in den Reservaten habe ich aus Interviews mit Vincent Barkas und Shaene Tintinger erfahren; weitere Quellen sind: »Colleagues in shock after Limpopo ranger killed by poachers«; *Killing for profit*, S. 107; *The poacher's moon*, S. 129–132; »Rhino poaching: inside the brutal trade«; »Dag och natt riskerar de livet«.

Zur Schnelligkeit von Nashörnern: Als Usain Bolt 2009 in Berlin seinen Weltrekord über hundert Meter aufstellte, lief er durchschnittlich 37,6 km/h. Er erreichte eine Höchstgeschwindigkeit von 44,72 km/h. Die Höchstgeschwindigkeit eines Schwarzen Nashorns liegt bei 55 km/h und zwar in einem weit weniger zugänglichen Terrain. Siehe dazu: *Möten med vilda djur i södra Afrikas naturreservat,* S. 87; www.iaaf.org; www.savetherhino.org; www.wikipedia.org.

Wie das Schwarze Nashorn aussieht, sich verhält und wie es reagiert, wenn es sich erschreckt und angreift, wird unter anderem in *The rhino keepers*, S. 21–24, beschrieben.

Wie Fangschlingen aussehen und was für Verletzungen

sie hervorrufen können, habe ich mit eigenen Augen auf dem Trainingsgelände von Protrack, außerhalb von Hoedspruit, sehen können.

»Landy« ist ein südafrikanischer Spitzname für einen Land Rover, wie unter anderem in *The last rhinos* nachzulesen ist.

Kruger Nationalpark, Südafrika, S. 192–194
Auf meiner Reise durch den Nordosten von Südafrika im April 2015 konnte ich mit eigenen Augen sehen, wie lang anhaltende Trockenheit und Regenmangel die Landschaft verändern. Die Flüsse und Wasserlöcher waren bereits ausgetrocknet und versiegt, obwohl die Regenzeit gerade erst vorbei war.

Limpopo Rhino Reserve, Südafrika, S. 195–204
Die Wilderer von heute sind mit Hightechausrüstungen ausgestattet, Helikoptern und Nachtsichtgeräten. Das wurde schon 2011 in der Reportage des *Time Magazine* »Killing fields: Africa's rhinos under threat« gezeigt. Zwei andere Beispiele finden sich noch in *Operation Lock and the war on rhino poaching*, S. 199, und *The last rhinos*, S. 265–267.

Zu den schnellen und sehr kurzen Transportwegen von Südafrika nach Vietnam: »The South Africa-Viet Nam rhino horn trade nexus: a deadly combination of institutional lapses, corrupt wildlife industry professionals and Asian crime syndicates«.

Den Todesschrei eines Nashorns hat der legendäre südafrikanische Umweltaktivist Ian Player folgendermaßen beschrieben: »Nashörner haben einen besonders klagenden Ruf, den man, einmal gehört, nie wieder vergisst. Die Schmerzensschreie eines Tiers, dem man bei lebendigem Leib die Hörner abgehackt hat, sollten uns allen zu Herzen gehen.« Das Zitat findet sich im Original auch hier: *Killing for profit*, S. 7. Auf den Seiten 167–168 wird ebenfalls auf die Schreie eines sterbenden Nashorns eingegangen.

Stockholm, Schweden, S. 205–208
Quellen für die Beteiligung der afrikanischen Terrororganisationen am Handel mit Elfenbein und Horn siehe das Kapitel »Hanoi, Vietnam, S. 173–176« sowie »Illegal trade in wildlife and timber products finances criminal and militia groups, threatening security and sustainable development«; *Operation Lock and the war on rhino poaching*, S. 218; *Warlords of ivory* und »Wildlife poaching linked to Boko Haram«.

Es gibt allerdings auch Untersuchungen, die eine mögliche Beteiligung der Terrorgruppen am Handel mit Elfenbein und Horn infrage stellen; siehe hierzu unter anderem: »The claim that illegal ivory is funding a major terror group in Africa may not be true« und »Ivory and terror: Fact or myth?«

Zu Al-Shabaabs Verbindungen nach Schweden: »Nya terrorledaren bodde i Sverige« und »Svenskar bidrar till terrorism i Somalia«.

Die Idee mit der rosenkranzartigen Kette kam mir, nachdem ich an einer Reportage von Blank Spot Projects teilgenommen habe: »The bureaucracy behind the death cult of IS«.

Limpopo Rhino Reserve, Südafrika, S. 209–212
Das Detail, dass dem Nashorn die Augen entfernt werden, habe ich von Vincent Barkas und aus der Reportage »Killing fields: Africa's rhinos under threat« erfahren.

Im Februar 2016 hatte ich die Gelegenheit, die Haut eines Nashorns im Tierpark Kolmården zu berühren, was mir als Vorlage für ihre Beschreibung gedient hat.

Warum Nashörner ersticken können, wenn ihnen das Horn abgeschlagen wird: *The poacher's moon*, S. 35.

Kruger Nationalpark, Südafrika, S. 213–216
Nachdem zehn Jahre lang kein Elefant von Wilderern erschossen wurde, wurden im Jahr 2014 zwei getötete Tiere im Kruger Nationalpark gefunden. Im darauffolgenden Jahr stieg die Zahl auf vierundzwanzig, im Jahr 2016 waren es bereits sechsundvierzig getötete Tiere.

Quellen hierzu sind: »Minister Molewa highlights progress on integrated strategic management of rhinoceros« und »Poachers switching from rhino to elephant«.

Die Angaben zum Bestand von Elefanten im Kruger Nationalpark variieren, je nachdem, welche Quelle man befragt. 17 000 heißt es in dem Artikel »Natural ruses rule out culling for elephants« (Conservation Action Trust, 22. November 2014).

Der Preis für Elfenbein hat sich innerhalb kürzester Zeit halbiert und wird heute mit etwa 1100 Dollar pro Kilo angegeben. Quelle: »Price of ivory in China falls sharply« (Wildlife Conservation Network, 7. Dezember 2015).

Limpopo Rhino Reserve, Südafrika, S. 217–222
Wie die Untersuchung eines gewilderten Nashorns abläuft, habe ich von Vincent Barkas und Shaene Tintinger erfahren. Weitere Quellen waren *SOS Noshörning;* »Big game, big money«; »Killing fields: Africa's rhinos under threat«; *Killing for profit*, S. 210–212.

Die Jagdwaffen der Kaliber .303, .375 und .468 setzen die Wilderer am häufigsten ein, mit abgeschliffener Seriennummer und oft noch mit Schalldämpfern. Siehe: *Killing for profit*, S. 15 und 221.

Mosambikanische Polizisten verkaufen beschlagnahmte Waffen weiter an Wilderer, wie im Artikel »Hunting season« nachzulesen ist.

Das Bild, dass für Wilderer ein Nashornhorn »Gold auf vier Beinen« ist, habe ich mir von Lawrence Anthony ausgeliehen: *The last rhinos*, S. 5.

Die geschätzte Anzahl von Wilderern, die sich im Schnitt im Kruger Nationalpark aufhält, ist hier nachzulesen: *Killing for profit*, S. 213, und »Tipping point: transnational organized crime and the ›war‹ on poaching«. Etwa sechzig Prozent der Wilderei finden im Kruger Nationalpark statt; man schätzt, dass im Jahr 2015 etwa 7500 Wilderer in den Park eingedrungen sind.

Man vermutet, dass etwa 200 000 Chinesen in Johannesburg leben. Siehe dazu: »China joins forces with South Africa and Mozambique against wildlife crime«.

Im Kruger Nationalpark soll es 8875 Weiße und 384 Schwarze Nashörner geben: »Tipping point: transnational organized crime and the ›war‹ on poaching«.

Die Beispiele für eine technische Lösung, um das Wildern zu beenden, und die damit einhergehenden Probleme werden in den folgenden Beiträgen diskutiert: »Svensk teknik kan rädda hotade djur«; »Gift metod mot tjuvjakt«; »From poisoning to legalization, can the rhino poaching crisis be solved?«; *The last rhinos*, S. 256–267. Zu den Kosten für die Installation von GPS in den Hörnern: Interview mit dem Afrikaexperten des WWF, Allan Carlsson. Er ist an einem großen Projekt in Kenia beteiligt, bei dem Mikrochips in die Hörner implantiert werden. Die Kosten pro Tier belaufen sich auf etwa 35 000–40 000 SEK (entspricht etwa EUR 3500–4000).

Solna, Schweden, S. 223–226
Die Reaktion von Paulina Diaz' Vorgesetztem auf ihre Theorie habe ich mir natürlich ausgedacht, aber es gab 2015 einen Fall, bei dem der Geheimdienst weitaus nachhaltigere und eindeutigere Informationen erhalten hat und trotzdem erst mit sehr großer Verzögerung reagierte. Der Schuldige wurde 2015 wegen terroristischer Aktivitäten zu fünf Jahren Gefängnis verurteilt. Quellen: »Misstänkte terroristen föll mellan stolarna« und »Fem års fängelse för terroristbrott«.

Inwiefern die Organisation Al-Shabaab im großen Stil Elfenbein und Horn schmuggelt, ist eine umstrittene Frage. Eindeutig ist jedoch, dass geringe Mengen von Elfenbein mit der Organisation in Verbindung gebracht werden konnten, neue Mitglieder rekrutiert wurden und der Einfluss in der kenianischen Hafenstadt Mombasa gestiegen ist, der ein wichtiger Umschlagplatz und Transitpunkt für den Schmuggel von Tieren und ihren Körperteilen aus Afrika ist.

Siehe dazu auch die Quellenangaben zu den Kapiteln

»Hanoi, Vietnam, S. 173–176« und »Stockholm, Schweden, S. 205–208«. Außerdem »Ut ur Afrika«; »Jag vill bara få tillbaka min bror«; *NY: Clintons at Central Park Zoo: ivory funds terror.*

Die Einschätzung, dass der Auftrag für einen Terroranschlag im Shoppingcenter Westgate ungefähr so viel kostet, wie ein Nashornhorn wert ist, habe ich diesem Artikel entnommen: »Al Shabaab and the human toll on the illegal ivory trade«.

Limpopo Rhino Reserve, Südafrika, S. 227–235

Es ist leider nichts Ungewöhnliches, dass sich Ranger, Tierärzte und Beamte bestechen lassen. Siehe hierzu: *Killing for profit*, S. 180; *Operation Lock and the war on rhino poaching*, S. 197–199; »South Africa rhino poaching: Kruger staff arrested«; »Three cops arrested for alleged rhino poaching«.

Die amerikanische Firma Pembient ist ein Hersteller für künstliche Nashornhörner (www.pembient.com). Die Vor- und Nachteile dieser Hörner wurden in folgenden Artikeln behandelt: »Biotech firm creates fake rhino horn to reduce poaching«; »Rhino horn trafficking: market-based solutions under scrutiny«; »3D printing rhino horns can stop poaching in Africa«.

Einige Zeit, nachdem ich die Szene geschrieben hatte, in der ein GPS-Sender in ein Horn eingebaut wird, stieß ich auf den Dokumentarfilm *Warlords of Ivory*, in dem Journalisten ähnlich vorgegangen waren, allerdings mit gefälschtem Elfenbein.

Limpopo Rhino Reserve, Südafrika, S. 238–280
So sonderbar es auch klingen mag, aber mindestens in einem der an den Kruger Nationalpark angrenzenden Parks können Großwildjäger Nashörner erlegen. Auf der Webseite von Stormberg Elangeni Safaris (www.sesafaris.com) steht Folgendes zu den Jagdmöglichkeiten im Timbavati Wildreservat: »Die APNR und der Kruger Nationalpark sind wahrscheinlich die letzten Gebiete in Afrika, in denen Nashörner ohne Zäune herumstreifen können. Es ist nicht unüblich, einem Nashornbullen mit einem siebzig Zentimeter langen Horn zu begegnen. Hier ein Nashorn zu jagen, ist ein Privileg, in dessen Genuss nur wenige kommen.«

Was ist der African Grand Slam? Die amerikanische Organisation Safari Club International, SCI, listet fünfzehn »Grand Slams« für Großwildjäger auf. In Afrika kann man unter anderem einen Grand Slam erreichen, indem man die berühmten Big Five erlegt: Löwe, Leopard, Elefant, Büffel und Nashorn. Eine Quelle hierzu ist: »The bigger story behind the killing of Cecil the lion that the media overlooked.«

Die Geschichte des großen Comebacks des Weißen Nashorns lässt sich hier nachlesen: *The rhino keepers*, S. 74–76; *Killing for profit*, S. 7–8; *Operation Lock and the war on rhino poaching*, S. 212.

Zum dramatischen Bestandsrückgang des Schwarzen Nashorns: *Jordens djur – hovdjuren*, S. 54–55; *Killing for profit*, S. 114–115; *Operation Lock and the war on rhino poaching*, S. 38, 105 und 221–222; *The rhino keepers*, S. 21–22 und 187.

Für Thabisas Vergleich der Großwildjagd mit dem

Fleischkonsum habe ich mich von Natasha Illum Bergs Buch *Ströme aus roter Erde* inspirieren lassen.

Der Ausdruck *poacher's moon*, Wilderermond, ist in Südafrika sehr gebräuchlich. Auf meiner Reise durchs Land im Jahr 2015 ist er mir häufig begegnet. Er hat sogar ins Sachbuch Einzug gehalten: *The poacher's moon*. Siehe auch: *Killing for profit*, S. 4, 194 und 207.

Zum Namenswechsel von Boko Haram: »Analysis: Islamic state strengthens ties with Boko Haram«.

Zur zunehmenden Jagd auf Elefanten im Kruger Nationalpark: »19 elephants killed by poachers in the KNP«.

Die Zahl der erschossenen Elefanten stammt von der schwedischen Webseite des WWF (www.wwf.se).

Dass Hunde in der Tat einen Kampf gegen ein Rudel Löwen verlieren würden, hat mir Mike Job bestätigt, Projektleiter bei Siyafunda Wildlife & Conservation in Südafrika. »Wir hatten im letzten Monat einen solchen Zwischenfall, als ein Hund einen Löwen angegriffen hat und von ihm in Stücke gerissen wurde«, erzählte er mir in einem Telefoninterview im Frühjahr 2016.

Wie man ein Horn abtrennt, lässt sich hier nachlesen: *Killing for profit*, S. 14.

Löwen, Krokodile und andere wilde Tiere sind eine ernstzunehmende Gefahr sowohl für die Ranger als auch für die Wilderer. Shaene Tintinger hat mir bei unserem Gespräch im April 2015 erzählt, dass drei seiner Mitarbeiter von Löwen angegriffen und getötet wurden. Un auch viele Mosambikaner, die die Grenze zum Nation park überquert haben, wurden von Löwen oder Kroko len getötet. *Killing for profit*, S. 209.

Wie man sich am klügsten verhält, wenn man auf

Gruppe von Junglöwen trifft, hat mir der Ranger Andrews Mtshali im Greater Makalali Reserve im Frühjahr 2015 beigebracht.

Stockholm, Schweden, S. 281–282

Die Terrorwarnstufen Großbritanniens findet man auf der Webseite des britischen Inlandsgeheimdienstes MI5: www.mi5.gov.uk.

Mark Rowley gibt es wirklich. Zum Zeitpunkt der Veröffentlichung meines Buches in Schweden hatte er den Posten Assistant Commissioner for Specialist Operations beim Metropolitan Police Service inne. Scotland Yard ist das Hauptquartier der Polizeibehörde in London.

Der Terrorismusforscher Magnus Ranstorp bestätigte mir im Interview, dass Somali in der Diaspora häufig ihren Aufenthaltsort wechseln, bevorzugt zwischen solchen Ländern wie Schweden und Großbritannien.

Stockholm, Schweden, S. 289

Es gibt genaue Anweisungen, wie das Schwedische Außenministerium und die zuständigen Behörden vorzugehen haben, wenn sie erfahren, dass ein schwedischer Mitbürger im Ausland ums Leben gekommen ist. (UF 1987:12, Utrikesdepartementets föreskrifter om åtgärder vid dödsfall i utlandet).

Sofia Bjäregård ist eine fiktive Person.

Hoedspruit, Südafrika, S. 290–301

In Hoedspruit bin ich selbst gewesen, aber das Motel habe ich mir ausgedacht.

Die vietnamesische Botschaft in Pretoria ist mehrmals

mit dem illegalen Handel von Hörnern in Verbindung gebracht worden. *Killing for profit*, S. 250–255; »The South Africa-Viet Nam rhino horn trade nexus: a deadly combination of institutional lapses, corrupt wildlife industry professionals and Asian crime syndicates«.

Die Beweisaufnahmen wurden am 17. November 2008 im südafrikanischen Fernsehen gezeigt, in der Sendung *50/50*.

(Die Liste mit ähnlichen Beispielen ist lang. Seit 1986 wurden mindestens 29 Fälle bekannt, in denen Diplomaten oder andere Personen mit Diplomatenstatus in Verdacht geraten sind, ihre Immunität ausgenutzt zu haben, um Nashornhörner und Elfenbein aus Afrika zu schmuggeln. In über der Hälfte aller Fälle war es die nordkoreanische Botschaft. 2015 wurde ein nordkoreanischer Diplomat dabei erwischt, wie er 4,5 Kilo Nashornhörner in seinem Auto transportierte. Er entging einer Strafe. Siehe dazu auch: »Beyond borders: crime, conservation and criminal networks in the illicit rhino horn trade«.)

Warum die Automarke Mercedes Tony Yengeni genannt wird, wird hier erklärt: *Killing for profit*, S. 231.

Der kriminelle Ex-Polizist Gareth Chernick ist an einen tatsächlichen Fall angelehnt, bei dem ein bekannter ehemaliger Polizist mit einem Nashornhorn in seinem Besitz festgenommen wurde. *Killing for profit*, S. 220–222.

Johannesburg, Südafrika, S. 314–316

Der große, sichtbare Kontrast zwischen den Stadtteilen Sandton und Alexandra wird an unterschiedlichen Stellen hervorgehoben: *Sydafrika – betraktelser från Kap till*

Kruger, »Safety tips Johannesburg in South Africa« auf der Webseite für Touristen www.johannesburg-airport.com, in diversen YouTube-Clips, darunter »Drive from Alexandra to Sandton, Johannesburg (South Africa)« vom 16. März 2015.

Der Brite Aleister Crowley (1875–1947) war einer der einflussreichsten Okkultisten des 20. Jahrhunderts und eine Art Ikone der Hardrockszene. Für Jimmy Page, Gitarrist der Rockband Led Zeppelin, war er eine wichtige Inspirationsquelle, Ozzy Osbourne hat ihn unter anderem in seinem Song »Mr. Crowley« auf seinem Album *Blizzard of Ozz* (Jet records, 1981) besungen und Iron Maiden in dem Song »Moonchild« auf ihrem Album *Seventh son of a seventh son* (EMI, 1988). Aleister Crowley ist darüber hinaus auf dem Albumcover von *Sgt. Pepper's lonely hearts club band* der Beatles zu sehen (Parlophone, 1967).

Quellen: *Getcha rocks off* (Mick Wall, Orion, 2015) und Wikipedia.

Shanghai, China, S. 317–319

Das große Feuer aus Elfenbein, das Li Cheng in den Nachrichten sieht, bezieht sich auf die rekordverdächtige Verbrennung von geschmuggeltem Elfenbein und Nashornhörnern in Nairobi, Kenia, am 30. April 2016. Dazu unter anderem: *Historic ivory burn covers the sky in smoke and ash,* CNN, 1. Mai 2016

Die Details des Shanghai Tower habe ich Wikipedia entnommen.

Johannesburg, Südafrika, S. 320–324

Die Beschreibung von Hillbrow habe ich den Fotos und Texten auf dem Blog »Death of Johannesburg« entnommen (www.deathofjohannesburg.blogspot.com/).

Die bedrohliche und erniedrigende Situation, der sich viele südafrikanische Frauen immer wieder ausgesetzt sehen, beschreibt die südafrikanische Autorin Marlene van Niekerk in einem schwedischen Zeitungsinterview mit diesen Worten: »Interpol bezeichnet Südafrika als Hauptstadt der Vergewaltigung. [...] Das Schockierendste ist, dass noch nicht einmal die Schutzlosesten davon verschont bleiben. Selbst nur wenige Monate alte Säuglinge und alte Frauen befinden sich permanent in Gefahr, vergewaltigt zu werden, vor allem in den armen Vororten.« Quelle: »Kvinnor i Afrika tvingas leva som jagade djur«.

Ich habe auch davon gehört, dass Wildererorganisationen sich an den Angehörigen der Ranger vergreifen, um diese unter Druck zu setzen, indem sie deren Frauen oder Freundinnen vergewaltigen. Das haben mir viele der Experten bestätigt, die ich dazu in Südafrika interviewt habe. »Je schwerer wir es den Wilderern machen, desto brutaler werden ihre Methoden«, sagte einer von ihnen.

Johannesburg, Südafrika, S. 328–330

Das Zitat »One is too many...« stammt von der Selbsthilfeorganisation Anonyme Alkoholiker. Siehe dazu: *This is A. A.: an introduction to the A. A. recovery program* (A. A. Grapevine, Inc, Alcoholics Anonymous world services, 1984), S. 10.

Die Anschrift der vietnamesischen Botschaft in Maputo ist richtig, den Botschafter habe ich mir ausgedacht.

Shanghai, China, S. 346–347
Die Derrick Avenue liegt tatsächlich in Chinatown, Johannesburg, aber das Restaurant habe ich mir ausgedacht.

Johannesburg, Südafrika, S. 348–358
Bei der Beschreibung des Stadtteils Alexandra habe ich mich unter anderem hier inspirieren lassen: www.joburg.org.za (Suchwort: Alexandra), dem Blog »Death of Johannesburg« (www.deathofjohannesburg.blogspot.com/) sowie diversen YouTube-Clips, darunter »Drive from Alexandra to Sandton, Johannesburg (South Africa)« vom 16. März 2015.

Black Sabbath haben ihr Album *Born again* 1983 bei Vertigo veröffentlicht.

New York City, USA, S. 359–360
Bruce Springsteens »57 channels (And nothin' on)« befindet sich auf dem Album *Human touch* (Columbia, 1992).

Johannesburg, Südafrika, S. 361–368
Die Organisation TRAFFIC hat mehrere wichtige und entscheidende Berichte über den Handel mit Nashornhörnern und der Verbindung zwischen Südafrika und Vietnam veröffentlicht, aber den hier erwähnten habe ich mir ausgedacht.

Johannesburg, Südafrika, S. 371–377
Die Geschichte des Löwen Cecil wird hier erzählt: »Cecil the lion: Ricky Gervais and Cara Delevingne lead outpouring of anger after trophy hunter is identified as Wal-

ter Palmer«; »Cecil the lion: Zimbabwe will not charge US dentist over killing«; »›Lion killer‹ Walter Palmer's Florida vacation home vandalized« sowie »Why did the death of a single lion cause a sustained uproar?«

Stockholm, Schweden, S. 378–380
Die ausgestopften Habichte sind an einen Fall angelehnt, von dem mir Kriminalkommissar Filippo Bassini bei unserem Gespräch im Frühjahr 2016 erzählt hat.

Das Shoppingcenter Westfield in London gibt es und wurde tatsächlich von Al-Shabaab als mögliches Ziel eines Terroranschlages genannt. »Al-Shabaab video calls for attacks on London shopping centres including Oxford Street and Westfield« und »Terrorforskare: Ett ovanligt hot från terrorgruppen al-Shabaab«.

Hanoi, Vietnam, S. 383–384
Das Emerald Lake Hotel habe ich mir ausgedacht. Aber die Organisation ENV gibt es, und sie leistet in Vietnam großartige Arbeit.

Im Luftraum über dem südchinesischen Meer, S. 401–404
Anton Szandor LaVey war der Gründer und Anführer der Church of Satan. 1969 veröffentlichte er das Buch *Die satanische Bibel*. LaVey war vielen Künstlern eine Inspirationsquelle, darunter Black Sabbath, King Diamond und Marilyn Manson. Quellen: Wikipedia (Suchwörter: »Anton Szandor LaVey« und »Satanische Bibel«) und »Marilyn Manson and 10 famous members of the Church of Satan« (Revolver Magazine, 17. Juli 2014).

Noi Bai International Airport, Hanoi, S. 405–410
Den Aufbau des Flughafens habe ich so verändert, dass er zu meiner Geschichte passte.

Mein Scharfschütze stammt deshalb aus Tansania, weil gerade dieses Land große Probleme mit der illegalen Elefantenjagd hat. »Illegal trade ivory and rhino horn: an assessment to improve law inforcement under the wildlife traps project«.

Weiterführende Informationen zum Scharfschützengewehr M24: www.remingtonmilitary.com (Reiter: Firearms).

Hanoi, Vietnam – drei Tage später, S. 420–423
Den Aufbau des Stadions My Dinh National Stadium habe ich dem englischsprachigen Wikipedia-Eintrag entnommen.

Epilog

Mogadischu, S. 424–425
Nein, das Shoppingcenter Westfield in London war noch nie tatsächliches Ziel eines Terroranschlages, und ich hoffe sehr, dass es auch immer so bleiben wird. Dass die Organisation Al-Shabaab allerdings eine Drohung ausgesprochen hat, eben dort einen Anschlag zu verüben, ist wahr.

Shanghai, China, S. 426–427
Zu Vietnams letztem Nashorn: »Extinction of the Javan rhinoceros from Vietnam«.

Zur Ausrottung des Westlichen Spitzmaulnashorns: »Spetsnoshörningen utrotad i Västafrika«.

Zum Diebstahl des Nashornhornes aus dem naturhistorischen Museum in Göteborg: »Noshörningens hemlighet«.

Das sechste Massensterben, S. 431–432

Das Forscherteam plant, Najin und Fatu einer Hormonbehandlung zu unterziehen und den beiden Weibchen dann Eizellen zu entnehmen. Mithilfe hoch entwickelter Stammzellentechnik und In-vitro-Fertilisation sollen die Eier mit gefrorenem Sperma Nördlicher Breitmaulnashörner befruchtet werden. Die so entstandenen Embryos sollen Weißen Nashornkühen eingesetzt werden, die als Leihmütter agieren. Dies wäre der erste derartige Versuch bei Nashörnern.

Quellen: »Down to the last three: can science save the Northern white rhino from extinction?« sowie www.olpejetaconservancy.org.

Meine Angaben zum sechsten Massensterben habe ich aus den Berichten »Accelerated modern human-induced species losses: entering the sixth mass-extinction« sowie »Living planet report 2016« bezogen, außerdem aus dem Buch *The sixth extinction*.

Grafik und Zahlen, S. 433–434

Quellen: IUCN, WWF und Save The Rhino International.